T0178864

Obabakoak

Bernardo Atxaga (Asteasu, Gipuzkoa, 1951) es el seudónimo por el que es conocido José Irazu Garmendia, uno de los creadores de mayor hondura y originalidad en el panorama literario contemporáneo. Licenciado en Ciencias Económicas, desempeñó varios oficios hasta que, a comienzos de los ochenta, consagró su quehacer a la literatura. La brillantez de su tarea fue justamente reconocida cuando su libro *Obabakoak* (1989) recibió el Premio Euskadi, el Premio de la Crítica, el Premio Millepages y el Premio Nacional de Narrativa. La novela ha sido llevada al cine con el título *Obaba*. A *Obabakoak* le siguieron novelas como *El hombre solo* (1994), que obtuvo el Premio Nacional de la Crítica de narrativa en euskera, *Dos hermanos* (1995), *Esos cielos* (1996), *El hijo del acordeonista* (2004, Premio Grinzane Cavour, Premio Mondello, Premio de Traducción Literaria del Times y Premio de la Crítica 2003 en su edición en euskera), *Siete casas en Francia* (2009, finalista en el Premio Independiente de Ficción Extranjera 2012, finalista en el Premio de Traducción Oxford Weidenfeld 2012) y *Días de Nevada* (2013). También es autor de libros de poesía como *Poemas & Híbridos*, cuya versión italiana obtuvo el Premio Cesare Pavese en 2003. Su obra ha sido traducida a treinta y dos lenguas. Es miembro de la Academia de la Lengua Vasca.

www.atxaga.org

Biblioteca

BERNARDO ATXAGA

Obabakoak

DEBOLS!LLO

Papel certificado por el Forest Stewardship Council®

Título original: *Obabakoak*
Primera edición en Debolsillo: octubre de 2016
Tercera reimpresión: diciembre de 2019

© 1988, 2013, Bernardo Atxaga
© 2016, Penguin Random House Grupo Editorial, S. A. U.
Travessera de Gràcia, 47-49. 08021 Barcelona
© Bernardo Atxaga, por la traducción

Printed in Spain – Impreso en España

ISBN: 978-84-663-3230-9 (vol. 1133/1)
Depósito legal: B-15.357-2016

Impreso en Novoprint
Sant Andreu de la Barca (Barcelona)

P 3 3 2 3 0 9

Penguin
Random House
Grupo Editorial

Infancias

Esteban Werfell

Encuadernados la mayoría en piel y severamente dispuestos en las estanterías, los libros de Esteban Werfell llenaban casi por entero las cuatro paredes de la sala; eran diez o doce mil volúmenes que resumían dos vidas, la suya y la de su padre, y que formaban, además, un recinto cálido, una muralla que lo separaba del mundo y que lo protegía siempre que, como aquel día de febrero, se sentaba a escribir. La mesa en que escribía —un viejo mueble de roble— era también, al igual que muchos de los libros, un recuerdo paterno; la había hecho trasladar, siendo aún muy joven, desde el domicilio familiar de Obaba.

Aquella muralla de papel, de páginas, de palabras, tenía sin embargo un resquicio; una ventana desde la que, mientras escribía, Esteban Werfell podía ver el cielo, y los sauces, y el estanque, y la caseta para los cisnes del parque principal de la ciudad. Sin romper su aislamiento, aquella ventana se abría paso entre la oscuridad de los libros, y mitigaba esa otra oscuridad que, muchas veces, crea fantasmas en el corazón de los hombres que no han aprendido a vivir solos.

Esteban Werfell contempló durante unos instantes el cielo nublado, entre blanco y gris, de aquel día de febrero. Después, apartando la vista, abrió uno de los cajones de su escritorio y sacó de allí un cuaderno de tapas duras que tenía numerado como el duodécimo, y que era, en todos los detalles, exactamente igual a los otros once cuadernos, ya escritos, de su diario personal.

Eran bonitos los cuadernos de tapas duras. Le gustaban. A menudo solía pensar que los estropeaba, que las historias o las reflexiones que acostumbraba guardar en ellos frustraban el buen destino que a todo cuaderno —al cuaderno de tapas duras, sobre todo— le cabía tener.

Quizá fuera excesivo pensar así acerca de algo como los cuadernos. Probablemente. Pero no podía evitarlo, y menos cuando, como aquel día, se disponía a abrir uno nuevo. ¿Por qué pensaba siempre en lo que no deseaba pensar? Su padre le había dicho una vez: *No me preocupa que tengas pájaros en la cabeza, lo que me preocupa es que siempre sean los mismos pájaros*. Era verdad, pero nunca había sabido las razones que le impulsaban a ello.

El impulso que empujaba a sus *pájaros de siempre* era, de todos modos, muy fuerte, y Esteban Werfell no pudo resistirse a la tentación de levantar los ojos hacia la estantería donde guardaba los once cuadernos ya escritos. Allí estaban, medio escondidas entre los tratados de Geografía, las páginas que daban fe de su vida; las que retenían los momentos hermosos, los hechos más importantes. Pero no se trataba de un tesoro. Ya no había ningún brillo en ellas. Releerlas era como mirar papeles manchados de ceniza; era sentir vergüenza, era ver que crecían sus deseos de dormir y de olvidar.

—Cuadernos de letra muerta —susurró para sí. La expresión tampoco era nueva.

Pero no podía dejar que esa forma de pensar le apartara de la tarea para la que se había sentado ante la mesa, ni que, como tantas otras veces, lo llevara de un mal recuerdo a otro mal recuerdo, cada vez más abajo, hasta una tierra que, desde hacía mucho tiempo —desde su época de estudiante de Geografía—, él llamaba Cabo Desolación. Era ya un hombre maduro, sabía luchar contra sus propias fuerzas. Y lucharía, llenaría aquel nuevo cuaderno.

Esteban Werfell cogió su pluma —que era de madera, y que sólo utilizaba a la hora de redactar su diario— y la mojó en el tintero.

17 de febrero, de 1958, escribió. Su letra era bonita, era pulcra.

Al otro lado de la ventana el cielo se había vuelto completamente gris, y una lluvia fina, invisible, oscurecía la hiedra que cubría la caseta de los cisnes. Aquella visión le hizo suspirar. Hubiera preferido otra clase de tiempo. No le gustaba que el parque estuviera vacío.

Volvió a suspirar. Luego mojó la pluma y se inclinó ante el cuaderno.

He regresado de Hamburgo —comenzó— con el propósito de escribir un memorándum de mi vida. Pero no lo llevaré adelante de forma ordenada y exhaustiva, como podría hacerlo —quizá con toda la razón— aquel que a sí mismo se tiene por espejo de una época o una sociedad. Desde luego, no es ése mi caso, y no será así como lo haga. Yo me limitaré a contar lo que sucedió una tarde de hace mucho tiempo —de cuando yo tenía catorce años, para ser más exacto—, y las consecuencias que esa tarde trajo a mi vida, que fueron grandes. No es mucho, lo que cabe en unas cuantas horas, para un hombre que ya está en el otoño de su vida, pero es lo único que tengo para contar, lo único que merece la pena. Y es posible que no sea tan poco. Al fin y al cabo, soy un hombre que siempre se ha dedicado a la enseñanza, y ya se sabe que la tarima de las aulas propicia más el estreñimiento que la aventura.

Se enderezó en la silla a esperar a que se secara la tinta. El día seguía gris, pero la lluvia era mucho más intensa que minutos antes, y su sonido, el sordo murmullo que producía al chocar contra la hierba, llegaba hasta la sala con claridad. Y también había un cambio en los alrededores del estanque: los cisnes estaban ahora fuera de su caseta, y batían sus alas con inusual violencia. Nunca había visto así a los cisnes. ¿Les gustaría mojarse? ¿O era la falta de espectadores lo que les alegraba? No lo sabía, pero tampoco merecía la pena perder el tiempo con preguntas tontas. Era mejor que lo utilizara para repasar lo que acababa de escribir.

Jamás conseguía un buen comienzo. Las palabras se negaban a expresar fielmente lo que se les pedía, como si fueran perezosas, o como si no tuvieran fuerza suficiente para hacerlo. Su padre solía decir: *Nuestro pensamiento es arena, y cuando intentamos recoger un puñado de ese pensamiento, la mayor parte de los granos se nos escurren entre los dedos.* Y era verdad. Por ejemplo, él anunciaba un memorándum, y hubiera sido más exacto hablar de reflexión, porque eso era justamente lo que quería hacer: partir de lo sucedido en una tarde de su adolescencia y extraer de ello una buena reflexión. Y no era ése el único paso en falso, había más.

Podía tachar lo escrito y empezar de nuevo, pero no quería. Iba contra sus reglas. Le gustaba que las páginas estuvieran inmaculadas, lo mismo las suyas que las de los demás, y se sentía orgulloso de que, por su pulcritud, sus alumnos le apodaran con el nombre de un conocido jabón. Además, ¿para qué preocuparse en buscar un buen comienzo? También en el segundo intento cometería errores. Siempre habría errores. Valía más que continuara adelante, precisando, corrigiendo poco a poco su mal comienzo.

Volvió a mirar hacia el parque. Ya no había cisnes en el estanque, se habían refugiado todos en la caseta. No, tampoco a ellos les gustaba la lluvia de febrero.

De todas maneras —continuó—, la pretensión de entresacar los momentos especiales de nuestra vida puede ser un grave error. Es posible que la vida sólo pueda ser juzgada en su totalidad, *in extenso*, y no a trozos, no tomando un día y quitando otro, no separando los años como las piezas de un rompecabezas para acabar diciendo que tal fue muy bueno y tal muy malo. Y es que todo lo que vive, vive como un río. Sin cortes, sin paradas.

Pero, siendo eso verdad, también es innegable la tendencia de nuestra memoria, que es casi la contraria. Como a todo buen testigo, a la memoria le agrada lo concreto, le agrada seleccionar. Por compararla con algo, yo diría que actúa como un ojo. Nunca, en cambio, como lo haría un contable especializado en inventarios.

Por ejemplo, yo puedo ver ahora la caseta de los cisnes del parque, cubierta de hiedra desde el suelo hasta lo alto del tejado, oscura de por sí y más oscura aún en días de lluvia como el de hoy; puedo verla, pero, en rigor, nunca la veo. Cada vez que levanto la vista, mi mirada se desliza sobre el monótono color verde o negro de las hojas, y no se detiene hasta que encuentra la mancha rojiza que hay en una de las esquinas del tejado. Ni siquiera sé lo que es. Quizá sea un trozo de papel; o una prímula que ha querido brotar allí; o una teja que la hiedra ha dejado al descubierto. De cualquier manera, a mis ojos les da igual. Abandonando la oscuridad, buscan siempre ese punto de luz.

Esteban Werfell levantó la vista hacia la mancha rojiza. Pero tampoco aquella observación le sacó de dudas. Lo mismo podía ser una prímula que un trozo de papel o de teja. Pero, después de todo, el detalle no importaba. Más importaba lo que acababa de escribir acerca de la memoria. Decir que a la memoria le agradaba lo concreto resultaba impreciso. No era cuestión de gusto, sino de necesidad.

De esa manera actúa el ojo —siguió— y también, si mi idea es correcta, la memoria misma. Olvida los días corrientes; busca, en cambio, la luz, los días señalados, los momentos intensos; busca, como en mi caso, una remota tarde de mi vida.

Pero ya es suficiente. Es hora de que comience con el relato propiamente dicho.

Esteban Werfell se sintió aliviado después de rematar con un trazo aquella primera página de su cuaderno. Ya estaba, ya había perfilado la introducción de lo que quería contar. No sabía a ciencia cierta por qué actuaba de ese modo, con tantos rodeos y demoras, pero era algo muy propio de él, siempre había sido así. Nunca escribía o hablaba directamente, nunca se relacionaba francamente con la gente que le rodeaba. Después de tantos años, aceptaba aquella falla de su carácter, su timidez, su cobardía; pero aún le dolían las oportunidades que había perdido por ello. En su vida, todo había sido silencio, pasividad, retiro.

Pero volvía a desviarse. Ahora no se trataba de su forma de vivir, sino de su forma de redactar, y tan poca trascendencia tenía el que diera rodeos como el que no los diera. Nadie leería jamás su diario íntimo. Por mucho que a veces fantaseara imaginándose un lector —en aquella misma mesa, después de su muerte— examinando sus cuadernos, no lograba creérselo. No, no habría lector alguno. Era un poco ridículo preocuparse tanto por el estilo.

Miró hacia el parque a la vez que mojaba la pluma en el tintero. Sin los paseantes de costumbre, bajo la lluvia, los alrededores del estanque parecían más solitarios que nunca. Los arroyuelos surgidos entre la hierba se rizaban al pasar por encima de las piedrecillas.

Hic incipit —escribió—, aquí comienza la historia de la tarde en que, por primera vez en mi vida, fui llevado a la iglesia. Tenía entonces catorce años, y vivía con mi padre en un lugar llamado Obaba.

Era domingo, y yo había quedado en reunirme con varios compañeros de la escuela para ir al cine que, a unos cinco kilómetros de Obaba, habían construido junto al ferrocarril. Pero, rompiendo por primera vez las reglas que guiaban nuestra relación, mis compañeros decidieron presentarse en casa mucho antes de la hora convenida para, en cuanto les hube abierto la puerta, hacerme la petición que yo menos podía esperar.

—Por favor —me dijeron—, acompáñanos a la iglesia, ven con nosotros a cantar los salmos de esta tarde. Di al ingeniero Werfell que te deje, dile que para ir a cantar salmos no hace falta tener fe.

Era raro que actuaran así. Con tanto atrevimiento, quiero decir. Y la palabra atrevimiento está bien empleada en esta ocasión, ya que el hacer visitas —en tanto que suponía ver una casa ajena por dentro— tenía, en Obaba, la consideración de una mala costumbre; algo parecido al girarse hacia una persona que se está desnudando. Además, mi padre era extranjero, un extraño, un enemigo, y todo el mundo sabía lo mucho que odiaba la Iglesia y la religión.

Viéndolo desde ahora, no me cabe duda de que fue el canónigo de Obaba —un hombre de Loyola— quien alentó aquella propuesta. Desde su punto de vista, yo debía de ser un alma en peligro; un niño que, al faltarle la madre —ella había muerto al nacer yo—, se hallaba a la completa merced de un hombre odioso, de un hombre que no dudaría en arrastrar a su hijo hacia el abismo en que él mismo vivía. El canónigo debió de pensar que no había mejor manera de atraerme que la de valerse de la amistad que yo tenía con mis compañeros de escuela.

El odio entre el canónigo y mi padre no era, por decirlo así, exclusivamente intelectual. Tenía que ver con algo más que con la actitud iconoclasta que el ingeniero Werfell había adoptado nada más encargarse de la dirección de las minas de Obaba. Y ese algo más era mi existencia. Para decirlo con palabras que un día escuché al maestro de la escuela, yo no era *el fruto legítimo de un matrimonio*. Y no lo era por la sencilla razón de que mis padres se habían unido libremente, sin pasar por la iglesia; algo que, en aquella época y en aquel lugar, resultaba inadmisible. Pero ésta es otra historia, y no tiene cabida en este cuaderno.

El parque seguía tan solitario como antes, y los árboles, ajenos aún a la proximidad de la primavera, presentaban un aspecto cansino. Y tampoco los cisnes daban señales de vida.

Apartó los ojos de la ventana y releyó lo escrito. No, la historia de sus padres no tenía cabida en aquel cuaderno. Quizá en el siguiente, en el decimotercero. Sería, sobre todo, la historia de una mujer joven que decide vivir con un extranjero y que es, por ello, calumniada y condenada al ostracismo. *Tu madre se acostaba con cualquiera. Tu madre no utilizaba ropa interior. Tu madre murió joven por todas las cosas malas que hizo.*

Las frases oídas durante los recreos de la escuela de Obaba aún le hacían sufrir. Ignoraba si escribiría o no aquel decimotercer cuaderno; pero, si lo hacía, iba a resultarle muy doloroso. De cualquier modo, eso quedaba para después. Lo que ahora tenía entre manos era la historia que se había traído del viaje a Hamburgo.

Esteban Werfell se inclinó sobre la mesa. La inesperada visita de sus compañeros de escuela volvió a ocupar su imaginación.

Al ver lo mucho que me sorprendían sus palabras, mis compañeros —sin citar para nada al canónigo— argumentaron su propuesta de una forma bastante burda. Según ellos, no estaba bien que, llegando el domingo, anduviéramos por separado. Lo único que se conseguía de esa forma era perder tiempo, pues había veces en que ellos terminaban sus cantos diez o quince minutos antes de lo normal, minutos que eran preciosos cara a no llegar tarde al cine, pero que, al cabo, nunca se aprovechaban; por mi culpa, claro, porque yo era su amigo y no les quedaba otro remedio que esperarme.

—Siempre llegamos después de comenzada la película —resumió uno de ellos—, y a mí me parece que es una tontería hacer cinco kilómetros en bicicleta para luego no enterarnos de nada. Es mucho mejor que andemos todos juntos.

El argumento era, como ya he dicho, bastante burdo, ya que lo normal era que la ceremonia se alargara y no lo contrario. Sin embargo, no les contradije. En el fondo, yo deseaba entrar en la iglesia.

Y no sólo por ser un lugar prohibido para mí —y por lo tanto deseable—, sino también por la necesidad que sentía de ser un joven normal, un joven más. Yo era, junto con mi padre, la única persona de Obaba que jamás había pisado aquel edificio, y claro, sólo tenía catorce años, no me gustaba que me señalaran con el dedo.

La propuesta era, pues, favorable a mis deseos, y no discutí lo que me decían. Me limité a señalarles la puerta de la biblioteca. Allí estaba mi padre. A él era a quien tenían que pedir el permiso. No, yo no me atrevía, mejor que se lo pidieran ellos. Sin embargo, yo no esperaba su consentimiento. Me parecía que mi padre les despediría con un grito, que no iba a actuar —precisamente aquel domingo— en contra de unos principios que había propugnado toda su vida.

—Si quiere ir que vaya —escuché entonces. Primero me sorprendí, y luego me asusté; fue como si todos los cristales de la ventana se hubiesen roto de golpe. ¿Por qué decía que sí? Ni siquiera conseguía imaginarlo.

Un cisne graznaba a la puerta de su caseta, desaforadamente, y parecía recriminar a la lluvia. No paraba de llover. Aplastaba la hierba y formaba charcos cada vez más profundos. Pronto, todo el parque se convertiría en una balsa.

Esteban Werfell juntó sus manos sobre el cuaderno. No, con catorce años no podía comprender a su padre, porque, por esa época, aún no lo veía con sus propios ojos, sino con los ojos de los demás; con los de aquellos que, como luego pudo darse cuenta, eran enemigos declarados del ingeniero Werfell. En Obaba decían que era un hombre orgulloso e intratable; y eso mismo pensaba él. Decían —se lo dijo una niña que jugaba con él en la plaza— que era tan cruel que trataba a latigazos a los obreros de la mina; y él sonreía, movía su cabeza afirmativamente. Y, en realidad, aceptaba aquella imagen porque carecía de cualquier otra. ¿Qué era su padre? Pues solamente eso, su padre. ¿Y además de eso? Pues además de eso, nada. Bueno, sí, un ingeniero de minas.

Pero aquella época había pasado. Ya no era un adolescente poco comprensivo, sino un hombre maduro. Creía comprender la razón por la que el ingeniero Werfell había aceptado la propuesta de sus compañeros.

—Cansancio —suspiró. Le empezaba a gustar la lluvia. Le ayudaba a recordar.

Efectivamente, el ingeniero Werfell estaba cansado, arrepentido de haber dejado su ciudad natal, Hamburgo, para trasladarse a un lugar donde sus ideas resultaban ridículas. Al principio, soñaba con volver. *Volveremos, Esteban, y tú estudiarás en la misma universidad en que estudié yo*. Era la frase que más veces le había oído de niño.

Pero pronto comenzarían las malas noticias. Un día era la mina, que cerraba; otro eran los valores adquiridos en la Bolsa, que quebraban dejándole casi sin fortuna; otro más era la carta de Theodor Steiner, su mejor amigo, quien le escribía para decirle que la asociación a la que ambos pertenecían —el Club Eichendorff— había sido prohibida en Alemania; que sus ideas también eran perseguidas en la tierra donde había nacido.

Para la época en que Esteban tenía catorce años, ya había desistido. Moriría en Obaba, nunca volvería a Alemania. Su hijo no estudiaría en una universidad alemana. Así pues, era lógico que en esa situación no tuviera fuerzas para seguir luchando por su formación. ¿Qué más daba? *Si quiere ir que vaya*. De cualquier manera, la batalla estaba perdida.

El cisne que estaba junto a la puerta de la caseta volvió a graznar, consiguiendo esta vez que todos los que permanecían dentro lo imitaran. La algarabía le distrajo de sus recuerdos.

—¡Cuándo callarán! —gritó.

¿Por qué era tan orgulloso?, se preguntó a continuación. No quería perder el hilo que en ese momento le unía a su padre.

De haber sido más humilde, el ingeniero Werfell hubiera aceptado mejor la vida de Obaba. Y de haber sido más inteligente, también. En definitiva, eso era la inteligencia, la capacidad de adaptarse a cualquier situación. El que aprendía a adaptarse jamás bajaba a los infiernos. Por el contrario, alcanzaba la felicidad. ¿De qué le habían servido a su padre los libros, las lecturas, las ideas? Sólo para acabar derrotado. *Sólo los mezquinos se adaptan a la vida*, solía decir su padre. Pero ya no estaba de acuerdo con él. Ni tampoco estaba de acuerdo con la vieja máxima que unía saber y sufrimiento, con aquello de que cuanto más sabe el hombre, más sufre. Tal como se lo decía a sus alumnos, esa mala consecuencia sólo podía darse en el primer peldaño del saber. En los siguientes, era obligado triunfar sobre el sufrimiento.

Los cisnes parecían calmados. Esteban Werfell mojó su pluma en el tintero y extendió su pulcra letra sobre la parte superior de una nueva página. Estaba decidido a incorporar sus reflexiones al cuaderno.

Incluso en las situaciones más difíciles hay un momento en el que dejar de luchar se convierte en algo deseable y placentero. Así por ejemplo, un náufrago siempre acaba reconciliándose con el mar; aun aquel que, después de haberse desangrado intentando salvar su barco, ha desafiado a las olas durante toda una noche, bajo las estrellas, rodeado de peces, en completa soledad. No importa lo que haya hecho, ni su apego a la vida: el final es siempre dulce. Ve que no puede más, que nadie llega, que no divisa ninguna costa; y entonces acepta, descansa, se entrega al mar como un niño que sólo quiere dormir.

Pero mi padre era demasiado orgulloso. Había naufragado, sí, y no le quedaba otro remedio que doblegarse; pero no lo aceptaba, no deseaba el placer último de la derrota. Respondió con brusquedad: «Si quiere ir que vaya», y se encerró en su biblioteca, *el único sitio de Obaba que le gustaba*. Cuando llamé para pedirle el dinero para el cine, no me respondió. Se limitó a deslizar una moneda por debajo de la puerta. No sé, ahora me arrepiento de la alegría que mostraba en aquel momento.

En cuanto conseguí el dinero salimos todos en tropel, empujándonos unos a otros igual que cuando el maestro nos daba permiso para el recreo. Después, a pie y con las bicicletas cogidas por el manillar, emprendimos la subida de la cuesta que en Obaba llamaban de *los canónigos*.

Era un día desapacible de primavera, con chubascos casi continuos y rachas de viento, y las cunetas del camino rebosaban de agua. En los trechos donde se habían desbordado, las flores de manzano arrastradas por la corriente cubrían casi todo el suelo. Nosotros las pisábamos al pasar, y era como si pisáramos alfombras blancas.

Caminábamos con energía, empujando las bicicletas que, como dijo uno de mis compañeros, Andrés, pesaban más cuesta arriba. Al final del camino, en lo más alto de la colina, se imponía la puntiaguda torre de la iglesia.

Había alegría en nuestro grupo. Reíamos por cualquier cosa, y jugábamos a comparar los diferentes sonidos que hacían los timbres de nuestras bicicletas. «¿Estás contento, Esteban?», y yo les decía que sí, que aquello era un acontecimiento para mí, que tenía mucha curiosidad. «¿Y nervioso? ¿No estás nervioso?», y yo les decía que no. Pero sí lo estaba, y cada vez más. El momento se aproximaba. Como hubiera dicho mi padre, pronto estaría en la Otra Parte.

Un instante después, entraba en la iglesia por primera vez.

La puerta era pesada y muy grande, y tuve que empujarla con todo el peso de mi cuerpo.

—Antes de entrar tienes que hacer la señal de la cruz —me dijo Andrés. Le respondí que no sabía.

Entonces mojó mis dedos con los suyos y dirigió los movimientos de mi mano.

—¡Qué sitio más oscuro! —exclamé nada más entrar. El contraste entre la luminosidad de fuera y la penumbra del interior me cegaba. No distinguía nada, ni siquiera el pasillo central que tenía delante.

—No hables tan alto —me pidieron los compañeros al tiempo que me adelantaban.

Lejos de mí, donde yo me figuraba el final del pasillo, ardía una gran vela. Era el único punto de luz de todo el edificio. Di unos cuantos pasos en aquella dirección, pero volví a detenerme. No sabía hacia dónde tenía que ir, y mis compañeros parecían haber desaparecido.

Mis ojos seguían fijos en la llama del otro lado del pasillo pero, poco a poco, iba viendo más cosas. Reparé en las vidrieras, que eran azules, y en los reflejos dorados que salían de una columna cercana a la gran vela. Con todo, no me atrevía a moverme.

—No tengas miedo, Esteban. Soy yo —escuché entonces detrás de mí, y a pesar de la advertencia sufrí un sobresalto.

Antes de que tuviera tiempo de nada, un brazo largo y huesudo me rodeó por el cuello. Era el canónigo.

—Vamos, Esteban. No tengas miedo —repitió acercando su cara a la mía.

El olor de sus ropas me resultaba muy extraño.

—La llama de esa vela no se apaga nunca, Esteban —me susurró señalando hacia delante con la mano que le quedaba libre—. Cuando nos toca encender una nueva, siempre lo hacemos con el último fuego de la anterior. Piensa en lo que significa eso, Esteban. ¿Qué crees que significa?

Yo estaba demasiado asustado para poder pensar, y sentía vergüenza cada vez que el canónigo pronunciaba mi nombre. Me quedé callado.

—Significa —comenzó él— que esa luz que nosotros estamos viendo ahora es la misma que vieron nuestros abuelos, y también los abuelos de nuestros abuelos; que es la misma luz que contemplaron todos nuestros antepasados. Desde hace cientos de años, esta casa nos une a todos, a los que vivimos ahora y a los que vivieron antes. Eso es la Iglesia, Esteban, una comunidad por encima del tiempo.

Era claro que el argumento no se acomodaba a las circunstancias de mi vida. La Iglesia no sólo unía, también separaba; el que yo estuviera allí era un ejemplo de ello. Sin embargo, no contradije al canónigo. En realidad, me sentía humillado, como si mi exclusión de aquella comunidad hubiera sido un defecto o una mancha. Un sudor frío me cubrió toda la piel.

Sonriendo, el canónigo me indicó que faltaban bastantes minutos hasta el comienzo de la ceremonia, que los aprovechara para ver el altar y todas las demás partes del edificio. Y, dejándome solo, se alejó hacia una puerta lateral que conducía al coro. Escuché el frufrú de sus ropas incluso después de que hubiera desaparecido de mi vista.

A menudo creemos que las cosas son de por sí grandes o de por sí pequeñas, y no nos damos cuenta de que lo que llamamos tamaño no es sino una relación entre las cosas. Pero se trata justamente de eso, de una relación, y por eso puedo decir ahora que, propiamente hablando, jamás he vuelto a ver un lugar más grande que la iglesia de Obaba. Era cien veces mayor que la escuela, mil veces mayor que mi habitación. Además, la penumbra borraba los límites de los muros y de las columnas, y alejaba los medallones y los nervios del techo. Todo parecía más grande de lo que en realidad era.

En uno de los libros ilustrados que por entonces leía se contaban las aventuras de una expedición que había quedado atrapada dentro de una montaña hueca, y yo asocié las ilustraciones de aquel libro con el lugar que estaba viendo. Por su aspecto, desde luego, pero también por la asfixia que, tal como les sucedía a los personajes de la historia, yo comenzaba a sentir. Seguía recorriendo el pasillo, pero tenía la impresión de que me ahogaría antes de alcanzar la llama del altar. Vi entonces que una anciana vestida de negro llegaba hasta el fondo del altar y alzaba una palanca. Inmediatamente, toda la iglesia se iluminó.

El cambio me hizo bien, y comencé a respirar mejor. No es una montaña vacía por dentro, pensé aliviado. Es más bien un teatro como los que mi padre conoció en Hamburgo, un edificio de esos en los que se canta ópera.

La mayoría de los recuerdos que tenía mi padre giraban en torno al teatro, y yo me sabía de memoria los argumentos y coreografías de las obras que él había visto en la Ópera de Buschstrasse o en el Schauspielhaus, así como muchas anécdotas de actores o actrices de la época. La comparación entre lo que había imaginado hablando con mi padre y lo que veía me pareció ineludible. Sí, la iglesia era un teatro. Con un gran escenario central, con imágenes de hombres barbudos, con sillas y bancos para el público. Y todo era dorado, todo brillaba.

Una nota musical, grave, casi temblorosa, recorrió toda la iglesia, y al girar la cabeza hacia el coro vi a unas veinte mujeres arrodilladas en sus sillas. Movían sus labios y me miraban fijamente.

Bajo la presión de aquellas miradas, corrí hacia la puerta que había utilizado el canónigo. Un instante después, subía de dos en dos las escaleras que me llevarían donde mis compañeros.

Cansado, Esteban Werfell dejó la pluma sobre la mesa y levantó la vista hacia la ventana, pero sin ver nada concreto, sin siquiera darse cuenta de la algarabía de los cisnes del estanque. Uno de sus *pájaros* acababa de cruzar por su mente, interrumpiéndole, obligándole a pensar en el sentido de aquel duodécimo cuaderno. ¿De qué servía recordar?, ¿no era mejor dejar el pasado como estaba, sin removerlo?

«Sólo a los jóvenes les gusta recordar», pensó. Pero cuando ellos hablaban del pasado, hablaban en realidad del futuro, de los miedos y deseos que tenían respecto a ese futuro, de lo que le pedían a la vida. Además, nunca lo hacían en solitario, como él. No entendía bien su afán por recordar. Quizá fuera una mala señal. Señal de que todo había terminado por completo, de que ya no quería vivir más.

Sacudió su cabeza como para ahuyentar sus pensamientos, y reparó, por fin, en lo que sucedía al otro lado de la ventana. Alguien que, refugiándose de la lluvia, se había situado a un lado de la caseta, echaba migas de pan al estanque, y los cisnes nadaban de un lado a otro chillando como locos. «Hoy no ha habido paseantes, tendrán hambre», pensó. «Volvamos al coro», se dijo luego.

Nada más entrar yo en el coro, el canónigo se levantó de la banqueta del órgano donde estaba sentado y extendió los brazos hacia delante.

—El pequeño Werfell está al fin entre nosotros. Alegrémonos todos y demos gracias por ello —dijo con voz casi dulce.

Enlazando sus manos se puso a rezar en alto, y todos mis compañeros le siguieron.

—Bienvenido, Esteban. De ahora en adelante pertenecerás a nuestra comunidad, serás uno de los elegidos —me aseguró después. Mis compañeros me miraban como si nunca antes me hubieran visto.

Andrés era el encargado de repartir los libros de cánticos. A mí me entregó un ejemplar casi nuevo.

—No te preocupes, Esteban. Bastará que vengas un par de domingos para que te pongas a nuestra altura. Seguro que acabas siendo el mejor de todos —me susurró. Las páginas del libro eran muy finas y tenían los bordes dorados. Una cinta roja indicaba los salmos del día.

Cuando el canónigo me pidió que me sentara a su lado, la mirada de mis compañeros se volvió aún más fija. Yo vacilé un poco. Comprendía que aquello era un privilegio, pero temía la proximidad física del canónigo. Aún recordaba el desagradable olor de sus ropas.

—No tengas miedo, Esteban. Sube a sentarte aquí —me dijo el canónigo a la vez que empezaba a tocar. Las maderas del suelo del coro vibraban.

Me extrañó que el órgano tuviera dos teclados y que para tocarlo fuera necesario mover los pies. A veces, la melodía se volvía caprichosa, con altos y bajos muy acentuados, y el canónigo parecía bailar sentado, balanceándose sobre la banqueta y empujándome. Me costaba seguir el hilo de los salmos, no conseguía concentrarme.

Para el tercer cántico ya había cerrado el libro, y me limitaba a estar sentado y mirar lo que tenía delante. Allí estaban mis compañeros, abriendo y cerrando la boca; y allí abajo seguían las mujeres arrodilladas; un poco más lejos, la llama de la vela despedía reflejos anaranjados.

De pronto, la llama comenzó a elevarse. Al principio me pareció que se movía por sí misma, como si algo la impulsara desde la base. Pero luego, cuando ya volaba por encima de las escaleras del altar, vi que no, que la llama no viajaba sola, sino de la mano de una adolescente de pelo rubio. Ella era la que volaba, con suavidad, sin un aleteo.

«Viene hacia mí», pensé. La luz de la llama me cegaba.

La adolescente voló a través de toda la iglesia hasta situarse delante de mí. Se detuvo entonces sobre el aire, a unos dos metros del suelo del coro. El órgano había enmudecido.

—¿Sabes lo que es el amor, Esteban? —me preguntó con dulzura.

Le respondí afirmando con la cabeza, y quise levantarme de la banqueta para poder ver su cara. Pero la luz de la llama me impedía cualquier movimiento.

—¿Puedes quererme? —volvió a preguntar, y por un instante vi sus labios, ligeramente entreabiertos, y su nariz.

—Sí —le respondí. Me parecía la única respuesta posible.

—Pues ven a buscarme, Esteban. Ven a Hamburgo —dijo ella—. Maria Vockel, Johamesholf, 2, Hamburgo —añadió a continuación.

Dicho eso, giró y comenzó a alejarse hacia el altar. Yo grité que sí, que iría a Hamburgo y que la buscaría, pero que no se fuera tan pronto, que se quedara un poco más.

—No es nada, Esteban, no es nada. Estate tranquilo —escuché entonces. Estaba caído en el suelo del coro, y el canónigo se inclinaba sobre mí. Andrés me daba aire agitando una partitura.

—¡Maria Vockel! —exclamé.

—Tranquilo, Esteban. Sólo ha sido un mareo.

Había un matiz dulce en la voz del canónigo. Me ayudó a levantarme y pidió a Andrés que me acompañara a dar un paseo.

—Será mejor que no vayas al cine, Esteban. Más vale actuar con prudencia —me aconsejó al despedirnos—. ¿No irás, verdad? —insistió.

Pero la imagen de la adolescente de pelo rubio ocupaba por completo mi mente, y no me sentía con fuerzas para responder.

Fue Andrés el que lo hizo por mí:

—No irá, señor, y yo tampoco iré. Me quedaré con él, por si acaso —prometió.

El canónigo dijo que de acuerdo y volvió a la banqueta del órgano. La ceremonia tenía que continuar.

Nada más salir fuera me sentí mejor, y mi mente comenzó a aclararse. Muy pronto, la imagen de la adolescente de pelo rubio fue perdiendo consistencia y desapareciendo; tal como desaparecen los sueños, tal como se vuelven inconsistentes las motas de polvo en cuanto el rayo solar deja de iluminarlas directamente. Pero allí estaba mi compañero de escuela, Andrés, para impedir que la escena que yo había vivido en el coro se perdiera del todo. A él, que tenía dos o tres años más que yo, le preocupaban mucho las cuestiones sentimentales; era imposible que olvidara un nombre de mujer.

—¿Quién es Maria Vockel? —me preguntó al fin.

Fue en ese instante cuando recuperé la imagen, en cuanto oí su nombre. Volví a verla volando de una parte a otra de la iglesia, y recordé sus preguntas. Pausadamente, se lo conté todo a Andrés.

—Es una pena que no le hayas visto la cara —comentó después. Parecía muy interesado en aquel detalle que faltaba en el retrato de la chica.

—Sólo la nariz y los labios. Pero creo que es más bonita que todas las chicas de Obaba —se lo decía tal y como lo pensaba, con la vehemencia un poco disparatada de los catorce años.

—No creo que sea más bonita que la chica del bar —repuso muy serio.

—Perdona, no quería ofenderte —me excusé.

Acababa de recordar lo irritable que era Andrés cuando se trataba de la belleza femenina. Desde su punto de vista —que ya entonces, en plena época adolescente, me parecía un poco estúpido— ninguna mujer podía compararse con la camarera que él perseguía. Empleaba todas sus horas libres en buscar un dinero que luego, los sábados a la tarde, le permitiera pasarse las horas bebiendo en una de las esquinas del mostrador del bar. Bebiendo y sufriendo, claro, porque ella hablaba con todos menos con él. Aquella chica, la más bonita del mundo.

—¿No me perdonas? —insistí. No quería que se fuera, necesitaba un interlocutor.

—Sí —cedió.

—¿Damos un paseo? —propuse. No quería ir directamente a casa, necesitaba tiempo para ordenar las sensaciones que en aquel momento se agolpaban en mi cerebro.

—¿En bicicleta?

—Prefiero ir andando, la verdad. Tengo muchas cosas en que pensar.

Tomamos por un sendero que, partiendo de la iglesia, rodeaba el valle donde se juntaban los tres pequeños ríos de Obaba. Era estrecho, y no muy adecuado para dos caminantes como nosotros, obligados a tirar de nuestras bicicletas; pero el paisaje que podía verse desde él me atraía mucho. Era verde, ondulado, salpicado de casas blancas; la clase de paisaje que todo adolescente intenta describir en sus primeros poemas.

—Parece un valle de juguete —dije.

—Sí, es verdad —respondió Andrés, no muy convencido.

—Se parece a los belenes que vosotros ponéis en Navidad —añadí deteniéndome. Comenzaba a sentirme eufórico. La extraña visión que había tenido en el coro de la iglesia había emborrachado mi corazón.

Por fin había dejado de llover, y los cisnes aprovechaban la calma para buscar restos de comida en las orillas del estanque. El amistoso paseante que les había dado de comer avanzaba ahora por el camino principal del parque, hacia la ciudad, con su bolsa blanca del pan doblada bajo el brazo.

Atraído por el nuevo aspecto que iba tomando el día, Esteban Werfell dejó su cuaderno y se acercó a la ventana. «¡Qué joven era entonces!», suspiró, recordando la conversación que había mantenido con Andrés.

Era muy joven, sí, y además vivía atormentado por los comentarios que oía sobre el ingeniero Werfell y sobre su madre, atormentado y confundido, buscando en los libros ilustrados el afecto y la seguridad que no encontraba en la escuela o en las calles de Obaba. Su corazón era, por lo tanto, un pequeño Cabo Desolación, y un buen terreno para una fantasía como la de Maria Vockel. Quería creer en la realidad de aquella adolescente rubia, quería creer en sus palabras. Al fin y al cabo, ella no se había presentado de manera muy diferente a la que acostumbraba alguna de las heroínas de sus novelas.

Aun después de tantos años, a Esteban Werfell le parecía exacto considerar a Maria Vockel como su primer amor. Paseando por el sendero que rodeaba el pequeño valle, se había sentido melancólico, soñador, idéntico a Andrés. Por primera vez en su vida, creía comprender lo que su compañero sufría por la camarera del bar.

—Tú al menos la puedes ver. Yo no la veré nunca.

El recuerdo de sus palabras le hizo sonreír. Eran ridículas, igual que la mayoría de las que había escrito en el diario personal de aquella época. Pero negar el pasado era una tontería.

—¿Y por qué no vas a Hamburgo? ¿No es tu padre de allí? —razonó Andrés. A él le preocupaban los detalles, pero no la aparición en sí, no su posibilidad. Al contrario, le parecía algo razonable. Había oído hablar de enamorados que se comunicaban de forma mucho más rara. Convirtiéndose en lechuzas, por ejemplo. Alguna razón habría para que Maria Vockel decidiera hacerlo de aquella manera.

Abandonando por un momento sus recuerdos, Esteban Werfell abrió la ventana y se asomó al parque. El cielo era cada vez más azul, y los visitantes de última hora se entretenían en pasear a sus perros o en echar comida a los cisnes. Al otro lado del estanque, una veintena de niños jugaban al fútbol.

«De cualquier manera, Andrés no era una excepción —pensó, apoyándose en la barandilla y volviendo a sus recuerdos—. La gente de Obaba aceptaba cualquier hecho extraño con una facilidad asombrosa. Mi padre se reía de ellos».

Sus mentes son burdas, Esteban, solía repetirle su padre. Y nunca dejaba de ilustrar aquella opinión con una anécdota jocosa.

Pero a él no le gustaban aquellas anécdotas, y le parecía que su padre era injusto con la gente de Obaba, que hacía mal en despreciarla.

«Aun así, yo era un Werfell —continuó, cerrando la ventana y volviendo a la mesa—. Por mucho que quisiera creer en aquella aparición, mi mente se negaba a ello. Se trataba de la vida, no de una novela. Aceptar la posibilidad de que lo sucedido respondiera a una realidad parecía ridículo. No, Maria Vockel no podía ser real, no podía vivir en el número dos de la calle Johamesholf».

Esteban Werfell cerró los ojos y vio a aquel otro Esteban de catorce años, camino de casa, dudando, diciéndose a sí mismo que su cabeza estaba llena de historias de Hamburgo, llena de nombres de mujer, de cantantes, de actrices; y que de ese fondo era de donde habían surgido las palabras que había oído en el coro de la iglesia.

Antes de seguir escribiendo calculó las páginas del cuaderno que seguían en blanco. Eran bastantes, las suficientes como para que el deseo de resumir la última parte de la historia se apoderara de él. Si terminaba pronto, aún tendría tiempo de salir al parque y ver algo del partido de fútbol que estaban jugando los niños. Pero su deseo sólo duró un instante. Debía contar la historia con todos sus detalles, tal como había decidido antes de volver de su visita a Hamburgo.

Mojó la pluma en el tintero. Una última mirada al parque le mostró a un niño que agitaba su paraguas amenazando a los cisnes.

—¿Cómo llegas tan pronto? —me dijo mi padre nada más entrar yo por la puerta.

—No he ido al cine.

—¿Y por qué no?

—Porque me he desmayado en la iglesia —confesé avergonzado.

Vi que se asustaba, y me apresuré a explicarle que no había sido nada raro. La oscuridad de la iglesia y el parpadeo de la llama de una vela habían tenido toda la culpa. No debía haberla mirado tan fijamente como lo había hecho.

Suspirando, mi padre señaló hacia la biblioteca.

—El espíritu está en esos libros, Esteban. No en la oscuridad de la iglesia —dijo.

—Quiero consultarte una cosa —titubeé después de un silencio. No podía hablar con él y seguir guardando mi secreto. Necesitaba saber su opinión acerca de lo sucedido con Maria Vockel.

—Tú dirás.

Se sentó en un sillón, indicándome que yo hiciera lo mismo. Estaba nervioso y me pareció que ya no me veía como un niño, sino como una persona adulta, capaz de tomar sus propias decisiones.

Le expliqué todo lo que había ocurrido desde mi entrada en la iglesia. La conversación que había mantenido durante el desmayo, los deseos que había sentido entonces, las dudas de después. Él me escuchó con atención, sin interrumpirme.

Cuando vio que el relato había terminado, se levantó y empezó a dar vueltas por la habitación. Se detuvo en la ventana, pensativo. «Ahora se irá a la biblioteca en busca de algún libro que aclare lo que me ha pasado», pensé. Pero no se movió de donde estaba.

—¿Puede ocurrir algo así? —pregunté—. ¿Hay alguna posibilidad de que Maria Vockel sea real?

—Sólo hay un modo de saberlo, Esteban. Escribir a esa dirección —dijo sonriendo. Yo me alegré mucho de que se mostrara tan comprensivo—. Te ayudaré a escribir la carta —añadió sin perder su sonrisa—. Todavía domino bien mi idioma.

A pesar de su tono amable, aquellas palabras suyas me obligaron a bajar la vista. Mi padre no había tenido éxito en sus intentos de enseñarme el alemán. Incluso en casa, yo prefería hablar tal como lo hacía con mis amigos, y me enfadaba cuando él se negaba a utilizar *la lengua que sabíamos los dos*. Pero aquel domingo todo era diferente. Arrepentido de mi actitud, me prometí a mí mismo que recuperaría el tiempo perdido, que no volvería a ofenderle.

Pero mi padre estaba contento, como si los acontecimientos de aquella tarde hubiesen reavivado sus buenos recuerdos. Me cogió por la barbilla y me obligó a levantar la cabeza. Luego, desplegando un viejo mapa de Hamburgo sobre la mesa, empezó a buscar la calle Johamesholf.

—Sí, aquí está. En el barrio de St. Georg —dijo mostrándome aquel punto en el plano—. ¿Escribimos la carta ahora mismo? —añadió.

—Me gustaría mucho —respondí riendo.

Ahora, después de muchos años, sé que aquella carta marcó el final de una época de mi vida. Yo, que nunca había sido como los demás niños de Obaba, iba a convertirme, a partir de ese momento, en un completo extraño, en un digno sucesor del ingeniero Werfell. Dejaría de frecuentar a mis compañeros de escuela, y nunca más volvería a la iglesia. Además empezaría a estudiar, a prepararme para mi entrada en la universidad.

Al envío de la carta siguió un período lleno de dudas. Un día estaba seguro de que la respuesta no tardaría en llegar, y en cambio el siguiente pensaba que tal posibilidad era ridícula y me enfadaba conmigo mismo por seguir abrigando esperanzas.

Aquella incertidumbre acabó un viernes, cuando mi padre subió corriendo a la habitación donde estaba leyendo y me mostró un sobre de color crema.

—¡Maria Vockel! —grité levantándome de la silla.

—Maria Vockel. Johamesholf, 2. Hamburgo —respondió mi padre leyendo el remite.

Un escalofrío recorrió mi espalda. Parecía imposible que una cosa como aquélla pudiera ocurrir.

Pero allí estaba la prueba de que sí. El sobre de color crema era real, lo mismo que las dos cuartillas escritas que lo llenaban.

—Pregúntame lo que no entiendas —dijo mi padre antes de salir de la habitación. Yo cogí el diccionario que él me había regalado por mi cumpleaños y empecé a leer la carta.

Al otro lado de la ventana, el sol se apagaba sin haber logrado imponerse a las nubes, como un fuego tenue, y un manto oscuro cubría todo el parque; la hierba, los árboles, el estanque. Sólo los cisnes parecían más luminosos que antes, más blancos.

Esteban Werfell encendió la lámpara y sacó la carta de Maria Vockel de uno de los cajones de la mesa. Luego, escribiendo con mucho cuidado, comenzó a transcribirla en su cuaderno.

Querido Esteban: no debemos asustarnos por lo que no podemos comprender, no al menos cuando, como en nuestro caso, lo incomprensible parece tan bonito. Ese domingo del que me hablas yo estaba en la cama con un ligero dolor de garganta, muy aburrida, y de pronto me entraron ganas de leer un libro. Pero resultó que una avería eléctrica había dejado toda la casa en penumbra, y que no podía hacerlo sin antes buscar una vela. Así pues, me levanté y fui a por ella a la cocina.

Lo que nos interesa a los dos ocurrió un poco más tarde, cuando volvía a mi habitación con la vela encendida en la mano. Primero escuché el sonido de un órgano, y luego vi a un chico de pelo negro junto a un anciano que tocaba el instrumento resoplando y moviéndose sobre el teclado. Entonces oí las mismas palabras que oíste tú, y me puse muy contenta, como si aquello hubiera sido un sueño, un sueño muy bonito. ¿Te pasó lo mismo a ti? ¿Te alegraste? Espero que sí.

Luego se lo conté a mi madre. Pero ella no quiso hacerme caso, y me envió a la cama diciendo que tenía fiebre. Ahora ya sabemos lo que nos ocurre. A los dos nos ha ocurrido lo mismo, por algo será.

Maria Vockel le hablaba luego de la vida que llevaba en Hamburgo, muy diferente de la suya en Obaba, mucho más interesante. Aprendía idiomas, patinaba, paseaba en barcos de vela. También iba al cine, pero no a ver películas mudas; lo de las películas mudas ya había pasado a la historia.

La carta acababa con una petición. Quería tener su fotografía. ¿Sería tan amable de enviársela? Ella le correspondería enviando la suya. «Soy más rubia de lo que imaginas», afirmaba.

Esteban Werfell sonrió al leer el comentario, y devolvió la carta al cajón. Tenía que seguir escribiendo, y lo más rápido posible, además, porque se iba haciendo de noche. El parque se había llenado de sombras, los cisnes dormían ya en su caseta.

La carta de Maria Vockel me dio tanto ánimo que, por primera vez en mi vida, comencé a sentirme superior a la gente de Obaba. Me había ocurrido algo sorprendente, algo que no le ocurría a nadie, y eso me convertía en un auténtico *elegido*. En adelante, sería una persona fuerte, y no me dejaría amilanar por aquella otra clase de *elegidos* que me señalaban con el dedo.

Durante algún tiempo seguí saliendo con mis compañeros de la escuela. En parte, necesitaba su compañía, porque mi relación con Maria Vockel era una novedad demasiado grande como para guardarla en secreto y para mí solo. Y cuando, como adolescentes que éramos, nos reuníamos para intercambiar confidencias, yo solía ser el más hablador de todos; ni siquiera Andrés me superaba.

Pero a ellos no les gustaba aquella chica de Hamburgo. Decían que tenía que ser fea y con gafas, y además muy aburrida; que de lo contrario no hablaría tanto de libros y de lecturas.

—¿Y nunca te dice nada del otro asunto? —me preguntaban riéndose y haciendo gestos obscenos.

Yo me defendía mostrándoles un retrato en el que una adolescente, rubia, sin gafas, sonreía sin despegar los labios, y les recriminaba su grosería. Pero ellos volvían a reírse, y desconfiaban de la veracidad de la fotografía.

Muy pronto, nuestra relación comenzó a enfriarse. Me negaba a enseñarles las cartas que regularmente me llegaban de Hamburgo, y sólo me juntaba con ellos para ir al cine. Y cuando, siguiendo los pasos de Andrés, dejaron el cine y tomaron la costumbre de frecuentar los bares, la ruptura fue total. Yo prefería quedarme en casa, estudiando alemán y leyendo los libros de la biblioteca de mi padre. Quería prepararme, estar a la altura de Maria Vockel.

Mi padre no podía disimular la alegría que le producía mi alejamiento de todo lo que tuviera que ver con Obaba.

—¿No vas a salir con tus amigos? —me preguntaba los domingos por la tarde, con una pizca de aprensión.

—No, estoy bien en casa.

Mi respuesta, invariable, le hacía feliz.

Cuando cumplí diecisiete años, dejé Obaba y me fui a la universidad. Para entonces, el número de cartas cruzadas entre Maria y yo superaba el centenar, y ningún tema faltaba ya en ellas. Todas juntas habrían formado un ilustrativo volumen de las inquietudes de la adolescencia.

Las cartas también hablaban del futuro de nuestra relación. Yo le pedía que me esperara, que no tardaría en ir a Hamburgo. Bien leída, aquella petición era promesa de matrimonio.

Sin embargo, no era ése el futuro que nos reservaba la vida. Nuestra relación, tan intensa hasta el día de mi ingreso en la universidad, decayó repentinamente en cuanto yo pisé las aulas. Fue como si alguien hubiera dado una señal y, por decirlo así, toda la música cesara de golpe.

Maria Vockel se retrasaba cada vez más en sus respuestas, y el tono que empleaba en ellas ya no era entusiasta; a veces, sólo era cortés. Por mi parte, aquel cambio me desconcertaba, me llenaba de inseguridad. ¿Cómo debía reaccionar? ¿Pidiéndole explicaciones? ¿Repitiendo mis promesas? Pero, con todo, los días pasaban y yo no me decidía a actuar.

Cuando volví a Obaba a pasar mis vacaciones de Navidad, vi un sobre de color crema sobre la mesa de mi habitación. Supe inmediatamente que aquélla era la carta de despedida.

—¿Malas noticias? —me preguntó mi padre durante la comida.

—Maria me ha dejado —respondí abatido. Con ser previsible, la noticia me había afectado mucho.

Mi padre sonrió con humor.

—No te preocupes, Esteban —dijo—. Los sufrimientos del amor son como los de las muelas. Intensos, pero nunca graves.

Efectivamente, mi abatimiento duró poco. Estuve enfadado una temporada, hasta el punto de enviar a Maria una respuesta bastante dura, y luego, casi sin darme cuenta, se me olvidó todo. Antes de acabar el curso la relación que había tenido con ella se me figuraba muy lejana, y me alegraba de su final.

Una vez acabados mis estudios y siendo ya profesor de Geografía, me casé con una compañera de trabajo, y las cartas color crema quedaron enterradas y olvidadas. Para entonces, mi padre descansaba ya en la tierra de Obaba.

Esteban Werfell dejó de escribir y comenzó a repasar las páginas del cuaderno. *He regresado de Hamburgo con el propósito de escribir un memorándum de mi vida*, leyó en la primera página.

Suspiró aliviado. El memorándum estaba casi terminado. Sólo le quedaba contar lo ocurrido en el viaje a Hamburgo.

Inclinándose de nuevo sobre la mesa, dudó en escribir la palabra *epílogo* al comienzo de la nueva página. Al final, prefirió trazar una raya y aislar así aquella última parte de la historia.

Había oscurecido por completo. La luz de sodio de las farolas iluminaba ahora el parque.

Así terminaría —escribió bajo la raya— el repaso que, a partir de una tarde de domingo, he dado a mi vida, si no fuera por el viaje que acabo de hacer a Hamburgo. Pero lo que encontré allí me obliga a dar un salto en el tiempo y a seguir con la historia.

Al salir para Hamburgo mi principal propósito era conocer la ciudad de mi padre, objetivo que las circunstancias políticas, la guerra sobre todo, me habían impedido cumplir durante muchos años. Quería visitar los lugares por los que él había andado antes de marcharse a Obaba, y rendir así un homenaje a su memoria. Iría a la Buschstrasse, compraría entradas para escuchar ópera en el Schauspielhaus, pasearía por las orillas del lago Binnen.

Abrigaba, luego, un propósito menor; «si tengo tiempo —pensaba—, iré al número dos de la calle Johamesholf. Quizá Maria Vockel siga viviendo allí».

Pero cuando, después de diez días de estancia en la ciudad, di por cumplido el primer objetivo, la idea de visitar a mi *primer amor* —que yo había considerado como absolutamente normal— comenzó a desasosegarme. Me decía a mí mismo que no ganaría nada con mi curiosidad; que, sucediera lo que sucediera en la visita, el buen recuerdo que tenía de Maria Vockel se desharía. En el fondo, tenía miedo de dar aquel paso.

Dudé durante varios días, cada vez más nervioso. No salía del hotel, y me pasaba las horas asomado a la ventana y mirando hacia el barrio de St. Georg. Allí estaba la calle cuyo nombre había oído pronunciar en el coro de la iglesia; aquéllas eran las casas que formaban el punto que mi padre había dibujado sobre el mapa de la ciudad.

Faltaban sólo unas horas para que yo tomara el tren de vuelta cuando, dejando bruscamente aquella ventana, bajé corriendo las escaleras del hotel y llamé a un taxi.

«Si no lo haces, te arrepentirás», repetía para mis adentros.

El recuerdo de Maria Vockel me invadía, haciéndome sentir en otro tiempo; fuera de aquel en el que realmente me encontraba. En cierto modo, volvía a tener catorce años.

El taxi me dejó frente al número dos de la calle Johamesholf. Era una casa antigua, de tres balcones.

«De aquí me enviaba sus cartas», pensé abarcándola con la vista. Luego fui hasta la puerta y llamé al timbre. Sentía los latidos de mi corazón en todo el cuerpo.

Un anciano de unos ochenta años apareció en el umbral. Estaba muy delgado, y las arrugas le marcaban la cara.

—¿Qué desea? —escuché.

La pregunta volvió a situarme en el tiempo real, y la sensación de estar haciendo el ridículo se apoderó de mí. No acertaba a decir nada.

—Querría saber si Maria Vockel vive en esta casa —balbucí al fin.

—¿Maria Vockel? —se extrañó el anciano—. ¡Werfell! —gritó de pronto, señalándome con el dedo. Luego abrió mucho los ojos, como quien acaba de recordar algo insólito, y se puso a reír. Yo estaba aturdido.

—Efectivamente, soy Esteban Werfell —dije. El anciano seguía riendo, y me invitaba a entrar en su casa.

—¡Werfell! *Mein Kamerad!* —repitió él abrazándome. Luego se presentó, y esta vez fui yo el que abrió mucho los ojos.

El anciano era Theodor Steiner, el viejo amigo de mi padre, su camarada del Club Eichendorff.

—¡Creí que no vendría nunca! —exclamó cuando subíamos por la escalera.

Cuando entramos en su biblioteca, el señor Steiner me pidió que me sentara, y comenzó a repasar sus estanterías.

—¡Aquí está! —dijo enseguida sacando un ejemplar de los *Gedichte* de Joseph Eichendorff.

De entre las páginas del libro sobresalía un sobre de color crema.

—Señor Werfell, la Maria Vockel que usted creyó conocer fue sólo una invención de su padre. Hubo, desde luego, una actriz con ese nombre en la ópera de Hamburgo, pero nunca vivió en esta casa.

El señor Steiner me miraba con seriedad.

—Déjeme leer la carta de mi padre, por favor —dije.

—Léala, sí. Le ha estado esperando treinta años —suspiró él antes de desaparecer por el pasillo.

La carta de su padre seguía entre las páginas del libro de Eichendorff, y ambos estaban ahora sobre su mesa. Esteban Werfell abrió el sobre de color crema y comenzó a transcribir el texto con el que concluiría su duodécimo cuaderno.

Querido hijo: perdona que te haya engañado. Estoy ya en la última etapa de mi vida, pero aún ignoro si lo que concebí aquel domingo fue o no justo. Tengo miedo. A veces pienso que no soy más que un anciano loco.

Me gustaría llamarte a mi lado y explicarme ante ti abiertamente, sin recurrir a esta carta, pero no me atrevo. Si algún día vas en busca de Maria Vockel, Theodor te entregará esta carta y sabrás la verdad. De lo contrario, quedará en secreto. Sea como sea, te pido perdón una vez más, mil veces más.

En realidad, todo ocurrió por casualidad, sin premeditación alguna por mi parte. Cuando me confiaste lo que habías visto y oído durante el desmayo, comprendí enseguida que toda la escena estaba construida con retazos de conversaciones que habías tenido conmigo. El número dos de la calle Johamesholf, por ejemplo, era la dirección del único amigo que seguía escribiéndome y dando noticias de mi país; por otra parte, Maria Vockel era el nombre de una cantante de ópera que a mí me gustaba mucho.

Entonces surgió la idea. Pensé de pronto que podía convertirme en Maria Vockel y de ese modo influir en tu vida. Puede que tú ya no te acuerdes, Esteban, pero en aquella época estabas muy alejado de mí y muy cerca, en cambio, de la forma de vida de Obaba. Desde mi punto de vista, y como bien sabes, aquello era lo último, lo peor que podía pasar. No quería que te convirtieras en uno de ellos, y me parecía un deber el impedirlo.

Escribí a Theodor pidiéndole ayuda, y ambos nos pusimos de acuerdo. El sistema era muy simple. Yo escribía las cartas aquí, en casa, y luego se las enviaba a mi amigo. Entonces Theodor las hacía copiar por una adolescente de tu misma edad —se trataba de que todo pareciera real—, y las reenviaba a Obaba.

El juego duró hasta que te vi a salvo, hasta que te marchaste a la universidad. Una vez conocida la universidad, ya no querrías volver a estas montañas. Menos aún con la educación que yo te había ido dando a través de las cartas. Te había hecho aprender mi lengua, te había hecho leer...

La carta seguía, pero las palabras con que su padre cerraba su explicación eran tan íntimas, tan cariñosas, que su mano se negaba a transcribirlas.

Aquí termina este memorándum, escribió. Luego apagó la luz y se quedó a oscuras, plácidamente, feliz.

Exposición de la carta del canónigo Lizardi

Se trata de una carta que ocupa once hojas de la clase que llaman holandesa, ilegible en alguna de sus partes debido a la humedad del sótano donde, al no haber sido enviada en su día, ha permanecido durante muchos años. La primera hoja, que es la que ha estado en contacto directo con el suelo, se encuentra particularmente deteriorada, y tiene tantas manchas que apenas si es posible entender algo de lo que el canónigo decía en ese comienzo. El resto, con la salvedad hecha de alguna que otra línea de las de *arriba*, se halla en muy buen estado de conservación.

Aunque la carta no lleva fecha, podemos suponer que fue escrita en mil novecientos tres, ya que al final de ella, en la despedida que precede a la firma, su autor declara llevar tres años en Obaba; y todo parece indicar —así lo afirma al menos el clérigo que ahora ocupa su puesto— que fue a principios de siglo cuando Camilo Lizardi se hizo cargo de la rectoría del lugar.

Debió de ser un hombre culto, tal como lo demuestran su elegante grafía, muy barroca, y la forma, perifrástica, llena de símiles y citas, con que aborda el delicado asunto que le llevó a coger la pluma. Lo más probable es que se tratara de un discípulo de Loyola que, abandonando su orden, se había decidido por la clerecía común.

En cuanto al destinatario, fue sin duda un antiguo amigo o familiar suyo, aun cuando no nos sea posible, por el citado mal estado de la primera hoja, conocer su nombre y circunstancias. No obstante, parece lícito suponer que se trataba de una persona con gran autoridad eclesiástica, capaz de actuar como maestro y guía incluso en una situación tan difícil como la que, de creer los hechos narrados en la carta, se dio por aquella época en Obaba. No hay que olvidar, además, que Lizardi se dirige a él con ánimo de confesión, y que su tono es siempre el de un hombre acorralado que necesita el consuelo, algo triste, de un superior.

En la primera hoja, según lo poco que es posible leer al final de ella, Lizardi habla de la *pesadumbre* que le embarga en ese momento, y declara *sentirse incapaz de soportar la prueba*. En su poquedad, estas palabras nos ayudan a situar la historia que el canónigo desarrolla en las diez hojas siguientes, e impiden que malinterpretemos las muchas vueltas y circunloquios de su estilo. Veamos, ahora, cuáles pudieron ser las características de esa prueba a la que se refiere en el comienzo mismo de la carta. Dice así Lizardi en la segunda hoja, en texto que transcribo sin añadir ni quitar nada:

... pero déjame antes, querido amigo, hablar una pizca acerca de los astros, pues encuentro que es en los libros de astronomía donde mejor se describe este errar diario, este misterio de ir viviendo que casi no cabe en ninguna metáfora. Pues dicen los discípulos de Laplace que nuestro universo nació de la destrucción de una muy extensa bola o núcleo que vagaba por el espacio, y que vagaba, además, solitaria, sin otra compañía que la del Creador que lo construyó todo y está en el origen de todas las cosas; y que de esa destrucción provienen así las estrellas como los planetas y los asteroides, trozos de una misma materia expulsados de aquella su primera casa y abocados desde entonces al alejamiento y a la separación.

Los que, como yo, hemos avanzado en la edad lo suficiente como para poder divisar ya la oscura frontera de la que nos habla Solino, quedamos abatidos al leer esa descripción que con tanta frialdad nos ofrece la ciencia. Pues no vemos, al mirar atrás, aquel mundo que en un tiempo nos acogía por entero, tal como acoge el manto al niño recién nacido. Aquel mundo ya no está con nosotros, y nos faltan, por ello, todas las queridas personas que nos ayudaron a dar los primeros pasos. Al menos a mí me faltan: hace quince años murió mi madre; hace dos, la hermana que vivía conmigo. Nada sé, por otra parte, de mi único hermano, el cual marchó a ultramar siendo todavía adolescente. Y tú mismo, querido amigo, estás lejos; en esta época en que tanto te necesito, estás lejos.

Siguen a este pasaje unas líneas borrosas que, por lo que he podido descifrar, aluden al salmo en que los hebreos desterrados a Sión se quejan de su suerte. Luego, ya en la tercera hoja, el canónigo completa su larga introducción y entra de lleno en el tema central de la carta:

... porque, tú lo sabes tan bien como yo, la vida nos golpea con esa misma tenacidad y fuerza que emplea el mar para destruir la roca. Pero me estoy desviando del camino, y ya te veo impaciente y preguntándote qué es lo que me sucede, a qué se deben estas quejas y estos prolegómenos míos. Pues recuerdo muy bien cuán inquieto y apasionado eras, y lo muy poco que te gustaban las dilaciones. Mas acuérdate tú de la querencia que yo tenía por la retórica, y perdóname: ahora mismo paso a explicar los sucesos que han motivado esta carta. Espero de todo corazón que me escuches con buen ánimo, y que tengas presente, mientras tanto, aquel lamento del Eclesiastés: *Vae soli!* Sí, es muy amarga la suerte del hombre que está solo, y aún más amarga la del que, además, y al igual que los últimos mosquitos del verano, se ve incapaz de levantarse y vive trastabillando. Pero no sigo con mis males; vuelvo mi atención hacia los hechos que he prometido contar.

Ahora hace nueve meses, en enero, un muchacho de once años desapareció en los bosques de Obaba; para siempre, según ahora sabemos. Al principio, nadie se inquietó por su falta, ya que Javier —pues éste era el nombre que llevaba el muchacho, el de nuestro mártir más querido— tenía esa costumbre: la de huir de casa y permanecer en el bosque durante días. Era, en ese sentido, especial, y nada tenían que ver sus huidas con las rabietas que empujan a todo muchacho a hacer de vez en cuando lo mismo; como aquella vez que tú y yo, en protesta de un castigo escolar injusto, nos escapamos de la vigilancia de nuestros padres y pasamos la noche a la intemperie, escondidos en un campo de maíz... pero, como te refiero, el caso de Javier no era de esta índole.

Llegado a este punto, debo decirte que Javier era de padres desconocidos; o para expresarlo con las mismas burlonas palabras con que aquí tantas veces lo calificaron, un *hijo de las zarzas*. Vivía, por esa razón, en la hostería de Obaba, donde le vestían y le daban de comer a cambio de los duros de plata que —*vox populi dixit*— sus verdaderos progenitores hacían llegar a los dueños.

No es mi intento, en esta carta, aclarar el misterio de las continuas huidas del pobre muchacho, pero tengo por seguro que el comportamiento de Javier obedecía al mismo instinto que hace a un perro moribundo escapar de sus amos y correr hacia los ventisqueros; pues, siendo del mismo origen que los lobos, allí es donde se encuentra con sus verdaderos hermanos, con su mejor familia. Del mismo modo, y según mi consideración, Javier se marchaba al bosque en busca del amor que sus cuidadores no le ofrecían en casa, y más de una razón hay para creer que era entonces cuando, caminando solitario entre árboles y helechos, se sentía bienaventurado.

Las ausencias de Javier a casi nadie llamaban, a casi nadie hacían suspirar o padecer; ni siquiera a sus cuidadores, los cuales —con esa maldad que casi siempre acompaña a la falta de lecturas— se desentendían de él afirmando que *ya regresaría cuando tuviera hambre*. En verdad, solamente yo y otro le buscábamos, siendo ese otro Matías, un anciano que, por ser nacido fuera de Obaba, vivía también en la hostería.

De todos modos, no sucedió así la última vez, pues tanto empeño puse en que lo buscaran que una cuadrilla entera de hombres se decidió a ello. Pero, tal como te he referido antes, el pobre Javier no aparece, y ya va para nueve meses. No hay, pues, esperanza.

Piensa ahora, querido amigo, en el tierno corazón de los niños, y en la inocencia con que, por ser ellos tan queridos de Dios, actúan siempre. Pues de esta naturaleza son también los que tenemos en Obaba, y da alegría verlos siempre juntos y siempre corriendo; corriendo alrededor de la iglesia, además, ya que tienen el convencimiento de que, una vez dadas once vueltas alrededor de ella, la gárgola de la torre romperá a cantar. Y cuando ven que a pesar de todo no canta, pues entonces ellos, sin perder la ilusión, atribuyen el fracaso a un error de cuentas, o a lo rápido o a lo lento que se han movido, y porfían en su empresa.

Sin embargo, Javier nunca los acompañaba. Ni en esa hora ni en ninguna otra. Vivía al lado de ellos, pero apartado. Quizá los rehuyera por su carácter, demasiado serio y silencioso para su edad; quizá, también, por el temor de ser burlado, ya que una mancha violácea le cogía media cara y lo afeaba mucho. Fuera como fuese, la conclusión…

Ahí termina la tercera hoja. La cuarta y siguiente se halla, desgraciadamente, muy enmohecida por la parte superior, y todos los esfuerzos que he hecho por limpiarla no han dado gran resultado. Únicamente he podido salvar un par de líneas.

Leyéndolas, se tiene la impresión de que el canónigo Lizardi abandona el relato y recae en las tristes reflexiones del comienzo. Eso deduzco yo, al menos, de la presencia en ellas de una palabra como *santateresa*, nombre vulgar de la mantis religiosa: un insecto que, según la guía de campo que he consultado, resulta excepcional en todo el reino de la naturaleza por cómo se ensaña con sus víctimas. *Las devora lentamente y procurando que no mueran enseguida; como si su verdadera necesidad fuera la tortura, y no el alimento*, comenta el autor de la guía.

¿Compararía Lizardi el comportamiento del insecto con el que la vida había mostrado con el muchacho? Personalmente, creo que sí. Pero dejemos estas elucubraciones; vayamos con lo que realmente escribió Lizardi en la parte legible de la cuarta hoja.

… pero no pienses, querido amigo, que por mi parte hubiera renuncia o dejación. Lo visitaba con frecuencia, y siempre con una palabra amable en los labios. Mas todo era inútil.

En esas consideraciones me enredaba cuando a principios de febrero, un mes después de que Javier huyera, un jabalí completamente blanco apareció en la calle mayor de Obaba. Para gran admiración de quienes lo contemplaban, no retrocedió ante la presencia de gente, sino que correteó por delante de ellos de tal manera, con tal sosiego y mansedumbre, que más parecía una criatura angélica que una fiera. Se detuvo luego en la plaza, y allí permaneció quieto durante un rato, mirando hacia un grupo de niños que jugaban con los restos de la nieve caída durante la noche...

La quinta hoja también está dañada por la parte superior, pero no tanto como la que acabo de transcribir. La parte humedecida sólo afecta a las tres primeras líneas. A continuación, dice lo siguiente:

... pero ya sabes cómo es nuestra gente. No siente amor por los animales, ni siquiera por aquellos muy jóvenes y pequeños que, siendo flacos para defenderse, deberían ser objeto de sus cuidados. Recuerdo *ad litem* que, al poco de llegar yo a Obaba, un pájaro de colores muy vivos vino a posarse en el campanario de nuestra iglesia, y que yo lo miraba y me regocijaba pensando que era el mismo Padre quien, por su infinita bondad, me enviaba aquella bellísima criatura suya como señal de bienvenida; y he aquí que llegan tres hombres con sus escopetas de pistón al hombro... El pobre pájaro quedó destrozado antes de que yo tuviera tiempo de acercarme a ellos. Así de seco es el corazón de nuestra gente, en nada se parecen al buen Francisco.

Pues de esa misma manera actuaron con el jabalí blanco. Así de las ventanas como, los más atrevidos, de la misma plaza, comenzaron a dispararle, y tanta fue la bulla que armaron que me espanté y salí corriendo de la iglesia, donde en ese momento estaba. Sin embargo, no consiguieron otra cosa que herir al animal, y éste, en medio de fuertes chillidos, escapó al bosque.

Al ser el jabalí de color blanco, y por lo tanto muy extraño, los cazadores estaban muy excitados; lo imaginaban ya como trofeo. Mas no hubo tal, al menos aquel día. Volvieron de vacío y, desfallecidos de cansancio como estaban, acabaron todos en la hostería, bebiendo y riendo, y prometiéndoselas muy felices para el día siguiente. Y fue entonces mismo, aquel primer día de cacería, cuando Matías se enfrentó a ellos hoscamente, y con estas palabras:

—No hacéis bien. Él ha venido sin ánimo de hacer daño, y en cambio vosotros le habéis recibido a tiros. Mejor será que os atengáis a las consecuencias.

Como bien recordarás por lo mencionado al comienzo de esta carta, Matías era el anciano que más quería al muchacho; y tanta pena tenía por su desaparición que muchos temían que se trastornara. Y allí en la hostería, oyendo esas sus palabras y las que luego salieron de su boca, nadie dudó de que así había sucedido en efecto. Pues, según su consideración, el jabalí blanco no era otro que nuestro muchacho, no era otro que Javier, quien había mudado de naturaleza a causa de la triste vida que llevaba como persona. Y, al parecer, argumentó su juicio de la siguiente manera:

—¿Acaso no habéis visto cómo se ha quedado en la plaza, mirando a los niños que jugaban con la nieve? ¿Y acaso no hacía Javier lo mismo? ¿Y no tenía este jabalí, igual que Javier, una mancha violácea alrededor del hocico?

Por lo que cuentan los que en ese momento estaban presentes, a este razonamiento del anciano siguió una gran discusión, y ello porque algunos cazadores negaban que el jabalí tuviera mancha, en tanto que otros lo afirmaban apasionadamente. Y dime, querido amigo, si puede fingirse mayor desatino; dime qué clase de persona es la que, sin poner objeción alguna a la mudanza, y creyendo, por lo tanto, que era Javier quien se escondía bajo la áspera piel del jabalí, se siente ofendida y discute por el accesorio detalle de la mancha. Mas, como bien conoces, la superstición no ha desaparecido de los lugares como Obaba, y, al igual que las estrellas conservan su brillo aun mucho tiempo después de muertas, las viejas creencias…

Las diez primeras líneas de la sexta hoja están borradas del todo, y nada podemos saber de lo que ocurrió durante los días que siguieron a la aparición del jabalí. Sí podemos saber, en cambio, lo ocurrido posteriormente, ya que toda la parte que va desde la mitad de la sexta hasta el final de la séptima se halla en perfecto estado de conservación.

… pero una noche el jabalí volvió a bajar a Obaba, y, deslizándose entre las sombras, se encaminó hacia una casa que se levanta, solitaria, a unos quinientos metros de la plaza. Una vez frente a ella, comenzó a golpear la puerta y a morderla, con una furia tal y con tales bufidos que a los habitantes que dormían tras de ella se les fue la voz que necesitaban para pedir auxilio; tanto era el miedo que les embargaba.

Yo no debería decir que el animal actuó con voluntad criminal, pues sé que no es lícito atribuir a los animales las potencias que únicamente corresponden al hombre. Y, sin embargo, estoy tentado de hacerlo. De lo contrario, ¿cómo explicar su empeño en entrar a la casa? ¿Cómo explicar los destrozos que luego, al ver que no podía romper la puerta, hizo en la hacienda…? Porque has de saber que, antes de perderse en el bosque, el jabalí acabó con la vida de un caballo y de un buey que los de la casa guardaban en un cobertizo. Pero no soy soberbio, y sé que sólo nuestro Padre conoce las verdaderas razones de aquel comportamiento.

Después de lo sucedido, los ánimos de los cazadores se soliviantaron, y fueron muchos los que, habiendo permanecido pacíficos hasta entonces, decidieron unirse a las partidas que ya había. Y, como siempre, el anciano Matías fue la voz de la discordia. Salía a los caminos y suplicaba a los que marchaban hacia el bosque:

—¡Dejad en paz al jabalí! ¡Así sólo conseguiréis que se enfurezca con vosotros! ¡Javier os reconocerá!

Los cazadores le respondían con violencia, sin reparar en que se trataba de un anciano que, además, hablaba desde su trastorno, y luego seguían camino. Mas no debes ser severo al juzgar su mala educación y su poca templanza. Estaban, como te he dicho, muy fuera de sí, porque temían que el jabalí porfiara en hacer daño a sus haciendas, que son generalmente muy pobres; tan pobres que apenas consiguen de ellas lo suficiente para comer y vestir. Pero también Matías tenía sus razones:

—¡Javier no tiene nada contra vosotros! ¡Solamente ataca a los que antes le hacían daño!

Por desgracia para todos, lo que decía el anciano no era puramente locura, pues la familia atacada por el jabalí es la menos cristiana de Obaba, siendo sus miembros, desde hace varias generaciones, muy dados a la crueldad; lo cual quedó muy demostrado en la última guerra. Y, muchas veces, estando borrachos en la hostería, habían empleado esa su crueldad con Javier, burlándose de él e incluso golpeándole; porque la maldad siempre se ensaña con el más débil. Pero ¿existía alguna relación entre los dos hechos?, ¿debía desechar por entero lo que decía el anciano?; ésas eran las preguntas que me hacía y que me atormentaban.

Hay un cuento, que las madres de Obaba cuentan a sus niños, donde una hija pregunta a su malvado padre si cree que algún día le llegará la muerte. Y el padre le responde diciendo que es muy difícil que tal ocurra, porque: *yo tengo un hermano que es un león y vive en la montaña, y dentro de ese león hay una liebre, y dentro de la liebre una paloma; una paloma con un huevo. Pues bien, si alguien consigue ese huevo y luego me lo rompe aquí en la frente, moriré. De lo contrario, nunca.* Sin embargo, el que está escuchando el cuento sabe que esa relación será descubierta por el pequeño criado de la casa, y que el hombre, en realidad un demonio, será muerto. Mas yo no tuve el ingenio del pequeño criado, y no supe responder a mis propias preguntas. Quizás haya sido torpe; quizá fuera, el hilo que iba de Javier al jabalí, más difícil de desentrañar que el que ataba la vida del padre al huevo de la paloma.

De todos modos, los acontecimientos se encadenaron con tanta prontitud que apenas hubo tiempo para la reflexión. Porque sucedió que, al tercer día de cacería, el jabalí persiguió e hirió a uno de los cazadores rezagados de la partida.

La carta sigue en la octava hoja, que, por haber estado colocada en sentido inverso a las demás, conserva bien la parte superior. No así la inferior, en la que aproximadamente ocho líneas resultan ilegibles.

Según consideraron los que le acompañaban, el jabalí blanco volvió a actuar con prudencia y discernimiento, guardándose entre el follaje y celando a la partida hasta que uno determinado de ellos, el que luego resultó herido, quedó solo y sin defensa. El anciano Matías resumió lo que ya estaba en la mente de todos:

—Será mejor que, de ahora en adelante, llevéis la cara cubierta. Sobre todo los que alguna vez le hicisteis mal. Ya se ve que quiere tomar venganza.

Uno de aquellos días caí en la cuenta de que la primavera ya estaba entre nosotros, y que los campos estaban olorosos y llenos de todas las hermosas flores con las que el Creador nos proveyó. Mas, así para mí como para el resto de los habitantes de Obaba, todo ese jardín era inútil; ninguna flor pudo aquí cumplir su oficio, ninguna flor sirvió para el recreo de nuestro espíritu. Las clavellinas y las azucenas nacían solas en el bosque, e igual de solas morían, porque nadie, ni los niños, ni las mujeres, ni siquiera los hombres más avezados, se atrevían a llegar hasta ellas; y la misma suerte corrían las gencianas de la montaña, y las matas de rododendros, y las rosas, y los lirios. El jabalí blanco era el único dueño del terreno donde ellas crecían. Bien lo dijo una de las gacetas que se publican en tu ciudad: un animal salvaje aterroriza a la pequeña población de Obaba. ¿Y sabes cuántas noches ha bajado a visitarnos para luego...?

La octava hoja se interrumpe ahí. Afortunadamente, las dos siguientes no plantean ningún problema de lectura. En esta parte final de la carta, la letra del canónigo Lizardi se vuelve muy pequeña.

... lo que Matías había anunciado fue cumpliéndose con la exactitud de una profecía. El jabalí blanco siguió atacando las casas de los que formaban las partidas de caza, noche a noche, sin descanso, con el cálculo de quien se ha trazado un plan y no desfallece en cumplirlo. Entonces, cuando ya el pánico se había adueñado de todos los corazones, el anciano vino a visitarme a la rectoría.

—Vengo a hacerle una pregunta, y cuanto antes tenga su respuesta, mejor. ¿Puedo matar al jabalí blanco? —me dijo nada más entrar.

Sus palabras me llenaron de angustia, y no solamente por la brusquedad con que fueron dichas. Pues lo que el anciano realmente deseaba de mí era la bendición de un crimen; para él no había diferencia alguna entre el muchacho que había conocido y el jabalí que aquellos días asolaba nuestro valle. Y yo mismo, tengo que confesártelo, dudaba acerca de esa cuestión. Mal hecho, dirás; un simple sacerdote no tiene derecho a dudar de lo que tantos teólogos y sabios han demostrado. Pero soy un hombre vulgar, un pequeño árbol que siempre ha vivido entre densas tinieblas, y aquel animal que parecía actuar con conocimiento y voluntad me tenía subyugado.

Quise, por todo ello, evitar una respuesta directa. Le dije:

—Es inútil que lo intentes, Matías. Eres un anciano. No conseguirás cazar a un animal como ése, capaz de burlar a los mejores cazadores.

—Para mí será fácil, porque conozco bien las costumbres de Javier —me respondió él alzando la voz y mostrando cierta arrogancia. Luego añadió—: Además, eso queda de mi cuenta. Lo que yo quiero saber es si puedo matarle o no. Y usted tiene la obligación de responderme.

—Pero ¿hay necesidad de ello? ¿Por qué matar a un animal que antes o después acabará marchándose de Obaba? Siempre que…

—¡Claro que hay necesidad! —me interrumpió casi gritando—. ¿Acaso no se apiada usted de él? ¿No le da pena Javier?

—Matías, no quisiera…

Mas tampoco esta vez me dejó acabar. Se incorporó en su asiento y, tras hurgar en una bolsa que traía, puso sobre mi mesa un pañuelo muy sucio. ¿Sabes lo que había allí? No, no puedes imaginártelo, porque se trataba de la sanguinolenta pezuña de un jabalí. Era una visión horrible, y retrocedí espantado.

—Javier está sufriendo mucho —comenzó entonces el anciano.

Yo permanecía callado, incapaz de articular palabra.

—La gente de Obaba es cobarde —siguió después de una pausa—. No quiere enfrentarse con él de frente, y se vale de cepos, o de trampas, o de veneno. No le importa que su muerte sea lenta y dolorosa. Ningún buen cazador haría eso.

—Es natural que estén asustados, Matías. Haces mal en despreciarles por eso.

Mas no tenía convencimiento de lo que decía, y me costaba gran esfuerzo sacar las palabras de mi boca. De cualquier modo, el anciano no me oía; parecía sumido en un soliloquio.

—Cuando el jabalí cae en un cepo, se libera de él cortando la parte presa con sus propios dientes. Ésa es su ley.

Hablaba entrecortadamente, respirando hondo.

—¿No le parece a usted que Javier ha aprendido muy pronto? —preguntó al fin mirándome a los ojos. La sonrisa que tenía en ese momento era la de un padre que está orgulloso de las hazañas de su hijo.

Asentí a lo que decía, y pensé que el sentimiento de aquel hombre era legítimo; que, llegado el último día, Dios Nuestro Señor no tendría reparo alguno en concederle la paternidad que reclamaba. Sí, Matías era el verdadero padre de Javier; no aquel que lo abandonara al nacer; ni tampoco aquel otro que, después de adoptarle en la hostería, sólo le ofreció mezquindad.

—¿Puedo matarle? —me preguntó entonces el anciano. Volvía a mostrarse sombrío.

Como tú, querido amigo, bien sabes, la piedad es la forma extrema del amor; la que más nos conmueve, la que con mayor fuerza nos empuja al bien. Y, sin duda alguna, Matías me hablaba en su nombre. No podía soportar que el muchacho siguiera sufriendo. Había que acabar cuanto antes.

—Sí, puedes hacerlo —le dije—. Matar a ese jabalí no es pecado.

Bien hecho, me dirás. Sin embargo, y teniendo en cuenta lo que sucedió después...

La décima hoja se interrumpe en ese punto. A la siguiente y última le faltan las cuatro primeras líneas; el resto, firma incluida, se ha conservado muy bien.

... existe en los alrededores de Obaba, no muy lejos de esta casa, una hondonada muy boscosa que, teniendo la forma de una pirámide invertida, acaba en una cueva que parece penetrar en la tierra. Pues bien: Matías presentía que era allí donde se escondía el jabalí blanco. ¿Por qué?, preguntarás; ¿por qué se hacía una suposición de esa índole, una suposición que luego —ya te lo adelanto— resultó acertada? Pues porque sabía que Javier hacía lo mismo cuando se escapaba de la hostería. Se escondía allí, en la cueva, sin otra compañía, el pobre muchacho, que las salamandras.

Mas, como te he dicho, supe todo eso cuando ya era tarde. De haberlo sabido antes, no habría dado mi consentimiento a Matías. No, no puedes entrar en esa cueva, le habría dicho. Ningún cazador esperaría a un jabalí en un lugar como ése. Es demasiado peligroso. Cometerás un grave pecado yendo allí y poniendo en riesgo mortal tu vida.

Pero Dios no quiso iluminarme. Me equivoqué al encarar una cuestión cuya bondad o maldad no podía de ninguna manera dilucidar, y luego ya no hubo tiempo para rectificaciones. Los hechos, que ahora mismo paso a contarte, se precipitaron como las piedras que, una vez perdido el sostén, caen a saltos ladera abajo. En realidad, bastaron unas cuantas horas para que todo estuviera concluido.

Ocurrió que, después de marcharse Matías, y estando yo dentro de la iglesia, escuché lo que en aquel momento, y con gran sobresalto, me pareció una explosión. Al principio no reparé en cuál podría ser la procedencia de aquel ruido tan fuerte, completamente inusual en Obaba. No ha sido una escopeta, pensé.

—¡A no ser que el disparo haya retumbado en una cueva! —exclamé a continuación. Supe enseguida que estaba en lo cierto. Con la ayuda de Dios, había adivinado lo sucedido.

Matías ya estaba muerto cuando llegué a la hondonada. Yacía en la misma entrada de la cueva, boca abajo, sosteniendo aún su escopeta. A unos metros de él, más hacia el interior, estaba el jabalí blanco, jadeando, desangrándose por el cuello.

Entonces, entre los jadeos, creí escuchar una voz. Atendí mejor y ¿qué crees que escuché? Pues la palabra que, en un trance como aquél, hubiera proferido cualquier muchacho: ¡madre! Ante mis propios ojos aquel jabalí se quejaba y lloriqueaba, y decía madre, madre, una y otra vez… Pura ilusión, dirás tú, puras figuraciones de un hombre cansado y de poca templanza; y eso es lo que yo mismo me digo cuando recuerdo lo que he leído en los libros de ciencia o lo que nos exige la fe. Sin embargo, no puedo olvidar lo que vi y escuché en la cueva. Porque además, Dios mío, tuve que coger una piedra y rematarlo. No podía dejar que siguiera desangrándose y sufriendo, tenía que actuar con la misma virtud con que lo había hecho el anciano.

No puedo más, y aquí termino. Soy ahora, como ves, un hombre deshecho. ¡Qué gran favor me harías, querido amigo, si vinieras a visitarme! Llevo ya tres años en Obaba. ¿No es suficiente soledad?

Con esa pregunta —y con la firma que le sigue— acaba la carta, y también esta exposición. Sin embargo, no quisiera poner punto final a mi trabajo sin aludir antes a un hecho que, tras varias charlas con los actuales habitantes de Obaba, me parece significativo. Se trata de la paternidad de Lizardi. Muchos de los que han hablado conmigo afirman que Javier era, sin lugar a dudas, hijo suyo; creencia que, a mi entender, queda bastante legitimada en una segunda lectura del documento. Esa circunstancia explicaría, además, el que la carta nunca saliera de la rectoría donde fue escrita: un canónigo como él no podía atreverse a enviar una confesión en la que, al cabo, faltaba lo esencial.

Post tenebras spero lucem

El barrio más alejado de Obaba se llamaba Albania, y no tenía ni carretera, ni edificio propio para la escuela; de tal forma que, al no haber otra posibilidad, los niños del lugar aprendían el abecé y todos los demás signos —así como dónde estaban Dinamarca y Pakistán, o cuánto sumaban cuarenta y seis más veintisiete— en el viejo salón que el hostal del barrio tenía en la primera planta.

Componían entre todos un grupo de treinta y dos alumnos, de los cuales diecisiete eran chicas y quince chicos; y todas las mañanas —tras haber cruzado el portal abarrotado de odres de vino y de aceite— formaban en fila india detrás de la maestra y subían primero ocho, luego diez, y a continuación cinco peldaños de la escalera, llegando, por fin —si la suma me sale bien—, al último de los veintitrés escalones que eran en total. Y una vez en la improvisada aula, se distribuían por los pupitres siguiendo un orden de edad: sentándose los menores en los bancos delanteros, quedándose atrás del todo los adolescentes de catorce años que debían vérselas con la gran enciclopedia, tan completa, tan difícil, de Dalmau Carles.

Finalizaban sus quehaceres a las cinco de la tarde y bajaban —a la desbandada y armando gran alboroto—

primero cinco, luego diez, y a continuación ocho peldaños de la escalera, veintitrés escalones en total, y se dirigían hacia sus casas en busca de su merienda de pan con chocolate, o bien, si no, a jugar y a divertirse en el lavadero, con sus barcos de corcho, con sus botellitas de cristal.

A las cinco de la tarde, por tanto, la maestra se quedaba sola ante la pizarra, reclinada sobre su larga mesa; y como era muy joven y llevaba, además, poco tiempo entre aquellas montañas, prefería quedarse en la escuela corrigiendo los ejercicios de sus alumnos antes que ir a la casa, gris y blanca, que le habían asignado en las afueras del barrio, porque no se sentía en ella como en su propio hogar, sino muy extraña, muy sola.

Los días en Albania se le hacían a la maestra eternos, y pasaba la mayor parte de su tiempo libre escribiendo cartas. Le escribía, sobre todo, al hombre que ella, con mayúsculas, llamaba Su Mejor Amigo.

Al no haber aquí carretera, vivo completamente sitiada, sin poder salir a ningún lado —le contaba en su primera carta—. El primer domingo después de mi llegada, bajé al pueblo, a las calles de Obaba, quiero decir; pero fue inútil, porque allí sólo hay tabernas, y tabernas en las que no está muy bien visto que entren las mujeres. Si te digo la verdad, se me hace muy cuesta arriba vivir sin los paseos que todos los de la banda —María, David, Carlos, Cristina, Ignacio, tú y yo— dábamos por el malecón. Cuando hay niebla o está lloviznando me paso las tardes tumbada en la cama y repasando mentalmente nuestras conversaciones de la playa. Los recuerdos del verano son, como ves, mi único consuelo. Pero no te creas, a veces también hace sol, y entonces me llevo a los niños a cazar mariposas. El día pasado, por ejemplo, cogimos una Nymphalis Antiopa enorme, la más grande que he visto en mi vida.

Hablaba de mariposas, mencionándolas siempre por su nombre latino, en casi todas sus cartas, pues era consciente del sentimiento de admiración que su conocimiento del tema provocaba entre sus amigos. Pero, contra lo que ella suponía, pasaron ocho días, y luego doce, y más tarde diecisiete; pasaron en total —si la cuenta no me sale mal— un mes y una semana, y ninguna carta había llegado aún a su buzón, ni siquiera aquella que más esperaba, la de Su Mejor Amigo.

«No creía que me fueran a olvidar tan pronto. Como amigos, han resultado un fracaso; nunca volveré a escribirles», decidió entonces.

Era una decisión firme, y como tal quedó inscrita en el cuaderno que le servía de diario.

Mientras tanto, el otoño llegaba a su fin, y las mariposas iban desapareciendo conforme pasaban los días. Ya sólo podían encontrarse las Vanessas que, sustentándose de ortigas, viven junto a los umbríos pozos de los ríos. En cuanto a las golondrinas, ya estaban alineadas en los cables de la corriente eléctrica: ciento veinte golondrinas en un cable, y ciento cuarenta en el otro, doscientas sesenta golondrinas en total. En cualquier momento alzarían el vuelo y emprenderían su gran viaje hacia el sur.

Las golondrinas se han ido, ha llegado el invierno, escribió la maestra en el cuaderno cuando el aire de Albania —con doscientas sesenta golondrinas menos— pareció haberse quedado vacío.

Las anotaciones que confiaba a su diario le servían a la maestra para desahogarse, y proporcionaban a su vida el consuelo que acompaña siempre a las confidencias: conseguían devolverle el sosiego, y su —con mayúsculas— Confuso Corazón recobraba el murmullo habitual. No era, sin embargo, únicamente Corazón. En su interior existían, además, otros impulsos, otras fuerzas que ningún cuaderno podía recoger; y eran esos impulsos —secretos pero poderosos, y que a veces la obligaban a dormir completamente desnuda— los que le hacían recordar a Su Mejor Amigo; y él volvía a estar junto a ella, y la besaba, como aquella noche de junio en que ambos se habían separado del resto de los amigos y se habían perdido tras las dunas de la playa.

Pero era obstinada, y no quería echarse atrás en la decisión que había tomado. No le escribiría ninguna otra carta hasta que él le contestara. Así las cosas, sólo usaba la pluma para asuntos o gestiones oficiales; para escribir al inspector de escuelas, generalmente.

Creo, Sr. Inspector, que enseñar es siempre muy difícil, pero la verdad es que en casos como el mío resulta una labor prácticamente imposible —se quejaba en una de aquellas cartas—. El tejado tiene goteras. Los pupitres están que se caen a pedazos. Hay un par de ventanas sin cristales. Teniendo en cuenta que el invierno ya está en las puertas, las reparaciones, sobre todo la del tejado, me parecen absolutamente necesarias. En cuanto al material, tampoco estoy muy bien surtida. Por ejemplo, no dispongo de los mapas de Asia y de África, y cuando me toca hablar a los niños de esos continentes, me las tengo que ingeniar para componer su geografía mediante dibujos trazados en una superficie de serrín.

Se sentía orgullosa de cómo le habían quedado África y Asia, con sus principales accidentes geográficos y ciudades diseminados por el serrín, y le parecía que una idea así, tan brillante, sólo podía habérsele ocurrido a alguien que hubiera pasado muchas horas jugando con la arena de la playa. Ésa era la verdadera razón de que le expusiera aquella deficiencia al inspector. En realidad, la falta de los mapas no la inquietaba.

La respuesta del inspector llegó con mucha rapidez:

Comprendo muy bien lo que me dice en su carta, pero, desgraciadamente, no disponemos de los medios necesarios para la remodelación de todas nuestras instalaciones. De todas maneras, pasaré por ahí el día diecisiete de noviembre, y ya hablaremos entonces. Necesito ver la escuela antes de tomar ninguna decisión.

Aquella carta logró romper la monotonía de cincuenta eternos días albaneses, y el recibirla le produjo a la maestra una alegría casi extravagante; mucho mayor de la que podía esperarse en una persona que sólo ha recibido unas cuantas líneas de puro trámite. Pero su corazón, que seguía confuso, reaccionaba con igual vehemencia ante los estímulos falsos que ante los auténticos.

El inspector vendrá el día diecisiete, escribió en su diario. Después fue hasta el calendario que tenía colocado en la cocina, y marcó la fecha con un círculo rojo. La llegada de Su Mejor Amigo no hubiera sido merecedora de más anotaciones y subrayados.

Cuando llegó la fecha, el diecisiete de noviembre, la maestra pasó todo el día mirando por la ventana de la escuela. Pero ningún inspector apareció en Albania.

Estoy muy disgustada porque no ha cumplido lo que prometió, escribió, ya en casa, en la parte superior de una cuartilla. Después, renunciando a continuar la carta, se acostó y permaneció dos horas tumbada en la cama, con los ojos abiertos, mirando a la oscuridad. Y cuando, por fin, concilió el sueño, surgieron de su corazón pesadillas que la asediaron, con arañas, con serpientes, durante toda la noche.

Los perros del barrio le anunciaron con sus ladridos la llegada del nuevo día, y le pareció que aquellos perros llevaban ladrando desde siempre, y que así continuarían en adelante, que no se callarían nunca. Y su ilusión adquirió aún mayor consistencia cuando se levantó y miró por la ventana, pues al otro lado del cristal el invierno se extendía con autoridad, como la única estación posible.

«También cuando llegué estaban los campos como ahora, completamente helados, completamente blancos», observó. Seguía pensando como una sonámbula.

El reloj de la ermita le anunciaba que eran las ocho de la mañana, pero el significado de aquellas agujas escapaba a su comprensión, y exactamente lo mismo le sucedía con aquel dieciocho de noviembre que, justo al lado del círculo rojo, mostraba el calendario. ¿Qué era el dieciocho de noviembre? Un día. Y si a un día se le añadían otros veintinueve o treinta se formaba un mes. Un mes que con once más formaban un año. Pero aquello sólo debía de cumplirse en otros lugares, no en el barrio de Albania.

«No estoy enferma. Es sólo que no voy a la playa», se dijo cuando el espejo del baño le hizo notar la palidez de su piel. Pero la aprensión continuó molestándola durante todo el aseo.

Soy una Melanargia Russiae. Un alfiler me tiene prendida en un corcho, y me voy desangrando poco a poco, escribió después en su cuaderno, sentada a la mesa de la cocina y mirando las mariposas que guardaba en la vitrina del armario.

Pero, nada más releer la frase, y por primera vez desde su llegada al barrio, su Confuso Corazón se rebeló. La comparación que había hecho era excesiva; incluso podía parecer —por su referencia a la sangre— una estúpida descripción de su estado físico. Pues, tras quince días de retraso, le había bajado la regla.

Frunció los labios y, tachando lo que había escrito, añadió a su diario una nueva reflexión:

> Tengo que hacer algo. Moverme, andar, buscar nuevos amigos, lo que sea. Si no, esta fría Albania acabará conmigo.

No sabía muy bien qué medios debía poner ella para llevar a cabo aquellos propósitos; pero lo que contaba, a fin de cuentas, era su nueva firmeza.

Poco después, justo cuando estaban dando las ocho y media, una llamada a su puerta la despertó del todo. Sonrió complacida: sabía que se trataba de su alumno preferido, el pequeño criado de Mugats. Como todos los días a esa hora, venía a recoger la llave de la escuela.

«El tiempo no se ha detenido todavía. Aquí está la prueba», pensó mientras se apresuraba por el pasillo.

—Hoy hace mucho frío, Manuel. ¿Quieres tomar algo caliente? —le saludó.

El joven criado esbozó un gesto, entre la perplejidad y la desconfianza, ante aquella inesperada invitación, y avanzó lentamente por el pasillo, sin decir nada, mirando al suelo.

—Entra hasta la cocina, Manuel. No te dé vergüenza. ¿Quieres tomar un tazón de leche con galletas?

La maestra agradecía mucho aquella visita, porque la sacaba del tristón ensimismamiento en que se había sumido nada más levantarse de la cama. Volvía a sentirse jovial.

—Tomaría una taza de café —dijo el criado serio. Inmediatamente, sacó un cigarro del bolsillo y se lo ofreció a la maestra—. ¿Quiere fumar? —preguntó.

—Yo no fumo, Manuel. Y más te valdría que tomaras ejemplo de mí. Eres demasiado joven para haber empezado ya a fumar.

—Pero usted es una mujer, y las mujeres no se pueden comparar con los hombres. Tienen el cuerpo mucho más débil. Eso lo sabe cualquiera.

El pequeño criado de Mugats tenía unos modales y un comportamiento que diferían mucho de los que cabía esperar de un muchacho de doce años. Había en él algo antiguo, y cuando hablaba lo hacía gravemente, con el tono alto de quien siempre ha vivido al aire libre, en los bosques, entre las rocas de la montaña, bajo las estrellas. Comparado con los demás alumnos de la escuela, parecía una persona mayor y de otra época; sobre todo, de otra época.

«No ha tenido infancia. Comenzó a trabajar desde muy pequeño, y nunca ha tenido compañeros de juego de su edad», pensó la maestra mientras le servía la taza de café. Su corazón —libre ya de las oscuras impresiones del amanecer— la incitaba a la ternura.

—La estufa funciona bien, ¿no? —le preguntó después; porque el pequeño criado de Mugats era el único alumno que tenía, en exclusiva, el derecho y la responsabilidad de mantener la escuela a una temperatura agradable.

—Eso parece. Por lo menos hasta ahora no hemos pasado frío en la escuela —y, al decirlo, el criado sonrió por primera vez desde que entró en la casa.

«Tiene una sonrisa muy bonita», juzgó la maestra al tiempo que se felicitaba por el acierto que había tenido al pedirle que se encargara del mantenimiento de la estufa. El puesto le hacía ser alguien dentro de la escuela, le daba una autoridad que él, retrasado en los estudios, nunca hubiera podido conseguir por sus propios medios.

—¿Cuándo empezaste a ir a la escuela, Manuel? —le preguntó.

Quizá el criado estuviera asombrado de la amable actitud de la maestra, y de su repentina curiosidad acerca de los detalles de su vida; pero, en cualquier caso, no lo demostraba. Se expresaba cada vez con mayor seguridad.

—Empecé cuando ya había cumplido nueve años. Hasta entonces, desde los seis años, anduve de pastor, siempre en la montaña. No era mal oficio. Por lo menos, era mejor que el de ahora —tras responder, bebió de un trago el café que le quedaba en la taza.

—¿El patrón que tienes ahora es mala persona?

—Es un cerdo.

El patrón sólo le dejaba ir a la escuela por las mañanas, no por las tardes, y a esa prohibición atribuyó la maestra el apelativo. Pero la manera de pensar del pequeño criado era muy distinta.

—Le da por la bebida —comenzó a explicarse—. Y cuando una persona bebe, ya se sabe, no tiene fuerzas para nada. Suelo tener que apañármelas yo solo para hacer todo el trabajo. Hoy mismo llevo levantado desde las cinco. Por lo demás, es un buen hombre. Yo le aprecio mucho.

Pero ya sólo faltaba un cuarto de hora para que empezara la clase, y se removía inquieto en la silla.

—Ahora mismo te doy la llave —le dijo la maestra cuando se percató de su nerviosismo.

—Tendré que darme prisa si quiero que la escuela esté caliente para cuando empiece la lección —explicó el criado levantándose. En cuanto tuvo la llave, y sin tan siquiera despedirse, dio un portazo y salió a la calle.

«¡Qué serio es!», suspiró la maestra a la vez que una sonrisa le cruzaba por el rostro.

Para ir desde la casita gris y blanca hasta la escuela había que dar primero ciento treinta pasos, y después cuarenta, y luego más tarde ochenta; es decir, que había que dar un total —si la cuenta no me sale mal— de doscientos cincuenta pasos. Y el pequeño criado de Mugats hizo cálculos y pensó que si apretaba a correr y hacía tres pasos en el tiempo de uno, entonces sólo necesitaría medio minuto para llegar hasta la estufa, en lugar del minuto y medio que le costaba habitualmente. Luego, olvidándose de la aritmética, se puso a correr hacia la escuela.

Pero sus cálculos no se cumplieron como él esperaba, porque, cuando ya había recorrido la mitad del camino, tropezó con una herramienta de los obreros que estaban arreglando las tuberías de Albania; con tan mala fortuna que, en un movimiento brusco que hizo para mantener el equilibrio y no caerse al suelo, la llave salió de su mano y fue a caer al fondo de una zanja.

—Tranquilo, chico, que no caerá más abajo —le dijo un hombre gordo que estaba trabajando en la zanja.

—Deme la llave, por favor —pidió él con la cara seria.

—No sé por qué me parece que vas a tener que cogerla tú mismo. A mí no me gusta mancharme las manos.

El hombre gordo cogió la llave con la pala y la hizo volar hasta uno de los charcos de la zanja. Sonreía burlonamente.

—¡Dame la llave, cerdo!

Al pequeño criado de Mugats no le gustaban los bromistas, y menos aún los holgazanes que siempre están buscando alguna excusa para abandonar el trabajo. Hacían que la sangre se le subiera a la cabeza.

—Baja aquí, y te la daré —le incitó el gordo sin dejar de sonreír.

—Anda con cuidado, muchacho —le previno otro de los obreros que trabajaban en la zanja.

El pequeño criado era muy aficionado a la lucha libre, y una vez, el día más glorioso de su vida, había asistido a la sesión en que el campeón Ochoa derrotó a sus contrarios gracias a su innovador *puñetazo de talón;* y desde entonces, en la montaña, con los animales, con los árboles, no había tenido otra ilusión que la de entrenarse y aprender bien aquel golpe.

«Además, este cerdo está muy confiado», pensó. Un instante después, el hombre gordo yacía de espaldas en la zanja. Los demás obreros se reían, él corría calle abajo con la llave bien agarrada en la mano.

—Me ha salido casi como a Ochoa —se ufanó mientras abría la puerta de la escuela.

Durante los tres años que había pasado en la montaña, como pastor, sin otra compañía que la de los animales, el pequeño criado había aprendido a jugar solo, y se sentía a sus anchas en cuanto entraba al salón que servía de escuela. Consideraba aquel espacio vacío como el Gran Espacio donde él y su perro Moro —y nadie más— jugaban a ser lo que no eran. Si la maestra hubiera podido presenciar las funciones de teatro que tenían lugar allí, no habría pensado que Manuel era, comparado con el resto de los alumnos, una persona mayor. Habría pensado lo contrario, la verdad: que era el más niño.

Sus representaciones tenían siempre como escenario los territorios de Asia y de África que la maestra había dibujado en el serrín, y en ellas Moro era su ayudante, es decir, el ayudante de Aníbal, el gran rey de Cartago, el único hombre valeroso que, en su opinión, aparecía en la enciclopedia.

—Asia se ha vendido, Moro, se ha unido a los romanos. Por eso he decidido castigarles. Voy a quemar alguna de sus ciudades —comenzó aquel día.

Luego leyó los nombres que la maestra había colocado como banderines, y añadió:

—¿Qué ciudad vamos a incendiar, Moro? ¿Pekín, Nanking, Chungking?

—Cualquiera menos Chungking. Sería una pena estropear una ciudad que tiene un nombre tan gracioso —le hizo saber Moro.

—¿Y Pekín?

—Pekín, tampoco, Aníbal. Es un nombre muy bonito para ponérselo a un perro. Yo mismo hubiera preferido llamarme Pekín, así que ya ves.

—Hoy me lo niegas todo, Moro.

—¿Y esas montañas que están a la izquierda de China? ¿Por qué no quemamos esas montañas?

—Tengo que pensarlo. Espera un momento.

Tenía que admitir que lo que le pedía su ayudante era muy sensato, ya que aquel paraje montañoso carecía de banderín y de nombre. Condenar a desconocidos le resultaba siempre más fácil.

Bajo sus ojos se extendía toda China, rendida a sus pies: Pekín, Nanking, Chungking, Cantón, Hong-Kong, Shanghai, Taiwan; y en todos aquellos lugares veía a mucha gente diminuta alzando sus ojos suplicantes hacia él. «No, Aníbal —le decían—. Ten piedad y no quemes nuestras ciudades. Nunca volveremos a ser vasallos de Roma. ¡Te lo juramos!».

«¡Entonces quemaré esas montañas! ¡Cartago no perdona!», deliberó por fin, cogiendo unos puñados de serrín y envolviéndolos en un papel. Poco después, una gran parte del Himalaya ardía en la estufa.

—¡Qué buen fuego has hecho, Manuel! —le dijo la maestra nada más abrir la puerta y alzando la voz por encima de la algarabía que surgía de las veinticuatro (treinta y uno menos siete que tenían gripe) gargantas infantiles de Albania. Para entonces, él ya se había sentado en su pupitre particular, el más cercano a la estufa.

—No tiene nada de especial. Lo que cuenta es que no ha salido nada de humo. Eso es todo —respondió con gesto de no dar importancia al cumplido. Su tono volvía a ser grave.

El pequeño criado de Mugats se pasaba la mañana mirando a través de la ventanilla de la estufa, vigilando el fuego. Porque, naturalmente, el fuego siempre estaba dispuesto a dar sorpresas, y fiarse de él era lo peor que podía hacer uno. Lo mismo estaba ardiendo con llama viva que parecía, al instante siguiente, haberse consumido por completo y estar a punto de apagarse. Si se descuidaba uno, el fuego se devoraba a sí mismo.

—Abrid las enciclopedias por la sección de aritmética —mandó la maestra después de dejar a los más pequeños haciendo caligrafía.

El criado torció el gesto. No le gustaba nada la aritmética, y detestaba con toda su alma los problemas que había al final de cada lección; le resultaban totalmente incomprensibles.

Pero la maestra ya estaba leyendo el enunciado del problema que les tocaba hacer aquel día, y trató de poner cara de prestar mucha atención:

—Un señor tenía seis caballos. Vendió tres de ellos, cobrando por cada uno 1.500 pesetas. Vendió otros dos a 1.300 pesetas cada uno. Al último, en cambio, se le rompió una pata, y tuvo que destinarlo para carne. Pregunta: teniendo en cuenta que recibió un total de 7.300 pesetas, ¿cuánto dinero le dio el carnicero?

«¿Qué hizo ese caballo para que se le rompiera la pata?», se preguntó el criado. Aquella tonta enciclopedia nunca explicaba lo importante.

—¿Cuánto dinero le dio el carnicero, Manuel? —escuchó entonces.

La sangre afluyó a sus mejillas. Le agradaba que la maestra pronunciara su nombre en voz alta y delante de todos, pero no así lo que aquello implicaba. El tener que responder le daba mucha vergüenza.

—Por estos contornos no comemos carne de caballo, señorita —se le ocurrió decir.

Todos los alumnos de la última fila se echaron a reír, y la maestra tuvo que amenazarles con la regla para lograr que se callaran.

—Dime, Manuel. ¿Cuánto dinero le dio? —le preguntó de nuevo.

—No lo sé. ¡A lo mejor le dio quince duros!

—¡Doscientas pesetas! —exclamó una muchacha que llevaba el pelo recogido en una trenza.

La maestra hizo un gesto afirmativo con la cabeza.

—¿A quién más le ha salido eso?

Todos los de la última fila levantaron el brazo. Pero el pequeño criado de Mugats no estaba de acuerdo:

«¡No tienen ni idea! —exclamó para sus adentros mirándoles con desdén—. ¡Id, id al carnicero con un caballo inútil, y a ver si os da doscientas pesetas por él! ¡Vais apañados!».

Después se levantó a por leña para la estufa, agachándose en el camino hacia el compañero que más se había reído de su respuesta:

—Como te agarre a la salida de la escuela, te mato.

El que tanto se había reído palideció: sabía muy bien que nadie había conseguido vencer al pequeño criado de Mugats en una pelea. Derrotaba a todos, incluso a los chicos que le doblaban en edad.

Post tenebras spero lucem, a las seis de la tarde ya era de noche en Albania y todas las bombillas de la escalera del hostal estaban fundidas; de tal forma que la maestra tenía que bajar a tientas, apoyándose en la barandilla, aquellos veintitrés peldaños —cinco más diez más ocho— que conducían al portal repleto de odres de vino y de aceite.

Pero existía, además de la exterior, aquella otra oscuridad que se alojaba en su Confuso Corazón y que era, sin duda, la más fuerte; una oscuridad que la obligaba a detenerse y permanecer de pie cuando, después de bajar los primeros quince peldaños, llegaba al gran rellano de la escalera; porque desde allí podía escuchar claramente las conversaciones de los obreros que, justo debajo suyo, bebían y reían dentro del hostal. Primero había sido un simple descanso; luego un entretenimiento inocente; casi enseguida, ya en pleno invierno, una costumbre que ni siquiera se atrevía a confesar a su diario.

«Siempre están alegres. Y eso que se pasan el día trabajando en la zanja», pensaba.

Al principio, su Confuso Corazón atendía por igual a todos aquellos hombres, género masculino, número plural. Pero, muy pronto, en cuanto supo identificar las voces, su interés por el segundo accidente gramatical desapareció bruscamente. No le interesaban los diez o doce obreros que se juntaban alrededor del mostrador, ni tampoco la mitad de ellos, ni tampoco la mitad de esa mitad. Solamente le interesaba uno. Lo veía todas las mañanas, trabajando junto al lavadero, y era un hombre moreno y de pelo rizado que tenía un tatuaje en su brazo derecho. Algunas noches, como aquellas en que se acostaba desnuda, aquel tatuaje —la imagen de un barco— penetraba dentro de sus sueños.

A veces sentía deseos de inventarse una excusa y entrar en el local; llegar y pedir, por ejemplo, un voluntario para cambiar de sitio la pizarra, o un vaso de agua, o un consejo acerca de las goteras del tejado. Pero siempre seguía adelante, hacia su casa de las afueras del barrio. Y no sólo por timidez, también porque aquel tatuaje le recordaba un barco de verdad: el barco azul y rojo donde trabajaba Su Mejor Amigo.

La víspera del día en que cumplía veintitrés años —era ya el dos de diciembre, viernes— permaneció en las escaleras durante más tiempo que de costumbre. El local parecía completamente lleno, y una armónica sonaba entre la algarabía y los silbidos de la gente.

«Estarán bailando», pensó recordando una escena que había presenciado al poco de llegar. En Albania no resultaba raro que los hombres bailasen entre sí.

—¡Pues lo voy a hacer! —escuchó entonces. Vio que el portal se iluminaba y que el hombre del tatuaje salía riendo. Le seguían dos amigos, riéndose también, y tirándole de la camisa.

La maestra tragó saliva cuando el hombre empezó a soltarse los botones del pantalón. La idea de que podía ser descubierta cruzó por su mente.

—¡Déjalo, hombre, que ya te creemos! —rogaron los dos amigos del tatuado.

No podía apartar sus ojos de la abertura del pantalón. Era un trozo de carne hinchada, y el chorro que vertía se ramificaba dibujando arroyuelos negros entre las losas.

—¡Eres un cerdo! —se rieron abajo, y ella tuvo que agarrarse a la barandilla para mantener el equilibrio.

De nuevo a oscuras, la maestra bajó muy despacio los ocho escalones que le faltaban hasta el portal. Una vez abajo, buscó con el pie uno de los riachuelos que quedaban en las baldosas, y luego, con mucha firmeza, lo pisó.

Llegó a la casita gris y blanca sintiéndose ligera y fuerte, y se cambió de ropa moviendo el cuerpo y los brazos, amagando un baile. Una viva alegría inundaba su corazón.

Si la maestra hubiera sido una mujer madura o de mucho mundo, la escena presenciada desde el rellano de la escalera habría pasado a su vida como una de esas anécdotas triviales que sólo se recuerdan para luego, en alguna reunión, divertir a los amigos. Pero ella apenas había salido de su ciudad de la costa y —en lo concerniente a aquel aspecto de la vida, y exceptuando sus fantasías nocturnas— únicamente contaba con la corta experiencia de una noche de junio, aquella en que Su Mejor Amigo la había invitado a pasear tras las dunas de la playa. Pensó, pues, que había hecho algo de gran trascendencia. La suela mojada de su zapato simbolizaba, sin lugar a dudas, la superación de la Gran Prueba que había tenido que pasar en Albania.

Después de cenar, y estimulada por su nuevo estado de ánimo, renació en ella el deseo de escribir a Su Mejor Amigo. Buscó su cuaderno de cartas, que era de color azul pálido, y lo abrió con decisión. Una taza de café humeaba sobre la mesa.

¿Os habéis olvidado de mí? —comenzó con letra segura—. Pues me parece muy mal. Pero que fatal, además. De los demás no me extraña, pero de ti, mucho. No creo que escribir unas líneas cueste tanto. Pero será mejor que cambie de tema, porque, si no, me voy a enfadar. Claro que, al no saber nada de ti, ni lo que haces, ni cómo te va en el barco, ni nada de nada, me resulta difícil encontrar un tema. En realidad, no me queda otro remedio que hablarte del invierno, que en estos parajes de Dios es muy frío y duro, y muy obstinado. Si un día entra la niebla, niebla para toda la semana. Y lo mismo sucede con la lluvia. Imposible salir a pasear, imposible salir a observar orugas de Clysandra o de Falena. Así que ya te puedes imaginar la vida tan divertida que llevo. El domingo es el único día en que hay algo, porque los jóvenes del pueblo contratan a un acordeonista ciego. Pero yo nunca voy al baile. Y si no voy, es por una razón que tú ya sabes. Aunque, pensándolo mejor, casi seguro que no sabes a qué razón me refiero, porque parece como si estuvieras igual de ciego que el acordeonista. Pero ya he empezado otra vez a decir cosas que no debía, y por esta vez voy a terminar aquí la carta.

«Y aquí se quedará si mañana no me felicitas», pensó, dirigiéndose mentalmente a Su Mejor Amigo.

«¡Espero que no te hayas olvidado de mi cumpleaños!», suspiró después.

Aquella noche durmió plácidamente, como hacía mucho tiempo que no dormía.

Al día siguiente —era sábado y su labor en la escuela finalizaba al mediodía— no le apeteció marcharse directamente a comer, y pensó dar un gran rodeo antes de regresar a su casa gris y blanca, dando primero setecientos pasos hasta el cementerio, y luego trescientos hasta la ermita, y más tarde los quinientos que acababan en su puerta; y una vez cumplido aquel recorrido de, en total, mil quinientos pasos, levantó la vista y vio la carta que el cartero había dejado sujeta en un resquicio.

Era una postal llena de firmas. Sus padres y hermanos le deseaban mucha felicidad, de todo corazón.

Decidió entonces que seguía sin ganas de comer, y continuó andando, esta vez hacia la montaña, y dio primero siete mil pasos de un tirón, hasta el nacimiento de un río; y luego otros cinco mil hasta una colina desde la que se divisaban la iglesia y las calles de Obaba; y más tarde, ya de vuelta a su barrio, el mismo número de pasos que había dado hasta entonces y dos mil más. Por fin, cuando ya llevaba, si he calculado bien, veintiséis mil pasos, entró en la cocina de su casa agotada y hambrienta, y comenzó a preparar una cena especial.

La elaboración de un bizcocho de crema fue el trabajo que más tiempo le costó. Una vez que lo hubo metido en el horno, cogió el cuaderno y se sentó a escribir.

Tres de diciembre. Veintitrés años. Mi familia me ha mandado una postal. Hoy ha sido un día muy ruidoso en Albania. A la mañana han pasado ocas dibujando números en el cielo, y como tenían que volar muy bajo debido al fuerte viento que soplaba, había cazadores por todas partes. No han dejado de oírse los estampidos de sus escopetas durante todo el día. Y tampoco los perros han parado de ladrar, alborotados como estaban con todo el jaleo de alrededor. Mientras escribo estas líneas estoy vigilando la tarta de esta noche. A juzgar por el olor que viene del horno, será una buena tarta.

Miró hacia la ventana, y dudó si añadir algo más a aquel párrafo. Pero no tenía ganas de reconsiderar los sentimientos que le inspiraba el olvido de Su Mejor Amigo. No quería dejarse llevar por el despecho.

La luna juega al escondite en el cielo, escribió al final.

Se disponía a sacar la tarta del horno cuando oyó que llamaban a la puerta.

—¡Pero, Manuel! ¿Qué haces tú por aquí? —exclamó sorprendida al ver que se trataba del pequeño criado de Mugats.

—Estoy muy preocupado, señorita —le respondió el muchacho sin levantar la vista del suelo.

Ya en la cocina, la maestra reparó en el labio hinchado y amoratado del criado, y creyó comprender el sentido de lo que acababa de decir.

—¿Qué te ha pasado en el labio, Manuel? —se alarmó.

—Eso no es nada, señorita. Lo que pasa es que me he peleado con un cerdo que pesa sesenta kilos más que yo. Igual le conoce usted. Es uno que está trabajando en lo de las tuberías.

—¿Uno que tiene un tatuaje en el brazo?

—No, ese moreno no. Otro que es mucho más gordo que ése —a la maestra le tranquilizó saberlo.

—Pero ¿por qué os habéis peleado?

—Porque el otro día me quiso quitar la llave de la escuela, y yo le di una patada. Y, claro, hoy a la mañana ha venido a desquitarse. Pero no ha podido conmigo.

—¿Que no ha podido contigo? —rió la maestra. Le divertía la seguridad que el criado tenía en sí mismo.

—Ese gordo es un cobarde, señorita. Al principio he empezado a pelear limpio, pero he tenido que retroceder, porque ese animal tiene demasiados kilos para mí. Pero como me había hecho daño en el labio, he cogido una piedra y le he dado en toda la cabeza. ¡No sabe cómo se ha asustado, señorita!

Ahora era el criado quien reía.

—Y ya le he avisado —continuó—, que no se le ocurra volver a tocarme, que si me toca lo va a pagar muy caro. Ya sé que eso de usar piedras no está bien, pero hay mucha diferencia de peso entre nosotros. ¿A usted qué le parece?

—Que has hecho muy bien —le respondió la maestra con una amplia sonrisa. Se sentía orgullosa de la actuación del criado.

—Pero no he venido a contarle estas historias, señorita. Ya le he dicho que estoy muy preocupado.

—Espera un momento, Manuel. Antes te voy a hacer una pregunta. ¿Ya has cenado?

El muchacho negó con la cabeza.

—¿Y no has notado el buen olor que hoy viene de la cocina?

Esta vez hizo un movimiento afirmativo. Era imposible no notarlo.

—Es de una tarta que hay en el horno. ¿Has comido tarta alguna vez?

—Dos veces.

—Pues hoy la probarás por tercera vez. Pero antes vamos a comer otras cosas, muy buenas también. Para empezar, croquetas. ¿Sabes lo que son?

—Creo que sí —dijo el criado abriendo un poco los ojos. Después se llevó la mano al bolsillo, y sacó un puñado de cigarrillos—. ¿Quiere uno?

Iba a rechazarlo, pero el despecho que albergaba en su corazón se rebeló ante aquella negativa. Estaba harta de ser lo que su madre llamaba *una chica formal*. Ser una chica formal no servía para nada. Además, a fin de cuentas, estaba celebrando su cumpleaños, y Manuel la estaba acompañando en la única fiesta que podía tener.

—Te aceptaré uno, pero después de cenar. Lo primero es lo primero. Y mientras comemos me puedes ir contando lo de tu preocupación.

—Pues la cosa es —comenzó a explicarse el criado, sin tocar las croquetas que tenía delante— que la semana que viene no podré venir a la escuela, porque en casa tenemos mucho trabajo, muchísimo. Y estoy preocupado por la estufa, porque no hay nadie que sepa encender el fuego, y seguro que la escuela se llena de humo.

—Ya lo solucionaremos de alguna manera, Manuel. ¡Y ahora a comer!

Pero el criado no hizo ningún movimiento.

—¿Quién será el encargado de encender el fuego mientras yo falte? —preguntó después, bajando la vista. Era evidente que temía perder su puesto.

—Yo misma me encargaré de hacerlo en tu ausencia, Manuel —dijo la maestra. Al fin había adivinado cuál era la verdadera preocupación del pequeño criado—. ¿Te parece bien? —añadió.

—¡Muy bien! ¡Me parece muy bien! —exclamó él alargando su mano hasta la primera croqueta. Luego, mientras cenaban, entretuvo a la maestra hablando de lo que había sido su vida, sin reservas, explicándolo todo con la seguridad y la alegría de quien ya no ve sombras en el futuro. ¿Que dónde estaban sus padres? Desde luego, no en este mundo, pues habían muerto cuando él tenía tres años. ¿Hermanos? ¿Tenía hermanos? Sí, tenía dos hermanos que eran mucho mayores que él, pero no los veía nunca, se habían ido a América. ¿Y hermanas? No, ninguna hermana, ni falta que le hacía. ¿Sus gustos? Pues lo que más le gustaba en este mundo era la lucha libre, y también andar de pastor con su perro. Pero sobre todo la lucha libre. Por esa razón, tan pronto como pudiera, se iría de Albania hacia algún lugar donde pudiera entrenar en serio y llegar a ser tan buen luchador como Ochoa.

—Pero ¿adónde piensas ir, Manuel? —le preguntó la maestra levantándose a por la tarta.

—Todavía no lo sé, pero seguramente a América, donde mis hermanos.

A través de la ventana de la cocina se podía ver la luna hundiéndose entre las nubes. El cielo tenía tonalidades rojizas.

—Ha empezado a llover —dijo el pequeño criado.

—No me gusta la lluvia. Me gusta la nieve —comentó ella oliendo la tarta y dejándola sobre la mesa. Había quedado perfecta.

—Pues tendrá que esperar dos semanas. No nevará hasta entonces —el pequeño criado hablaba con la seguridad de quien ha dormido muchas veces a la intemperie.

—Tengo un poco de jerez, Manuel. ¿Qué te parece si lo tomamos con la tarta?

—Como usted quiera…

—No me trates de usted, Manuel. Olvida que soy tu maestra —le pidió ella yendo en busca de la botella.

Tomaron la tarta y el jerez como en una ceremonia, en silencio, muy poco a poco, riendo algunas veces. Afuera, el viento y la lluvia se unían para llamar insistentemente a su ventana. Pero ellos no escuchaban; sólo estaban atentos a aquel buen pan y a aquel buen vino. El calor de la cocina les protegía de todo enemigo.

—Ya pronto será Navidad, Manuel. ¿Por qué no cantamos algún villancico? —dijo la maestra cuando acabaron. El criado asintió con la cabeza.

Estuvieron cantando largo rato, y luego fumaron, y más tarde volvieron a beber. Cuando el reloj de la ermita dio las doce, estaban rendidos de cansancio. Sobre todo el pequeño criado.

—Perdóneme, pero me tengo que ir —le dijo a la maestra, olvidando lo que habían decidido respecto del tratamiento—. Estoy levantado desde muy temprano, y se me cierran los ojos —acababa de hacer unas demostraciones del famoso *puñetazo de talón* de Ochoa.

La maestra —con su tercer cigarro de la noche en la mano— se acercó a la ventana antes de responder. El viento y la lluvia seguían allí.

—Tendrás que quedarte aquí, Manuel. Hace un tiempo de perros.

El criado no contestó. Se dormía en la silla.

—Ya sé lo que vamos a hacer. ¿Ves ese colchón del rincón?

—¿Por qué tiene un colchón en la cocina? —preguntó el criado abriendo los ojos.

—Cuando hace mucho frío suelo dormir aquí. Y eso es lo que tú vas a hacer hoy. Dormir en esta cocina tan agradable. Vamos, no seas tonto, tiéndete aquí —el criado obedeció como un autómata.

En cuanto el pequeño criado estuvo tendido y con los ojos cerrados, el Confuso Corazón de la maestra empezó a protestar. Estaba cometiendo una imprudencia, o mejor dicho, la había cometido ya, alargando la fiesta, haciendo que el pequeño criado bebiera, y bebiendo ella también, y fumando. No debía seguir mirando hacia aquel colchón, debía retroceder, salir a dar un paseo bajo la fría lluvia de diciembre, pensárselo todo mejor.

Pero era inútil. La voz con que le hablaban las otras fuerzas de su interior era mucho más fuerte, más persuasiva. No debía ser pusilánime. El mundo quedaba lejos de aquella cocina. No importaba el barrio de Albania, no importaba su ciudad de la costa, no importaba nada. Además, ¿dónde estaba una de sus manos? ¿Y no era aquella mano más sabia que su Confuso Corazón?

La maestra cerró los ojos y respiró profundamente. Luego se dirigió a su habitación.

—Ponte cómodo para dormir, Manuel. Ahora iré a apagarte la luz —gritó desde el pasillo. El pequeño criado no contestó.

De pie frente al espejo grande de su habitación, la maestra aflojó la cremallera de su falda y dejó que le cayera hasta los talones. Le gustaban sus muslos. También ellos habían cumplido veintitrés años aquel día. Eran fuertes y suaves, no fofos como los de sus amigas. Cuando paseaba por la playa mucha gente se volvía a mirarlos.

Poco a poco, todas las partes de su cuerpo desfilaron por el espejo. Después, sin más abrigo que el de un camisón de verano, se deslizó de puntillas hasta la cocina.

—Pero, Manuel, ¿te has dormido con la ropa puesta? —le dijo medio sentándose, medio tendiéndose a su lado.

Después del día de su cumpleaños, tres de diciembre, los sentimientos de la maestra cambiaron. La confusión que había habitado en ella desde su llegada a Albania desapareció completamente, y dejó su lugar al miedo. Ya no era la mujer del Corazón Confuso; era la mujer del Corazón Asustado.

Aquel cambio afectó, antes que a ninguna otra cosa, a su forma de moverse por el barrio, porque ya no se atrevía a volver de la escuela a casa por el camino habitual, sino que —para evitar las miradas de la gente— hacía aquel recorrido dando un rodeo: dando primero ciento veinte pasos, y luego ochenta, y más tarde setenta y cinco, y a continuación veintidós; completando, si la suma no me sale mal, un total de doscientos noventa y siete pasos.

Una vez dentro de casa, recurría una y otra vez a su diario, y plasmaba allí las reflexiones que su Asustado Corazón necesitaba para no asustarse aún más y perder así las riendas de su vida. Eran textos largos, que ocupaban hojas enteras:

En una ocasión leí que para ser feliz sólo hacían falta dos cosas. La primera, tenerse a uno mismo en gran consideración; la segunda, no tomar en cuenta la opinión que los demás puedan tener de nosotros. A mí, antes, me parecía que yo sí cumplía las dos condiciones, que no era como mi familia o como mis amigas. Pero no es cierto, tampoco yo las cumplo. Sobre todo la segunda. Vivo atemorizada, la gente del barrio me da miedo, me dan mucho miedo las habladurías que puedan circular por ahí acerca de mí, y estoy obsesionada con lo que puedan saber o dejar de saber. A veces me da la impresión de que están enterados de lo que pasó; bueno, de lo que pasó y de lo que no pasó pero se imaginan que pasó; y veo sonrisas maliciosas, en la calle, en la tienda, en el hostal, por todas partes. Anteayer, sin ir más lejos, cuando me disponía a entrar en la tienda, oí claramente que alguien decía *por lo visto también ésa necesita arrimarse a alguien*, y di media vuelta y me vine a casa. De todas formas, procuro alejar de mí todas esas conjeturas; y quiero creer que no son más que imaginaciones mías, que no puede ser que todo el barrio esté pendiente de lo que yo pueda hacer o dejar de hacer. Pero no las tengo todas conmigo. El Tiempo lo dirá.

Pero el Tiempo no parecía dispuesto a aclarar las cosas, no inmediatamente al menos, y continuó en silencio varios días, limitándose a traer aquella primera nieve que había anunciado el pequeño criado. Sin embargo, llegó el tercer domingo de diciembre, y ya de noche, poco después de que el acordeonista ciego dejara de tocar, la maestra sintió que le hablaba; sintió que el Tiempo, atendiendo a su invocación, había decidido responderle por boca de dos jóvenes a los que previamente había emborrachado.

—¡Maestra! —la llamaron después de situarse frente a su casa.

No se atrevió a abrirles, pero espió a los dos chicos jóvenes desde la ventana. Estaban al pie de la farola que había a la orilla del camino, cogidos del hombro. A su alrededor, la blancura era total.

—¡Abre la puerta, maestra! —volvieron a llamar.

Después, recogiendo nieve del suelo, comenzaron a lanzar bolas contra su puerta.

—¿Qué pasa? ¿Que ya no te gustan los jovencitos? ¡Nosotros somos muy pequeños, en serio!

—Es verdad. ¡Éste al menos la tiene pequeñísima!

Los dos chicos, convulsionados por la risa, se movían dando tumbos.

Fueron los primeros mensajeros, pero no los únicos; porque el Tiempo, como si quisiera que su respuesta no dejara lugar a dudas, siguió enviándole jóvenes borrachos durante toda la noche: ocho jóvenes hacia las once; tres más a las doce; uno solo hacia las doce y media; completando así —contando los dos primeros— un total de catorce mensajeros.

Con quien más se inquietó su Asustado Corazón fue con el último, el de las doce y media. Porque aquél no había llegado, como los demás, armando bulla y alborotando, sino en silencio; y luego había llamado con mucha suavidad en el cristal de la ventana susurrándole: «Ábreme, mujer, soy el que tiene un barco en el brazo».

El hombre del tatuaje renovaba su petición cada diez minutos. Parecía estar dispuesto a pasar toda la noche en aquella vigilia, en medio de la oscuridad, en medio de la nieve que, poco a poco, iba endureciéndose con la helada.

He sido muy tonta. Lo he hecho todo mal —escribió la maestra aquella noche, cuando eran ya las dos de la madrugada. En aquel momento necesitaba más que nunca de su cuaderno. Reflexionar era su única salida—. La postura de no hablar con nadie que adopté nada más llegar a Albania, la postura de mantenerme distante y no dar ninguna confianza a la gente, se ha vuelto contra mí. Porque, naturalmente, mi llegada causó expectación entre la gente del barrio. Querían saber quién era aquella chica joven que venía de fuera, cuál era su historia, y yo, con mi actitud, no hacía más que exacerbar su curiosidad. Pero ahora, por fin, ya tienen la carnaza que querían, yo misma les he facilitado la historia que tanto esperaban; y ahí andan todos lamiéndola y devorándola a mordiscos, y quién sabe cuánto tiempo necesitarán para saciarse. Desde luego, no puede decirse que mi situación haya mejorado mucho. Antes vivía sin poder salir del barrio. Ahora ya no puedo salir ni de casa. Y ya veremos lo que me trae el futuro. Todavía pueden ponerse las cosas más feas de lo que están.

Pero hay quien preferiría morderme a mí en vez de a la historia —puso a continuación, después de ir hasta la ventana y volver—. El hombre que tiene un tatuaje en el brazo está ahora mismo delante de mi casa, acechándome. Pero espera en balde, porque no pienso abrirle la puerta. No soy tan tonta como para eso. Lo peor sería que se quedara ahí hasta el amanecer. Y no me extrañaría nada que lo hiciera, porque esta gente, no sé si por todo lo que beben o por qué otra razón, parece completamente insensible al frío.

Pero estaba helando mucho, y también aquel último mensajero acabó desistiendo. A las tres de la madrugada ya no estaba. Se había perdido entre las sombras de Albania.

La maestra, entonces, dio por concluida su conversación con el Tiempo, y pensó que no le quedaba otra opción que la de armarse de paciencia y resistir el asedio a que la tenían sometida. Tarde o temprano, se aburrirían de lamer o mordisquear su historia. Y además, pronto podría disfrutar de las vacaciones de Navidad. Un esfuerzo más y estaría en su ciudad de la costa, en su verdadero hogar.

Pero el Tiempo seguía allí, y no se había dado aún por satisfecho. Quería apurar su respuesta, continuar la conversación. Y fue así como, aquel mismo lunes, envió dos nuevos mensajeros a la maestra: el primero de ellos a las ocho y media de la mañana; y el segundo a la una del mediodía.

El primero, el de las ocho y media, se anunció con repetidos golpes en su puerta. Y cuando la maestra, sobresaltada por aquella insistencia, le abrió, el mensajero entró apresuradamente en la casa y fue a sentarse a la cocina. Con muy pocos modales, además, olvidándose de dar los buenos días.

—Vengo a por la llave —dijo después, encendiendo un cigarro.

—Pero ¿qué es esto, Manuel? ¿Te parece que ésta es forma de entrar en una casa? —todavía estaba adormilada y le costaba encontrar las palabras.

—No diré que me parezca bien; pero me has tenido ahí afuera llamándote durante un cuarto de hora, y eso tampoco está bien.

—He tenido mala noche y tengo dolor de cabeza. ¡Haz el favor de no decir tonterías! —se enfadó la maestra.

—¡Pues yo he estado toda la semana trabajando en el bosque y no tengo nada!

Le pareció, por un momento, que en los labios del pequeño criado de Mugats se dibujaba una sonrisa de complicidad; y pensó que estaría jugando, que aquella fanfarronería que mostraba era pura simulación. Pero su Asustado Corazón, que necesitaba un Culpable, le aconsejó que se dejara de sentimentalismos, que no se fiara de lo que le decían sus recuerdos. Porque, ¿quién había sido el divulgador del secreto?, ¿y quién había alimentado, con sus exageraciones, los bulos que corrían por Albania? Pues el muchacho que tenía delante. ¿Quién si no?

—Ahora lo veo claro —comenzó la maestra levantando su dedo índice—. ¡Tú eres el que has ido contando esas mentiras por ahí!

—¿Que yo he ido contando qué? —exclamó el criado poniéndose serio.

—Aunque no quieras reconocerlo, es igual. Como ya he dicho, las cosas están claras ahora —le dijo la maestra con gesto despectivo. Luego, viendo que se hacía tarde, le dio la llave y le mandó que saliera de casa.

—Hasta luego, chica —oyó al cerrarse la puerta.

La actitud del pequeño criado no cambió durante toda la mañana, o ése fue al menos el juicio que se formó la maestra al repasar lo sucedido durante las clases. Había estado hablando continuamente, y moviéndose por todos los pupitres, y al final, cuando estaban a punto de salir, había tenido la desfachatez de guiñarle un ojo.

Ya de vuelta a casa, buscó su cuaderno y añadió un par de líneas a la anotación que había hecho la víspera:

Primera consecuencia de lo ocurrido: Manuel no volverá a encender la estufa. Ha perdido el puesto, por tonto.

Algo después, cuando ya estaba comiendo, oyó que daban unos golpecitos en el cristal de la ventana de la cocina. Era el cartero de Albania, el segundo mensajero que le enviaba el Tiempo, el de la una.

—Perdone, pero tengo tres cartas para usted —le dijo cuando le abrió la puerta.

—¿Tres cartas?

—Sí, tres. Han debido de andar extraviadas, porque mire, fíjese...

El cartero le fue mostrando las cartas una a una. En ninguna de ellas figuraba el nombre *Obaba*.

—Por eso han tardado tanto. Porque no ponían el nombre del pueblo, sólo el del barrio.

La maestra asentía con la cabeza, aturdida, incapaz de articular una sola palabra. Había reconocido la letra de los sobres. Era, sin duda alguna, la de Su Mejor Amigo.

Han abierto un restaurante nuevo junto a la playa. Y no estaría mal que durante las vacaciones fuéramos a cenar allí. Si te apetece y no tienes otros planes, claro. Además, invitaré yo. En serio, tengo muchísimas ganas de cenar contigo, pero los dos solos, y no como hasta ahora, con todo el resto de los amigos alrededor. Así podré comprobar cuánto has cambiado desde que te fuiste al fin del mundo.

Este párrafo, el último de la tercera carta, mereció cinco o seis lecturas, y echó raíces en el corazón de la maestra como el grano de mostaza de la parábola: para convertirse en un árbol grande y frondoso. Pero, en realidad, todas las líneas escritas por Su Mejor Amigo eran importantes, no sólo las de aquel párrafo; todas la reconfortaban, todas aportaban algo a la alegría que en adelante iba a constituir su fuerza. Tras la lectura de aquellas tres cartas, los apuntes y reflexiones que había ido escribiendo en su diario le parecían mediocres, insustanciales.

«No me van a vencer —pensó acordándose de los acontecimientos de aquellos días—. No permitiré que sus calumnias sigan adelante. Tendrán que respetarme».

La gente de Albania ya no le daba miedo.

Antes de volver a la escuela, eligió una postal en la que se veía una Nymphalis Antiopa e improvisó unas pocas líneas de respuesta para Su Mejor Amigo:

Tu propuesta queda aceptada. Iremos a cenar a ese restaurante. Pero con una condición: que sea yo quien invite. Todavía tengo mi primer sueldo intacto. Me he alegrado mucho al recibir tus cartas, una enormidad. Tú ya sabes por qué. Hasta pronto. Posdata: hasta ayer no recibí tus cartas. Ya te explicaré.

—¡Espero que esta carta no se pierda! Y procure que llegue antes que yo —le dijo al cartero cuando fue a entregarla.

Pasó la clase de la tarde enseñando villancicos a los niños, y cantando a coro con ellos. Después, y mientras ordenaba los objetos de la escuela, analizó su nueva situación, prometiéndose a sí misma que no dejaría escapar aquella oportunidad, que agarraría con uñas y dientes aquella felicidad que había aparecido en su vida cuando ella menos lo esperaba. Lo que, expresado de otra forma, quería decir que el árbol que había echado raíces en su corazón no iba a permitir que ninguna hierba o arbusto creciera a su alrededor.

El día siguiente, el martes anterior a Navidad, amaneció en Albania raso y frío, con el cielo azul y un sol resplandeciente, y la maestra aguardó la llegada del pequeño criado de Mugats vigilando desde la ventana. Justo enfrente de ella, a lo lejos, se alzaban, dos más tres más dos, siete montañas blancas.

El pequeño criado llegó un poco antes de las ocho y media.

—Quieto ahí —le ordenó la maestra cuando aquél se disponía a entrar—. Querrás la llave, ¿no? —le preguntó a continuación. Y sin darle tiempo a responder—: Pues hoy te la voy a dar, pero mañana ya no.

El criado bajó la vista, y tuvo que tragar saliva antes de poder decir nada.

—¿Y eso por qué? —balbuceó con voz ahogada.

—¿Hace falta que lo diga? —le contestó la maestra entornando la puerta.

—Podría dejar la llave fuera, y así yo no tendría que molestarla.

—No, Manuel. Has perdido el puesto.

La puerta de la casa gris y blanca se cerró del todo.

El pequeño criado dio los doscientos cincuenta pasos que necesitaba para llegar a la escuela, y una vez allí comenzó a subir las escaleras como si estuviera muy cansado, parándose primero en el sexto escalón, y luego en el décimo, y más tarde en el decimoséptimo, y así hasta que por fin alcanzó el último de los veintitrés escalones. Pero cuando estuvo dentro de la escuela, pareció como si, de repente, hubiera recuperado toda su energía; y en cuestión de segundos, sin casi darse cuenta de lo que hacía, había destrozado a puntapiés una buena parte de los territorios de África y de Asia.

—¿Qué culpa tenía Egipto, Aníbal? —le recriminó entonces Moro; pues aquél había sido el país que había sufrido el ataque más despiadado—. ¿Qué van a hacer ahora, con el Nilo arruinado por completo? —añadió.

Se vio obligado a admitir que su ayudante tenía razón, y estuvo intentando reparar aquel río tan largo de la mejor manera que pudo. Pero oyó que daban las nueve en la ermita y, abandonando a los egipcios, salió corriendo hacia su casa, hacia la montaña.

Saldría a pasear todas las noches

I. Declaración de Katharina

Saldría a pasear todas las noches, pero me da miedo, no me atrevo. A veces, cuando estoy un poco animada, bajo hasta el portal de mi casa y me pongo a caminar hacia la estación, y voy todo el tiempo diciéndome Katharina no seas tonta, no importa que las calles estén vacías, tú sigue caminando tranquila y no pienses en esas cosas que aparecen en el periódico, porque los periódicos exageran mucho y parece como que les gustara hablar de mujeres asesinadas y todo eso. Pero no he acabado de pensar en esas cosas y ya me he echado atrás, ya estoy de vuelta.

Pero es que, además, da un poco de vergüenza andar paseando sola. Un vecino me dijo que me comprara un perro, y que así cuando alguien me preguntara, «cómo tan de noche y usted dando vueltas por la ciudad», yo le podría responder, «pues por el perro, no quiero que este holgazán esté todo el día tumbado y se ponga como una foca». Y además el perro me protegería, porque puesta a comprar elegiría uno que estuviera adiestrado, de esos que se lanzan directamente al cuello, un dóberman, o algo así.

Si en la ciudad no lloviera tanto, optaría por esa solución, la del perro. Le llamaría Clark, y no le faltaría de nada, tendría arroz y carne para comer, y un rincón confortable para descansar. Pero los días suelen ser aquí muy lluviosos y fríos, y así es imposible tener animales, yo no quiero tener un perro para que luego se ponga enfermo de tanto estar metido entre cuatro paredes.

Así las cosas, no me queda otro remedio que olvidarme del paseo y meterme en la cama, pero no para dormir, sino para estar tranquilamente echada y disfrutar así de ese último aliento del día. Y además tengo el tiempo muy bien organizado. Primero corrijo los ejercicios de las clases particulares de Matemáticas que doy a los niños. Luego enciendo la radio y me pongo a leer revistas de esas que hablan de los amores de Aga Khan y de cosas por el estilo. Revistas tontas, claro, y muy superficiales, pero que vienen bien cuando de lo que se trata es de no pensar en cosas serias. Más tarde, hacia las dos, me pongo a hacer un jersey, a hacerlo o a deshacerlo, porque también en eso soy de la clase de las indecisas, y me cuesta muchísimo quedarme contenta con el color y las medidas que he elegido.

Incluso cuando se acaban todos los programas de la radio, yo no dejo de entretenerme, yo sigo con lo mío, con mi jersey o con lo que sea, sin ninguna prisa por dormirme, porque como doy las clases particulares por la tarde pues no tengo que madrugar. Y además está lo del tren, sobre todo está lo del tren.

A menudo me lo niego a mí misma, pero, puestos a ser sinceros, es verdad, suelo estar esperándolo, y al fin y al cabo si actúo como actúo lo hago por el tren, es por eso que dejo de dormir y todas esas cosas.

El tren pasa por la ciudad a las cuatro menos veinticinco. Hasta ese momento suelo estar a la escucha, oyendo los sonidos de la noche, esas voces y esos ruidos que de tanto que se repiten me resultan ya familiares. Así por ejemplo, el último autobús para en la esquina poco después de las tres, y de él baja un único viajero, un hombre al que por lo visto le encanta silbar, porque así es como pasa siempre por mi acera, silbando, y hay veces que la misma canción le dura toda la semana. Luego, hacia las tres y cuarto, vienen los barrenderos. A las tres y media le llega el turno a ese que yo llamo Fangio, y le llamo así porque suele pasar a toda velocidad, y el ruido que hace su motor primero parece un bramido y luego, cuando ya está lejos, el lamento de un animal herido o que sufre mucho. Por fin, pasan unos cuantos minutos más, y aparece el tren.

El puente de hierro es el que me advierte de su llegada. Hasta ese momento no suelo estar completamente segura, porque puedes equivocarte y confundir al tren con el viento o con cualquier otra cosa. Pero el puente de hierro no me miente nunca, es como un altavoz, y además el tren pasa por él como dando martillazos.

La mayoría de las veces llega a su hora, a las cuatro menos veinticinco. De todas formas, hay días en que se retrasa, y entonces yo no puedo evitar ponerme nerviosa, empiezo a contar cada segundo, presto toda mi atención, y hasta me levanto a mirar por la ventana. Un día no apareció hasta las ocho de la mañana, y yo lloré y todo, porque tenía el presentimiento de que había ocurrido un accidente. Luego supe que el retraso no había tenido otro motivo que un desprendimiento de tierra, o eso leí al menos en el periódico.

El tren suele llevar unos veinte vagones, y su destino es Hamburgo. No sé si siempre transporta el mismo tipo de carga, pero el día en que yo viajé en él llevaba caballos. Me dijeron que eran para América, y por eso los descargaron en el puerto. ¿Qué habrá sido de aquellos caballos? No sé, y la verdad es que prefiero no saberlo. Pudiera ser que después de un viaje tan largo les estuviera esperando el carnicero.

El tren reduce velocidad al atravesar el puente, y ése es el momento más importante de la noche. Es entonces cuando enciendo el cigarro que suelo tener guardado en la mesilla; y es entonces cuando me pongo a imaginar.

Imagino primero a los dos conductores que van en la locomotora. Los imagino callados, pensando cada uno en sus cosas. En un principio, al empezar a trabajar juntos, seguro que tenían cantidad de cosas que contarse, pero tras aquella primera época, después de haber hablado de la familia y de los amigos, ya no les sería fácil buscar un tema de conversación. Claro que podrían hablar del fútbol y de bobadas por el estilo, pero no creo. La gente habla de esas cosas, pero no a las cuatro de la mañana, no después de haber estado trabajando durante cinco horas.

Imagino, pues, que van callados, observando las luces del cuadro de mandos o mirando hacia los raíles. Sobre todo mirando hacia los raíles. O al menos así es como fui yo aquel día. Los caballos de los vagones no se cansaban de relinchar, estaban asustados, y la verdad es que yo también estuve asustada hasta que me acostumbré a aquella velocidad, porque me parecía que de un momento a otro los raíles se iban a desparejar. Pero cuando perdí el miedo seguí mirando hacia delante, porque me ocurrió como cuando voy al mar, que me quedé como hipnotizada, no podía quitar los ojos de aquellos raíles que se juntaban y separaban continuamente, porque eso es lo que pasa cuando vas en el tren a ciento cuarenta kilómetros por hora, que los raíles hacen ese juego.

Y lo de los raíles no es lo único que te da miedo cuando viajas en la locomotora de un tren, porque de pronto caes en la cuenta de que otro tren podría surgir de la oscuridad, en dirección contraria, quiero decir, y chocar de frente contra ti. Pero los conductores de la locomotora no son como yo. Ellos no tienen miedo. Quizá lo tuvieran en su primer viaje, pero ahora no, ahora están acostumbrados, y yo los imagino desganados, mirando con indiferencia los pueblos que van apareciendo al lado de la vía.

Cada uno pensando en sus cosas, así los imagino yo. Uno de los dos está casado, y tiene dos niños, y se acuerda de ellos siempre que ve luces encendidas en una casa, porque deduce de ello que en aquella casa debe de haber algún niño que está enfermo o que se niega a dormir. Y entonces siente ganas de llamar por teléfono a su mujer, para saber cómo están sus niños, porque, claro, también ellos pueden estar enfermos o con problemas de sueño, y es probable que sea eso lo que haga nada más llegar a Hamburgo, llamar por teléfono a su hogar, y si no llama es igual, al menos se ha acordado.

Y termino con el primer maquinista, y me pongo a imaginar qué es lo que estará haciendo el segundo, qué le rondará por la cabeza a Sebastián. Y entonces imagino que está pensando en mí, y que le gustaría mucho venir a esta habitación donde estoy fumando, y que le apena no ver cumplido su deseo.

Pero imaginando esas cosas no hago más que engañarme a mí misma. Sebastián no se acuerda de mí. Si se acordara haría silbar al tren tres veces, corto-corto-largo, nada más cruzar el puente de hierro, tal como lo hizo cada dos noches durante los cuarenta y cuatro días siguientes a nuestro viaje con los caballos.

Saldría a pasear todas las noches

II. *Declaración de Marie*

Saldría a pasear todas las noches, porque la noche es muy bonita, lo mismo que la última hora de la tarde, que también es muy bonita, y eso es lo que hacíamos antes nosotros cuatro, el abuelo, Toby, Kent y yo, acabar nuestras tareas antes de que el sol se pusiera del todo y encaminarnos luego hacia el valle para pasear. El abuelo montaba sobre Kent, y yo cogía el pequeño bastón blanco que me compraron cuando las fiestas, y Toby empezaba a correr muchísimo y a saltar, y como es bastante tonto pues se empeñaba en ladrar a las golondrinas, pero las golondrinas se burlaban de él pasando junto a su morro a toda velocidad y silbando, porque, ya se sabe, las golondrinas silban cuando llega el atardecer y salen en busca de mosquitos. Atrapan los mosquitos y los almacenan en las alas y entre las plumas, y al menos en primavera se esfuerzan muchísimo, por las crías, claro, porque suelen tener familia, y cuando llegaba esa época el abuelo solía ayudar a la pareja que vivía en nuestro establo, abría el pico de las crías y les metía migas de pan mojadas en leche, porque aquella pareja tenía muchas bocas que alimentar, cinco crías nada menos, menuda carga, porque es lo que siempre dicen en mi casa, que hace falta mucho para vivir y que nuestra granja por ejemplo nunca nos sacará de la pobreza, y que yo no podré ir a la escuela de estudios superiores, y eso que soy hija única, pero, en fin, no me importa mucho, y además sólo tengo once años y aún falta mucho para la escuela de estudios superiores.

Pues eso es lo que hacíamos, dejar la granja a la hora de las golondrinas y encaminarnos muy lentamente hacia el valle, y el abuelo solía llevar la cinta métrica que mi madre utiliza para coser, porque mi madre es modista y de vez en cuando hace vestidos, y una vez hizo uno que era muy rojo para la maestra del pueblo, y a mí me gustaba muchísimo, muchísimo, pero a ese bruto de Vincent no, Vincent se burlaba del vestido y decía que la maestra lo había comprado porque estaba enamorada, y que parecía un tomate con gafas, y hasta hizo un dibujo en la pizarra, y luego la maestra nos castigó a todos.

Pero, como estaba diciendo, el abuelo solía llevar la cinta métrica, y era para medir el crecimiento de las plantas, y un día medíamos la alfalfa y otro día medíamos el trébol, y como el abuelo es muy viejo pues era yo la que se arrodillaba y ponía el cero de la cinta justo a ras de tierra, y entonces el abuelo hacía sus cálculos, y decía:

—Podemos estar tranquilos, Marie. Esta planta ha crecido siete milímetros desde ayer. El mundo sigue vivo.

A mí me daba mucha alegría escuchar aquellas palabras del abuelo, y a menudo me entraba la risa, y sobre todo un día me reí muchísimo, porque estábamos los cuatro en un campo de esa hierba tan rica que se llama alholva, midiendo, claro, y en eso que va Kent, alarga el cuello, y se come un manojo entero de alholva, justo el manojo que nosotros teníamos señalado con hilo blanco, porque, claro, nosotros medíamos una planta y luego le atábamos un hilo blanco, como señal, para saber cuál era la planta que debíamos mirar al día siguiente. Y el abuelo se enfadó con Kent, y le dijo que ya era hora de que aprendiera a ser respetuoso con su trabajo, y que si no aprendía le iba a quitar toda la dentadura. Pero apenas si le duró el enfado, porque Kent era un caballo muy bueno, buenísimo, y cuando le reñíamos se ponía muy triste muy triste, y te miraba con sus ojos grandes, y entonces nosotros le perdonábamos todo.

De esa manera, midiendo aquí y allá, llegábamos al puente donde vivía un murciélago, Gordon, y el abuelo decía que Gordon era un pájaro muy indeciso y que por eso tenía aquella forma de volar, siempre en zigzag, siempre cambiando el rumbo para al final quedarse donde estaba, y que la abuela era como Gordon, muy indecisa, y que por eso no salía nunca, ni siquiera para ir a la iglesia que está a dos kilómetros de nuestra granja. Y había otro pájaro que también vivía cerca del puente, Arthur, y Arthur era un tardón, se entretenía en los campos y luego siempre andaba a última hora, corriendo para que la noche no le cogiera fuera del árbol, y cuando pasaba sobre nosotros casi no lo veíamos, y entonces el abuelo levantaba la cabeza y le reñía:

—¡Hoy también llegas tarde, Arthur! ¡Ya son ganas de tener preocupados a los de tu casa!

Me gustaba más Arthur que Gordon, pero también me gustaba Gordon, o al menos no le tenía manía, pero el bruto de Vincent sí, a Vincent le fastidiaban los murciélagos, y un día cogió uno y lo llevó a la escuela, y luego le puso un cigarro encendido en la boca. Y como los murciélagos no saben echar el humo, pues se fue hinchando, hinchando, y al final le explotó la tripa y se murió. Y como era igual que Gordon pues me puse a llorar, y entonces el asqueroso ese de Vincent se burló de mí.

Después de cruzar el puente solíamos subir a un alto desde el que se ven las luces del pueblo y del ferrocarril, y entonces el abuelo abría la cesta de la cena, y yo comía primero un huevo duro, y luego tocino con pan blanco, y como postre una manzana. Solíamos cenar en silencio, descansando, y tanto Toby como Kent se tumbaban en la hierba, todos muy bien, siempre muy bien, y cuando llegaba el verano aún mejor, con los caminos llenos de gente y con viento sur. Además en verano nuestros paseos se hacían más largos, a veces no parábamos hasta las vías del tren, y un día vimos allí a la maestra; y como era de noche el abuelo y ella hablaron de las estrellas y del calor que hacía, y el abuelo le aconsejó que tuviera mucho cuidado con las serpientes.

Al abuelo le daban mucho miedo las serpientes, y era por eso por lo que los días de calor pesado solíamos ser cinco, los cuatro de siempre y una gallina, Frankie; pero era un problema porque a Frankie no le gustaba marchar por delante, y, claro, así no podía matar a las serpientes que nos amenazaban.

—¡Frankie! ¡Ponte delante! —solía gritarle el abuelo.

Pero Frankie era una gallina muy testaruda, y no le obedecía, y el abuelo se ponía furioso.

—¡Frankie! Yo no he traído una especialista para que luego se ponga la última —le chillaba.

Eso era lo que pensaba el abuelo, que la serpiente es muy maligna, y que mata a los pájaros, y que asusta a los caballos, y que chupa la leche de las vacas, pero que con las gallinas no tiene nada que hacer, porque las gallinas son especialistas en matar serpientes.

Y así anduvimos el último verano, en grupo de cinco, el abuelo montado sobre Kent y yo con el bastón blanco que me compraron cuando las fiestas; y luego ya vino el otoño y fuimos otra vez los cuatro de siempre, porque ya no había peligro de serpientes y Frankie se quedaba en casa, y seguimos paseando, siempre paseando, hasta el día en que la maestra nos llevó a la estación.

Aquel día estuvimos toda la mañana haciendo problemas de Aritmética, y todos nos portamos muy bien, incluso Vincent se portó bien, y a la maestra eso le gustó mucho, y nos dijo que como premio no daríamos la última clase, que en vez de eso iríamos a la estación a ver los caballos que habían reunido allí.

Así que fuimos, y yo no había visto nunca tantos caballos juntos, por lo menos habría doscientos, y como hacía bastante frío pues estaban todos echando humo, y de vez en cuando alguno relinchaba. Yo me fijaba mucho, miraba primero a un caballo y luego a otro, y los iba comparando con Kent, y me parecía que allí no había ninguno que fuera más bonito que Kent.

Entonces Vincent se acercó a mí, como siempre, claro, porque es un pesado y no me deja nunca en paz, ni en la escuela ni en ningún otro sitio, y aquel día lo mismo, se acercó a mí y empezó a decir bobadas, cosas de la maestra, que ya sabía de quién estaba enamorada la maestra, que del maquinista, del maquinista del tren que se iba a llevar a los caballos, que lo sabía porque les había visto dándose un beso, y en una de ésas a mí se me olvidó que estaba enfadada con él y le hice una pregunta:

—¿Adónde quieren llevarse los caballos?

—Los van a llevar a Hamburgo —me respondió riéndose.

—¿Por qué a Hamburgo?

—Pues para meterlos en un barco y mandarlos a América.

—¿A América? —le pregunté extrañada. Porque aquello no me cabía en la cabeza. Y Vincent me dijo que no frunciera el ceño, que cuando fruncía el ceño no parecía tan guapa. Y después de decir esa bobada miró hacia los caballos y dijo:

—A América, sí. A los americanos les gusta mucho la carne de caballo.

Fue en aquel momento cuando comprendí que todos aquellos caballos eran para el matadero, que harían el viaje y luego los matarían, y me puse muy triste, y ya no quise seguir allí. Regresé a la escuela a coger la cartera y luego empecé a caminar muy despacio hacia la granja, parándome aquí y allá, y recogiendo hojas secas, porque como era otoño todo el camino estaba lleno de hojas secas.

Llegué a la granja una hora más tarde, y vi que el abuelo estaba sentado junto a la puerta, y el abuelo también me vio, y entonces hizo un gesto muy raro, bajó la cabeza, ni siquiera me saludó, sólo bajó la cabeza, y de pronto me acordé de Kent, y me acordé de los caballos de la estación, y de lo que me había dicho Vincent, y eché la cartera al suelo y me fui corriendo al establo: allí estaba Toby, allí estaba Frankie, pero Kent ya no estaba.

—¡Habéis vendido a Kent! —grité entonces, y el abuelo también gritaba, y mi padre también gritaba. Y justo en ese momento oí ese silbido tan fuerte que hacen los trenes cuando les dan la salida.

Por eso no salgo a pasear de noche, porque nos falta Kent, y porque el abuelo es demasiado viejo para andar de paseo sin Kent, y como él se queda en casa pues yo también me quedo en casa, sin ir a la escuela además, porque eso también pasó, que la maestra se fue con el maquinista del tren y que aún no ha vuelto; y ahora ceno todos los días en la cocina, y ya no sé cómo van las plantas, cómo van Gordon y Arthur, y me da mucha pena cuando pienso que a Kent se lo ha comido un americano.

Nueve palabras en honor
del pueblo de Villamediana

Tenía yo unos nueve años cuando un hombre vino a casa de mis tíos, donde yo estaba pasando unos días del otoño. Entró hasta la cocina y sin tomarse el tiempo de saludar, se puso a hablar, de pie, con la espalda apoyada contra la pared. Extrañado, me di cuenta de que el tema no era otro que mi persona, de que aquel hombre hablaba de mí, de cuándo me había visto por primera vez y cómo vestía en aquella ocasión. Dijo que su memoria era privilegiada, que lo recordaba absolutamente todo, hasta el color del jersey que yo llevaba, y agachándose me preguntó si acaso no era rojo con estrellitas blancas.

—Pero ¿cómo quieres que lo sepa el niño? ¿No ves que por aquel entonces era muy pequeño? —intervino el tío, y queriendo cambiar de tema empezó a hablar del tiempo y del viento sur. Pero el hombre no le prestó atención, siguió refiriéndose a mí, dónde y con quién jugaba yo aquella primera vez que me vio, y cuánto me gustaba jugar, sobre todo al fútbol.

—En eso al menos tienes razón —dijo mi tía tomando la palabra. Y cogiéndome del brazo me sacó de la cocina, que me fuera a jugar, que mejor estaría en la calle.

Aquel día, lo recuerdo bien, el ambiente estaba muy limpio, templado por un sol suave, y anduve por la plaza hasta el atardecer, completamente olvidado del hombre que después de comer había aparecido en casa de mis tíos.

Pero volví a casa y allí seguía él sin dejar de hablar, y tal como más tarde diría mi tía, parecía Jesús en la cruz del Gólgota, porque, además de la espalda, apoyaba los dos brazos extendidos contra la pared. Ya no se le entendía nada, su conversación era tan sólo una respiración larga y cansada, y la tía tan preocupada estaba que ni se dio cuenta de mi llegada, decía *si no se calla, este hombre se nos va a ahogar* y se empeñaba en darle un vaso de agua. Pero el hombre no veía nada; detrás de las gruesas gafas parecía que sus ojos azules miraran más allá de aquella cocina. Además babeaba y tenía la cara completamente roja; se podían ver las gotas de sudor en la raíz de su pelo rizado.

—Cállate, por favor. Tranquilízate. Nos sentaremos a la mesa y cenaremos juntos —intentó el tío acercándosele y sonriendo. Pero fue inútil. El hombre se puso de puntillas, asustadísimo, y se sujetó aún más fuerte a la pared, como si estuviera al borde de un precipicio y con grave riesgo de caer en él.

—Me voy a llamar al médico —decidió la tía. Se quitó el delantal y fue corriendo al teléfono de la posada.

El médico, que era muy fornido, hizo lo que pudo por apartarle de la pared. Pero era imposible, porque el hombre empezaba a gritar en cuanto sentía que alguien le tocaba.

—Tráiganme agua en un balde —ordenó el médico. Mis tíos se fueron a la fuente que había enfrente de casa, porque su agua era más fría. Mientras tanto él seguía riendo, y entre las cosas que decía sólo se le entendía *tú sí que eres un cerdo*.

Le echaron el balde de agua a la cara y las gotas salpicaron toda la cocina. Súbitamente la casa quedó en silencio y me di cuenta de que el hombre se iba a caer de bruces, que le flaqueaban las rodillas. Entonces el médico y mi tío lo cogieron para dejarle luego en un rincón que estaba seco.

—¿Se ha muerto? —pregunté.

—No, se ha quedado dormido —me tranquilizó la tía.

Pero el miedo no se me iba y me quedé en la cocina atento a la conversación que allí surgió a continuación. Y así, aún conservo el recuerdo de una palabra dicha por el médico que ya entonces —cuando ni siquiera sabía qué era un hospital— me pareció terrible: *electroshock*.

—El único mal que tiene este hombre es que recuerda demasiadas cosas —comentó el tío cuando nos quedamos solos.

—Y que vive solo y que pasa meses en el bosque sin hablar con nadie —añadió la tía mientras secaba el suelo de la cocina con una bayeta.

Aquí termina la primera historia y aquí mismo empieza la segunda, sucedida veinticinco años después.

Una fría tarde de invierno, luego de remontar una larga cuesta, llegué hasta la entrada de una mansión construida por un indiano rico. Aunque a primera vista el lugar, vallado de piedra labrada y rodeado por un amplio jardín, era como para que cualquiera pudiera calificarlo de hermoso, me resultó inmediatamente desagradable. Demasiado verde, demasiado húmedo.

Pero a pesar de lo verde y húmedo, no hubiera sido más que un paraje melancólico y saturnal si no fuera porque además estaba mancillado. Y es que el propósito inicial del constructor de aquel lugar se veía alterado, y era suficiente con echar una mirada a la entrada para comprender el sentido de esa mudanza; una puerta de acero nueva y fea cegaba el fantasioso arco chinesco que el indiano, en un alarde de *capriccio*, había hecho colocar en la entrada. En una de las hojas de la puerta había un pequeño cartel. *Hospital psiquiátrico*, decía.

El abrigo azul que el portero llevaba encima de la bata blanca me distrajo de las reflexiones sobre aquel arco. Le dije que allí tenía yo un amigo y que había ido con intención de visitarlo. Que llevaba conmigo el permiso de la familia, firmado por la madre de mi amigo. Pero hacía demasiado frío para andar con formulismos y, tras cruzar el jardín, me llevó directamente al edificio. Al pasar vi los rosales, los campos de tenis, los arroyuelos artificiales que atravesaban las cuevas hechas en la roca, todo completamente abandonado, cubierto por zarzas y ortigas. La casa en sí —un *neocaserío*— estaba más cuidada, pero tenía unos monstruos añadidos a las contraventanas verdes: unos barrotes de hierro negros y muy gruesos. En un principio supuse que habían sido colocados para que nadie se escapara. Pero pensando un poco más, me di cuenta de que tenían una función mucho más angustiosa: estaban allí para impedir que nadie se tirara desde aquellas ventanas.

—Creo que ha hecho un viaje en balde. El estado de su amigo es muy grave —me dijo el director cuando le indiqué la razón de mi visita. Era un hombre de cierta edad, suave y de hablar quedo.

—Pero ¿puedo verlo?

—No perdemos nada con intentarlo —musitó el director como para sus adentros. Y me llevó al piso de arriba—. Primero entraré yo. Y cuando entre usted, por favor, no haga ningún movimiento brusco —me pidió cuando nos hallábamos delante de la última habitación del pasillo. La puerta tenía el cerrojo por fuera.

La habitación estaba acolchada y por el resquicio que dejó el director vi a mi amigo sentado en la cama con el pijama puesto. Cuando se dio cuenta de que tenía visita levantó la cabeza y se llevó las manos a las gafas. No reconocí su gesto. Era nuevo en él, y más parecía el ademán de un niño afligido que de una persona de treinta años.

Cuando el director me dijo que pasara me acerqué a él poco a poco. Otra vez fueron las manos a las gafas.

—Martín, ¿cómo estás? —le pregunté aparentando alegría y adelantándome en busca del abrazo. Éramos viejos amigos, habíamos vivido en la misma casa durante mucho tiempo.

De pronto, acurrucándose en un rincón de la habitación, Martín empezó a llorar; y tanto quiso esconderse que empujando aquella pared acolchada se le rompieron los lentes. Entonces el llanto se convirtió en grito. Y ambas cosas, llanto y grito, así como el gesto de las gafas, parecían los de un niño de dos años.

El director me sacó al pasillo y regresó a la habitación. Durante un cuarto de hora oí cómo le decía palabras afectuosas a mi amigo. Hasta le cantaba de vez en cuando.

—¿Qué le sucede? —pregunté cuando salió. Yo estaba sudando.

—No le ha reconocido —dijo el director.

Asombrado, pregunté cómo era posible.

—No tiene memoria y está muy asustado. Hace unos dos meses su nombre representaba algo para él. Ahora ni eso —él también parecía muy preocupado—. ¿Quiere que tomemos un café? —me dijo seguidamente.

Luego nos dirigimos a un pabellón que estaba en una zona del jardín, algo así como el cuarto de descanso de los médicos de aquel centro. Solamente aquel lugar, con las paredes y techos forrados de madera, parecía conservar el ambiente de tiempos pasados.

—A Martín se le ha borrado todo lo que tenía en la cabeza como se borra una cinta. Y lo que es peor, no sabe grabar en ella nada nuevo —me comentó mientras tomábamos el café.

—Pero ¿es posible que se recupere? —la madre de Martín me había dicho que sí.

—No creo —le oí decir, y me pareció que me daba una buena oportunidad para cambiar de tema.

—Siendo pequeño conocí a un hombre que tenía la cabeza trastornada. Pero aquél enloqueció porque recordaba demasiado —empecé diciendo. Y le conté lo sucedido en casa de mis tíos.

—Yo creo que la memoria es como una presa —comentó después de haberse quedado un momento pensativo—. Le da vida a todo nuestro espíritu, lo irriga. Pero igual que la presa, necesita de unos aliviaderos para no desbordarse. Porque si se desborda o revienta destroza todo lo que encuentra a su paso.

—Y por otra parte una vez que se vacía se queda seca —añadí yo. Él asintió con la cabeza, un poco cansado—. A mí me resulta difícil creer que se pueda caer en semejante infierno —le dije entonces para ahuyentar mis aprensiones. Y le conté mi experiencia. Vine a decir que, en mi caso, el pasado se reducía a unas pocas imágenes. Que, al mirar atrás, yo jamás encontraba un hilo conductor o un paisaje bien construido, sino un vacío salpicado de islas, de recuerdos. Un mar de nada con algunas islas, eso era para mí el pasado.

Mi manera de hablar le resultó curiosa al director. Esbozó una sonrisa y me dio una palmada en la espalda.

—Tiene usted razón, pero hay que tener cuidado con la memoria. La memoria, ¿cómo le diría? Sí, es un poco arcaica, como el corazón. No hace demasiado caso a la lógica.

—Entonces, ¿cuánto hay que recordar? —le pregunté medio en broma levantándome del sillón e indicando que se me estaba haciendo tarde.

—Ni poco ni mucho.

—Pero por ejemplo, ¿cuántas palabras?

—Nueve palabras —dijo riéndose. No le pedí más aclaraciones pero me pareció que se trataba de una broma privada, que aquel número tenía para él un significado especial.

Nos despedimos en la puerta del pabellón. Él se dirigió hacia la casa y yo hacia el arco chinesco.

Y aquí termina la segunda historia y también la introducción que he querido poner a mis recuerdos del pueblo de Villamediana; introducción que, al mostrar dos malos comportamientos de la memoria, debe actuar de amuleto y propiciar el buen término de mi trabajo. Sin embargo, aun contando con dicha protección, siento miedo, desconfío de los peligrosos lugares por los que forzosamente habré de transitar. Seguiré por ello el consejo que me dio el director del hospital. Hablaré de Villamediana, pero sólo lo justo. Nueve palabras bastarán para que yo resuma la larga temporada que pasé allí.

1. Mirando hacia atrás encuentro en mi vida una isla con el nombre de Villamediana. Si me dijeran que de las palabras de un diccionario escogiera cinco y valiéndome de ellas hiciera una descripción de urgencia o explicara algo relacionado con ese pueblo, sería imprescindible que escogiera la palabra *sol* antes que ninguna otra. Porque lo veía casi todos los días, ya fuera al despertarme, entre las rendijas de la persiana, o saliendo a la calle, en medio del cielo azul, incrustado en él como un clavo de oro; incendiando además las malezas secas, y enrojeciendo los muros de adobe a la caída de la tarde. En segundo lugar tendría que escoger *trigal*, y describir entonces sus colores, primero el verde y luego el amarillo, aquel amarillo que, durante todo el verano, surgía de las mismas orillas del pueblo y se extendía hasta confines inalcanzables para la vista. Las tres últimas palabras serían *vacío*, *cuervo* y *oveja*; porque la mayoría de las casas de Villamediana estaban vacías y, con frecuencia, los cuervos y las ovejas eran los únicos seres animados que daban cierta vida a aquel paisaje.

Por un lado serían suficientes esas cinco palabras para dar noticia de aquella isla. También, quizá, de toda

Castilla. Mas por otro lado el resumen no superaría una sencilla redacción escolar o la visión de los poetas que, por lo visto y leído, solamente debían de aparecer por allí de vacaciones. Y así las cosas, quedarían fuera muchos pormenores de mi experiencia. Los relativos a mi llegada al pueblo, por ejemplo. Porque yo llegué a Villamediana en un oscuro día de invierno, y no cuando el pueblo estaba rodeado de sol y trigales.

2. Hay cierta gente que se enorgullece diciendo que su estado de ánimo no depende del aspecto que ofrezca el día. Mi felicidad, dice esa gente, no depende del color del cielo, porque yo tengo mi propia climatología interior.

Desgraciadamente ese orgullo no está a mi alcance. Si es cierto que perdura en nosotros el recuerdo de todo lo vivido y que en nuestras células permanece aún el hilo de los momentos primordiales, entonces, estoy seguro, el helecho y el musgo de los comienzos de mi vida influyen poderosamente en las variaciones de mi estado de ánimo. Mi espíritu es en lo fundamental semejante al de las plantas: revive con el buen tiempo, y se apaga con la lluvia o con el frío. Agradable dependencia, claro está, si me encuentro en un país soleado, pero desagradable si, como me sucedió en mi primer acercamiento a Villamediana, las fuerzas del invierno se ponen en mi contra.

Llegué a Villamediana un oscuro día de invierno. Hacia el mediodía la niebla había bajado del todo y cuando, después de ordenar algunas cosas, me dispuse a mirar por la ventana, el pueblo se me apareció envuelto en un lienzo blanquecino y helado. Envuelto además de manera torpe, dejando a la vista algunos retazos de paisaje: un tejado por aquí, la copa desnuda de un olmo por allá, el redondo campanario de la iglesia más al centro. Eran sombras mortecinas, fantasmas suspendidos en el aire, y daban frío. Intimidaban más que la propia niebla.

Era un paisaje decepcionante para quien, como yo, se había dejado seducir por esa suerte de espejismo que siempre acompaña al cambio de domicilio. Antes de emprender el viaje, yo estaba seguro de que me bastaría con llegar a aquel lugar para dejar atrás, como se deja un lastre, una larga etapa de mi vida; todo sería en adelante fácil, luminoso, diferente. Cuando me imaginaba en aquellas tierras, lo único que me daba cierto trabajo era precisar el paisaje: cuántos caminos habría, cuántas casas, cómo serían esas casas, y si realmente aquellos páramos adoptarían la forma de trapecios achatados. Pero, en cuanto al cielo, no tenía dudas. En el cielo, como lo hubiera hecho un pintor naif, siempre colocaba al sol, símbolo de mi nueva vida. Un sol débil, como correspondía al invierno, pero así y todo suficiente para alegrar mi espíritu de helecho y musgo. Pero nada de sol, nada de luz. En su lugar, me recibía aquella niebla mojada, casi sucia.

Mis primeros paseos por el pueblo no mejoraron aquella primera impresión. Las calles estaban siempre vacías, sin nadie con quien hablar, y el silencio que las envolvía me hacía retroceder en el tiempo y enfrentarme de nuevo a una de mis pesadillas infantiles, pesadilla de niño abandonado en una ciudad muerta. El único sonido que se oía era el de las gotas que, por condensación, formaba la niebla en los canalones de los tejados; porque las gotas se hacían hilos de agua, y los hilos de agua chorros que, al fin, caían sobre el cemento de las aceras produciendo un eco de aplausos que se alejaba hacia la iglesia, hacia la carretera, hacia los páramos. Pero eso era todo. Ninguna otra señal atravesaba la niebla.

Bastaron un par de días para que el espejismo que me había llevado hasta Villamediana comenzara a desvanecerse. El viejo mundo, aquel que yo había querido dejar atrás, volvía a parecerme atractivo. Me sorprendía a mí mismo tumbado en la cama y añorando los cines, las cafeterías, el ruido. Pero tenía que aguantar. Por muchos motivos, la vuelta inmediata a la ciudad me resultaba imposible. Además, yo sabía, por la agencia que me había alquilado la casa, que aquel pueblo tenía unos doscientos habitantes. Tarde o temprano, aparecerían, los conocería, hablaría con ellos.

Una tarde, sería la del tercer día, escuché algo que nada tenía que ver con los aplausos del agua. Era música, una canción estridente que surgía de la radio de una casa no muy lejana a la mía.

«Alguien vive», pensé saliendo a la calle y buscando el foco de donde provenía aquella señal. Vi entonces, en uno de los recodos de la parte alta del pueblo, una pequeña vivienda que tenía todas las ventanas iluminadas. De allí surgía la música. Un tocadiscos —no una radio— sonaba a todo volumen, y una serie de voces, la mayoría femeninas, cantaban como queriendo sobrepasarlo. No había duda. Había gente en Villamediana, gente completamente viva.

De allí en adelante la ruta de mis paseos cambió. Rondaba la casa, por la mañana, por la tarde, una y otra vez. Y siempre la música, siempre las ventanas iluminadas. Aquella alegría no sólo me asombraba; me demostraba además que no todo el mundo tiene helechos o musgo en su interior. No, el estado anímico no dependía del clima.

Algo después, cuando ya llevaba más de una semana en el pueblo, la niebla levantó. Los aplausos del agua cesaron, los canalones comenzaron a secarse; la gota de agua que desde mi llegada había colgado del tendedero de mi balcón —y que, en las cartas, yo había descrito como *guisante de cristal*— cayó al suelo para siempre. Y había claros en el cielo, y las plantas se erguían, y la plaza se llenaba de ancianos y de niños.

«Parece que lo peor ya ha pasado», escribí a mis amigos.

Mi vida discurría ahora por los cauces normales. Supe dónde se reunía la gente para jugar a las cartas o para beber, y allí era donde acudía para darme a conocer y charlar un poco con mis nuevos vecinos. Pero, con todo, mi curiosidad mayor seguía centrándose en la casa del tocadiscos y de las ventanas iluminadas. La casualidad del primer contacto me había vinculado a ella. ¿Quién vivía allí? ¿A qué se debía la alegría que demostraban? Pero me había propuesto ser discreto y evitar las preguntas directas. Había que tener paciencia y esperar a que alguien me lo dijera.

La ocasión no tardó en llegar y, por así decirlo, vino de la mano de la dueña de una de las tiendas de Villamediana. Era una mujer regordeta, simpática como suelen serlo todos los comerciantes ante un cliente nuevo, y estaba muy interesada en los motivos de mi presencia en el pueblo. No le cabía en la cabeza que yo estuviera allí *por estar*.

—No le creo. Algún secreto tendrá usted —me dijo un día. Para entonces, después de cuatro o cinco visitas, ya se había roto el hielo, y nos tratábamos con cierta confianza.

—Qué más quisiera yo que tener un secreto. Pero no tengo ninguno. Estoy aquí porque el sitio me gusta —repliqué.

—Perdone que le diga, pero eso me parece imposible. No hay en el mundo otro pueblo más triste y aburrido que éste.

—Pues yo no veo esa tristeza por ningún lado —mentí—. Al contrario, veo que la gente de aquí vive muy contenta.

Ella sonrió burlonamente, haciéndome ver que seguía sin creerme; que muchas gracias por el cumplido, pero que no. Yo me apresuré a explicar en qué casa había constatado aquella alegría de vivir.

—¡Claro, los pastores! ¡Ésa era la casa de los pastores! —dijo riendo. Y añadió, con gesto de quien no quiere contarlo todo—: Ya sabe usted, en este mundo hay gente de muchas clases. Y los pastores, qué le diría… los pastores prefieren gastar el dinero en golosinas para los niños antes que en comprarles libros. ¿Lo ve? —me señaló la plaza donde jugaban unos niños—. Ni los mandan a la escuela. A esta hora no anda ningún niño por el pueblo, sólo los suyos.

Así que se trataba de los pastores. Y la tendera, sobre todo con gestos, me hablaba de lo *especiales* que eran, de la diferencia que había entre ellos y el resto de la comunidad. Aquello era una novedad para mí, me sorprendía.

Antes de salir de la tienda ya había decidido indagar en qué consistía la particularidad de los pastores. Al fin y al cabo, no tenía nada concreto que hacer, y la buena disposición que a mis musgos y helechos interiores había traído el cambio de tiempo me empujaba a la actividad. Sí, intentaría averiguar el secreto de los pastores. Era muy probable que, de conseguirlo, lo aprendido rozara lo universal y no se limitara al reducido ámbito de Villamediana. Porque pastores había habido siempre, desde tiempos inmemoriales, y en todas partes. Y con esas ideas en la cabeza, concentré toda mi atención en los acontecimientos de aquella casa, la más alegre del pueblo.

Pronto me di cuenta de que la peculiaridad de sus ocupantes no se limitaba a su afición a la música o al poco aprecio que demostraban hacia la enseñanza escolar. También llamaba la atención —cómo no hacerlo en un pueblo semidesierto como Villamediana— los muchos que eran, su cantidad; el que la casa no estuviera, como la mayoría de las del pueblo, vacía o semivacía, sino repleta de gente. Cada vez que pasaba ante el portal veía cinco o seis niños jugando, y nunca dejaba de observar a alguno nuevo: todos bien vestidos, unos rubios, otros morenos, e incluso de vez en cuando algún pelirrojo. Y algo parecido ocurría con los adultos, también con ellos era difícil llevar la cuenta. Un día, miraba hacia el balcón y veía allí a dos mujeres jóvenes; al siguiente, una tercera con un hombre viejo y pequeño de estatura; al otro, un hombre fuerte y moreno apoyado en la baranda y fumando.

Cierto atardecer, estando con Onofre, mi vecino, vi a un anciano de cabellos blancos entrando en aquella casa.

—¿También vive ahí? —le pregunté, poniendo cara de asombro. Realmente, aquella casa parecía imposible de llenar.

—Es uno de los maridos de la pastora —me respondió Onofre. El tonillo de sus palabras era malicioso.

—¿Uno de sus maridos? Pues ¿cuántos tiene? —esta vez el asombro era verdadero.

—Tiene dos maridos. El que hemos visto y otro pequeño. Pero el pequeño es el que manda. En toda la casa, además.

Sabía a quién se refería al hablar del dueño de la casa. No sólo porque lo veía en el balcón, también porque lo conocía de la taberna. Siempre pretendía que formáramos pareja para jugar a las cartas. Y de pronto me resultó extraño el hecho de que aquel pastor no tuviera compañero de juego. Precisamente en Villamediana, un pueblo donde no había otro entretenimiento. La palabra *exclusión* empezó a darme vueltas en la cabeza.

Mi vecino sonreía cada vez con más malicia.

—Como te digo. Él es el jefe. Todos le obedecen.

—Y en total, ¿cuántos viven en esa casa? —pregunté.

—No hay manera de saberlo. Según.

—¿Cómo según?

—Según los que haya de paso, quiero decir —Onofre se reía ahora abiertamente. Parecía mentira que un hombre como yo no fuera capaz de solucionar el enigma que él me proponía.

Pero no era nada difícil entender lo que trataba de decirme. No sólo porque la mayoría de sus bromas tenían un sentido sexual; también por un anterior comentario suyo, que yo recordaba muy bien, relativo a las mujeres de vida fácil que vivían en el pueblo.

Mi vecino era, según decían sus paisanos, un *arbolario*, un *sasamón*, un *trae y lleva*, y ninguna de sus opiniones merecía ser tomada en serio. Sin embargo, y tal como pude comprobar a partir de aquel día, la mayoría de la gente del pueblo coincidía con él en lo relativo a la familia de los pastores. Bastaba mencionarlos para que de inmediato surgieran risitas.

Por una parte, lo que me sugerían casaba bien con los detalles que yo había observado. Con la música y las luces continuamente encendidas, por ejemplo; o con el estudiado aspecto de *petite cocotte* que mostraban las adolescentes de aquella casa; y también con el comportamiento huidizo de las mujeres que yo había visto en el balcón, quienes —a la hora de encaminarse hacia la parada de autobús que había en la carretera— preferían dar un largo rodeo antes que pasar por el centro del pueblo. Mas por otro lado, yo miraba hacia su portal y siempre veía la misma gente. Mucha gente, pero siempre la misma. No el trasiego de hombres que se supone puede haber en un burdel. Estaba claro que se trataba de una familia muy particular. Pero no era tan claro que esa particularidad fuese la que mi vecino y otros como él se empeñaban en endosarle.

Se lo pregunté a Daniel, el guardabosques del pueblo. Además de ser un hombre serio no era en absoluto de ideas estrechas. Vive y deja que vivan los demás, solía repetir. Yo me fiaba mucho de sus juicios, y nunca dejaba de aceptar sus propuestas de recorrer el bosque juntos.

—Ésa es la fama que les han puesto, sí, y con ella se quedarán. Este pueblo es así, siempre murmurando. Aguzas un poco el oído, así, y enseguida oyes el zumbido, todo el mundo hablando, y hablando mal. Vamos muy atrasados. No es como en la ciudad. En la ciudad esas chicas serían como otras muchas. Que una se casó embarazada y otra después de tener un niño. Eso es todo, no hay nada más. Pero, claro, como son pastores...

Que eran pastores, ésa era la cuestión central; ahí se hallaba, tal como pronto pude darme cuenta, el origen de aquella calumnia. No en su comportamiento o en su carácter, sino en su condición de pastores. Lo que decían de ellos en Villamediana, decían de otros en toda la comarca.

—Pues hace usted mal. No están los tiempos como para dejar la puerta de casa abierta. Sobre todo si hay pastores cerca —me dijo una vez el empleado de la agencia que me había alquilado la casa. Acababa de confesarle que utilizar la llave no era una de mis costumbres—. Esperan a que haya gitanos cerca para robar. Por eso tienen los gitanos la fama que tienen. Porque cargan con los robos de los pastores —y para suavizar la frase añadió que hablaba en general, que no todos serían ladrones, que los habría de muchas clases.

De muchas clases, sí, pero —de hacerle caso a él o a otros muchos— la mayoría con tendencia al mal, sobre todo los que no poseían ovejas, los que andaban de criados. Éstos sacaban la navaja por nada, y eran muy insociables. No podía ser de otro modo tratándose, como se trataba, de gente alcoholizada.

Comprendí, finalmente, cuál era el lugar que los habitantes de la casa alegre ocupaban en Villamediana.

No era otro que el de la marginación; el mismo lugar que en otras partes del mundo vienen ocupando los enfermos, los negros o las personas de conducta sexual desacostumbrada. Y es que toda sociedad, aun la más pequeña, se rodea siempre de un muro, invisible, sí, pero no por eso menos real, y luego arroja todo lo negativo, todo lo fétido, a la zona que ha quedado fuera; igual que aquel mal hortelano del cuento que, a la hora de desprenderse de sus malezas, buscaba el amparo de la noche y se dirigía a la finca de su hermano.

Los pastores estaban más allá de la línea divisoria, al otro lado del muro, en la zona de los culpables. Y, dicho sea de paso, es muy probable que siempre y en todas partes hayan estado ahí. Cuando Calíope y sus hermanas hablaron a Hesiodo, se despidieron de él llamándolo *pastor inculto, ser vergonzoso*. Y cuando el cristianismo, religión de la gente humilde y marginada en sus comienzos, relató el nacimiento del Niño Dios, colocó a su lado a los pastores de Belén por los mismos motivos por los que luego colocó a María Magdalena junto a la cruz.

Compartí mis reflexiones con Daniel, y aproveché uno de nuestros paseos por el bosque para preguntarle cuál era, en general, la reacción de los pastores ante su marginación. Si, como decían, era verdad que la mayoría se avergonzaba de su oficio.

—Los negros no. Los negros suelen ser muy orgullosos y si pueden empeorar la fama que tienen, la empeoran —me respondió.

—¿Quiénes son los negros? —le pregunté. Yo pensaba en el apodo de alguna familia.

—Pero ¿es que aún no te has dado cuenta de que hay pastores blancos y pastores negros? —y empezó a citarme a los que yo conocía en el pueblo; cuáles pertenecían a un grupo y cuáles al otro.

—¡Pues tienes razón! —me pareció que su clasificación era del todo pertinente.

Daniel no se conformó con darme la lista de los dos grupos, quiso además describirlos. Dijo que a algunos pastores, en general a los de ojos azules, el pelo se les iba poniendo de color muy blanco, y que también su forma de ser experimentaba la misma transformación; se volvían prudentes, delicados, tan suaves como su aspecto. En cambio otros se volvían como el carbón y se les podía ver con frecuencia en la taberna, bebiendo, de juerga, dispuestos a jugarse el dinero con cualquiera.

—Ahora mismo vamos a ir a visitar a dos pastores. Ya verás, uno es de los negros y el otro de los blancos —concluyó. Y saliendo del pueblo nos encaminamos hacia un páramo.

Los dos pastores llevaban un mes sin bajar a ningún pueblo. El que pertenecía al grupo de los negros nos saludó a gritos, cuando aún nos faltaba mucho para llegar a la tenada, y para cuando estuvimos a su lado ya tenía la botella de vino en la mano. Hablaba cantando e inmediatamente empezó a explicarnos los enredos que había tenido con una mujer casada. De vez en cuando soltaba una maldición y le tiraba una piedra al perro.

El blanco ni se acercó. Sentado en una valla de piedra, se entretenía en asear una piel de oveja. Cuando fui a ofrecerle el vino de su compañero me dijo que no con la cabeza.

—¿De dónde es usted? —le pregunté.

—De la parte de Segovia —dijo muy quedo. Tenía los ojos de color azul claro. Sus cejas eran como de algodón.

—¿Y cómo se llama usted? —volví a preguntar de manera amistosa, después de haberle dicho mi nombre.

—*Gabriel* —susurró. Luego, saludando apenas, se bajó de la valla y siguió camino adelante.

Un poco más tarde vi que le salían alas —alas blancas— en la espalda, y que merced a ellas emprendía el vuelo y se alejaba por el aire. Pero tal vez no fuera más que una ilusión provocada por el vino que me había dado el otro pastor, el negro.

3. En un pueblo lleno de ancianos y que apenas llega a los doscientos habitantes, el desconocido que viene de fuera con el propósito de instalarse allí se convierte al momento en la gran novedad. No están acostumbrados a recibir gente, sino a lo contrario; la escena que les resulta familiar después de verla repetirse durante años y años es la de la huida. Familias enteras han abandonado el pueblo con el argumento de que *es imposible vivir en Villamediana*. Y naturalmente también ellos participan de esa opinión. Se han quedado, sí, pero en contra de su voluntad, porque no tenían otra salida; no porque den valor a lo que tienen. Pero, he aquí que el curso de los acontecimientos cambia y aparece un forastero. Alguien que no debe de pensar lo mismo. No tiene aspecto de estar enfermo, no parece que haya venido en busca de un clima seco. Y tampoco parece que haya sido enviado por

ningún museo de Madrid, como sucede con las personas que de cuando en cuando vienen a restaurar las figuras de la iglesia. No, el forastero ha elegido este sitio porque le gusta.

Además de sorprendente, la conclusión es halagadora para todos los que viven en el pueblo. Todos se alegran, todos quieren hablar de ello. La vida les ha deparado, allí donde menos lo esperaban, una sorpresa agradable, y las conversaciones que tienen lugar en la taberna o en las tiendas no se limitan ya a los temas habituales, a la familia, a la caza, al trabajo. La presencia del desconocido da ahora pie a las más diversas conjeturas y suposiciones. Y más tarde, cuando se les presente la ocasión, todos procurarán entablar conversación con él, y querrán saber cuánto hay de cierto en lo que se imaginaron. ¿Es verdad que le gusta Villamediana? ¿Y por qué le gusta? ¿Por el paisaje? ¿No estará, por casualidad, tratando de olvidar un desengaño amoroso?

Así las cosas, al desconocido no le quedará otra opción que la de multiplicarse. Deberá hablar con todos, y de todos deberá aceptar la invitación de bajar a la bodega a echar un trago de vino. Tarea esta, la de andar todo el día de un lado para otro, que le resultará fatigosa, pero que sin embargo realizará con buen ánimo; porque también él está asombrado ante un recibimiento tan afable; porque también él siente curiosidad por saber cómo son esos campesinos y pastores que de pronto, de la noche a la mañana, han pasado a formar parte de su vida. Sabe, además, que la situación cambiará después de los primeros días y que, cuando deje de ser novedad, pasará a ser un vecino más del pueblo. Y la esperanza de un modo de vida sin complicaciones también le alegra. Dos o tres amigos, alguna cena de vez en cuando, pasear, leer: eso es todo lo que necesita para vivir a gusto.

Pero iniciar nuevas relaciones siempre trae consigo algún malentendido. Uno se pone a charlar con alguien, y lo único que quiere es precisamente eso, pasar un rato agradable e intercambiar un par de anécdotas. Pero quizá el otro espere algo más de esa persona que le ha dirigido la palabra, procurando entonces lograr ese algo más, e incluso exigiéndolo. Será, pues, difícil que ese forastero que habla con todo el mundo, y que a todos abre la puerta de su casa, consiga eludir este peligro.

Muy pronto, el forastero está arrepentido de la actitud que tomó a su llegada, porque no le agrada nada, pero nada en absoluto, la única persona que ha interpretado su comportamiento como una inequívoca señal de amistad. Y pasa una semana, y no encuentra la manera de volverse atrás, no sabe cómo cerrar la puerta que abrió una vez. Y le parece que ha vuelto a cometer el mismo descuido de siempre, que cambiar de lugar no resuelve nada si el mal está en uno mismo; que tal vez haya echado a perder la tranquilidad que pensaba encontrar en Villamediana.

La persona que malentendió mi buena disposición fue Onofre, mi vecino. Rondaría los sesenta años cuando yo llegué al pueblo y, habiendo enviudado de muy joven, vivía con su hijo menor, un chico arisco y ceñudo que tenía muy mala fama entre los demás jóvenes. Como vivíamos puerta con puerta, fue inevitable, en aquel clima *amoureux* que se creó al principio, que me relacionara más con él que con ningún otro. Él fue quien me dio, por ejemplo, las primeras noticias que yo tuve acerca del pueblo. Y no sólo las maliciosas, sino también las más corrientes: qué extensión tenía el bosque que lindaba con el páramo; cuándo se celebraba la fiesta del lugar llamado Valdesalce; cuántos soldados había en el cuartel de transmisiones que podía divisarse en una colina desde la carretera.

No era Onofre de los que, tras enviudar, cambian radicalmente de ideas y se amoldan a hacer las labores de casa, y seguía pensando que preparar la comida o barrer las habitaciones eran quehaceres indignos de un hombre. Opinión que, dicho sea de paso, estaba muy extendida en la sociedad de Villamediana. Todavía estoy viendo la cara de susto que puso un chavalillo de unos cinco o seis años cuando me vio trajinando en la cocina rodeado de pucheros:

—¡Pero si hace lo que las chicas! —le salió espontáneamente, haciéndome reír pero consiguiendo al mismo tiempo que me preocupara. Ya me veía perseguido por toda la chiquillería del pueblo bajo la acusadora voz de *¡marichica!*, *¡marichica!*

Sin una mujer que le cuidara, y no teniendo ganas ni necesidad de cuidar de sí mismo, mi vecino había llegado a los límites de la dejadez. Siempre sucio, tenía la costumbre de estar comiendo en todo momento. Cuando me hablaba, yo veía la comida, masticada hasta formar una papilla, dando vueltas entre sus dientes sucios de nicotina, y recibía en la cara o en el cuello las salpicaduras que despedía su boca. Me resultaba muy desagradable, y tenía que esforzarme mucho para no dar media vuelta y zafarme de su presencia. El esfuerzo era aún mayor cuando me ofrecía la botella de vino de la que acababa de beber con sus labios llenos de grasa, o cuando me hacía sentarme en su cocina, siempre pringosa.

Pero la suciedad no se limitaba al aseo personal y doméstico. También sus palabras eran sucias. Un día señalaba la casa de los pastores y, como ya he recordado antes, experimentaba un vivo placer al calumniar a las mujeres que vivían allí; otro día ponía en la picota al tabernero acusándolo de haberse enriquecido gracias al contrabando, o arremetía contra el tendero de la plaza aconsejándome que no se me ocurriera comprar nada en su tienda, porque todo lo vendía carísimo. Como todos los murmuradores era, además, cobarde, y me hacía sus confidencias en voz muy baja, en un susurro, no fuera que el viento llevara sus palabras hasta los oídos de aquellos que acababa de difamar.

Con todo y por contraste, lo que más llamaba la atención en aquel hombre no era la suciedad, sino la belleza de sus ojos. Azules y radiantes, parecían los de un hereje habituado a ver visiones.

—¿Recuerdas haber sido quemado en la hoguera, Onofre? —le dije un día en que tenía ganas de tomarle el pelo.

—¿Cuándo?

—En la Edad Media, cuándo iba a ser.

—Bebe vino y calla —me contestó pasándome la botella. Era su respuesta favorita, ideal para las preguntas tontas.

De todas formas, yo no me contentaba con la belleza de sus ojos, y procuré por todos los medios reducir al máximo mi trato con él. Mantenía la puerta de mi casa cerrada, salía de ella cuando él dormía la siesta, declaraba no saber jugar a las cartas cuando me pedía que le acompañara a echar una partida.

Pero era un empeño inútil. Onofre quería ser amigo mío por encima de todo, costara lo que costara, y aprovechaba cualquier ocasión para predicar por todo el pueblo la buena nueva de nuestra amistad.

—Nosotros dos somos muy amigos —les decía a todos los que pasaban por nuestra calle camino de las bodegas.

Acto seguido, se volvía hacia mí y me pedía la confirmación de sus palabras.

—¿A que es verdad? Dilo, ¿no es verdad que somos grandes amigos?

No me quedaba otro remedio que decir que sí.

Además, me quería sólo para él, y empleaba todas las argucias de una novia celosa para conseguirlo. Me seguía a todas partes, interrumpía mis conversaciones con la tendera, se enfurruñaba cada vez que pedía algún favor a cualquier otra persona del pueblo.

—Ya me he enterado de que le has pedido leña a Daniel —me decía entrando en casa y poniendo cara de pesadumbre—. Pues mi leña no es peor que la suya —concluía.

Luego me dejaba su mejor haz de leña junto a la puerta de la sala y se marchaba en silencio.

Con el paso del tiempo, sintió la necesidad de idear una teoría acerca del origen de nuestra amistad, y no tardó en encontrar la razón por la que ambos habíamos llegado a ser vecinos. Si yo vivía allí era por Luis, el barbudo que había vivido en mi casa antes de llegar yo al pueblo. Por él había sabido yo lo buena persona que era Onofre.

—¿Luis? ¿Y quién es Luis? —le pregunté poniendo cara de asombro.

Me dirigió una mirada de complicidad, sonriendo, haciéndome ver que ya se daba cuenta de que le hablaba en broma. ¿Que quién era Luis? Pues Luis era Luis, el antiguo sacerdote que, después de colgar los hábitos, había vivido en Villamediana.

—Bien que lo conoces, sí —insistió dándome una palmada en el hombro—. De no ser por lo que él te dijo tú no hubieras venido aquí.

Aquel episodio me dio mucho que pensar, y comprendí, después de un tiempo, cuál era el procedimiento que Onofre utilizaba para enfrentarse a la realidad. Me pareció que, en primer lugar, inventaba una mentira, y que luego, creyéndosela, empezaba a predicarla hasta conseguir su, por decirlo así, refrendo social.

Había veces en que los resultados de su procedimiento eran patéticos. Así el día que pintó dos ventanas de color azul a ambos lados del estrecho ventanuco de la cocina, la única abertura que su pobre casa tenía en la fachada.

—¿Cuándo las has pintado?, ¿por la noche? —le pregunté cuando nos encontramos. Él simuló que no me había oído, y me hizo sentir como si le hubiera quitado a un niño la ilusión de los Reyes Magos. De allí en adelante, al menos en lo que a mí se refería, su casa tuvo tres ventanas.

Otra vez me enseñó un anillo, diciéndome que se lo había regalado su hijo, y alabando su bondad. Sin embargo yo sabía —me lo había dicho él un mes antes— que se lo había comprado a un vendedor ambulante.

Paulatinamente, conforme iba comprendiéndole, la opinión que tenía de él fue mejorando, nuestra amistad dejó entonces de ser una más de sus mentiras y se convirtió en afecto sincero. Me pareció, además, que su comportamiento no era tan excepcional. Que todos nos encontramos, alguna vez en nuestra vida, en la necesidad de librarnos de alguna verdad dolorosa, y que entonces solemos recurrir a lo que sea, en especial a las mentiras. Porque la verdad nunca debe estar por encima del sufrimiento.

Si algo distinguía a Onofre era su entusiasmo, la energía que ponía en la realización de dicha estratagema. Para ser francos, sus circunstancias personales pedían a gritos este engaño. La soledad en que vivía era atroz, y no llegué a darme del todo cuenta de ello hasta que en una ocasión le pedí un despertador.

—Mañana por la mañana tengo que ir a la ciudad, y por esto se lo pido —le comenté.

—¡Pero, cómo! ¿No tienes despertador? —me miró atónito, como si no diera crédito a lo que estaba oyendo.

Le respondí que no. Que de verdad no tenía despertador.

Entró en su casa pensativo, para volver enseguida con un aparato grande y de color plateado. Poniéndomelo en la mano, me dijo casi emocionado:

—¡Amigo, cómprate un despertador! ¿No ves que hace mucha compañía?

Sentí un escalofrío. Acababa de escuchar, y de labios de quien menos lo hubiera esperado, una definición exacta de la soledad. ¿Qué era la soledad? Pues una situación en la que hasta el tictac de un reloj se convierte en compañía.

Me vinieron a la memoria las tabernas.

«¡Cuántas vidas han salvado!», dije para mis adentros.

4. En Villamediana sólo había dos bares. El mejor, que en un tiempo había sido casino, estaba junto a la plaza, y tenía mesas especiales de juego hechas, como prescribía el gusto de la época, de hierro forjado y mármol, cada una con su correspondiente tapete verde. De dar crédito a lo que decían los clientes y los dueños del local, allí sólo acudían los de izquierdas, los que durante la guerra habían tomado partido por el bando republicano, y los jóvenes que no iban a misa. Por otra parte, siempre según su criterio, los paisanos que frecuentaban el otro bar vivían servilmente sometidos a los fascistas del pueblo y al cura, y eran partidarios de los políticos de la derecha más furibunda.

El otro bar tenía el insólito nombre de Nagasaki, y estaba a la salida del pueblo. También aquí se jugaba, pero en mesas de aluminio y de plástico de varios colores. A diferencia de los contertulios del primer bar, los que acudían a éste no clasificaban los bares del pueblo según un criterio ideológico, sino que para ellos el factor que inclinaba la balanza hacia un bar u otro era el económico. Así, consideraban que el café de la plaza era el bar de los ricos, de los que poseían tierras y propiedades. Su taberna, en cambio, era el bar de los simples peones, de los braceros y de los pobres.

Los clientes de uno y otro bar componían dos grupos bien definidos, que casi nunca se mezclaban. En todo el pueblo no llegarían a diez las personas que frecuentaban ambos bares indistintamente. Algunos, entre los que se encontraba el alcalde, no entraban en ninguno de los dos. Evitaban tomar partido y, con ello, no se concedían el lujo de llegar a destacar en un bando o en otro. No se podía excluir la posibilidad de que estallara otra guerra civil. Más valía prevenir que lamentar.

En líneas generales, los dos bandos estaban en lo cierto. Aunque a los que no estén familiarizados con el proceso de gestación del fascismo pueda resultarles chocante, la clientela del Nagasaki, el pueblo llano de Villamediana, estaba a favor de un gobierno militar de mano dura, y manifestaba ese nihilismo que lo mismo puede conducir a la anarquía como caer en las ideas de Mussolini o de Perón. Su visión del mundo estaba impregnada de un pesimismo aderezado con refranes y dichos populares. En cambio, los contertulios del café de la plaza, que eran los miembros de la capa más alta de aquella sociedad, tenían una actitud política mitad ilustrada mitad romántica. Decían creer en la razón, como es de rigor en cualquier militante socialista que se precie, aunque, como bien me confió un día la mujer del dueño del bar, no había que olvidar que la única dictadura buena era la de la izquierda.

Yo pasaba más horas en la taberna de los pobres. El trato que me dispensaban en el bar de la plaza era excesivamente formal, y sus clientes se esforzaban siempre en que la conversación tuviera *nivel*. Pensaban, por otra parte, que yo era periodista, y no paraban de hacerme preguntas de los acontecimientos de actualidad. ¿Qué pensaba acerca de las próximas elecciones? ¿Qué opinión me merecía la integración de España en el Mercado Común? El papel que me asignaban me resultaba bastante incómodo, y sólo aparecía por allí a la hora del café. En cambio de noche, con la perspectiva de muchas horas por delante, me encaminaba hacia el Nagasaki.

Los parroquianos del Nagasaki no me molestaban en absoluto, y sólo se dirigían a mí cuando me llegaba el turno de pagar la ronda. No necesitaban de nadie para entretenerse. Todos ellos —empezando por el dueño— eran excelentes conversadores y trenzaban, casi siempre referidas a la caza, interminables historias que luego acababan en discusiones. Éstas se alargaban habitualmente hasta las tres de la madrugada, pero, aun así, raro era el día en que lograban ponerse todos de acuerdo. Uno de los contertulios, un viejo pastor llamado Agustín, solía regresar a casa por el mismo camino que yo, y siempre me daba las buenas noches del mismo modo:

—Hasta mañana. Ya seguiremos con lo de hoy, porque la verdad es que lo último que se ha dicho me parece una bobada.

He de reconocer que al principio el tema central de las conversaciones del Nagasaki no me atraía. La caza me ha parecido siempre una actividad cruel, y mi costumbre de poner nombre a los animales —que me acompaña desde la infancia— me impide hacer daño a ninguno de ellos; ni siquiera al más repugnante. Porque si uno tiene en casa, pongamos por caso, una cucaracha, y va un día y la bautiza con el nombre de José María, y luego anda todo el tiempo que si José María por aquí, que si José María por allá, resulta que muy pronto el bicho se convierte en una especie de persona pequeña y negra, que será, además, tímida o enojadiza, o bien un poco presumida. Y es evidente que, en estas circunstancias, a nadie se le ocurriría andar poniendo veneno por los rincones. O quizá se le ocurriera, pero no con mayor frecuencia que cuando se trata de cualquier otro amigo.

Pero los clientes del Nagasaki eran cazadores de verdad. No eran de esos que, como aquel Tartarín, regresan del monte y se ponen a contar hazañas y heroicidades. Escuchándoles, se comprendía muy bien lo que cuentan los libros antiguos: que la caza trae la locura a nuestros corazones, y que todos los cazadores son, en el fondo, como aquel desdichado abad que, celebrando un domingo misa mayor y oyendo ladrar a sus lebreles, abandonó la misa en el punto en que estaba y, cogiendo su escopeta y la traílla de perros, salió corriendo a dar caza a la liebre.

El tema de la caza alcanzaba, en labios de aquellos hombres, una amplitud fuera de lo común. Parecía más bien una excusa para hablar de la soledad del hombre, cuando de noche, azotado por un viento helado... o para hablar de la tristeza del que, tras andar un día entero batiendo el monte, regresa a casa con el morral vacío; como excusa, también, para recordar la juventud perdida, porque algunos de ellos, como le sucedía a Agustín, el pastor, ya no tenían fuerzas para ir detrás de los jabalíes o de los lobos.

Y por debajo de las diversas variaciones del tema, a manera de hilo conductor, la lucha. No sólo la del hombre contra los animales; también la que se da entre los propios animales. La de la serpiente con el pájaro, la de la comadreja con el conejo, la del oso con todos los demás. Era la ley —*dura lex, sed lex*— de la naturaleza, una ley que tampoco el hombre podía eludir.

—¿Sabes cómo mata el oso? —me preguntó en cierta ocasión el dueño de la taberna, uno de los mejores cazadores del pueblo.

Le respondí que no.

—Pues mata de un zarpazo. De uno solo. ¿Y sabes dónde lo da?

No, tampoco lo sabía.

—En la cabeza. Te da un zarpazo y te arranca los sesos. Un golpe limpio. Lo mismo si se trata de un ternero que de un hombre. Lo que busca son los sesos.

Antes de continuar, y como siempre que se disponía a contar una historia, cruzó los brazos y se reclinó sobre el mostrador.

—En toda mi vida, sólo he visto un oso. Lo mató uno del pueblo, y estuvo toda una mañana expuesto en medio de la plaza. Es entonces, cuando lo ves de cerca, cuando te das cuenta de lo que es un oso. Cada uña es como un puñal. Y los dientes, lo mismo. No se me olvidará nunca.

—El que lo cazó murió a los tres días —terció Agustín.

—¿Sí? ¿Y cómo fue eso? Yo era muy pequeño y no lo recuerdo —se extrañó el dueño.

—Yo no sé si es verdad o mentira, pero la gente decía que murió de la impresión. Que había vuelto del monte como alelado. Y eso que había conseguido matarlo. Pero la impresión de encontrarse por sorpresa con un oso debe de ser tremenda.

—¿Por sorpresa? Pero, Agustín, ¿cómo puedes decir que se lo encontró por sorpresa? Por lo que yo sé, llevaba más de un mes intentando darle caza —intervino el escéptico del grupo.

—¡Tú haz el favor de callar, que no tienes ni idea! —le cortó el dueño de la taberna—. ¿Qué tiene que ver lo uno con lo otro? —continuó—. Yo también anduve hace cinco años persiguiendo lobos... y cuando los vi, ¿qué? Pues eso; que se me pusieron todos los pelos de punta, porque no sabía, al menos no exactamente, cuándo me iba a encontrar con ellos. De ahí la sorpresa y la impresión.

El escéptico ponía en duda la argumentación del dueño, éste le contaba otra anécdota como ejemplo, Agustín traía a colación un recuerdo suyo, yo hacía una pregunta... y así hasta muy entrada la noche.

En verano, sacábamos la mesa fuera y conversábamos bajo las estrellas, con una cerveza en la mano, sin ninguna prisa. Y hacia agosto, cuando la brisa traía el olor del trigo recién segado, todos los del grupo se mostraban más locuaces y alegres que de costumbre. La temporada de caza estaba cerca.

5. La atalaya del pueblo estaba subiendo la cuesta de la calle donde yo vivía, en el altozano de las bodegas. Mirando desde allí hacia la derecha, se dominaban todos los tejados del pueblo y los anchos muros resquebrajados de la iglesia, mientras que al frente y a la izquierda, hasta una distancia de unos diez kilómetros, se extendía una llanura desnuda de árboles y con el río Pisuerga al fondo. Los dos páramos que,

formando una cuenca, llegaban hasta el bosque de Astudillo quedaban a espaldas del observador.

Los jubilados del pueblo, bien en precarias hileras o bien en pequeños grupos, acudían allí todos los días, puntualmente, y en aquel altozano dejaban transcurrir las apacibles horas de la tarde. Como casi todos ellos —recordando el conocido acertijo— eran hombres de tres piernas, llegaban a la altura de mi casa y, después de saludarme levantando el bastón, aliviaban la fatiga que les producía la subida deteniéndose a charlar un rato. Luego, en cuanto se reponían, continuaban subiendo.

En esas circunstancias fue como entablé amistad con Julián y Benito, dos abuelos de Villamediana.

—Usted, seguramente, será más listo que un conejo, pero apostaría cualquier cosa a que las verdaderas razones de esta peregrinación se le ocultan —me dijo Julián el día en que nos conocimos. Se le notaban en los dedos las secuelas de una esclerosis, y era un hombre rechoncho y de ojos melancólicos.

—Claro que se me ocultan —le respondí sentándome en el umbral de la puerta y dándole a entender que disponía de todo el tiempo del mundo. Podía quedarme charlando con ellos hasta cuando quisieran.

Julián también se sentó, pero en el asiento de piedra que había frente al portal. Benito, que era más enjuto y fuerte, siguió de pie. Daba la impresión de tener muchos problemas con la vista, pues cada vez que nos miraba se agachaba hacia delante entornando los ojos y ajustándose las gafas.

—Pero antes me tiene que aclarar una cosa. ¿Por qué ha dicho que soy más listo que un conejo? —le pregunté.

—Pues delo por hecho. Enseguida voy a aclararle ambas cuestiones, señor —comenzó Julián con mucha parsimonia.

Benito, muy circunspecto él, me hacía un gesto afirmativo con la cabeza. Sí, su amigo me lo iba a explicar todo.

—Usted es más listo que un conejo, estoy convencido de ello. Si no lo fuera, no estaría ahí sentado a las once de la mañana de un día de labor. Estaría en el campo o en la fábrica, como todos los tontos de este pueblo. Porque no sé si sabrá que todos los campesinos somos tontos. Y yo el más tonto de todos.

Benito, que hasta entonces había movido la cabeza afirmativamente, empezó ahora a moverla en sentido contrario. Pero Julián no le prestó atención y, como un *cadi* que imparte justicia, se concentró en sí mismo y continuó hablando en tono sentencioso.

—Bien, la primera cuestión ya está resuelta. Vayamos ahora con la segunda cuestión. He dicho peregrinación, y lo he dicho porque todos los que venimos a la atalaya venimos con esperanza. Nos levantamos por la mañana y nos preguntamos: ¿podré subir hoy la cuesta? Y nos ponemos en camino pensando en ello. No queremos quedarnos abajo. El hecho de quedarnos abajo es mala señal. Significa que estamos a punto de ir a la casa más grande del pueblo.

—Al decir *casa grande* se refiere al cementerio, porque nunca se llena —me aclaró Benito.

—Eso no hacía falta que lo dijeras, Benito —le amonestó suavemente Julián—. ¿No acabo de decir que este señor es más listo que un conejo? ¡Y, además, está claro que no me refería al ayuntamiento! —concluyó, volviéndose hacia mí y guiñándome el ojo.

En lo sucesivo comprobaría a menudo que no era fácil dilucidar cuándo empezaba su vena bromista y cuándo terminaba. Había que estar constantemente pendiente de sus ojos.

—La iglesia también es bien grande —dijo Benito frunciendo la frente.

—Tú siempre pensando en la iglesia. Pero da lo mismo, Benito, da lo mismo. Si nos llevaran a la iglesia, ¿para qué crees tú que sería?, ¿para bautizarnos?

Y añadió dirigiéndose a mí de nuevo:

—Benito es muy inocente, señor. Siempre lo ha sido. No sé ni cómo llegó a casarse.

—Seré inocente, pero iré al cielo —se irguió entonces Benito, un poco enfurruñado.

Era una mañana soleada de primavera, y las primeras golondrinas silbaban en el aire limpio. Tras estar un rato contemplando las evoluciones de los pájaros, Julián volvió al tema que había suscitado su amigo:

—Has hecho muy bien en decir lo que has dicho, Benito. Porque he de confesar que hay una cuestión que me tiene muy preocupado, así que voy a aprovechar este momento para planteársela a este señor. ¿Usted qué cree: que hay cielo o que no lo hay?

También yo me quedé mirando a las golondrinas, tratando de ganar tiempo para pensar mejor mi respuesta.

—Se dice que eso es imposible de saber —dije al fin—. Que cada cual ha de hallar la respuesta en su corazón. Pero si usted siempre, desde su juventud, ha tenido confianza en su existencia, no veo por qué ahora la tiene que perder. Sería absurdo abandonar una creencia que le ha acompañado durante toda la vida.

Benito manifestaba su total conformidad moviendo la cabeza, afirmativamente, con vehemencia.

—Pero ¿usted qué piensa? —Julián tenía los ojos clavados en mí.

—Unas veces que sí, y otras que no —no veía por dónde escabullirme.

—Entonces igual que yo —suspiró levantándose de la piedra cuadrada—. De todas maneras, te voy a decir una cosa, Benito. Que si hay cielo, nosotros dos vamos a ir allí derechitos —concluyó mientras hacía los últimos preparativos para continuar la subida.

—Yo sí —le repuso Benito ajustándose las gafas. No las tenía todas consigo en lo que se refería al porvenir espiritual de su amigo.

—En fin, vamos a seguir con la prueba —me dijeron alzando los bastones.

De todas formas, y dijeran lo que dijeran, no subían a aquel altozano con el único fin de poner a prueba su salud; como tampoco los viejos pescadores van al puerto sólo y únicamente a pasear.

Instalados en lo alto del altozano, los jubilados de Villamediana controlaban el trabajo que se desarrollaba en los campos y la vida de la llanura; controlaban quién iba, quién venía, cuánto le faltaba a uno para finalizar la siembra, cuánto a otro para arar el barbecho. Y así como los viejos pescadores reconocen al instante el barco en la lejanía, también aquellos jubilados divisaban tractores en lontananza —*ya viene Purísimo, ya se ha puesto en marcha*

José Manuel—, allí donde ningún forastero era capaz de intuir siquiera el más leve rastro.

—Ya sé que usted es más listo que un conejo, pero apostaría lo que fuera a que no ve desde aquí tantas cosas como yo —me dijo en cierta ocasión Julián. Benito, él y yo estábamos sentados en el pretil de una bodega, y aquella llanura que ellos controlaban tan bien se extendía ante nosotros.

—Me parece que está en lo cierto, pero ¿por qué lo dice? —quise saber.

—Porque usted sólo ve lo que hay. En cambio yo, veo lo que hay y lo que no hay.

—¿Por ejemplo?

—¿Ve ese camino?

Y me señaló con el bastón una calzada que atravesaba la llanura y desaparecía hacia el páramo. Benito, como siempre, se inclinó hacia delante y entornó los ojos.

—¿Qué ve usted ahí? Pues un simple camino, y nada más. Yo, en cambio, veo un camino que conduce a Encomienda. Quiero decir que eso es lo que pienso, y que al pensarlo veo ese lugar al que llaman Encomienda, y que en mi mente surgen la vieja casona que hay allí y la fuente. Y lo mismo me sucede con todo lo demás. ¿Ve aquellos árboles de allí?

—Yo no —dijo Benito. Ciertamente, los árboles estaban bastante lejos, a orillas del Pisuerga.

—¿Te acuerdas del plantío donde hacíamos la fiesta cuando éramos jóvenes?

—¿Aquel sitio donde nos bañábamos?

—Sí, Benito. Y de eso se trata. De que cuando yo veo aquellos árboles, veo a su vez las fiestas que hacíamos en nuestra juventud. Veo a las chicas, a los chicos, a Benito y a mí mismo. Pero no con este aspecto alicaído que ahora tenemos, sino con el garbo de nuestros veinte años y luciendo camisas blancas. ¿No le parece maravilloso?

—Tiene razón —le dije a Julián tras estas reflexiones—. Y me va a permitir que añada algo más a todo lo que usted ha dicho. Y es que los lugares nuevos nos resultan siempre hostiles. Cuando yo llegué a Villamediana, me dediqué durante la primera semana a recorrer las calles del pueblo, y anduve de un lado para otro, reconociendo el territorio, como quien dice. Pues bien, he de confesar que me pareció el lugar más desolado y triste del mundo.

—¡Pueblo de malos cristianos! —exclamó Benito en un arrebato.

Julián le pidió que no me interrumpiera.

—Pues eso, que el pueblo me resultaba hostil. Claro que entonces todavía veía Villamediana sólo a través de los ojos, sólo veía las casas, las paredes, las ventanas… en fin, lo que diríamos la corteza externa. Pasaba, por ejemplo, por delante de su casa, y sólo veía las paredes y las ventanas. Ahora, en cambio, paso por allí y pienso: ésta es la casa de Julián. Aquí vive el hombre más sabio de Villamediana. Yo creo que hay una gran diferencia.

—¿Te das cuenta, Benito? —se echó a reír Julián—. Hablando se entiende la gente. Me ha gustado mucho que me haya llamado sabio. Pero yo no soy más que un tonto, y todo el mundo lo sabe. Aquí el único sabio que hay eres tú, Benito, y no yo. ¡Tú sí que ves cosas que no ve nadie! Acuérdate, si no, del asunto de la estatua.

Julián acabó la frase y me guiñó el ojo. ¿Sabía a lo que se estaba refiriendo? Sí, lo sabía. Se refería a lo que, unos meses antes, me había contado Benito en aquel mismo pretil de la bodega.

—¿Le gusta este pueblo? —me había preguntado Benito en aquella ocasión.

—Sí, mucho. Aquí me encuentro muy a gusto.

—Claro que sí. Y no es de extrañar. En Villamediana hay muchas cosas, infinidad de ellas. Con decirle que hasta tenemos una estatua de Trajano…

—¿De Trajano? —le dije incrédulo. Porque nunca, desde que estaba en el pueblo, había oído mencionar nada semejante. Miré a Julián para ver si me sacaba de mi asombro, pero en vano. Por un misterioso proceso de mimetismo, también él parecía haberse convertido en estatua.

—¡De Trajano, sí! ¡En el pueblo tenemos una estatua ecuestre de Trajano! —Benito hablaba con vehemencia, y marcaba sus palabras golpeando el suelo con el bastón.

—¿Y cómo es?

—¡Es de oro! ¡Es toda ella de oro macizo!

—¿Y dónde está esa estatua?

Yo pensaba en un museo, o en alguna institución similar. Sin embargo, Benito levantó el bastón por encima de su cabeza y, trazando unos círculos en el aire, sentenció:

—¡Por ahí!

—¡No me diga que no es admirable! Es lo que yo me pregunto. Cómo conoce con tanto detalle algo que todavía no han descubierto —comentó Julián, adivinando lo que yo estaba pensando.

—¡Dentro de poco la encontrarán los de la Diputación! —nos anunció Benito entonces.

Habían pasado dos meses desde aquella conversación, y la estatua ecuestre de Trajano seguía sin aparecer. Pero para entonces Julián ya se había enterado —y de ahí su guiño— de la identidad del que había informado a Benito.

—Parece ser que fue un ángel quien le contó lo de la estatua. ¿Qué le parece?

—Que es muy afortunado —dije mirando hacia Benito. Era feliz, y una sonrisa beatífica iluminaba su rostro.

6. Las casas que jamás han sido habitadas o las que, como las de los veraneantes, han sido construidas para ser ocupadas solamente durante ciertas épocas del año, no suelen tener fantasmas. Aunque estén vacías no dan la impresión de que lo estén tanto, y el murmullo que surge de ellas nunca llega a ser quejumbroso. Las casas de este tipo poseen, en el fondo, la certeza de que su soledad no durará siempre. Antes o después aparecerá alguien. Se abrirán las puertas, se encenderán las luces, empezarán de nuevo a vivir.

En cambio, las que en una época tuvieron vida y han sido abandonadas parecen más vacías de lo que están, y comienzan a hablar en cuanto se quedan solas. Dicen que la vida que albergaron en días pasados no ha desaparecido del todo, y muestran al paseante, como si fueran llagas, los vestigios que lo prueban. El paseante que se acerca a ellas puede ver, así, algún utensilio de cocina tirado por el suelo en cualquier rincón, y, un poco más lejos, el pequeño espejo que utilizaba su antiguo dueño para afeitarse, o una barra de metal que pertenecía a la cuna del niño. Y tras escuchar esa revelación, el paseante comprende que todas las casas abandonadas claman por que alguien entre por su puerta y se ponga a vivir en ellas.

En Villamediana había unas trescientas casas, y casi todas habían sido abandonadas quince o veinte años antes de mi llegada. Al otro lado de la iglesia, por ejemplo, había un barrio que, en conjunto, más parecía un cementerio de casas muertas que una parte del pueblo. Era inútil esforzarse en buscar algún signo de vida entre sus calles y plazas desiertas. Nada se movía, nada se iluminaba. Allí sólo había sombras, fantasmas, silencio; y en medio de aquel silencio, el apagado clamor de las casas abandonadas que llamaba diciendo *entra, entra,* o susurrando *ven, ven.*

A la gente del pueblo no le gustaba que se hiciera mención de aquel barrio y hacía lo posible por olvidarse de que existía; incluso se avergonzaba de la decadencia que mostraban sus muros y tejados medio derruidos. Las pocas veces que lo citaban lo hacían con repugnancia. Allí sólo quedan las ratas y las culebras, decían, y es un peligro para la salud de todo el pueblo. A nadie le sirve de nada. Habría que derribarlo entero.

Aquel modo de hablar tan general, sin embargo, encubría una inexactitud, o al menos eso me pareció un domingo por la tarde cuando, tras subir a lo alto de la iglesia, me encontraba allí leyendo. Porque tuve la sensación de que por el barrio andaba un niño. Algo, seguramente algún ruido, me hizo levantar la vista del libro y mirar hacia abajo. Y entonces vi a la pequeña figura, que iba como paseando por una calle retorcida, apareciendo o desapareciendo según el trazado de las curvas. Caminaba con las manos cogidas por detrás, con el sosiego de los indianos de comienzos de siglo, y de vez en cuando se sentaba en un pretil y —también él— se ponía a leer.

Estos dos últimos detalles —en especial la costumbre de llevar las manos cogidas por detrás— no me llamaron debidamente la atención, y no di ninguna importancia a lo que había visto. Reflexioné, eso sí, sobre la forma de actuar de los niños, la inclinación que a menudo sienten por la soledad, y cómo entonces, con tal de estar solos, no les importa lo más mínimo pasear por un lugar lleno de ratas y culebras. Pensé que, de todas formas, tenía que ser un niño forastero, que ningún crío del pueblo se hubiera atrevido a meterse allí.

No me costó mucho darme cuenta de mi error. Porque volví a ser testigo, una y otra vez, de la misma escena de aquel domingo por la tarde, con lo que mi suposición se vino abajo. Casi todas las tardes que iba a leer a la iglesia veía a aquel niño deambulando por las calles vacías. Me preguntaba a mí mismo si no viviría allí, si no quedaría aún alguna familia en el barrio. Incluso pensé en los gitanos.

Para salir de dudas sólo podía hacer una cosa: ir a pasear de noche por aquellas calles. Así como, recién llegado al pueblo, salía a buscar las alegres luces de la casa de los pastores, también ahora buscaría las de aquella familia que parecía haberse quedado aislada. Una ventana me revelaría si aquel barrio estaba muerto o no lo estaba. Aquella misma semana, una noche que me dirigía al bar de los cazadores, me desvié y fui a averiguarlo.

Y, en efecto, había vida; el barrio no estaba vacío del todo. Pero la vida que había no era la que yo esperaba encontrar. Yo me había imaginado una cocina, el trajín de los platos a la hora de la cena, alguna conversación. En lugar de eso, tan sólo encontré una luz solitaria y silenciosa en la ventana baja de una casona.

Me acerqué hasta allí tratando de no pisar las ortigas que crecían a su alrededor. No quería que los de la casa, cuando se levantaran al día siguiente, se dieran cuenta de que alguien había estado espiándoles. Pero lo que en aquel momento me inquietaba aún más que eso, e incluso más que las ratas y las culebras, eran los perros. ¿Qué haría yo si, de pronto, aparecían dos o tres perros? «Robar algo al huir», me contesté a mí mismo. Así, al menos, lograría redondear la escena.

Por suerte nada rompió el silencio, y pude mirar tranquilamente por la ventana. Allí estaba la pequeña figura, reclinada sobre la mesa, concentrada en el estudio de un libro a la luz de un flexo. Los ojos de un gato brillaban encima de la mesa.

—Hay un niño que me tiene intrigado —le comenté a Daniel. También ese día era domingo, y estábamos dando una vuelta por el bosque, él cumpliendo con su trabajo y yo para hacer un poco de ejercicio. Le conté lo que había visto desde lo alto de la iglesia, y la explicación que había ideado, pero sin mencionarle mi visita nocturna. Él se echó a reír.

—Sí, es un niño bastante especial —me dijo. Yo quise saber qué era lo que le hacía tanta gracia—. Después de inspeccionar un poco el monte, iremos a su casa. Así es, suele andar por ese barrio, con las ratas y las culebras. Pero no sabía que incluso dormía allí. Te lo presentaré. Ya verás qué especial es el niño —y cada vez se reía más.

Comimos en el bosque, como teníamos por costumbre, y luego bajamos hacia el pueblo; cuando entramos en el barrio eran las seis de la tarde. A la luz del día la casa me pareció más pequeña. Había sido hermosa en su tiempo, y tenía soportales y un largo balcón, como esos palacios que a menudo terminan convertidos en ayuntamientos; y, aunque tenía la planta superior deteriorada, era la casa que estaba mejor conservada de todo el barrio. En la reja de la ventana que yo había encontrado iluminada, estaba prendido un ramillete de cardos.

Cuando llamamos, oímos en el interior el ruido de algo que caía al suelo, seguido de un grito apagado. Luego, cuando ya nos parecía que el silencio se alargaba demasiado, sentimos pasos que se acercaban, y Daniel me dio con el codo en el costado, como queriendo avisarme.

Por fin, de golpe, se abrió la puerta, como si el que tiraba de ella estuviera enfadado. Creo que en aquel instante empalidecí: tenía delante de mí a un enano. Por entre sus piernas un gato de angora nos miraba sorprendido, como preguntándonos el motivo que nos había llevado allí.

—¿Sí? —dijo el hombrecito.

Ni tan siquiera me llegaba al pecho. No era sin embargo un enano corriente. Aunque pequeño, estaba bien proporcionado, no tenía giba, y sus piernas eran rectas. Su cabeza —a diferencia de los demás enanos que yo conocía— era pequeña. Pequeña y bonita, como la de una muñeca.

Su indumentaria tampoco era nada convencional. Usaba botines y chaleco, como los señoritos de antaño, y una chaqueta negra con faldones, que parecía un frac.

Daniel ya no tenía ganas de reír. Yo le notaba apurado.

—Aquí te presento a un amigo —empezó; y seguramente a causa de su nerviosismo, alargó mi presentación más de lo debido. Que yo también era forastero y aficionado a los libros, como él; que a lo mejor nos hacíamos amigos; que vivía demasiado solo en un barrio triste como aquél...

El enano me atisbaba. Tenía los ojos iguales a los del gato de angora, cuando azules cuando grises. En el momento en que iba a dirigirme a él, movió la cabeza y miró a Daniel con enojo:

—¡Vivo en este barrio triste porque quiero! Y además ¡quiero vivir en paz! —me pareció que iba a cerrar la puerta de un momento a otro. Pero yo no estaba dispuesto a dejar escapar una ocasión como aquélla tan fácilmente. Me decía a mí mismo que él era el personaje más singular que había conocido en Villamediana, y que tenía que conocerle. Olvidándome del desaire que acababa de hacernos, le alargué la mano a la vez que le decía mi nombre.

Temí que no fuera a darse por enterado, que no querría saludarme. Pero no, me atisbó de nuevo y puso su mano en la mía, sin fuerza, como si fuera la de un niño adormecido.

—Enrique de Tassis —le escuché.

—¿Tassis? ¿Como el conde?

De repente se me abría un camino por el que llegar a aquel hombre. Juan de Tassis, conde de Villamediana, el poeta, amigo de Góngora, al que dieron muerte por burlarse del rey. Nadie lo consideraba del pueblo. Sí, en cambio, a su padre. En el pueblo se decía que el conjunto de casas que había al lado de la panadería formaba el palacio del primer conde de Villamediana. Ahora, de improviso, me encontraba con una persona que tenía su mismo apellido.

—Lo conoce, ¿verdad? —le pregunté. Fue un error. Se volvió hacia mí con gesto ofendido. E idéntico movimiento hicieron los ojos del gato.

—¡Por supuesto que sí!

Quiso dar tanto énfasis a su respuesta, que la voz —ya de por sí aguda— se quebró haciendo un gallo. Entonces fui yo quien se puso nervioso, y le tocó a Daniel aligerar el silencio que siguió.

—¿Qué? ¿Ya no sueles ir por el bosque? —se le ocurrió. Pero las expresiones de confianza estaban de más con aquel Tassis.

—Voy mucho, pero tú no me ves —le contestó con frialdad—. Perdonad, pero estaba estudiando —se excusó después. Y sin esperar a que nos despidiéramos, cerró la puerta y nos dejó solos.

Ambos nos sentimos como si hubiéramos dado un paso en falso, y una vez en la taberna —arrepentido quizá de haber sido demasiado condescendiente—, Daniel se enfureció como nunca antes lo había hecho.

—¿Has visto lo arrogante que se nos ha puesto? —comenzó, y de ahí en adelante me costó mucho trabajo hacerle callar. Que si él llegara a tener un hijo así no le perdonaría la vida; que los deformes como aquél sólo habían nacido para sufrir, para sufrir ellos y para hacer sufrir a los demás; y a ver qué hacía en aquel barrio, que aquel barrio había que derruirlo, y que las máquinas que lo hicieran se llevaran también al *condesito* por delante.

Para que Daniel se calmara, traté de justificar el comportamiento del enano haciéndole ver que, de cierta manera, era comprensible; que teniendo la desgracia de ser como era, no veía a la gente con buenos ojos; que la curiosidad de cualquiera hacia su persona tenía que parecerle morbosa.

Pero, con todo, yo también estaba dolido. El desprecio del enano me resultaba nuevo. Pensé que mucha otra gente también me habría mirado como a gentuza, pero sin manifestarlo y no —como él— cara a cara.

No volví al barrio muerto. Consideraba que era imposible llegar a tener relación con Enrique de Tassis. Y además, al fin y al cabo, yo mismo no veía razón alguna para tener que andar tras de él, e incluso me dio por considerar si mi proceder no sería, en general, un tanto frívolo; observar, charlar, tomar notas. Exactamente lo mismo que hace un naturalista con las hierbas. Pero yo no estaba entre hierbas, sino entre las personas de un pueblo llamado Villamediana. Si el enano quería estar solo, estaba en su derecho, nadie se lo podía impedir. No vivía para responder a las preguntas de los demás.

Un mes después, tenía a Tassis no ya olvidado, pero sí relegado en la memoria. Y así hubiera quedado de no habérmelo encontrado, una tarde de verano, cuando buscaba a Daniel, en medio del bosque. Pero la fortuna quiso que coincidiéramos, y allí empezó nuestra relación;

relación que, por desgracia, se limitó a los siete paseos que dimos juntos.

Lo vi parado en el mismo camino por el que yo iba andando, en el límite del bosque y mirando a la vaguada que había entre los dos páramos que tenía enfrente. El viento agitaba los faldones de su chaqueta.

Lo saludé escuetamente, sin dejar de caminar.

—Pensé que aparecería por casa —me dijo al pasar. Precisamente lo que menos esperaba.

Él se dio cuenta de mi sorpresa, y me hizo un gesto que quería ser una sonrisa.

—La vez anterior estuve bastante grosero, es cierto. Pero, para ser sincero, no les tengo simpatía a esos palurdos, y el que le acompañaba es uno de ellos. ¿Sabe? Un pensador que anduvo por aquí dio en el clavo. Dijo que el peor mal de esta tierra no era el paludismo, sino el palurdismo. Y yo estoy completamente de acuerdo con él —se rió con una risa desagradable, mitad de niño mitad de mujer.

—No tenía noticia de ello —le dije seco.

—Pero sí del conde de Villamediana, ¿no es así? La vez anterior me dio la impresión de que Juan de Tassis no le era desconocido.

Moví la cabeza afirmativamente.

—¿No le parece un gran poeta?

Le respondí que no era un erudito, que sólo conocía dos o tres sonetos suyos. Pero que sí, que debía de ser un gran poeta para haber merecido un epitafio de Góngora. Y que conocía, eso sí, las circunstancias de su muerte; aquello de su paseo delante de la pareja real, cuando corrían rumores de que mantenía relaciones amorosas con la reina, con una capa en la que había mandado coser reales y con un lema que rezaba *Mis amo-res son reales*. Y que era una pena que Felipe IV se hubiera tomado aquello tan en serio, hasta el punto de hacer matar al burlador.

Durante todo el tiempo que duró mi relato estuvo riéndose. Y riéndose de un modo que, a mí —como diría un campesino—, no me pareció muy natural.

Luego fue hacia el bosque casi corriendo y, como si se dirigiera a los árboles, comenzó a recitar el epitafio de Góngora que se sabía de memoria:

> *Intenciones de Madrid,*
> *no busquéis quién mató al conde;*
> *pues su muerte se esconde.*
> *Con su discurso discurrid,*
> *que hay quien mate sin ser Cid,*
> *al insolente Lozno.*
> *Discurso fue chabacano,*
> *y mentira haber fingido,*
> *que el matador fue Bellido,*
> *siendo impulso soberano.*

Tras recitarlo, cayó de bruces sobre la hierba, con los brazos extendidos. Yo estaba asustado.

—Los Tassis siempre hemos sido peculiares —me dijo cuando se tranquilizó un poco y se puso de pie. Pero estaba contento. Saltaba a la vista que aquella historia le daba energía. Quizá incluso hasta demasiada—. Yo doy esta vuelta todos los viernes, a esta hora. Si por mí fuera, vendría más a menudo, pero no me gusta dejar sola a Claudia —añadió en un tono más suave que antes.

Deduje que Claudia era su gata de angora.

—Si viene los viernes, charlaré con usted con mucho gusto. Usted es un hombre culto. No como esos campesinos brutos del pueblo.

Yo acepté, y nos fuimos cada uno por un camino diferente.

El siguiente viernes subí inquieto al bosque. Me preguntaba acerca de qué podríamos hablar, y cómo debía comportarme con una persona de aquellas características; si debía mirarle —de arriba abajo, necesariamente— o no; si le gustaría que le ayudaran en los momentos de fatiga o si, por el contrario, le parecería una humillación, y qué convendría hacer si le daba alguno de sus arrebatos.

Me preocupaba, asimismo, la posibilidad de que nos vieran juntos. Pensaba que si eso llegara a suceder, perdería el buen nombre que tenía en el pueblo. Sobre todo, ante Daniel. Porque Daniel todavía seguía dolido con aquel *condesito*.

En cuanto me vio, Tassis intuyó lo que me rondaba por la cabeza, y fueron suficientes dos pasos para que él resolviera el asunto a su manera.

—¿Sabe de dónde proviene la palabra *enano*?

Me merecía aquella pregunta, porque, entre todas las palabras del diccionario, aquélla era la que desde el primer momento me había prohibido a mí mismo.

—No —balbucí. Como dijo un poeta, la respuesta se me quedó sin alas.

—Pues, al principio, sólo se decía *nano*, pero cogió la *e* por cruce con la palabra *enatio*. ¿A que no se imagina el significado de *enatio*?

—No tengo ni idea —había adoptado una actitud despreocupada, como si el tema de conversación fuera de aritmética.

—Pues quiere decir feo, deforme…

—No es su caso. Usted no es feo —me atreví.

—¡Por favor! —gritó él. Pensé por un momento que, enojado, iba a empezar a pegarme—. ¡Por favor! ¡Conmigo no se ande con eufemismos! ¡Hable claro! —terminó.

—No le he dicho nada que no sea verdad. Usted no es deforme y feo. Es muy pequeño, pero bien proporcionado —me defendí.

—Yo sé muy bien cómo soy —dijo frunciendo la boca.

—Pues dígalo.

—Soy monstruoso. Ésa es la palabra exacta. Todo lo demás son tonterías, ganas de fastidiar.

Jamás he tenido clara la opinión que me merecen los que hablan con desprecio de sí mismos y de sus vidas. Pero, en general, no me fío de la justicia de esa dureza. He podido comprobar muchas veces que las personas duras tienden a ablandarse en un único caso, justamente cuando juzgan las acciones de esa vida suya que tanto desprecian; y que entonces —sintiéndose, claro está, todavía más despreciables— dirigen todas sus armas hacia quien tienen cerca, y no contra ellos mismos.

Aunque Tassis así lo creyera, su modo de hablar no me impresionaba. Me hacía pensar únicamente en lo buen jefe de personal que podría llegar a ser.

De todas maneras, las leyes de nuestra relación quedaron establecidas a su gusto. Debido a mi *error inicial*, él haría el papel de maestro; yo, el de discípulo. Él hablaría, yo escucharía. De alguna forma tenía que pagar aquel horrible acto de compasión.

Y, como buenos jesuitas, ambos aceptamos las reglas del juego.

—Mis iguales dieron terribles quebraderos de cabeza a los sabios de siglos pasados —continuó Tassis cuando ya íbamos por el paraje llamado Valdesalce—. Decían que el mundo y todas las cosas del mundo estaban desde el principio en la mente de Dios, que absolutamente todo estaba calculado y había ya sucedido incluso antes de la creación. Y que tanto el pasado, como el presente y el futuro no eran sino una secreción de la mente de Dios. Pero ¿qué pasaba? Pues que surgían monstruos como yo. Y entonces los sabios, asombrados, preguntaban...

Se estaba saliendo de sus casillas, como cuando recitó el epitafio de Góngora, e hizo una pausa para tomar aliento. Su cara de muñeca conservó, sin embargo, el gesto de desprecio que tenía. Se me ocurrió que quizá los músculos de su cara no tenían la elasticidad necesaria, y que una vez que se movían para adoptar un gesto o una mueca, les costaba mucho esfuerzo volver a su posición inicial.

—Preguntaban... pero si absolutamente todo está desde el principio en la mente de Dios, entonces, ¿por qué quiere Él que existan monstruos, enfermos o paralíticos? ¿No es acaso Bueno, infinitamente Bueno?

Tassis se moría de risa.

Aun siendo buen discípulo, no estaba dispuesto a presenciar una escena como la del primer día, y le pedí que continuáramos con el paseo.

Él accedió, pero sin dejar de hablar. Me explicó que en épocas anteriores no reconocían que los que eran como él tuvieran alma, y ni tan siquiera los consideraban seres humanos. Y que, por lo tanto, cualquier abuso contra ellos estaba permitido.

—A alguien le convendría —intervine—. Cuando los españoles fueron a América y se dedicaron a arrasar todo, los filósofos de la Corte decidieron que los indios no eran seres humanos, y llegaron a esta conclusión, fíjese bien, basándose en Aristóteles y los demás. Defendían que los indios eran animales y que matarles no era pecado. ¿Ha visto la película *Blade Runner*? —añadí.

—No me gusta el cine —me respondió muy tieso.

—Me parece bien que no le guste, pero no entiendo por qué lo dice con tanto orgullo. Sólo la gente mediocre se enorgullece de lo que no le gusta —dije saliéndome de mi papel de discípulo.

—*Touché!* —se rió él, y comenzó a hacerse el herido, tambaleándose entre los árboles—. ¿Qué pasa con *Blade Runner*? —dijo luego.

—Pues que también trata un problema parecido. O sea, quién es hombre, quién tiene naturaleza humana y quién no la tiene. Quiero decir que el problema puede plantearse de nuevo. ¿Puedo matar a un robot?, preguntará un niño del año 2200 en la escuela. Y la respuesta no será tan fácil.

—«No, no los puedes matar, porque son muy caros», responderá el maestro —comentó Tassis.

Esta vez nos reímos los dos, y a gusto.

Aquella primera salida marcó la pauta de todas las siguientes. Y no sólo en lo que se refería a la postura que adoptaría cada uno de nosotros en la conversación o al carácter intelectual y despersonalizado que siempre debía tener la misma. Asimismo, todas las salidas fueron idénticas en cuanto a forma, duración y recorridos se refiere.

Cada viernes caminábamos durante dos horas, desde las siete hasta las nueve de la tarde. Partíamos en dirección contraria al llano —este tramo lo hacía cada uno por su lado— y tras subir el páramo que nos quedaba a la derecha, nos juntábamos en el primer roble del bosque. Allí mismo, Tassis me explicaba la etimología de alguna palabra, igual que lo hiciera el primer día con *enano*; y tomando aquel tema como punto de partida, marchábamos a través de los pequeños valles —Valdesalce, Valderrobledo, Valdencina— que se extendían por dentro del bosque. Así, caminando y casi sin darnos cuenta, aparecíamos en el páramo de la izquierda, o, mejor dicho, en la intersección de los dos páramos, en el vértice de la vaguada. Nos sentábamos allí un rato y luego tomábamos el camino de regreso, en silencio, cada uno con sus pensamientos, contemplando el paisaje con mayor atención que antes.

Durante aquel paseo que se repitió siete veces tocamos muchos temas, y no me acuerdo de todos. La mayoría, además, me mostró a un Tassis más embrollado que aquella primera vez, pero igual de charlatán y arrogante. Yo comparaba lo que él me decía con lo que contaban Daniel, o Julián, o Benito, y las reflexiones de estos últimos me parecían más valiosas.

Sin embargo, no sucedió lo mismo con lo que me dijo durante el último paseo que dimos los dos, el séptimo. En aquella ocasión Tassis consiguió emocionarme;

y no porque fuera una despedida. Aquel día aprendí muchas cosas de él.

Estábamos sentados en el cruce de los dos páramos; el pueblo quedaba abajo, y el llano, más abajo aún.

—¿Usted qué piensa, que Villamediana tiene río o que no lo tiene? —le pregunté.

—Que no.

—Pues los del pueblo no se ponen de acuerdo sobre la cuestión. Unos afirman que sí hay río, pero que le falta agua, y sólo agua. Que tiene cuenca, cauce y orillas, y también puentes.

—¿Puentes? ¿Dónde? —examinaba la vaguada con sus ojos entre azules y grises. Entonces me di cuenta de que no había pasado nunca más allá de la tienda de una mujer pálida que se llamaba Rosi; de que no había ido más allá del lugar donde hacía la compra. Porque los puentes (dos puentes, para ser exactos) estaban en la misma plaza.

—Yendo de la tienda de Rosi hacia las chabolas de los pastores —con aquella mentira quería confirmar mis sospechas.

—Ah, sí. Ya me acuerdo —contestó.

Comprendí que no se atrevía a hacer frente a las burlas de la gente. Comprendí también que tenía que ser terrible despertarse y, después de un sueño quizás alegre, comprobar que la deformidad seguía allí; que no debía de haber, para los que sufren, un momento más duro que el del amanecer.

—La gente del pueblo dice también que incluso hubo una inundación a causa de este río —le dije, en un intento de ahuyentar los pensamientos que me rondaban por la cabeza.

Hacía poco que había leído, en un programa de fiestas viejo, la noticia de aquella inundación acaecida a principios de siglo, y la extraña historia que allí se mencionaba me parecía muy a propósito para comentarla con él. El autor del programa decía que, durante la inundación, unos vecinos habían visto un caballo blanco montado por un jinete vestido de rojo. Que el jinete se había dedicado a azotar las aguas con el látigo, haciéndolas retroceder. Pero que él no sabía si aquello había sucedido realmente, o si era fruto de la imaginación de la gente atemorizada.

Lo que yo más admiraba en esa historia era su precisión. Era tan prototípica, que parecía un caso sacado de un diccionario de símbolos. Lo de azotar el agua con el látigo, por ejemplo... eso correspondía —y así se lo dije a Tassis— al llamado *complejo de Jerjes*, porque Jerjes había hecho lo mismo. ¿Y qué decir de un caballero de rojo o de un caballo blanco? También había abundante literatura acerca de lo que representaban.

Pero vi que no me prestaba atención, y abandoné el tema. A Tassis no le importaban los símbolos, sino las etimologías.

—Le aburro —dije.

—No, no es eso. Pero hoy prefiero hablar de otra cosa.

—Como quiera.

—Le voy a decir algo que no viene en los libros —me dijo irónico, dándome a entender que ya se había percatado de mi nueva costumbre. Porque desde que le conocía, y como cabe esperar de un buen discípulo, yo también me dedicaba a estudiar las etimologías—. Referente a lo de si en Villamediana hay río o no —añadió.

—Usted sigue pensando que no.

—Así es. Al no tener agua, no tiene movimiento, y por lo tanto le falta lo esencial. En todas las cosas, el movimiento es el que decide. Movimiento significa vida. La quietud, en cambio, muerte.

Lanzó una carcajada, jactándose como si hubiera resultado vencedor en un certamen. Pero, a diferencia de otras veces, me dio a entender a la vez que estaba fingiendo, que él no quería reír.

—Todas las cosas, si son buenas, están relacionadas con el movimiento. O con la vida, si así lo prefiere. Pero la vida no se ve, y el movimiento sí. Yo diría que el movimiento es el otro nombre de la vida.

—Siga.

—Si yo digo que una persona está *animada*, estoy diciendo muchas cosas a la vez. Que esa persona tiene *ánima* o espíritu, por ejemplo, o que está contenta. Pero, en realidad, lo único que expresa la palabra *animar* es movimiento. Y lo mismo podemos decir de la palabra *animación*…

Se calló, como si se le hubiera ocurrido alguna otra cosa. Pero luego continuó con el mismo tema.

—Y usted me dirá… ¿Y la palabra alegría? ¿De dónde proviene esa palabra buena? ¿Tiene algo que ver con el movimiento? Pues, sí, tiene mucho que ver.

—¿De dónde viene?

—*Alicer, alecris*, animado, con vida.

Era ya la hora del crepúsculo, cuando todos los animales de la tierra se callan. Corría una ligera brisa y, hacia poniente, las nubes del cielo tenían color de vino. A lo lejos, los tejados de Villamediana iban difuminándose.

—¿Ha leído algo del poeta Carlos García? —me preguntó. Le contesté que no le conocía.

—¿Por qué me lo pregunta?

—No, por nada. Simplemente porque el tal Carlos García tiene unos poemas sobre el atardecer, y hay en ellos unas reflexiones parecidas a las que yo acabo de hacer.

—La palabra atardecer aparece en infinidad de poemas —argumenté.

—¡Pero los que yo digo son buenos! —gritó de repente. Pero, acaso por el influjo del ambiente que nos rodeaba, volvió muy pronto al anterior tono susurrante—. Carlos García habla de la quietud de esta hora. Dice que a esta hora los pájaros se retiran o se callan, que la gente desaparece de los caminos; y que, al ir desvaneciéndose la luz, el paisaje adquiere la fijeza de los decorados... y que el mismo cielo, sin un sol que se desplace, sin nubes que viajen, da la impresión de ser otro decorado.

Hablaba muy suavemente, de forma que casi no se le oía. Aquel Tassis me resultaba desconocido.

—Continúe —le dije.

—Eso es todo. Lo único que le quería decir es que a esta hora se ven muchas cosas quietas, y que, por falta de referencias, también el tiempo se detiene. De una forma o de otra, todo eso nos trae un eco de muerte.

Un poco más allá de donde se encontraba Tassis, crecían en hilera tres hierbas largas. Observé que la brisa movía únicamente la de una esquina.

—Pero siempre hay algún movimiento, por muy ligero que sea. Además, oímos los latidos de nuestro corazón, caminamos…

—Sí, claro. Eso es, precisamente, lo que hace que el atardecer sea tan especial: que mezcla muerte y vida. Y por eso produce alegría y tristeza a la vez.

Hablábamos cada vez más bajo, y él más bajo aún que yo. Ahora los silencios eran muy prolongados.

—Es la hora espectral —concluí. Se me ocurrió que no hay espectros que se muevan.

—Me estoy enfriando —dijo Tassis de repente. Noté algo raro en su voz, y le miré a la cara directamente. Tenía los ojos húmedos.

Hicimos el camino que nos quedaba hasta casa en completo silencio. Quería decirle algo, pero no sabía qué.

—La charla de hoy le ha entristecido —le comenté en el momento de despedirnos.

—¡Oh, no! —exclamó. Pero me daba cuenta de que mentía.

—¿Quiere que vayamos al bar? Nunca hemos ido juntos.

—No, gracias, tengo prisa. Claudia estará impaciente al ver que no llego. Además, tengo que hacer la compra antes de regresar a casa.

No había acabado la frase cuando ya se apresuraba hacia la tienda de Rosi.

El viernes siguiente no apareció por el bosque, ni tampoco el siguiente. Considerándolo ahora, me parece que tenía que haber ido a buscarle y haberle pedido que continuáramos nuestros paseos. Pero no decidí nada y hasta mucho después no fui a verlo. Y lo hice, además, por una razón que él me había prohibido: porque me daba pena. Realmente, no lo podía haber hecho peor.

Sucedió que en una casa de Villamediana, cuando estaban de obras para poner un cuarto de baño, aparecieron de improviso unos frescos del siglo diecisiete, y que, debido a eso, vinieron unos restauradores de Madrid.

Conocí a uno de ellos en el bar de los cazadores, y me invitó a ver lo que había aparecido. Pero el ver las pinturas —la ciudad de Jerusalén en una pared, y algunas escenas religiosas en la otra— nos llevó muy poco tiempo, y enseguida nos pusimos a hablar de cosas generales. Como era de esperar, pasamos del nombre del pueblo a la figura del conde Juan de Tassis, y de ahí —por mi culpa, claro— a la de Enrique de Tassis.

—¿Uno que es enano? —exclamó abriendo los ojos. Pero era yo el más asombrado.

—¿Le conoce? —le pregunté.

—Estudió conmigo en la universidad. Además, es bastante conocido en algunos ambientes de Madrid.

—¿Sí?

—Su verdadero nombre es Carlos García.

Me quedé pasmado y completamente sin habla. Mi interlocutor me miraba inquieto. No se explicaba la causa de mi repentina turbación.

Al final le pedí que me hiciera una breve biografía del tal Carlos García. Me contó que escribía, y que tenía publicados dos libros de poemas, libros que, desgraciadamente, no habían sido bien acogidos por el público.

—Daba clases de Filología. Pero luego le dio por creerse descendiente del conde de Villamediana y se volvió medio loco. Al menos eso es lo que cuentan. O sea que ahora vive aquí —concluyó.

—Sí, pero no creo que a él le convenga verle a usted.

—Claro, claro —admitió él.

Al día siguiente, entré en el barrio de las casas abandonadas y llamé a la puerta de la casona rodeada de ortigas.

Tuve que aguardar mucho tiempo hasta que se abrió la puerta, aún más que aquella primera vez que fui con Daniel. Además, sólo la entreabrió.

—¿Qué tal le va la vida, Tassis? —le saludé.

—Como siempre —me respondió. Pero estaba mucho más delgado y, cosa rara en él, tenía el pelo largo y despeinado.

Trató de excusarse por no haber acudido al bosque. Dijo que hacía demasiado frío para andar de paseo, y que no le gustaba dejar a Claudia sola. Yo le propuse buscar otro lugar donde poder conversar.

—Mejor lo dejamos para la primavera. Además, hablando no se soluciona nada.

Me pareció que estaba deseando cerrar la puerta, y me despedí diciéndole que, en el caso de que él quisiera, seguiríamos una vez pasado el invierno. Pero yo mismo daba aquello por imposible. Tenía pensado marcharme de Villamediana aquellas Navidades.

—¿Sabe cuándo fue empleada por primera vez la palabra *desolación*? —oí cuando salía de los soportales.

—No —le dije deteniéndome.

—En mil seiscientos doce.

—No tendría que interesarse en esa clase de palabras —le aconsejé. Sonrió y luego cerró la puerta.

La primavera siguiente, ya lejos de Villamediana, recibí una carta de Daniel. Empezaba con una broma, asegurándome que todas las chicas del pueblo habían quedado muy apenadas con mi marcha y que me enviaban recuerdos. Hacia la décima línea, sin embargo, el humor de su carta cambiaba. «Tengo que decirte también otra cosa, que ahora la gata del enano la tengo yo», escribía Daniel. Y lo que leí de ahí en adelante no hizo otra cosa que confirmar lo que yo ya había sospechado en aquella última visita.

7. Todas las chicas jóvenes de Villamediana estaban en otros pueblos y ciudades, estudiando o trabajando de criadas, y sólo aparecían por casa de sus padres en vacaciones. Como decía Daniel, *no había derecho*, los jóvenes campesinos del pueblo carecían de oportunidades.

Sin embargo, ya había en Villamediana quien las sustituyese, y Rosi era, entre las sustitutas, quien mejor llenaba el vacío dejado por las chicas jóvenes. Aunque anduviera por los cuarenta años, su voluntad le escatimaba unos diez a la naturaleza, milagro que era posible gracias a que ella se consideraba a sí misma como casadera. En el pueblo la llamaban Rita Hayworth —aunque en secreto, claro—, y siempre llevaba vestidos floreados, alegres.

Era de una familia bastante rica, propietaria de huertas. Ella se encargaba de la venta y del trato con los clientes, y pasaba el tiempo en un local que era mitad almacén, mitad tienda, entre zanahorias y sacos de patatas. En aquel entorno, ella se movía airosamente, sin que lo rústico del ambiente le afectase en el cuidado de su apariencia, y más parecía una azafata que una tendera. Nunca le vi un botón fuera de sitio, ni una arruga en sus medias de color, ni un pendiente mal colocado.

—¿Le pongo alguna cosilla? —me preguntaba cuando iba a por algo. Le gustaban los diminutivos.

A veces me daba la sensación de que Rosi sufría por tener que vender los productos bastos de la huerta, y que envidiaba a los dueños de la tienda de la plaza. Éstos, con la ayuda del frigorífico, vendían otra clase de género, como mantequilla y yogur, *un género mucho más bonito*, por decirlo con sus mismas palabras.

Quizá motivada por esos sentimientos, barría la tienda almacén una y otra vez, que no quedara allí ni rastro de la tierra que dejaban las remolachas, que nadie pudiera decir que en la tienda de Rosi había pisado una manzana podrida, que su mostrador estuviera tan pulido como el de una joyería.

A veces solía sentarse en el umbral, muy quieta, mirando hacia la carretera. ¿Cuándo podría cambiar de ambiente? Aunque resultara penoso decirlo, nunca. Estaba unida a las verduras, irremediablemente. No se podía abandonar la familia así como así. Al fin y al cabo, alguien tenía que cuidar de su padre, el viejo hortelano.

—Hoy Rosi me ha preguntado una cosa curiosa —me dijo una vez Tassis, después de explicarme que la palabra *tienda* venía del latín *tendere*, extender—. Me ha preguntado cuánto tiempo le puede durar a una familia un frasco de tomate concentrado.

—¿Y usted qué le ha dicho?

—Que una semana. Por decirle algo, claro.

—En realidad, no es una pregunta tan rara. No sé, querrá empezar a vender productos nuevos. Siempre está diciendo que está harta de vender patatas.

—Creo que no he sido preciso. Un fallo imperdonable —admitió Tassis con su habitual acritud—. A decir verdad, lo raro no ha sido la pregunta, sino lo que ha hecho después. Se ha puesto a hacer cálculos, cuántos frascos entraban en una caja y todo eso, y luego me ha dicho que necesitaba seis meses.

—¿Seis meses?

—Yo también le he preguntado lo mismo, ¿seis meses para qué? Ella me ha aclarado que ése era el tiempo que haría falta para vender una caja entera en Villamediana.

—Sigue sin parecerme raro —le pinché. Pero él lo dejó pasar.

—Yo le dije que no tenía por qué ser así. Que si empezaba a enviar tomate concentrado al cuartel de transmisiones que hay en el páramo, le haría falta mucho más, una caja por semana cuando menos. Tras escuchar eso, no cabía en sí de alegría.

—Pero los del cuartel no compran en Villamediana —le hice notar.

—Por eso precisamente me ha extrañado su comportamiento. ¿Por qué se habrá alegrado tanto con esa historia del cuartel? Además, he tenido una intuición —añadió Tassis un poco después—. Me ha parecido que me hacía a mí la pregunta porque no trato con los del pueblo, y sólo por esa razón. No porque me considere una persona inteligente, como haría una persona madura. No sé si se habrá dado cuenta, pero Rosi dista mucho de ser una persona madura.

Para él madurez era sinónimo de perfección, y consideraba su falta, cuando ésta se manifestaba claramente, como un grave defecto.

Tassis no se equivocaba jamás en sus intuiciones, y mucho menos aún cuando, como en aquel caso, le resultaban dolorosas. Pensé que cada una de sus suposiciones sería acertada. Pero, de cualquier modo, no pasaba de ser una anécdota más, una entre mil, de las que surgían a lo largo de nuestros paseos, y ambos la olvidamos.

Sin embargo, las cosas que se olvidan no se pierden del todo. Van a parar a algún lugar, a alguna rendija de la memoria, y allí se quedan, dormidas, pero no muertas. Y, naturalmente, pueden despertarse. A veces, basta un olor para que lo hagan. Otras, un gesto. A mí, en aquella ocasión, me ayudó un sombrero.

Vi a un hombre con sombrero junto a una furgoneta, y me quedé observándole. Pensé que le quedaba muy bien. Era alto, de unos cuarenta y cinco años, de muy buena presencia. «Debe de ser un abogado», me dije. Pero no, seguramente no lo era; parecía que la furgoneta era suya. Estaba a punto de abrir la puerta trasera.

Una caja que tenía dibujado un tomate apareció entonces en sus manos, y me acordé de todo al instante; lo que me había contado Tassis, el extraño comportamiento de Rosi.

No tenía necesidad de confirmarlo, pero, aun así, entré tras él en la tienda.

—Aquí está nuestra cajita —exclamó Rosi en cuanto vio al hombre. Llevaba un vestido estampado de color rojizo, y tenía los ojos y los labios discretamente pintados. Encima del mostrador había un jarrón con flores.

—Vitaminas para los soldados —dijo el hombre.

—Espera un momento. Primero atenderé a este señor —se excusó Rosi.

—No tengo ninguna prisa —declaró el hombre sacando un cigarro.

La trastienda estaba a oscuras, pero, con todo, no era difícil distinguir en su fondo una pila cubierta con un plástico blanco. Allí se amontonaban, sin duda, todas las cajas de tomate concentrado compradas por Rosi.

8. En diciembre, sin sol, todo lo que está vivo huye de la tierra de Castilla, y el paseante que ha salido a hacer su recorrido habitual no tiene quien le acompañe, ni ocasión de encontrarse con alguien con quien intercambiar unas palabras. De nada le sirve mirar adelante o hacia los lados. La llanura está helada, el cielo también, y entre ambos no hay nadie, no puede divisar ningún brazo que se levante para saludarle. Hace mucho que el campesino dejó la tierra preparada para la próxima siembra, y ahora pasa el día sin salir del pueblo, en la taberna o disfrutando de la *gloria* de su casa. En cuanto a los pastores, imposible saber dónde están. No hay ni rastro de ellos en ningún sitio; ni en las tabernas, ni en los alrededores del pueblo, ni en el bosque. En algún lugar tienen que estar, por supuesto, pero pasan todo el día envueltos en mantas del mismo color que la tierra, y es como si se hubieran vuelto invisibles.

El frío es intenso, pero, a pesar de ello, el paseante quiere caminar, y sale, y avanza por ese camino que se pierde en el cielo. Deteniéndose en una encrucijada, comienza a dar palmadas y a saltar, pisando con fuerza la tierra. Pero en vano, no es el mes de agosto, nada se mueve en los campos; aquellas bandadas de pájaros que levantaban el vuelo al menor ruido se han marchado a otro lugar. Y también las culebras —aquellos *verdes, muy verdes rayos*—, que pasaban de un campo a otro en un abrir y cerrar de ojos, están en sus nidos, heladas, hibernando. No, en la llanura no hay nada. O lo que es peor, sólo los cuervos viven en ella, hambrientos, más débiles que nunca.

Sus paseos son cada vez más cortos, y, al final, también él renuncia. Se queda en casa, y pasa la mitad del día en la cama, porque casi no tiene ya leña para el fuego, y —como la hora de la despedida está cerca— no quiere andar pidiendo. Incluso llega a obligarse a sí mismo a dormir. Y duerme, y sueña.

Sueña que va por el interior de Rosi, y que una lucecita azul como la del butano le guía en ese viaje. Y ve que el interior de Rosi es de cristal, de un cristal cada vez más fino, tanto que, al final, podría romperse sólo con tocarlo. Sin dejar de andar, siguiendo siempre la luz azul, llega a una sala pequeña, a la sala más escondida, y ve un armario, y en el armario una hilera de frascos, y dibujados en los frascos, sombreros en lugar de tomates.

Entonces se despierta y ve a través de la ventana que está nevando. Pero ha transcurrido un cuarto de hora, y ya está otra vez dormido, ya está otra vez soñando.

Sueña que va a la panadería pisando la nieve, y que sus amigos de Villamediana, Julián, Benito, Daniel, e incluso Tassis, le saludan, sin atreverse a ir a hablar con él. Todos ellos están envueltos en mantas, y dan zapatazos en la acera.

Llega a la plaza aterido de frío, y, como son las vacaciones de Navidad, le extraña no ver allí a los niños. Pero no es el mejor momento para detenerse a pensar, y echa a correr hacia la panadería.

—¡Por fin, el paraíso! —exclama nada más entrar. Pero no es sólo por el agradable calor que desprende el horno de leña, ni es tampoco una referencia al tiempo. O no es, por lo menos, únicamente eso.

Ha lanzado esta exclamación para protegerse, para esconder otro grito más comprometedor que le venía a la garganta. Porque entre aquellos cestos llenos de pan, y rodeada del olor de la harina recién tostada, hay una chica de unos veinte años leyendo revistas; y porque la chica lleva sólo un camisón, que es muy corto, que es de seda, que deja asomar por el escote un pecho del tamaño de una manzana.

9. Cumpliendo con la creencia de que también hay que decir adiós a los lugares, le pedí a Daniel que me acompañara y di un último paseo largo antes de dejar Villamediana para siempre. Deseaba que aquellos lugares quedaran en mi memoria y me pudieran servir, más adelante, para poder recordar mejor todos los momentos que viví en ellos.

Aquel día —a pesar de que sólo faltaban tres días para Navidad— el cielo, completamente azul, parecía primaveral, y, cosa que no sucedía hacía mucho, las ventanas y las puertas de las casas estaban abiertas. La nieve se derretía por momentos y por la tarde sólo quedaban manchas blancas en los hoyos de las rocas del páramo.

Como dijo Daniel al comienzo del paseo, aquello no era Castilla, aquello era el Mediterráneo.

Aquel tiempo —tan diferente al del invierno en que yo había llegado— era de mucho provecho para los helechos y el musgo de mi interior; y mitigaba, además, ese sentimiento de despedida que aparece en todos los cancioneros.

Recorrimos a paso lento todos los lugares que había visitado aquel año: Valdesalce, Valderrobledo, Valdencina, Encomienda, Fontecha, Ramiel… A veces, como en Valdesalce, le hacía confidencias a Daniel. Me parecía que con él las cosas debían quedar claras.

—No te había dicho nada hasta ahora, pero me hice amigo del condesito. Ya sabes, es una persona muy especial —comencé a decir. Y le hablé de los encuentros de los viernes.

—Tú crees que le odio, y por eso no me has dicho nada. Pero no le odio, en serio. A mí me da pena. Igual es peor tenerle pena a alguien que odiarle, pero es así. Ahora mismo, estoy seguro de que no tiene leña. Al menos no sale humo de su chimenea.

—Querrías llevársela, ¿verdad?

—Tengo un haz preparado en casa. Sólo me falta entregárselo.

Daniel era un buen hombre, en el mejor sentido de la palabra.

Con todo, no fue ése el talante de la conversación que tuvimos durante nuestro último paseo. Dejamos completamente de lado los asuntos ingratos. Sin dejar de caminar, recordamos la vez que estuvimos vigilando los juegos nocturnos de las liebres, luego la comida que hicimos con los pastores y la alegría de la sobremesa; más tarde, la discusión que tuvimos con un grupo de cazadores.

Ayudados por el viento sur, también hablamos de las anécdotas graciosas que habíamos vivido durante todo aquel tiempo.

—Párate aquí, Daniel. Éste es un lugar sagrado para mí —le dije cuando pasamos una curva y llegamos junto a un colmenar.

—Seguro que por algún asunto de faldas.

—Faldas sí que hubo, pero no de la clase que tú imaginas. ¿Te acuerdas de que durante los primeros meses yo solía andar con chándal?

—Sí que me acuerdo.

—Pues un día iba yo por esa parte de atrás paseando tranquilamente cuando, de repente, me acordé de la cocina de casa. De que en la cocina había dejado una cazuela puesta al fuego, quiero decir. Me imaginé la casa en llamas, y salí corriendo como una exhalación. Salgo de la curva a toda velocidad, y aquí mismo, aquí donde estamos, me encuentro de sopetón con todas las mujeres de Villamediana, que venían de paseo. Unas treinta mujeres, por lo menos, casadas, novias, viudas, abuelas… y, claro, yo no podía pararme a hablar, tenía que seguir con mi *sprint*. Y al pasar delante de ellas, ¡no veas qué aplausos, Daniel…!, con decirte que una abuela me gritó *Viva, Viva*, está dicho todo. Me emocioné, te digo la verdad. La primera vez en mi vida que me vitoreaban por correr. Comprendí por fin lo que debía de sentir Zatopek.

—Con las mujeres ya se sabe —comentó Daniel. Estaba claro que algunos temas le gustaban más que otros.

Finalmente, cruzando el páramo, descendimos a la atalaya. Vimos a Julián y a Benito ensimismados en su labor de contemplar la llanura, pero le indiqué a Daniel que siguiéramos calle abajo, que no quería detenerme allí. No me veía capaz de despedirme de aquellos dos abuelos.

Al anochecer —siguiendo siempre lo que los cancioneros recomiendan para cuando *es llegada la hora de partida*— nos pusimos a beber. Primero allí mismo, en Villamediana, luego en el pueblo de al lado, más tarde en las tabernas que bordeaban el camino principal. Para cuando nos dimos cuenta, ya se nos había pasado la hora de cenar y estábamos, tal como lo describen las letras de otro apartado del cancionero, libres de penas.

—¡Hagamos algo serio! —me dijo Daniel abriendo la puerta de su coche.

Para empezar, cometimos una infracción. Después me llevó a un club.

La llanura al norte y al sur; una hilera de almacenes hacia poniente; dos camiones hacia oriente: ésas eran las referencias cardinales de Las Vegas. El letrero tenía luces rojas.

Había dos chicas detrás del mostrador, y dos más delante. A nosotros nos atendieron las dos del mostrador.

Según lo poco que recuerdo, me pasé las dos horas que estuvimos allí hablando de los problemas sociales y políticos de la República Dominicana. Creo que recibí explicaciones detalladas y bastante bien documentadas que después olvidé completamente.

Daniel, por su parte, intentaba aprender algunas palabras de portugués, lanzando de vez en cuando fuertes carcajadas. No sabría decir cuáles eran las palabras que tanto le divertían. Sólo recuerdo que pagaba con cerveza.

—Si quieres whisky, enséñame palabras más bonitas —le decía a la chica.

Cuando salimos de Las Vegas, estaba risueño, feliz.

—¿Te has fijado en cómo me miraba esa *portuguesi- ña*...? —me preguntó a la vez que cometía la segunda infracción de la noche.

—¿Cómo?

—Pues enamorada.

—¿Sí?

Si no hubiera estado él de chófer, quizá le habría hecho un comentario más largo, pero no era cuestión de distraerle.

—Por lo menos, no como las profesionales. No me miraba con ojos de profesional. Te lo digo en serio. ¿No me crees?

—Claro que te creo.

—¿Y a ti cómo te ha ido?

—Yo no he notado ninguna mirada especial. Me ha parecido una maestra. Quiero decir que me miraba como una maestra.

La noche estaba estrellada, no andaba ni alma por la carretera, y yo también me sentía feliz.

Acordamos tomar la última copa en mi casa, e hicimos una parada en la atalaya. Desde allí se veían aún más estrellas.

—Ya vienen los Reyes Magos —dijo de pronto Daniel.

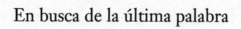

En busca de la última palabra

Jóvenes y verdes

Hace mucho tiempo, cuando aún éramos jóvenes y verdes, un hombre de bigote y gorra a cuadros llegó a la escuela primaria donde estudiábamos y con gesto muy serio nos anunció que venía a hacernos la primera foto colectiva de nuestra vida. Le escuchamos entre risas, porque su aspecto nos hacía mucha gracia, sobre todo lo de la gorra, y también porque nunca hasta entonces habíamos oído la expresión *foto colectiva*; luego, pisando charcos y lanzando nuestras carteras al aire, seguimos a la maestra hasta los soportales de la iglesia.

Pero nada más llegar —la felicidad nunca es completa— nuestra fiesta se aguó un poco, porque allí estaban, sentaditas en los bancos, todas las chicas de la escuela secundaria, nuestras más odiadas enemigas de aquella época: unas lerdas presumidas que ni tan siquiera se dignaban a saludarnos por la calle. «Quien no les haya tirado ninguna piedra, que levante la mano», nos decía el señor párroco cada vez que alguna de ellas le iba con el cuento. Y todas las manos se quedaban en los bolsillos, todos los ojos miraban al suelo. Desgraciadamente, ahora las teníamos delante, esperándonos, provistas de peine y tijeras, con una sonrisa maligna en los labios.

—¿A qué esperáis? ¡Iros allí, que vuestras amigas os van a dejar muy guapos! —nos apremiaba, en especial a los chicos, nuestra maestra, extrañadísima por la cara de disgusto que poníamos ante aquella sesión de *atrezzo*. Como ella no vivía en el pueblo, no se había enterado de la lucha generacional que existía en Obaba.

Hubo pellizcos, tirones de pelo y otros incidentes mientras nos adecentaban, pero, al final, tras colocarnos en unas escaleras de piedra, todos los niños y niñas del pueblo que en aquella época teníamos alrededor de nueve años quedamos retratados; unidos para siempre los que, como viajeros con distintos destinos, entraríamos poco después en la corriente de la vida y nos separaríamos por completo.

Una semana después el fajo de fotografías estaba ya en la escuela, y todos queríamos ver cómo habíamos salido. Allí estábamos, serias las niñas pequeñas y más serios aún los chicos no tan pequeños, con una gravedad digna de estatuas romanas. Pero no se trataba de gravedad, ni de dignidad, ni de nada que acabara en *dad*. Se trataba únicamente de la firme decisión de venganza que —los de pelo rizado, sobre todo— instantes antes habíamos tomado. «Habrá más piedras», decían aquellas miradas. «Y muy pronto», añadían aquellas bocas fruncidas.

La maestra repartió las copias del fajo, y nos aconsejó que las conserváramos. Que más adelante, cuando tuviéramos su edad, por ejemplo, nos alegraríamos mucho de poder echar un vistazo a una foto como aquélla. Y nosotros, como buenos alumnos, la guardamos; y, nada más guardarla, nos olvidamos de ella. Porque, como ya se ha dicho, en aquella época éramos jóvenes y verdes, y no sentíamos ninguna preocupación por el pasado.

La verdad es que nos bastaba con el mundo. Se desplegaba ante nosotros como la cola de un pavo real, y cada día nos traía mil cosas diferentes; prometiéndonos, además, otras mil, o diez mil, o cien mil más para el futuro. ¿Qué era el mundo? Era imposible saberlo, pero al menos parecía inmenso, ilimitado tanto en el tiempo como en el espacio. Así nos lo imaginábamos, y por eso eran tan largas las direcciones de las cartas que escribíamos. Porque no nos bastaba con indicar al cartero, pongamos por caso, el nombre de nuestro primo y de la ciudad en que vivía, sino que, por si acaso, dejábamos bien claro en qué provincia se hallaba la ciudad, y en qué nación la provincia, y en qué continente la nación. Luego, al final de toda la lista, escribíamos con letras grandes: *Planeta Tierra*. No fuera a suceder que el cartero se equivocara de galaxia.

Pasaron inviernos y veranos, y, como quienes toman parte en el juego de la oca, nos fuimos alejando de nuestra casilla inicial: avanzando ligeramente, unas veces, saltando de oca en oca; desviándonos, otras veces, de los paisajes luminosos, cayendo en cárceles o en infiernos. Llegó así el día en que nos levantamos de la cama y comprobamos en el espejo que ya no teníamos nueve años, sino veinte o veinticinco más; que, aun siendo todavía jóvenes, ya no éramos verdes.

Asombrados, nos pusimos a repasar afanosamente nuestra existencia. ¿Cómo habíamos llegado hasta allí? ¿Cómo nos habíamos alejado tanto? Era cierto que nos sentíamos más cansados que en los tiempos de la escuela primaria; era cierto que las indicaciones geográficas de nuestras cartas eran ahora más escuetas; pero, aparte de eso, ¿qué otras cosas habían cambiado? La cuestión se presentaba complicada y —procediendo en este caso como los personajes del guiñol— pensamos después de mucho pensar que lo mejor era que lo volviéramos a pensar.

En medio de ese embrollo, y según había predicho la maestra, nos acordamos de aquella primera foto colectiva de nuestra vida. La sacábamos de vez en cuando de entre los viejos cuadernos, y le rogábamos que nos revelara el sentido de la existencia. Y el retrato hablaba, por ejemplo, de dolor, y nos pedía que nos fijáramos en aquellas dos hermanas, Ana y María, detenidas para siempre en la casilla número doce del Gran Tablero; o que pensáramos, si no, en el destino de José Arregui, aquel compañero nuestro que, de ser un niño sonriente en medio de la escalera de piedra, había pasado a ser un hombre torturado, y luego muerto, en una comisaría.

Pero no siempre había tristeza en las respuestas de la foto. Generalmente, se limitaba a subrayar el viejo dicho de que vivir es mudar, y nos hacía sonreír con las paradojas que resultaban de esa mudanza. Manuel, nuestro mejor guerrero a la hora de luchar contra las chicas de la escuela secundaria, había acabado por casarse con una de ellas, y tenía fama de marido sumiso. Martín y Pedro María, dos hermanos que jamás asistían a las clases de catecismo, se habían hecho misioneros, y vivían los dos en África.

De todos modos, mi interés por ella desapareció pronto. En realidad, sus respuestas resultaban un poco tontas, reiterativas, y nunca conseguían sorprenderme. Tenía que seguir preguntando, sí, pero de alguna otra forma, en otro sitio.

Llevaría un año entero guardada en la mesilla de noche —y con riesgo, además, de quedarse allí para siempre— cuando un compañero de trabajo vino a casa y me la pidió prestada. Me dijo que había montado un laboratorio de fotografía y que, aprovechando que andaba haciendo pruebas, me la ampliaría a un tamaño cinco o seis veces mayor.

—Para que la puedas colgar de la pared —argumentó.

Fue entonces, una vez que mi compañero hubo terminado su trabajo, cuando la vieja foto habló de verdad y reveló su secreto. Porque, con la ampliación, descubrí en ella un detalle que antes me había pasado inadvertido, y porque ese detalle me obligó a seguir el rastro de unos hechos sorprendentes.

Pero antes de relatar lo ocurrido debo confesar que no es habitual que un escritor sea partícipe o testigo de historias que merezcan ser contadas, siendo ésa, quizá, la razón de que se esfuerce en inventarlas. No obstante, y por una vez, la ley no se cumplirá. El autor extraerá la materia narrativa de su propia realidad. No se comportará, pues, como escritor, sino únicamente —a pesar de la rima, no es lo mismo— como transcriptor.

Y, acabado el prólogo, vayamos con la historia. Palabra a palabra, llegaremos hasta la última.

La ampliación hecha por mi compañero era, como ya he dicho, unas cinco veces mayor que la foto original, y gracias a ello podían observarse en ella los hierbajos que crecían en las grietas o junturas de las escaleras de piedra, o los botones del abrigo de uno de los fotografiados, detalles, todos ellos, que antes no pasaban de ser manchas.

Buscando esa clase de detalles, me fijé casualmente en el brazo derecho de un compañero —el *demonio* de la clase— llamado Ismael. Lo tenía metido en la cartera que sostenía a la altura del pecho, y luego lo sacaba por el otro extremo dejando al descubierto los dedos de su mano. Sin embargo, aquella mano no estaba vacía. Algo sobresalía de ella. «¿Una navaja?», pensé recordando su costumbre de llevarla. Pero no podía ser, no era un objeto punzante. Decidí entonces ayudarme con una lupa, y pude así descubrir su naturaleza. No había duda, lo que Ismael tenía en la mano era un lagarto.

«Querría asustar al de delante», pensé acordándome del miedo que los niños de Obaba teníamos a los lagartos.

—Nunca os quedéis dormidos sobre la hierba —nos decían nuestros padres—. Si lo hacéis, vendrá un lagarto y se os meterá en la cabeza.

—¿Por dónde? —preguntábamos.

—Por el oído.

—¿Para qué? —volvíamos a preguntar.

—Pues para comeros el cerebro. No hay nada que a un lagarto le guste más que nuestro cerebro.

—¿Y qué pasa después? —insistíamos.

—Os volveréis tontos, igual que Gregorio —afirmaban nuestros padres muy serios. Gregorio era el nombre de uno de los *personajes de Obaba*—. Eso en el mejor de los casos. Porque la verdad es que a Gregorio le comieron muy poco —añadían.

Después, y para no asustarnos demasiado, nos informaban de que había dos formas de protegerse contra los lagartos. Una era no quedarse dormido sobre la hierba. La otra —para los casos en que el animal lograra meterse en la cabeza— era ir andando lo más rápidamente posible a siete pueblos y pedir a los párrocos que hicieran sonar las campanas de sus iglesias; porque entonces, no pudiendo soportar tanta campanada, los lagartos salían de la cabeza y huían despavoridos.

Ésas eran las ideas que me rondaban mientras miraba la foto, y me parecía que la escena que acababa de descubrir podía interpretarse como un intento de travesura. Aquel demonio de Ismael habría acercado el lagarto a la oreja del compañero que tenía delante —Albino María se llamaba— para que éste, bien por asco, bien por miedo, se moviera de su sitio y estropeara la compostura de todo el grupo. Por algún motivo, Albino María había aguantado bien la agresión. No hubo necesidad de repetir la foto.

Sin embargo, había algo que me impedía aceptar plenamente aquella interpretación. Y ese algo era el recuerdo de lo sucedido a Albino María, que en poco tiempo había pasado de ser uno de los alumnos más listos de la escuela a ser el más torpe, y que luego había ido de mal en peor, alelándose cada vez más y volviéndose incapaz de leer o escribir: un triste proceso que sólo se detuvo algunos años más tarde, cuando Albino María ya se había convertido en uno de los tontos del pueblo.

Mirando la foto pensé en las ironías de la vida, y me pareció que el lagarto que Albino María tenía junto a su oreja auguraba, por algún oscuro designio, todo lo que más tarde iba a ocurrirle. En un plano simbólico, el gesto de Ismael unía el pasado con el futuro.

Pero, en realidad, esa unión ¿era puramente simbólica?

Hay ocasiones en que se nos plantean preguntas completamente insospechadas, yendo por la calle, entre la gente, al atardecer... y a mí esa pregunta me venía, una y otra vez, siempre que salía a pasear. ¿Y si aquella relación fuera *más física* de lo que a primera vista parecía? ¿Y si el lagarto se hubiera introducido de manera real en el oído de Albino María? Pero no, no era posible.

Pero, en contra de lo que hubiera podido esperarse, la hipótesis fue tomando fuerza. Un día repasaba la foto y descubría que lo que Ismael tenía en la mano no era un lagarto, sino una cría de lagarto, algo que sí podía caber en el orificio del oído. Consultaba luego las enciclopedias y las guías de campo, y me enteraba de que la variedad *Lacerta viridis* podía ser peligrosa para el hombre, aunque —al menos en aquellos libros— no se especificaba la naturaleza del peligro.

¿Y el tímpano?, se me ocurrió de repente. Si el lagarto había logrado meterse por la oreja del chico, éste debía tener el tímpano roto. No cabía otra posibilidad.

Mi poca paciencia hizo que quisiera comprobar cuanto antes lo que de verdad o mentira pudiera haber en aquel razonamiento. Cogí el teléfono y llamé a mi tío el indiano, que vivía en Obaba.

—Ya sabes que yo ando poco por la calle. Tendrás que preguntárselo a otro —me respondió sin mostrar ninguna curiosidad por el asunto. En realidad, sólo le interesaban las lecturas literarias que, después de reunirnos en su casa, hacíamos los primeros domingos de mes—. No te habrás olvidado de nuestra cita, ¿verdad? El próximo domingo tenemos reunión —me dijo.

—No te preocupes. Allí estaré. Y con no menos de cuatro cuentos.

—Una buena noticia para el tío de Montevideo.

Así era como le gustaba llamarse, *el tío de Montevideo*. Había vivido mucho tiempo en aquella ciudad de América, y aún mantenía allí algunos negocios: un par de librerías y una panadería.

—¿Seguro que es una buena noticia? ¡Pero si lo que yo escribo no te gusta nada! ¡Todos mis cuentos te parecen plagios!

—¿Y acaso es mentira? Los escritores de ahora no hacéis más que plagiar. Pero como la esperanza es lo último que se pierde…

—Está bien. Ya me contarás el domingo.

—A ver si traes a algún escritor más, sobrino. Cuantos más vengan, mejor.

—Lo intentaré, tío. Pero no te garantizo nada, porque la gente te ha cogido miedo. Se pregunta si hay algo en este mundo que te guste. Aparte de las novelas del siglo diecinueve, claro.

Al otro lado del teléfono, mi tío soltó una risita.

—¿A quién podría preguntar lo de Albino María? —añadí.

—¿Por qué no llamas al bar? Te bastará con decir que estás haciendo una encuesta sobre incapacitados físicos. Hoy en día la palabra *encuesta* hace maravillas.

Seguí el consejo de mi tío, y con el resultado que él había predicho. La propietaria del bar se mostró sumamente interesada.

—Sí, me parece que está sordo. Espere un momento. Se lo voy a preguntar a unos que están en el mostrador —me dijo.

Mientras esperaba al teléfono, pensé que las historias tienden a complicarse.

—Que sí, que del oído derecho no oye nada —escuché poco después.

Me pareció que había llegado el momento de consultar con un médico. Porque, como claramente se veía en la fotografía, el lagarto —suponiendo que hubiera entrado— sólo podía haberse metido por ese lado.

No necesito muchas palabras para resumir lo que sucedió después. El médico al que consulté —un amigo mío, muy aficionado a la literatura— opinó que lo que le decía no era posible. Pero, como hombre de laboratorio que era, aceptó aquel suceso como hipótesis de trabajo.

—Iré a la biblioteca del hospital y consultaré la base de datos. Es probable que tengamos algo acerca de enfermedades tropicales. Llámame dentro de unos días.

Pero no tuve necesidad de llamarle. Fue él quien lo hizo, y a la mañana siguiente.

—Pues sí, podría ser —dijo ahorrándose el saludo.

—¿Lo dices en serio?

Era un caluroso día de verano, pero el sudor que en aquel instante mojaba mis manos nada tenía que ver con la temperatura.

—Massieu, Pereire, Spurzhein, Bishop...

Me di cuenta de que estaba leyendo en la pantalla del ordenador.

—¿Quiénes son? ¿Los autores que han escrito sobre el tema?

—Sobre temas tropicales, en general. Pero en el ordenador aparecen los capítulos de los libros, y todos tienen alguno que otro acerca de las agresiones de los lagartos. *On lizards and mental pathology*...

De nuevo estaba leyendo en la pantalla.

—Ya he hablado con mis colegas —continuó— y todos estamos de acuerdo. Si lo que piensas fuera verdad, porque a lo mejor no lo es...

—Por supuesto. Eso mismo pienso yo. Que sólo es una posibilidad —le apoyé.

—Eso es. Pero lo que te iba diciendo. Si fuera cierto, sería el primer caso conocido en Europa. Parece muy interesante, ¿no?

—¿Quieres venir a Obaba el próximo domingo? —le interrumpí—. Habrá sesión de lectura. Todavía te acuerdas de mi tío el de Montevideo, ¿no?

—¡Cómo no me voy a acordar! Destruyó mi cuento en cinco segundos. No le importó que fuera el primero de mi vida —dijo riéndose.

—Mira, ahora mismo te digo lo que vamos a hacer. El sábado salimos de aquí por la tarde y nos vamos a un pueblo de la costa. No, no te voy a decir a qué pueblo en concreto. Solamente que iremos a visitar a alguien. A Ismael, sí. Ya veo que contigo no valen los secretos. Sí, ahora vive allí, tiene un pub al lado de la playa. Y después de la visita, nos vamos hacia Obaba. Y también podemos aprovechar para darnos un baño.

Permaneció un momento en silencio.

—¿Ya admitirá tu tío a un plagiario de mi calaña?

—Para él es plagio todo lo que se ha escrito a partir del siglo diecinueve. Si es por eso, puedes estar tranquilo.

—Entonces, iré. Me gustaría mucho conocer a Albino María.

Se le notaba ansioso. Pero su ansiedad no era la de un médico, sino la de un aficionado a la literatura.

—Pues muy bien. De acuerdo. Pasaré a recogerte el sábado a las siete. Si hay algún problema, me llamas.

Pero no hubo ninguno. A las siete y pocos minutos del sábado siguiente, nuestro coche entraba en la autopista. El viaje a Obaba había comenzado.

El pueblo de la costa estaba a menos de una hora de nuestra ciudad, y aprovechamos las horas de luz que nos quedaban para pasear por el malecón del puerto y cenar al aire libre. Luego, cuando ya eran las once, tomamos el camino de la playa y nos dirigimos al pub de mi antiguo compañero de escuela.

—¿Has visto qué nombre tiene el local? —me dijo mi amigo señalando un rótulo luminoso.

—El Lagarto —leí.

—Por lo que se ve, las aficiones de Ismael no han cambiado.

—Eso parece.

El pub estaba abarrotado de adolescentes, y nos costó encontrar un lugar acorde con nuestros deseos de curiosear. Al final, y gracias a la amabilidad de unos motoristas, ocupamos el trozo de mostrador que ellos habían utilizado para colocar sus cascos y sus guantes. Luego nos sentamos en los taburetes con la mirada puesta en Ismael.

Seguía tan delgado como siempre, pero ya no parecía el chico salvaje de Obaba. Estaba muy cambiado. Ahora llevaba una camiseta de color naranja con palabras en inglés, y lucía unas franjas amarillas en el pelo moreno. Cuando nos vio, recorrió todo el mostrador para venir a saludarnos.

—¡Qué sorpresa! ¿Cómo por aquí?

No sólo su apariencia había cambiado. Sus modales eran suaves, su sonrisa, franca. ¿Qué me diría la fotografía la próxima vez que la consultara? Probablemente, nada. Ya me había dicho muchas veces que *vivir* y *mudar* eran dos palabras sinónimas.

—Pues, ya ves. También nosotros salimos de vez en cuando —le respondimos. Pero no pudimos continuar con la conversación, porque Ismael tuvo que ir a atender a un grupo de jóvenes que le reclamaban a voces.

Antes de dejarnos nos ofreció tabaco rubio, y —señalando una marina de las del montón que tenía colgadas por allí— hizo un comentario acerca de la contaminación del mar.

—Nunca pensé que Ismael fuera a convertirse en un ecologista —dije.

—Seguro que hace surf —me susurró mi amigo.

Media hora más tarde, como aquello seguía llenándose de gente, empezamos con los prolegómenos del asunto que nos había llevado hasta allí. Le dijimos que teníamos curiosidad por los detalles de un hecho ocurrido en la época en que ambos íbamos a la escuela primaria, y que, por favor, no se preocupase; que nuestro interés era, por decirlo de alguna manera, de carácter puramente científico.

Una mezcla de temor y desconfianza asomó en los ojos de Ismael. Era la misma mirada de cuando tenía nueve años y llevaba una navaja en el bolsillo. Al menos en aquello no había cambiado.

—Vosotros diréis —dijo.

—A ti te gustan mucho los lagartos, ¿no? —empecé. Pero no en tono de acusación, sino alegremente, a modo de juego.

—¿Por qué lo dices? ¿Por el nombre que le he puesto al local?

Su tono era desagradable, casi de amenaza. Pero yo sabía que era cobarde, lo sabía desde la época de la escuela primaria. Era un demonio, sí, pero no valía para las peleas cara a cara.

—No, no me refiero a eso. Me refiero al lagarto de la fotografía, concretamente al que sostenías junto a la oreja de Albino María. Lo que quiero saber es si aquel lagarto se metió o no en su cabeza.

—Pero ¿qué estás diciendo? ¡Eres un idiota! —me gritó. Luego se alejó de nosotros y se puso a limpiar vasos.

—Le has herido —opinó mi amigo.

Pero Ismael estaba de nuevo con nosotros.

—Esperaba más de vosotros. Parece mentira que intelectuales como vosotros todavía se crean esas bobadas. Francamente, me habéis decepcionado.

Ismael seguía hablando a gritos. Sus gestos eran de desprecio.

Los motoristas que estaban a nuestro lado dirigieron su mirada hacia nosotros. Aquello empezaba a parecerse a una pelea.

—Te has puesto muy nervioso, Ismael —respondí imitando el acento de Obaba. Me sentía eufórico. Las dos ginebras que llevaba en el cuerpo empezaban a hacerme efecto.

—¡Estoy en mi casa y puedo ponerme como quiera! ¡Y no consiento que nadie me venga con acusaciones estúpidas!

Decidí entonces adoptar las formas de comportamiento de Obaba, y cogí su mano entre las mías. Aquel gesto quería decir que yo estaba de su lado y que le quería como a un hermano. ¿No éramos acaso del mismo lugar? ¿No estábamos los dos en la misma fotografía? Pues eso debía bastarle, tenía que confiar en mí.

—¡Sabes perfectamente que no tengo nada contra ti! —le dije.

—Sólo nos interesa saber una cosilla de nada, hombre. Le estoy tratando la sordera a Albino María, y quería saber lo que sucedió aquel día. Nada más.

Me quedé asombrado por la habilidad de mi amigo. Era, sin duda, la mejor manera de plantearle el asunto.

La reacción no se hizo esperar. Los ojos de Ismael se serenaron.

—¿Y por qué quieres saberlo? —preguntó.

—Porque, según su madre, ése fue el día en que Albino María empezó a quedarse sordo.

Yo estaba extrañado de lo bien que mentía mi amigo.

—Pues os diré la verdad. Pero no creo que os sirva de mucho —dijo Ismael mientras se secaba las manos con el trapo—. No sé lo que pasó con aquel lagarto. Es verdad que lo tenía en la mano… supongo que para hacer alguna trastada, claro, para que la fotografía saliera de risa, con todos los de delante movidos y a todo gritar... me imagino que quería hacer algo por el estilo. Pero lo que sucedió después, no lo sé. Recuerdo que se me escurrió entre los dedos, eso sí. Pero no creo que se metiera en la cabeza de Albino María. Para ser sincero, eso me parece imposible.

—Por supuesto. También a nosotros nos lo parece. Pero pasábamos por aquí y se nos ha ocurrido entrar a preguntártelo, sin más.

El tono de mi amigo era ahora conciliador.

—¡Lo cierto es que yo de pequeño era muy malo! ¡Era malo de verdad! —dijo sonriendo Ismael.

—Todos por un estilo. Aquí donde me ves, yo quemé la casa de mi abuelo. Aunque no lo hice a propósito, claro —confesó mi amigo.

—¡Vaya, vaya!

Era evidente que ese tipo de comentarios era muy del agrado de Ismael. Aliviaba su mala conciencia, quizá.

Después de una corta despedida, salimos del pub y nos dirigimos al aparcamiento del puerto.

De nuevo en el coche, mi amigo y yo —un tanto decepcionados— nos acordamos de aquello que dijo Balzac: que la vida no elabora historias redondas; que sólo en los libros podemos encontrar finales fuertes y decisivos.

—Nunca sabremos lo que pasó con el lagarto —le dije.

—Eso está todavía por ver. Antes de dar carpetazo al asunto, tenemos que hablar con Albino María —me respondió mi amigo.

—Yo creo que mañana podremos verle. No suele salir de Obaba.

—Ojalá sea así.

—Y hablando de Balzac y de finales fuertes, ¿cuál es el mejor cuento que conoces? Quiero decir que cuál te parece el de final más conseguido —se me ocurrió de pronto. Apenas circulaban coches a aquellas horas, y la soledad de la autopista creaba un clima propicio para las confidencias.

—Así, de repente, no sabría decirte —me contestó mi amigo.

—Pues, si quieres, puedo decirte cuál hubiera sido la respuesta de Boris Karloff. ¿A que no aciertas cuál era el mejor cuento del mundo para Boris Karloff? —le dije.

—No, pero seguro que era alguno de terror.

—Pues era el del criado de Bagdad.

—¿Y qué cuento es ése?

—Si te apetece, te lo puedo contar. Con una taza de café delante, claro.

—De acuerdo. Eso nos servirá de entrenamiento para la sesión de mañana. Con tu tío de juez, nada está de más.

Paramos en un Restop. Luego, cuando ya estábamos sentados en un rincón, rememoré para mi amigo el antiguo relato sufí. Y lo hice, por cierto, con las mismas palabras que voy a emplear ahora para transcribirlo. La historia del lagarto y su última palabra pueden esperar.

El criado del rico mercader

Érase una vez, en la ciudad de Bagdad, un criado que servía a un rico mercader. Un día, muy de mañana, el criado se dirigió al mercado para hacer la compra. Pero esa mañana no fue como todas las demás, porque esa mañana vio allí a la Muerte y porque la Muerte le hizo un gesto.

Aterrado, el criado volvió a la casa del mercader.

—Amo —le dijo—, déjame el caballo más veloz de la casa. Esta noche quiero estar muy lejos de Bagdad. Esta noche quiero estar en la remota ciudad de Ispahán.

—Pero ¿por qué quieres huir?

—Porque he visto a la Muerte en el mercado y me ha hecho un gesto de amenaza.

El mercader se compadeció de él y le dejó el caballo, y el criado partió con la esperanza de estar por la noche en Ispahán.

Por la tarde, el propio mercader fue al mercado, y, como le había sucedido antes al criado, también él vio a la Muerte.

—Muerte —le dijo acercándose a ella—, ¿por qué le has hecho un gesto de amenaza a mi criado?

—¿Un gesto de amenaza? —contestó la Muerte—. No, no ha sido un gesto de amenaza, sino de asombro. Me ha sorprendido verlo aquí, tan lejos de Ispahán, porque esta noche debo llevarme en Ispahán a tu criado.

Acerca de los cuentos

Tras escuchar el cuento del criado, mi amigo se quedó pensativo. Tenía la mirada fija en la taza de café, como quien busca adivinar algo en los posos.

—Yo también soy de la opinión de Boris Karloff. Es un cuento muy bueno —dijo después.

Y, como en toda conversación nocturna que merezca ese nombre, aquel comentario trajo consigo una pregunta algo metafísica y no muy fácil de responder:

—¿Por qué es bueno? ¿Qué le hace falta a un cuento para que sea bueno?

—Yo conozco un cuento muchísimo mejor —exclamó alguien cerca de nosotros con acento extranjero.

Extrañados por la presencia de aquel inesperado testigo, mi amigo y yo volvimos la cabeza.

—Soy yo —nos dijo entonces.

Pero no le conocíamos de nada. Era un hombre mayor, de pelo y barba blancos. Aunque estaba inclinado hacia nosotros y casi en cuclillas, me pareció muy alto; debía de medir cerca de dos metros.

—Yo conozco un cuento muchísimo mejor —repitió. Su aliento olía a whisky.

—Pues cuéntenoslo —le pedimos finalmente. Me preguntaba a mí mismo de qué país sería aquel individuo. Su indumentaria le delataba como extranjero.

Levantó una mano con solemnidad, y nos pidió que aguardáramos un momento. Camino del mostrador, su cabeza y su cuello sobresalían de entre la masa de clientes del Restop. Realmente era muy alto.

—Tendremos que marcharnos a algún otro sitio —le dije a mi amigo. Y argumenté mi decisión añadiendo que, de lo contrario, no íbamos a poder charlar con tranquilidad de nuestras cosas.

Aquel abuelo de cabeza blanca tenía aspecto de ser un hombre interesante, pero parecía muy bebido. Además, teníamos que seguir hacia Obaba.

—¿Has hablado ya con tu tío de Montevideo? ¿Sabe que yo también voy?

—Sí, ya le he avisado. Se alegró mucho cuando le dije que tú también leerías algo. Ya sabes cómo es. Cuantas más víctimas tiene, mejor se lo pasa.

—Entonces nos convendría retirarnos pronto. La jornada de mañana será dura.

—Enseguida nos vamos —asentí riendo.

Pero el hombre alto ya estaba de vuelta. Ahora llevaba sombrero, y tenía un whisky en la mano.

—Mi relato es muy interesante. Lo digo de verdad —insistió. Cuando fue a sentarse, tropezó y se nos cayó encima—. *I'm sorry* —se excusó.

—Somos todo oídos —le dijo mi amigo. Él sacó un magnetófono pequeño del bolsillo de su chaqueta y lo puso sobre la mesa.

—El cuento se titula *El monkey de Montevideo*. O, mejor dicho, *El mono de Montevideo* —afirmó después de pulsar la tecla de grabación.

Pero no pudo continuar. Tenía la lengua espesa y las palabras —algunas de ellas en inglés— se le trababan. Apagó el magnetófono lanzando un suspiro.

—No se puede —se disculpó. Y se llevaba las manos a las orejas, una y otra vez.

—Sí, es verdad. Aquí hay mucho ruido —le dijo mi amigo levantándose de su sitio—. Además, tenemos que marcharnos. Otra vez será.

—*It's a pity* —nos dijo cuando los tres estuvimos levantados.

—Así es. ¡Pero qué le vamos a hacer! A ver si nos vemos de nuevo. Estaremos encantados de escuchar su cuento.

Estuve a punto de invitarle a la sesión de lectura que íbamos a tener unas horas más tarde en Obaba, pero —aunque esa clase de iniciativas sorpresa solían gustarle a mi tío— al final no me atreví. Su afición a la bebida me asustaba un poco. Cuando fuimos a la barra, el camarero nos dijo que nuestra consumición estaba pagada.

Le hicimos un saludo de agradecimiento al abuelo de la cabeza blanca, y él nos correspondió llevándose la mano al ala del sombrero. Después salimos del Restop y fuimos hacia el coche.

—Nos habíamos quedado en lo de las características de un buen cuento —me dijo mi amigo cuando aún no habíamos recorrido ni un kilómetro de autopista. Estaba claro que aquel tema le interesaba.

Le tomé un poco el pelo, bromeando acerca de lo aficionado que era a las conversaciones serias. En realidad, yo admiraba mucho al adolescente que, lleno de inquietudes y absolutamente ajeno a lo frívolo, seguía viviendo en el interior de aquel médico. No parecía una persona de finales del siglo veinte.

—Podríamos empezar por recordar algunos de los que nos parecen buenos, y comprobar si los dos estamos de acuerdo acerca de su calidad —le propuse a la vez que ponía las luces cortas para no molestar al Lancia rojo que nos acababa de pasar.

—Creo que era Ismael —me dijo mi amigo.

—¿Cómo?

—Que era Ismael el que conducía ese Lancia. Al menos eso es lo que me ha parecido.

—Irá a Obaba a pasar el domingo, como nosotros —le dije.

—Tal como te decía, la historia del lagarto todavía va a dar mucho de sí —se rió mi amigo.

—Igual que ese otro que nos quería contar el abuelo, el del mono de Montevideo. Estoy seguro de que algún día podremos oírlo entero.

—Y otra vez estamos donde nos habíamos quedado. Es necesario que aclaremos nuestras ideas antes de que se nos presente la ocasión. De lo contrario, no podremos decirle si su cuento es malo o bueno, y el abuelo se sentirá defraudado —dijo mi amigo. Le notaba cada vez más animado.

—Tú empiezas. Dime algún cuento que te parezca bueno.

—Elijo uno de Chejov.

Mi amigo me resumió el titulado *Sueño:*

Varka, una criada muy joven que servía en una casa bien, nunca podía dormir. Se lo impedía el bebé que debía cuidar, un bebé insomne que no dejaba de llorar durante toda la noche. Ella le acunaba y le cantaba canciones dulces, pero todo era inútil. Cuanto mayor era su deseo de dormir, cuanto más extenuada estaba ella por la falta de sueño, tanto más berreaba el niño. Y así un día y otro, hasta que una mañana, por fin, los padres de la criatura se inclinaron hacia la cuna para darle los buenos días y comprobaron con espanto que...

En cuanto mi amigo acabó, yo empecé a contarle un relato de Waugh titulado *El breve paseo de Mister Loveday*:

Una dama de la alta sociedad se compadece de un anciano bonachón y de trato agradable que lleva veinticinco años internado en un manicomio. *¿Por qué le tienen internado? Parece una persona tan bondadosa, tan normal...* le dice la dama al médico. *Está aquí por voluntad propia. Es él quien no quiere salir. Antes debía de ser diferente porque, según nos dijeron, mató a una chica joven que paseaba tranquilamente en bicicleta, y sin ningún motivo. Pero ahora la situación es muy distinta. Después de tanto tiempo, tendría que estar en la calle.* Entonces la dama trata de convencer al anciano de que estaría mucho mejor fuera, de que la libertad es algo maravilloso, y le ofrece su ayuda para llevar a cabo todas las gestiones necesarias. *No tengo muchas ganas de salir de aquí* —le dice el anciano— *pero me ha convencido con lo que me ha dicho. Sí, me parece que no me sentaría mal cambiar de aires. Además, hay algo que me gustaría hacer.* Y así, aquel anciano bonachón y de trato agradable recobra su libertad. Pero resulta que, pocas horas después de haber salido, ya está de vuelta en el manicomio. Mientras tanto, en una carretera cercana, un camionero descubre una bicicleta tirada por el suelo, y…

—Muy bien. Estamos de acuerdo. A mí también me parece un cuento muy logrado. Y ahora otro de un collar. Es de Maupassant. ¿Lo conoces?

—Lo leí hace mucho —le dije mientras adelantábamos a un tráiler.

—La protagonista se llamaba Mathilde Loisel, ¿no? Sí, creo que ése era su nombre —empezó mi amigo.

Pero tuvo que callarse un momento antes de proseguir, porque el chófer del tráiler —molesto por nuestro adelantamiento, o con ganas de jugar— aceleró hasta colocarse a nuestra izquierda, muy cerca, haciendo un ruido de mil diablos.

Frené el coche y dejé que nos cogiera ventaja. Mi amigo y yo necesitábamos silencio.

—Que te vaya bien por Francia —le dijimos al ver que su matrícula era francesa.

—Mathilde Loisel también anduvo por Francia. Vivió en París —siguió mi amigo—. En aquel coqueto París del siglo diecinueve. Estaba casada con un funcionario de mala muerte, y su vida junto a él no era nada estimulante. Y sucedió que un día recibió una invitación para ir al baile del ministro Ramponneau. La buena noticia, sin embargo, hizo que Mathilde se entristeciera aún más. Ella, por supuesto, deseaba con toda su alma asistir al baile, pero ¿cómo iba a ir? ¿Qué vestido se pondría? ¿Qué joyas llevaría? Así estaba cuando, de repente, se acordó de una amiga de la infancia que estaba casada con un hombre rico. ¿Qué tendría de malo pedirle prestadas unas cuantas joyas? Se decidió a hacerlo y consiguió las joyas. Y entre esas joyas había un precioso collar de perlas...

—¡Ah, sí! Ahora me acuerdo. Si no me equivoco, Mathilde Loisel, tras haber disfrutado del baile hasta el agotamiento, se dio cuenta de que el collar de perlas que le había dejado su amiga ya no estaba en su cuello. Lo había perdido...

—Exactamente. Mathilde había perdido el collar. Pero, claro, no podía decírselo a su amiga. Tenía que devolvérselo. Y así, hipotecó todo cuanto poseía, también su vida, para poder comprar otro collar.

—Sí, aquello fue para ella una verdadera debacle. Tuvo que trabajar día y noche para recuperar la cantidad de dinero que costaba el collar. Y mira por dónde, unos años después, paseando por la calle, se encuentra con su amiga de la infancia. ¿Y de qué se entera entonces? Pues de que las perlas del collar que le había prestado eran falsas, ¡eran de bisutería!

»—No te lo vas a creer, Mathilde —le dijo su amiga— pero, desde que tú lo llevaste en aquel baile, el collar no parece el mismo, las perlas tienen un color distinto, como si fueran auténticas.

A este cuento le siguió otro de Schwob, y al de Schwob otro de Chesterton; y así, contando cuentos, dejamos la autopista y tomamos la sinuosa carretera que, metiéndose entre montañas, llega hasta Obaba. Bajamos las ventanillas del coche.

—A esta carretera la llamábamos, de pequeños, *la de las mariposas* —le dije a mi amigo.

—No me extraña —me contestó. Iluminadas por las luces del coche, infinidad de mariposas blancas volaban ante nosotros—. Se diría que está nevando —añadió mi amigo.

—Cuando éramos pequeños andábamos mucho por aquí. En bicicleta, claro, igual que las chicas del cuento de Waugh. Nos pasábamos todo el verano montando en bicicleta —recordé.

—¿Por qué habrá tantas mariposas? —quiso saber mi amigo.

—Me parece que esta variedad de mariposas blancas se alimenta de hierbabuena. Y en el bosque que estamos atravesando ahora esta planta abunda. Me imagino que será por eso.

Incitado por lo que acababa de decir, saqué la cabeza por la ventanilla del coche y aspiré con fuerza el aire tibio del verano. Sí, efectivamente, aquellos bosques seguían oliendo a hierbabuena.

Recorrimos los siguientes dos o tres kilómetros en silencio, absorto cada uno en sus pensamientos, observando a las mariposas, escrutando los movimientos del bosque. De vez en cuando, al pasar por algún tramo de carretera de orillas despejadas, divisábamos luces de casas en las laderas de los montes, lejanas, solitarias, nítidas.

Cuando nos faltaba una media hora para llegar a Obaba, vimos formarse en el cielo, entre las estrellas, una nubecilla blanca. A la nubecilla siguió el estampido de un cohete.

—Son las fiestas de algún pueblo cercano —dedujo mi amigo.

—De ese de ahí —le respondí, señalándole un campanario cuya silueta sobresalía del bosque.

—Parece que a las mariposas no les gustan las fiestas. Mira, han desaparecido.

Mi amigo tenía razón. En aquel momento, los faros del coche sólo mostraban los banderines de color que adornaban la carretera.

Aparcamos el coche justo a la entrada del pueblo, en un alto. Desde allí, igual que de un balcón elevado, dominábamos toda la plaza y podíamos contemplar el baile. La música de la orquestina nos llegaba a intervalos, según las ráfagas de viento.

—Entonces, ¿en qué quedamos con el asunto de los cuentos? —me preguntó mi amigo.

No quería ir a mezclarse con la gente sin antes haber dejado mínimamente clara la cuestión. Y, a decir verdad, a mí me pasaba exactamente lo mismo. Se estaba muy bien en aquel alto. Daban ganas de soñar despierto y de fumar.

No nos quedamos mucho rato, pero, aun así, conseguimos analizar con bastante calma qué era lo que, a la hora de escribir sus cuentos, perseguían escritores tan buenos como Chejov, Waugh o Maupassant; y, sacando conclusiones, creímos establecer cuáles eran las peculiaridades del género. Nos quedamos con la sensación de que habíamos tenido una conversación muy provechosa.

En primer lugar, nos pareció evidente el paralelismo que existe entre el cuento y el poema. Como dijo mi amigo al hacer el resumen de lo hablado, ambos provienen de la tradición oral, y suelen ser breves. Además, y debido quizás a esas dos características, ambos han de cumplir el requisito de ser muy significativos. Prueba de ello es que los malos cuentos y los malos poemas resultan, como escribió alguien, *vanos, huecos y miserables*.

—Visto de esta manera, la clave no está en inventar una historia —concluyó mi amigo—. La verdad es que historias hay de sobra. La clave está en la mirada del autor, en su manera de ver las cosas. Si es realmente bueno, tomará como material su propia experiencia, y captará en ella algo que sea esencial; extraerá de ella algo que tenga validez para cualquiera. Si es malo, nunca traspasará la frontera de lo meramente anecdótico. Por eso son buenos los cuentos que hoy hemos recordado. Porque expresan cosas esenciales, y no simples anécdotas.

La orquestina que amenizaba las fiestas estaba interpretando una pieza sentimental, muy lenta. Las parejas que hacía poco bailaban dando saltos, lo hacían ahora en completa intimidad, sin apenas moverse.

—Por eso se han escrito tantos cuentos en torno a los grandes temas —le apoyé, retomando el hilo de la conversación—. Quiero decir que siempre giran en torno a temas como la muerte, el amor y otros parecidos. Exactamente lo mismo que sucede con las canciones, dicho sea de paso.

—¿No te pasó Valentín algo referente a eso? —me dijo.

—¿Quién? ¿El que vive en Alaro?

—El mismo.

Mi amigo se refería a un escritor con el que solíamos salir a menudo.

—¡Es verdad! —me acordé—. Me envió un manual de Foster Harris. Si no me equivoco —continué—, Harris tenía una teoría muy curiosa acerca del cuento. Según él, el cuento no vendría a ser más que una simple operación de aritmética. Pero no una operación de cifras, claro, sino hecha a base de sumas y restas de elementos tales como *amor, odio, esperanza, deseo, honor* y otros por el estilo. La historia de Abraham e Isaac, por ejemplo, sería una suma de *piedad* más *amor filial*. La de Eva, en cambio, sería una resta limpia, amor a Dios menos amor al mundo. Según Harris, además, las sumas suelen dar origen a cuentos con final feliz. Los originados por restas, en cambio, suelen tener finales trágicos.

—Pues, más o menos, viene a decir lo mismo que nosotros, ¿no?

—Sí, pero su teoría es aún más restrictiva. De todas maneras, ¿quién sabe? A lo mejor no somos más que eso, unos infelices regidos por la aritmética más elemental.

—Con todo, no me parece que con lo dicho sea suficiente. No basta con la mirada que sabe captar lo esencial. Un buen cuento también necesita un final fuerte. Al menos eso me parece a mí —planteó entonces mi amigo.

—A mí también me parece que un buen final es imprescindible. Un final que sea consecuencia de todo lo anterior y algo más. Y esa necesidad explicaría, creo yo, la abundancia de cuentos que acaban con una muerte. Porque la muerte es un acontecimiento definitivo, total.

—Sin ninguna duda. Fíjate, si no, en el cuento de Chejov, o en el de Waugh, o en el del criado de Bagdad que me has contado en el Restop. Todos ellos están llenos de significado, y tienen un final muy fuerte. El de Bagdad me recuerda lo que le sucedió a García Lorca. Huye de Madrid pensando que lo van a matar, y después...

un cuento profético, muy bueno. Para mí, el mejor de esta noche.

Sonreí al escuchar las palabras de mi amigo. Por fin se acordaba del relato que le había contado en el Restop. Había llegado el momento de enseñar la carta que llevaba escondida en la manga.

—Sí, no hay duda de que es bueno. Pero de todas formas yo le cambiaría el final. No me gusta ese fatalismo —le dije.

Mi amigo puso cara de asombro.

—Estoy hablando en serio, no me gusta el fatalismo de ese cuento. Me parece un fatalismo implacable, el mismo que se refleja cuando se dice que la vida es como una tirada de dados. Lo que se nos quiere decir en él es que, al nacer, tenemos ya un destino, y que nuestra voluntad no cuenta para nada. Tenemos que aceptar nuestro destino, querámoslo o no. ¿Que la muerte viene a por nosotros? Pues no nos queda otro remedio que morir.

Encogiéndose de hombros, me dio a entender que no veía otra opción.

—Como quieras. Pero a mí me parece que es el único final posible para ese cuento —me aclaró.

—Pues yo le he dado otro.

—¿Has escrito una variación del cuento? —dijo enarcando las cejas.

—Así es. Aquí la tengo.

Y de una carpeta que tenía en el asiento trasero del coche extraje dos folios completamente escritos.

Mi amigo se echó a reír.

—¡Ajá! Ahora lo entiendo. Cuando has empezado con los gustos literarios de Boris Karloff y todo eso, me he quedado con la mosca detrás de la oreja. Estábamos hablando de los lagartos y de las andanzas de Ismael y, de repente, vas y cambias de tema sin ninguna explicación. ¡Claro! Te morías de ganas de enseñarme lo que habías escrito. ¿Será posible? ¡Siempre serás el mismo!

Esto último me lo decía por mi mala fama. Todos mis amigos coincidían en que yo era capaz de cualquier estratagema con tal de tener la oportunidad de leerles mis trabajos.

—¡Señor, perdona a este tu incorregible siervo! —dije levantando los ojos al cielo.

—De acuerdo, pero vayamos antes a la plaza. No estoy dispuesto a escuchar tu variación si no es con una cerveza en la mano —propuso mi amigo.

—Tendré que pagar yo la cerveza, claro.

—Por supuesto.

—¡Hay que ver lo dura que es la vida del escritor! Hay que sobornar a la gente hasta para poder trabajar —exclamé antes de bajar del coche.

Ya en la plaza, vimos que los músicos de la orquestina se retiraban a descansar, y que un acordeonista los sustituía en el tablado. La gente se agolpaba ahora en los dos o tres bares que había, o en sus inmediaciones, riendo y hablando a gritos.

Casi nos resultó más difícil conseguir las bebidas que determinar las características de los cuentos. Por fin las conseguimos y —viendo que había bancos donde sentarse en el paseo cercano al cementerio— huimos a toda prisa de aquel jaleo.

Los dos estábamos contentos. Nuestra noche se iba pareciendo cada vez más a la que en Inglaterra celebran los miembros de la Other Society una vez al año. La única diferencia era que nosotros no nos reuníamos en un hotel de Piccadilly, y que nuestros cuentos —al menos en cierto sentido— no eran góticos.

Y una vez llegado a este punto del camino, vuelvo a hacer una nueva parada y paso a transcribir la variación que le conté a mi amigo. El viaje hacia la última palabra proseguirá después.

Dayoub, el criado del rico mercader

Érase una vez, en la ciudad de Bagdad, un criado que servía a un rico mercader. Un día, muy de mañana, el criado se dirigió al mercado para hacer la compra. Pero esa mañana no fue como todas las demás, porque esa mañana vio allí a la Muerte y porque la Muerte le hizo un gesto.

Aterrado, el criado volvió a la casa del mercader.

—Amo —le dijo—, déjame el caballo más veloz de la casa. Esta noche quiero estar muy lejos de Bagdad. Esta noche quiero estar en la remota ciudad de Ispahán.

—Pero ¿por qué quieres huir? —le preguntó el mercader.

—Porque he visto a la Muerte en el mercado y me ha hecho un gesto de amenaza.

El mercader se compadeció de él y le dejó el caballo, y el criado partió con la esperanza de estar esa noche en Ispahán.

El caballo era fuerte y rápido, y, como esperaba, el criado llegó a Ispahán con las primeras estrellas. Comenzó a llamar de casa en casa, pidiendo amparo.

—Estoy escapando de la Muerte y os pido asilo —decía a los que le escuchaban.

Pero aquella gente se atemorizaba al oír mencionar a la Muerte y le cerraban las puertas.

El criado recorrió durante tres, cuatro, cinco horas las calles de Ispahán, llamando a las puertas y fatigándose en vano. Poco antes del amanecer llegó a la casa de un hombre que se llamaba Kalbum Dahabin.

—La Muerte me ha hecho un gesto de amenaza esta mañana, en el mercado de Bagdad, y vengo huyendo de allí. Te lo ruego, dame refugio.

—Si la Muerte te ha amenazado en Bagdad —le dijo Kalbum Dahabin—, no se habrá quedado allí. Te ha seguido a Ispahán, tenlo por seguro. Estará ya dentro de nuestras murallas, porque la noche toca a su fin.

—Entonces, ¡estoy perdido! —exclamó el criado.

—No desesperes todavía —contestó Kalbum—. Si puedes seguir vivo hasta que salga el sol, te habrás salvado. Si la Muerte ha decidido llevarte esta noche y no consigue su propósito, nunca más podrá arrebatarte. Ésa es la ley.

—Pero ¿qué debo hacer? —preguntó el criado.

—Vamos cuanto antes a la tienda que tengo en la plaza —le ordenó Kalbum cerrando tras de sí la puerta de la casa.

Mientras tanto, la Muerte se acercaba a las puertas de la muralla de Ispahán. El cielo de la ciudad comenzaba a clarear.

«La aurora llegará de un momento a otro —pensó—. Tengo que darme prisa. De lo contrario, perderé al criado».

Entró por fin a Ispahán, y husmeó entre los miles de olores de la ciudad buscando el del criado que había huido de Bagdad. Enseguida descubrió su escondite: se hallaba en la tienda de Kalbum Dahabin. Un instante después, ya corría hacia el lugar.

En el horizonte empezó a levantarse una débil neblina. El sol comenzaba a adueñarse del mundo.

La Muerte llegó a la tienda de Kalbum. Abrió la puerta de golpe y... sus ojos se llenaron de desconcierto. Porque en aquella tienda no vio a un solo criado, sino a cinco, siete, diez criados iguales al que buscaba.

Miró de soslayo hacia la ventana. Los primeros rayos del sol brillaban ya en la cortina blanca. ¿Qué sucedía allí? ¿Por qué había tantos criados en la tienda?

No le quedaba tiempo para averiguaciones. Agarró a uno de los criados que estaban en la sala y salió a la calle. La luz inundaba todo el cielo.

Aquel día, el vecino que vivía frente a la tienda de la plaza anduvo furioso y maldiciendo.

—Esta mañana —decía—, cuando me he levantado de la cama y he mirado por la ventana, he visto a un ladrón que huía con un espejo bajo el brazo. ¡Maldito sea mil veces! ¡Debía haber dejado en paz a un hombre tan bueno como Kalbum Dahabin, el fabricante de espejos!

Mister Smith

Alguien que nos saludaba con la mano se fue acercando hacia el banco en que estábamos sentados. Como el paseo del cementerio estaba medio a oscuras, al principio no distinguimos sus rasgos, y —teniendo en cuenta que no conocíamos a nadie del lugar— supusimos que se trataría del típico entusiasta de todas las fiestas que se siente alegre y amigo de todo el mundo. Pero, poco a poco, su silueta fue haciéndose más precisa. Vimos algo blanco en su cabeza.

—Es muy alto. Seguro que mide más de dos metros —le dije a mi amigo.

—Y lleva un sombrero en la mano —me dijo él.

—Y, además, tiene pelo y barba blancos.

—Luego...

—¡Es el abuelo del Restop! —concluimos, echándonos a reír los dos a la vez. Cuando llegó a donde nos encontrábamos, el abuelo apoyó la espalda contra la farola que había junto al banco.

—¡Yo sé un cuento mucho mejor! —exclamó a modo de saludo.

—Parece que nos sigue como la Muerte al criado de Bagdad —le susurré a mi amigo.

—Se trata de otra cosa —me respondió mi amigo—. Se trata de que también él está dispuesto a hacer lo que sea con tal de poder contar su historia. Es tu alma gemela, no me cabe duda. Siéntese aquí, hombre —le dijo después al abuelo.

Se nos acercó, pero indicándonos con un gesto que prefería quedarse de pie.

—¿Quiere un poco de cerveza? —le ofreció mi amigo.

Movió la cabeza negativamente.

—Prefiero el whisky —dijo.

—Usted dice que sabe un cuento mejor. Pero ¿mejor que cuál? —le pregunté. Quería comprobar hasta qué punto era consciente de lo que decía.

—Bagdad, Ispahán, ¡bah! —respondió.

Mi amigo y yo nos quedamos mirándonos. No andaba tan perdido como parecía.

—¿Cómo se llama? —le preguntamos.

—Smith. Me llamo Smith.

Esta vez fue él el que se rió.

—Díganos al menos de dónde es. Yo no creo que usted sea del todo extranjero. No habrá nacido usted por aquí, ¿verdad?

—*Silence! Smith!* —exclamó poniendo cara de susto y llevándose el índice a los labios.

—Siéntese aquí, Mister Smith —le propuso mi amigo—. Siéntese aquí y empiece a contarnos ese precioso cuento. No encontrará mejor audiencia que nosotros. Además, prometemos no preguntarle nunca su verdadero nombre.

Esta vez sí, se sentó en el sitio que le dejaba mi amigo, pero no en la parte inferior del banco, sino en el respaldo, como los *teenagers*.

—La historia bonita, no. Ahora no puedo contarles lo del mono de Montevideo. *Sorry, my friends.*

—Da igual, cuéntenos cualquier otra —insistimos—. Alguna experiencia que usted haya vivido, por ejemplo. No es justo prometer mucho para luego no contar nada.

—De acuerdo, *my friends*. Una historia. No la más bonita, pero sí la más real. Me sucedió a mí hace bastante tiempo.

—Pues adelante.

Se puso en pie de nuevo, y se sacudió el polvo de la chaqueta y de los pantalones, como queriéndose adecentar un poco. Luego sacó del bolsillo su pequeño magnetófono, y —tras intentarlo un par de veces— pulsó la tecla de grabar.

La luz roja del aparato ya estaba encendida, había que empezar. Mister Smith suspiró un poco y empezó a contarnos su historia; recitando más que hablando.

El camino hacia la última palabra es largo. Me detendré de nuevo y dejaré escrita la historia que el señor Smith nos recitó en aquel paseo del cementerio. Lo contrario sería desidia. *Que nada de lo vivido se pierda*, pidió alguien.

He transcrito la historia casi tal cual estaba en la cinta. Únicamente he corregido, o mejor dicho, traducido, algunas palabras y expresiones que figuraban originalmente en inglés. Me pareció que estorbaban la fluidez de la narración.

Una aclaración más, para acabar. El relato carecía de título, y fuimos mi amigo y yo quienes le pusimos el que ahora lleva: *De soltera, Laura Sligo*.

Helo, pues, aquí. El señor Smith tiene la palabra.

De soltera, Laura Sligo

Laura Sheldon, de soltera Laura Sligo, miraba hacia la inmensidad de la selva desde el poblado de La Atalaya escuchando el canto de todos los habitantes de la Alta Amazonia; escuchando el canto del *arambasa*, el canto del *papasí*, el canto del *carachupausa*, y también el del pato que llaman *mariquiña* y el del espantadizo *panguana*, que muere tras poner cinco huevos; y el del loro azul que llaman *marakanu*. Y el del *huapapa*, y el del *wankawi*, y el del gran *yungururu*. Y también el canto del triste *ayaymaman*, que llora como un niño perdido.

Escuchaba el canto de todos aquellos pájaros, y el de cien más, y el de otros cien.

Pero no sólo escuchaba a los pájaros; escuchaba también a los peces del Unine, del Mapuya y de otros ríos de la región, sentada allí, a la puerta de un bohío de La Atalaya, muy lejos de Iquitos, observando la selva y fijándose sobre todo en la verde Tierra Alta donde nace el Unine, pues hacia allí era adonde señalaban todas las huellas que su marido, Thomas Sheldon, había dejado antes de desaparecer. Era la última hora de la tarde, y Laura Sheldon, de soltera Laura Sligo, pensaba qué habría pasado en aquella selva, escuchando a los pájaros y también a los peces: escuchando el canto del brillante *akarawasu*, el canto del *gamitana*, el canto del *shiripirare*, y también el del *paichea*, que tiene lengua de hueso y mide tres metros, y también el de la anguila *añashua*, que mata de una sola descarga, y el del *shuyua*, que sabe andar por tierra, y el de la *paña* o *piraña*, y el del *maparate*, y el de la *palometa*, que es buena para comer.

Escuchaba el canto de todos aquellos peces, y el de cien más, y el de otros cien.

Pero no sólo escuchaba a los peces y a los pájaros; escuchaba también a las serpientes que suben y bajan de los árboles, sentada allí, a la puerta de un bohío, mirando la selva y pensando en la carta que un año antes había recibido en Dublín; *If lost return to sender-Doctor Thomas Sheldon-Napo Street-Iquitos-Perú*, decía el remite de la carta, y en ella su marido le confesaba su intención de internarse en la selva. Quería olvidar los rostros de los soldados que había visto morir en Verdún y Arras, quería olvidar las atroces heridas de bayoneta que —*God knows*— no había podido curar; se sentía terriblemente desengañado consigo mismo y con el mundo, y su primer objetivo era el de arrojar al Amazonas la medalla que le habían concedido por su labor como *Medical Captain*. Un año desde que recibiera la carta en Dublín, y después de aquello nada, sólo el silencio. Y Laura Sheldon, de soltera Laura Sligo, temía que Thomas ya estuviera muerto y descansando en los alrededores del nacimiento del Unine, en aquella Tierra Alta que contemplaba escuchando a los peces, a los pájaros y a las serpientes de la selva; escuchando a la *afaninga*, que silba como un muchacho, y a la *mantona* de diez colores, y a la *naka*, que es pequeña pero muy venenosa, y también a la *chusupe* negra, que mide cinco metros y muerde como un perro, y al *aguajemachuy*, que sabe como el fruto de la palmera, y a la *yanaboa* gigante, que tiene el grosor de un hombre fornido, y a la *sachamana*, y a la *yakumana*.

Laura Sheldon, de soltera Laura Sligo, escuchaba cómo el canto de todas aquellas serpientes —y el de cien más, y el de otras cien— se unía al otro canto de los peces y de los pájaros, sentada allí, a la puerta del bohío de La Atalaya, pensando en su marido y sin dejarse convencer por lo que César Calvo y yo le decíamos:

—Mi idea es que el doctor remontó el Ucayali, y que luego se desvió a la izquierda, hacia el Unine —le decía César Calvo, el hombre sabio de Iquitos—. Y si eso es verdad, no tiene usted de qué preocuparse. El doctor estará ahora entre los ashaninka, que son buena gente. Los ashaninka no atacan a los *viracochas* como su marido. A los blancos que van en son de paz, quiero decir.

Además de ser un hombre sabio, un maestro en todo lo que tuviera que ver con la selva, César Calvo era bueno, era prudente. Hablaba de los ashaninka, pero no de los amawaka, la tribu que vivía en la parte derecha del Ucayali, a orillas del Urubamba; una opción que resultaba fatal para un *viracocha*, cualquiera que fuese su actitud.

—Ahora es cuando menos debes desesperar, Laura. Por primera vez en tres meses, tenemos una pista segura. Estoy convencido de que mañana o pasado mañana encontraremos a tu marido. Te lo digo de verdad —le decía yo, el hombre que ella había contratado como ayudante en Cuzco, cuando todavía era una *beautiful girl* recién llegada de Dublín, y no una mujer cansada y consumida por la selva. Yo la apreciaba, me sentía su amigo, y hubiera dado cualquier cosa por consolarla.

Sin embargo, ella no nos escuchaba, escuchaba sólo a los habitantes de la selva: al *carachupausa*, al *papasí*, al *huapapa*, y al *yungururu*, y al *ayaymaman*, y a la *yanaboa* y la *naka;* y también al mono *makisapa*, y al sapo *wapo*, y a la tortuga *cupisu*.

Y de pronto, toda la selva enmudeció. Se callaron los pájaros, se callaron los peces y las serpientes, se callaron los otros animales, y en todo aquel silencio no quedó más que el llanto del *ayaymaman*, clamando una y otra vez como un niño perdido. La noche había caído sobre la Amazonia.

Laura Sheldon, de soltera Laura Sligo, giró la cabeza hacia el lugar de donde parecía venir aquel solitario canto, y luego, acurrucándose en su silla, rompió a llorar. Y durante mucho tiempo sólo hubo dos cantos en aquella inmensidad: el llanto de Laura y el llanto del *ayaymaman*.

Era ya noche cerrada cuando César Calvo, el hombre bueno de Iquitos, se acercó a ella y le habló como un hermano.

—Lo encontraremos. Pero ahora tiene que dormir. La jornada de mañana será muy larga, siete horas hasta el Unine y otras tantas hasta el territorio de los ashaninka. Tiene que dormir. Voy a ver si las piraguas están listas y a cerrar el trato con los indios. Espero que tengan ganas de remar —añadió antes de marcharse hacia otro de los bohíos de La Atalaya.

Entonces fui yo el que se acercó a Laura, pero no como un hermano, sino como un hombre que no recordaba haber conocido a ninguna mujer que fuera como ella; tan inteligente, tan valerosa, tan *very nice*.

—Anímate, Laura. Mañana encontraremos a tu marido, ya verás. Y espero que cuando lo abraces te rías mucho, porque aún no conozco tu risa. Y ya va siendo hora, creo yo.

Ella forzó una sonrisa y me puso la mano en el brazo, que no me preocupara, que ya se sentía mejor.

Poco después volvió César, diciendo que todo estaba en orden y que cada uno de nosotros iría en su piragua y llevaría dos remeros, al menos hasta el Unine.

—¿Sólo hasta el Unine? —pregunté.

—Así es. Una vez que lleguemos al Unine nos tendremos que valer por nosotros mismos. Estos indios de La Atalaya no quieren saber nada de los ashaninka.

Permanecimos un rato más bajo la noche sin estrellas, mirando en dirección a la verde Tierra Alta que pretendíamos recorrer. Luego entramos en el bohío y nos pusimos a dormir completamente envueltos en grandes lienzos de lona; había que protegerse de los diminutos murciélagos *piri*, los más expertos chupadores de sangre de toda la selva.

No fueron sin embargo los *piri* los que me impidieron conciliar el sueño durante buena parte de la noche, sino la preocupación por las lluvias amazónicas, cuya época estaba ya muy cerca. César Calvo, el hombre sabio de Iquitos, jamás hablaba de ellas, pero intuía que él también estaba inquieto. Si no nos dábamos prisa, las lluvias nos cerrarían el camino de vuelta, obligándonos a seguir entre los ashaninka, aislados de la civilización, hasta el día en que las aguas de los ríos fueran de nuevo navegables.

Los ashaninka eran, desde luego, buena gente, buena gente, pero, de todas formas, nada había vuelto a ser lo mismo en la selva desde la aparición de los winchester de los caucheros. Era mejor no arriesgarse y que el viaje de ida y vuelta fuera rápido.

A la mañana siguiente, y tras repartirnos en las tres piraguas que César Calvo había contratado, empezamos a remontar el Ucayali formando una hilera en la que Laura y sus dos remeros ocupaban el centro. Siete horas después, y sin haber sufrido ningún percance, distinguimos las aguas del Unine, de un color casi amarillo, mezclándose con las del Ucayali, y supimos que el momento decisivo se acercaba. Pronto estaríamos entre los ashaninka. Laura sabría, por fin, cuál había sido la suerte de su marido.

Casi enseguida, los indios alzaron sus remos señalando hacia los árboles rojos que habían surgido delante de nosotros, en una de las pequeñas islas del río. Eran, como luego nos dijo César, los *palosangre*, una especie típica de la desembocadura del Unine.

Muy nerviosos, los indios volvieron a meter sus remos en el agua y nos condujeron a la orilla. En lo que a ellos se refería, el viaje había acabado.

—¿No queréis continuar? —les preguntó César después de haberles entregado el dinero prometido en La Atalaya—. Si nos lleváis Unine arriba os pagaré el doble —añadió.

Pero era inútil, estaban muy asustados. Tras una rápida despedida, montaron en dos de las piraguas y se alejaron hacia su poblado. Cientos de monos —los *makisapa* medio locos de la Alta Amazonia— chillaban a nuestro alrededor.

César Calvo, el hombre sabio de Iquitos, miró entonces al cielo y dijo:

—Todavía queda mucha luz, lo mejor será que sigamos el viaje caminando por la orilla del Unine, así evitaremos los remolinos de la desembocadura.

—De acuerdo —dije yo, y sacando el machete me adentré entre los *palosangre* y comencé a abrir camino. Él y Laura me siguieron llevando la piragua que nos habían dejado los remeros.

Caminamos durante unas cuatro horas, sin dejar nunca la orilla del Unine y guiándonos por el ruido que hacían sus aguas al bajar. Luego buscamos una playa y nos dispusimos a pasar la noche; nuestra primera noche en territorio ashaninka.

—¿Quién hará la primera guardia? —preguntó Laura Sheldon, de soltera Laura Sligo, una vez que la tienda estuvo montada y con hogueras alrededor.

—Yo haré dos guardias, la tuya y la mía —le respondí.

Ella negó con la cabeza y frunció el ceño, como siempre que estaba a punto de enfadarse.

—No admito protestas —le dije sentándome en uno de los tocones de la playa y haciendo ver que mi guardia ya había comenzado.

—Es un hombre joven y fuerte. Aguantará —sonrió César Calvo, el hombre bueno de Iquitos, y la discusión quedó zanjada. Poco después, los dos dormían en la tienda.

En toda la selva no se oía sino el rumor de la corriente del Unine y el crepitar de las llamas que protegían la tienda. ¿Dónde estaban los pájaros y las serpientes cuyo canto nos acompañaba durante el día? ¿Dónde estaban los bulliciosos *makisapa*? Quizá estuvieran escondidos entre las ramas de los *palosangre* que rodeaban la playa, acechándonos, esperando cualquier descuido para salir de sus guaridas y atacarnos. Pero yo no estaba dispuesto a concederles esa oportunidad. Tenía la vista fija en la selva, atento al menor susurro, al menor ruido de ramas rotas, y únicamente la desviaba cuando, al levantarme de mi asiento para estirar las piernas, miraba hacia la tienda y me reconfortaba pensando en Laura. Yo era el guardián de su sueño, y eso me hacía feliz.

Seguía pensando en ella cuando el grito de júbilo de un *makisapa* me sobresaltó. «Es el amanecer», pensé tranquilizándome. Y justo en aquel instante, una víbora *naka* atravesó el círculo de brasas que me protegía y clavó sus dos pequeños dientes en el tobillo de mi pierna derecha.

—¿Qué sucede? —exclamó César Calvo saliendo precipitadamente de la tienda. Mis aullidos de dolor le habían asustado.

Le mostré la víbora que yacía a un metro de mí. La había partido en dos con mi machete.

—¡Es una *naka*! —gritó César abriendo mucho los ojos. Luego cogió el machete y me hizo un tajo profundo en el lugar de la mordedura.

—¿Qué ha pasado? —preguntó Laura, que también había salido de la tienda. Pero César estaba inclinado sobre mí, chupando la sangre de la herida, y su pregunta quedó en el aire, sin respuesta.

—*Oh, my God!* —dijo Laura al darse cuenta de lo ocurrido. Y lo dijo con tanta pena que, por un instante, olvidé el dolor. Era una prueba de que ella también me apreciaba.

—Creo que he sacado casi todo el veneno —dijo César al cabo de una media hora. Para entonces ya era de día, y el canto de los habitantes de la selva nos envolvía de nuevo. Al lado de la tienda, una gran mancha oscura ensuciaba el barro seco de la orilla; era la sangre que había salido de mi herida.

—¿Te duele? —me preguntó Laura.

—No mucho —mentí.

Estaba dispuesto a no entorpecer la marcha del viaje, y comencé a desmantelar la tienda y a recoger todas las cosas que necesitábamos meter en la piragua; y con más energía que nunca además, como si la mordedura me hubiera dado fuerzas.

—¿Seguimos? —les dije. Ambos me miraban con aprensión, temiendo que me desplomara de un momento a otro. Pero, como había dicho César, yo era un hombre joven y fuerte. Podría resistir al veneno que aún me quedaba dentro.

Arrastramos la piragua hasta el agua y, remando los tres, nos dirigimos Unine arriba, hacia la verde Tierra Alta donde esperábamos encontrar al doctor Sheldon. Llevaríamos unas dos horas en el río cuando un nuevo canto se unió al canto habitual de los habitantes de la selva. Era un canto monótono, repetitivo.

El hombre sabio de Iquitos levantó la cabeza para oír mejor.

—Ya han comenzado a sonar los *manguare* —dijo. Luego explicó que ése era el nombre que los ashaninka daban a sus tambores de madera.

—Ya estamos cerca, entonces —suspiré. Estaba deseando llegar. Me encontraba cada vez más débil, y mi tobillo se había hinchado mucho. Ya no estaba tan seguro de poder vencer al veneno de la *naka*.

El hombre bueno de Iquitos asintió. Sí, de un momento a otro aparecerían los ashaninka. Luego añadió algo que hasta entonces había guardado en secreto:

—Los ashaninka son buenos guerreros, son honestos. Nunca atacan a traición —comenzó. Laura y yo permanecimos en silencio—. El veneno que utilizan ellos no es del tipo curare —siguió—, no es el veneno lacerante y doloroso que los amawaka, por ejemplo, extraen de las serpientes. Ellos utilizan el veneno de la planta *tohé*, que mata al instante y sin dolor.

Creo que fue entonces cuando Laura y yo nos dimos cuenta del peligro que realmente corríamos. No cabía duda de que César Calvo sabía decir las cosas en el momento apropiado.

—De todas maneras, no creo que nos hagan daño. Como ya os he dicho otras veces, ellos no atacan a los *viracochas* pacíficos —concluyó.

Entretanto, los *manguare* seguían sonando en la selva, y cada vez más fuerte. El Unine se iba convirtiendo en un río estrecho.

Pronto me fue imposible seguir remando. No tenía fuerza en los brazos y la pierna me dolía con sólo moverla. Y, con todo, no me sentía infeliz, era como si el sufrimiento no me importara. Al fin y al cabo, estaba junto a Laura, la *beautiful girl* que yo había conocido en Cuzco, la mujer que yo más apreciaba en el mundo, y lo importante era que ella encontrara al doctor Sheldon y volviera con él antes de la época de las lluvias, que no tuviera que quedarse entre los ashaninka; porque los ashaninka eran muy ruidosos, siempre con sus tambores, siempre con sus *manguare*, y no era eso lo que yo quería para Laura, no me gustaba verla llorar como llora el *ayaymaman*.

—No estoy llorando —dijo entonces Laura.

Me incorporé un poco y abrí los ojos. Ya no estaba en la piragua, sino tumbado en una playa del Unine. Y, efectivamente, Laura no lloraba, sino que sonreía a la vez que me secaba el sudor de la cara con un pañuelo blanco.

—Te hemos dado quinina, y la fiebre ha bajado mucho —me confió Laura. Seguía sonriendo.

Yo estaba avergonzado. No sabía qué podía haber dicho durante el delirio de la fiebre. Temía haber declarado mis verdaderos sentimientos.

—¿Oye los tambores? —me preguntó César Calvo después de arrodillarse junto a mí.

Era imposible no oírlos. El estruendo de los *manguare* dominaba la selva.

—Espero que los ashaninka vengan pronto. Sólo un *shirimpiare* puede salvarle la vida —añadió.

—¿*Shirimpiare*? —pregunté.

—Así es como llaman a sus brujos.

Intenté levantarme, pero en vano. Me fallaban las fuerzas. Pensé que la hora de la despedida había llegado.

—Laura, César, escuchadme un momento —les dije—. Es mejor que me dejéis aquí. Seguid vosotros solos, y buscad al doctor Sheldon antes de que comiencen las lluvias. De verdad, me alegro mucho de haberos conocido.

—*Crazy boy!* —exclamó Laura riéndose, y también el hombre bueno de Iquitos se rió. No pensaban abandonarme, de ninguna manera.

Volví a quedarme dormido, pero esta vez plácidamente, descansando, y soñé que asábamos carne de *makisapa* y que los tres, Laura, César y yo, estábamos celebrando una fiesta. Pero había demasiado bullicio en aquella fiesta, como si no fuéramos sólo nosotros, sino muchísimas personas más, y todos comían, todos cantaban, todos gritaban.

Cuando, inquieto por lo que oía, volví a abrir los ojos, los visitantes que tanto esperábamos ya habían llegado. Había tres ashaninka delante de mí, y luego otros diez, otros cien, otros mil. Ocupaban toda la playa del Unine agitando sus arcos y sus flechas. Iban desnudos, y tenían la cara y el cuerpo cubiertos de pintura roja y negra.

César Calvo y Laura trataban de hablar con el que parecía encabezar el grupo. Me señalaban una y otra vez, y yo creí escuchar las dos palabras que más me afectaban en aquel momento: *naka*, *shirimpiare*. Después, perdí el conocimiento.

No recuperé la conciencia hasta muchos días más tarde, y no fui testigo de lo que sucedió desde que los ashaninka aceptaron llevarnos hasta el lugar donde vivían. Pero, según me contó luego César Calvo, entramos en el poblado rodeados de niños y en medio de una alegría general. Por lo visto, a los ashaninka les divertía mucho el pelo rubio de Laura, y bastaba con que uno de ellos lo tocara para que el resto estallase en una carcajada general.

Luego había aparecido el *shirimpiare*, Pullcapa Ayumpari, un hombre majestuoso, el único ashaninka que tenía derecho a pintar su cuerpo y su cara con tres colores; con el rojo y negro de los demás, y con el blanco.

—Enseguida me di cuenta de que no nos haría daño. Miraba su tobillo frunciendo el entrecejo, como si la hinchazón le preocupara —me confesó César—. Los ashaninka construyen dos chozas para cada uno de ellos —continuó—. Una para su familia, que llaman *tantootzi*; y otra, que llaman *kaapa*, para los invitados. Pullcapa Ayumpari ordenó que te llevaran a su *kaapa*. A Laura y a mí nos dio una buena choza al otro lado del poblado. ¿No te acuerdas de nada? —concluyó.

—Muy poco —le contesté—. Recuerdo que los ashaninka me atendían, y que cada vez me sentía mejor. Aparte de eso, sólo me acuerdo de la lluvia. El ruido que hacía en el techo de la *kaapa* solía despertarme.

—Por supuesto. Estuviste veinte días entre la vida y la muerte. Más que suficiente para que empezaran las lluvias.

César Calvo no se equivocaba. Estuve veinte días en la casa del *shirimpiare* Pullcapa Ayumpari, y salí de allí completamente curado. Entonces, una anciana me hizo señas de que la siguiera, y me condujo hasta la choza que ocupaban mis compañeros. Nada más entrar en ella, vi a Laura, y mi corazón dio un vuelco: era de nuevo una mujer hermosa, la misma *beautiful girl* que yo había conocido en Cuzco. Parecía que los ashaninka también se habían preocupado por ella, que también le habían devuelto la salud.

Laura lanzó un grito y luego me abrazó. Reía y lloraba al mismo tiempo, y repetía que se alegraba mucho de volver a verme. Había temido lo peor.

Sin embargo, estaba abatida. No sabía nada de su marido. En el poblado no había ni rastro del doctor Thomas Sheldon.

—Los indios no quieren decirnos nada —intervino César Calvo—. No quieren o no pueden. Cada vez que les pregunto algo se echan a reír. Y lo mismo hace la anciana que el *shirimpiare* ha puesto a nuestro servicio. Intento sonsacarle algo, pero es inútil. Se ríe y luego sigue con su trabajo.

—Saben algo, estoy segura —suspiró Laura. Pero no estaba convencida de lo que decía.

No era el final de viaje que nosotros esperábamos. Esperábamos el peligro, e incluso la muerte; pero también esperábamos noticias del marido de Laura. Sin embargo, ocurría justo lo contrario. Nos trataban como a unos entrañables invitados, pero sin decirnos absolutamente nada.

Mientras tanto, llovía sin cesar. Llovía sobre las chozas, sobre los árboles, sobre las chacras. En la selva no se oía otro canto que el de la lluvia.

—Por eso estamos aquí —razonaba el hombre sabio de Iquitos—, porque el Unine baja muy crecido y es imposible remar en él. En cuanto cese la lluvia nos devolverán a La Atalaya.

Poco a poco, la idea de registrar el *tantootzi* de Pullcapa Ayumpari se fue apoderando de mí. Si el doctor Sheldon había remontado el Unine —y nosotros sabíamos que tal posibilidad existía—, por fuerza tenía que haber huellas suyas en el poblado. Bastaría entonces con entrar en aquel *tantootzi* —el lugar más adecuado para encontrar esas huellas— para saber qué había ocurrido con él.

Hablé de ello con César Calvo.

—No podemos permitir que Laura vuelva de vacío. No hay nada peor que la incertidumbre. Tiene que saber si su marido está vivo o muerto —le dije.

—Es muy arriesgado. Un ashaninka no perdona al que entra en su casa para robar. El castigo es la muerte. Siempre, sin excepción.

Durante un buen rato, estuve en silencio, mirando la lluvia.

—La época de las lluvias acabará pronto, y ese día los ashaninka celebrarán una fiesta. Pero no aquí, en el poblado. Se irán a las orillas del Unine —me susurró el hombre sabio de Iquitos—. Es la única oportunidad —añadió.

—Voy a intentarlo —dije.

César Calvo asintió sonriendo. No se le escapaban los motivos de mi decisión.

—Tengo miedo de que Laura enloquezca —me justifiqué—. La veo cada vez más ensimismada. Se pasa las horas mirando hacia la selva y sin decir nada.

—Sí, convendría dar algún paso —me alentó César.

No había pasado una semana cuando el cielo azul volvió a la Amazonia. Los ashaninka lo acogieron con risas y gritos, con un entusiasmo que a nosotros, habitantes de otro mundo, nos parecía infantil. Pero, de todas formas, su espíritu era envidiable. Era imposible no compararlo con el nuestro. Ellos eran felices; nosotros, no.

Los preparativos de la fiesta comenzaron desde muy temprano. Los guerreros, los ancianos, los niños, todos se dejaban acicalar por las mujeres. Sentado a la puerta de su *tantootzi*, Pullcapa Ayumpari parecía un pavo real. Él sería, sin duda, el más distinguido de la fiesta.

Al mediodía el poblado estaba prácticamente vacío. Sólo tres guerreros quedaban en la entrada, puestos allí de vigilancia, pero demasiado borrachos de *chuchuwasi* como para cumplir con su obligación. El momento de dar el paso había llegado.

—Voy a inspeccionar la choza del *shirimpiare*. Vamos a ver qué pasa —le dije a Laura antes de salir. Ella estaba tumbada en su catre y con los ojos cerrados, más abatida que nunca.

—*You are a brave boy* —me dijo abriendo los ojos y esbozando una sonrisa. Yo guardé aquella sonrisa en lo más hondo de mi corazón, y salí completamente decidido a averiguar algo.

El *tantootzi* de Pullcapa Ayumpari tenía mucha menos luz de la que cabía esperar en un día como aquél, tan azul, y pasó algún tiempo antes de que mis ojos pudieran ver los objetos desparramados por toda la estancia. Distinguí, con todo, las vasijas de barro donde el *shirimpiare* guardaba sus ungüentos, y también algunas máscaras que yo no le había visto utilizar nunca pero que debían de servir para las ceremonias religiosas. Avancé unos pasos hacia el catre, que no era mayor ni más lujoso que los que nosotros teníamos en nuestra choza, y luego me detuve. Allí había algo que no estaba bien. Pero ¿qué era? Me daba cuenta de que mis ojos habían percibido algo, pero era incapaz de concretar aquella percepción.

Repasaba todos y cada uno de los rincones que tenía ante mí, pero todo parecía normal.

«No lo veo ahora. ¡Lo he visto antes!», pensé entonces volviéndome hacia la parte del *tantootzi* que había visto nada más entrar.

Entonces lo vi. El objeto estaba colocado entre las vasijas de los ungüentos, y tenía una forma rectangular. Parecía un libro.

El tacto de mis dedos confirmó aquella impresión. *Discours sur les sciences et les arts. Jean-Jacques Rousseau*, decía la portada. Y en la tercera página, con letra menuda, estaba escrito lo que yo tanto ansiaba ver: *If lost return to Thomas Sheldon, Medical Captain, Fleury, Normandie.*

Una ráfaga de luz recorrió la tienda, como si un rayo de sol hubiese logrado atravesar el tejado del *tantootzi*. Pero no era por allí por donde había entrado, sino —tal como me di cuenta al levantar los ojos— por la puerta. Estaba ligeramente abierta, y una mano roja la empujaba poco a poco. Antes de que tuviera tiempo de reaccionar, un ashaninka estaba frente a mí. Tenía la cara y el cuerpo pintados, con muchísimos colores.

—¡Pullcapa! —grité. Pero no por temor, no por miedo al castigo que me esperaba, sino por la vergüenza que había sentido nada más reconocerle. No estaba bien traicionar al hombre que me había salvado la vida—. Lo he hecho por Laura —dije, y le mostré el libro.

Pullcapa Ayumpari se limitó a alargarme su mano, tal como lo haría un padre con un niño pequeño, serenamente, sin un gesto de disgusto o de rabia. Yo le obedecí, tomé su mano. Era como si volviera a tener cinco años.

«Ahora entiendo lo que es un *shirimpiare*», pensé mientras ambos caminábamos por un sendero que se internaba en la selva. Era un padre para todos, un gran árbol, un buen río; un hombre que había sufrido sólo para aprender a luchar contra los Grandes Enemigos que destruían a sus hermanos, más débiles que él. Recordaba lo que me había dicho César Calvo, pero no temía por mi vida.

Siempre callado, Pullcapa Ayumpari me condujo a un claro de la selva lleno de montículos hechos con guijarros del río. Cada montículo, rodeado de arcos y flechas, estaba adornado con flores blancas. Comprendí que allí era donde enterraban a los guerreros ashaninka.

Pullcapa soltó mi mano y me indicó que siguiera caminando por el sendero. Y también esta vez le obedecí.

Veinte pasos más adelante había un montículo solitario. No tenía flores, pero sí un objeto dorado con tres cintas.

«Así que no lo tiró al río», pensé con tristeza. Porque aquel objeto dorado no era sino la medalla que la Royal Army había concedido a Thomas Sheldon, Medical Captain. Una de las cintas, la más grande, llevaba la cruz y los colores de la Union Jack. Las otras dos representaban a la Red Cross y a la República Francesa.

—Sufriste mucho. Ahora descansas en paz —recé de rodillas.

Cuando volví al lugar donde se había quedado Pullcapa, me encontré solo. El *shirimpiare*, el buen padre de todos los ashaninka, había regresado a la fiesta del Unine.

—Quiero que seas tú quien se lo diga. Yo no me siento capaz —le supliqué a César Calvo. Estaba muy sorprendido con lo que yo le había contado. No acababa de comprender el comportamiento de Pullcapa.

—En fin, mejor así. Y no te preocupes. Ahora mismo voy donde Laura —dijo.

Aquella tarde la pasé deambulando por la selva que rodeaba el poblado. Envidiaba a los ashaninka, cuyas voces y risas escuchaba cada vez que me acercaba al río, y me sentía desgraciado por no ser inocente y feliz como ellos. Me preguntaba cómo habría reaccionado Laura al saber que su marido estaba muerto. Pero no era la única pregunta que yo me hacía. Había muchas otras, y todas eran difíciles, todas me preocupaban. ¿Qué iba a hacer yo? ¿Debía hablar con Laura antes de que el viaje acabara y ella volviera a Dublín? ¿Y si ella no sentía nada por mí? Pero ninguna de aquellas preguntas encontraba otra respuesta que la de seguir caminando, seguir pensando, seguir buscando.

Cuando al anochecer volví al poblado, un grupo de guerreros me ofreció *chuchuwasi*. Eran felices, muy felices, y deseaban que yo también lo fuera. Acepté la invitación y bebí un trago.

—No está mal —les dije.

Su *chuchuwasi* se parecía al licor de cerezas, me gustaba. Bebí un segundo trago, un tercero, un cuarto. Dos horas más tarde me sentía completamente borracho e igual de feliz que ellos.

No recuerdo cómo volví a mi catre ni lo que hice durante las horas que permanecí con los guerreros bebedores de *chuchuwasi*. Pero, a juzgar por las burlonas miradas con que me encontré al despertarme, mi comportamiento debió de rozar lo cómico.

—Por fin has abierto los ojos —dijo César.

—No sabía que la cabeza estuviera hecha de cristal molido —gemí. El más ligero movimiento me costaba un pinchazo en las sienes. No me quedaba otro remedio que seguir tumbado en el catre.

—Es extraño que te duela la cabeza. Francamente, no veo la razón —ironizó Laura. Vi que sonreía, que ya había salido del abatimiento de los días anteriores.

«Lo peor de todo es la incertidumbre —pensé—. Ahora que sabe lo que realmente ocurrió, se siente mejor».

—Creo que voy a seguir durmiendo —les comuniqué luego.

—Imposible —dijo César—. Nos vamos de aquí. Los ashaninka nos devuelven a La Atalaya.

—¿Cuándo? —exclamé incorporándome. Me había olvidado de mi dolor de cabeza.

—Enseguida. Las piraguas ya están listas —dijo Laura señalando la ventana.

Me incorporé del todo y miré hacia la explanada. El grupo encargado de nuestra marcha esperaba frente al *tantootzi*. Conté seis piraguas y quince remeros.

—Según parece, llevaremos séquito —dije.

—Como los príncipes —sonrió César Calvo.

Laura se dirigió entonces a la anciana que nos ayudaba en los trabajos domésticos, y le regaló un mechón de su cabello rubio; que lo guardara como recuerdo, que había sido muy amable con todos nosotros. Luego nos reunimos con los ashaninka que nos iban a acompañar por el Unine.

Antes de internarnos en la selva, volvimos la vista hacia el *tantootzi* de Pullcapa Ayumpari. Estaba junto a la puerta, de pie, mirándonos.

—Esperadme un momento. Me gustaría darle las gracias —dijo el hombre sabio de Iquitos. Pidió a uno de los remeros que le acompañara y cumplió aquel último acto de cortesía.

—¿Qué ha dicho? —le preguntamos a la vuelta.

—Desea que tengamos un buen viaje —suspiró César Calvo. Me pareció que le apenaba mucho alejarse de aquel buen padre de los ashaninka.

Miramos al poblado por última vez, saludando con la mano a los hombres y mujeres que se habían reunido en la explanada. Luego partimos hacia el río.

La selva, tan silenciosa durante la época de las lluvias, volvía a tener vida, y nosotros bajábamos velozmente por el Unine escuchando el canto de todos los habitantes de la Alta Amazonia; escuchando el canto del *arambasa*, el canto del *papasí*, el canto del *carachupausa*, y también el del pato que llaman *mariquiña*; y el del espantadizo *panguana*, que muere tras poner cinco huevos, y el del loro azul que llaman *marakana*. Y el del *huapapa*, y el del *wankawi* y el del gran *yungururu*.

Bajábamos velozmente por el Unine escuchando el canto de todos aquellos pájaros, y el de cien más, y el de otros cien.

Pero no sólo escuchábamos a los pájaros; escuchábamos también a los peces del río que, de vez en cuando, se acercaban a nuestras piraguas y nos seguían con la misma tenacidad con que, en aquel momento, yo seguía a mis recuerdos; y mis recuerdos eran un *tantootzi*, y un *shirimpiare*, y unas manos que habían curado mi tobillo, y un libro de Rousseau, y una medalla de la Royal Army sobre un montículo de guijarros.

Y de pronto, el chillido de un *makisapa* se elevó sobre todos los demás cantos de la selva, asustándome.

—¡La medalla! —grité entonces, y los dos ashaninka que llevaban mi piragua se rieron.

Por fin había encontrado la pieza que sobraba en el rompecabezas de mis recuerdos. ¿Cómo era posible que aquella medalla siguiera siendo dorada? ¿Y las cintas? ¿Cómo había podido conservarse el color de aquellas cintas en un clima como el amazónico? ¿Acaso no había pasado más de un año desde que el doctor Sheldon desapareciera en la selva?

Todas las respuestas señalaban en la misma dirección.

Los ashaninka se despidieron de nosotros nada más llegar al Ucayali, dejándonos su mejor piragua e indicándonos cómo debíamos remar para bajar bien el río. Luego se alejaron remando a contracorriente, riendo, felices de poder volver a su poblado.

—¡Qué alegres son! —exclamó Laura.

—Nosotros vamos en otra dirección —sonrió César Calvo metiéndose en la piragua.

—¡Hacia La Atalaya! —afirmé en un tono que pretendía ser desenfadado.

Pero la respuesta que había encontrado mientras bajábamos el Unine seguía perturbándome, y no conseguí mi objetivo. Mi voz sonó lúgubre.

Bajamos el Ucayali lentamente, sin correr el riesgo de chocar contra los árboles que, después de la crecida de los meses anteriores, infestaban el río. Cuando llegamos a La Atalaya era casi de noche.

Algo más tarde, yo estaba sentado en el mismo lugar en que Laura había llorado antes de partir hacia el

Unine, mirando la selva, escuchando el canto del *ayay-maman*. Pero tampoco allí me tranquilizaba.

El hombre sabio de Iquitos salió del bohío y se sentó a mi lado.

—También yo estoy pensando en él —dijo.

—¿En Pullcapa Ayumpari?

—Sí.

—Thomas Sheldon —dije con tristeza.

César Calvo afirmó con la cabeza.

—Empecé a sospechar el día que te perdonó la vida. Un verdadero ashaninka no hubiera podido hacerlo. Por eso he ido esta mañana a darle las gracias, porque quería verle la cara. El barro coloreado puede ocultar una tez pálida, pero no los ojos. Naturalmente, eran azules. Los típicos ojos azules de un inglés.

—Pero ¿cómo consiguió llegar a *shirimpiare*?

—Es médico, ¿no? Llegaría al poblado y le enseñaría algo al *shirimpiare* anterior. Luego éste le adoptaría como hijo y le nombraría sucesor. Seguramente es así como ha ocurrido.

—Tengo una duda, César. No sé si debo decírselo a Laura. Seguramente ya sabes por qué.

Entonces oímos una tos. Alguien quería prevenirnos de su presencia.

—César tiene razón. Thomas curó al antiguo *shirimpiare* y éste le cedió su puesto. Me lo dice en esta carta que acabo de encontrar entre mi ropa.

Laura estaba detrás de nosotros, y tenía una hoja de papel en la mano.

—¡Creía que estabas dormida! —exclamé.

—Lo he oído todo —dijo Laura mirándome a los ojos.

Durante unos instantes los tres guardamos silencio.

—¿Cómo debemos llamarte de ahora en adelante? —pregunté al fin.

—Por mi nombre de soltera. Laura Sligo.

Luego ella actuó de una forma mucho más directa que la mía:

—Thomas me dice que estás enamorado de mí. Dime si es cierto. Y no olvides que César Calvo es nuestro testigo.

Un mes más tarde los dos estábamos en Dublín.

Finis coronat opus

Finis coronat opus, dijo el señor Smith a la vez que apagaba su pequeño magnetófono. Luego, antes de que mi amigo y yo tuviéramos tiempo de decir nada, nos dio las gracias por haber escuchado el relato y se alejó apresuradamente hacia la plaza del pueblo.

—Pero ¿adónde va? —le llamamos. Pero él siguió camino abajo, cada vez más aprisa. Con su traje blanco y con las zancadas que daba, parecía un maestro de ceremonias obligado a llegar cuanto antes a la fiesta.

—¿Quién será? —dije.

—No lo sé. Pero seguro que es escritor —dijo mi amigo. Él también estaba un poco desconcertado con lo sucedido.

Desde la altura donde nos encontrábamos el mundo parecía un lugar tranquilo y silencioso. El viento sur, el viento de los locos, y el de los insatisfechos que siguen buscando, y el de los pobres de espíritu, y el de los que duermen solos, y el de los humildes que sueñan despiertos, hacía nacer en nosotros la ilusión de que todos los seres y cosas estaban justo en su sitio, allí donde debían estar: las estrellas, lejos y en lo alto; los montes y los bosques, a nuestro alrededor y durmiendo plácidamente;

los animales, durmiendo también y ocultos en algún lugar —unos entre la hierba, otros en las pozas de los ríos; los topos y los ratones en madrigueras construidas bajo tierra.

Daban ganas de quedarse allí; porque —al menos comparándolo con la Amazonia húmeda por donde anduvieron Laura Sligo y sus amigos— aquel paraje nos recordaba los jardines inefables de las antiguas novelas. Pero teníamos que movernos y continuar nuestro viaje. No podíamos presentarnos a la sesión de lectura de la mañana siguiente habiendo dormido poco y cansados. Una cerveza más y daríamos por finalizada la noche.

El camino entre el cementerio y la plaza lo recorrimos en silencio, convencidos de que, si hablábamos, los buenos geniecillos que en aquel momento se movían por nuestro interior se sentirían perturbados y huirían por nuestras bocas abiertas; hacia su casa, hacia las regiones invisibles. Teníamos tiempo por delante, el verano estaba en sus comienzos. Ya llegaría la ocasión propicia para comentar la historia que el señor Smith nos acababa de contar.

Una vez en el torbellino de la fiesta, dirigimos nuestra mirada a todos los rincones de la plaza. Pero no se veía ningún traje blanco, ningún sombrero sobresalía de entre la gente.

—Nuestro buen abuelo aparece y desaparece como por encanto —dijo mi amigo.

—Tomaremos la última cerveza a su salud —respondí.

—De acuerdo. Ahora traigo un par de botellas.

Las consiguió con más facilidad que la primera vez, y fuimos a sentarnos al pretil de la iglesia. El reloj del campanario indicaba que eran las dos de la madrugada.

—Ya ves, cada cual atiende su juego —le dije a mi amigo después del primer trago, señalándole los dos grupos que se habían formado en la fiesta. Porque para entonces no todos los que habían acudido a la fiesta se dedicaban a beber y a gritar en las tabernas. Un buen número de parejas se había separado de ellos para marcharse a la zona más oscura, a bailar y a besarse.

—Los que están dentro quieren salir y los que están fuera, en cambio, quieren entrar —observó mi amigo.

—¿Cómo?

—Nada, una bobada —se excusó—. Una frase que solía decir siempre mi abuelo. Decía que los que están casados suelen envidiar a los solteros, y al revés. Dicho con otras palabras, que los que están dentro darían cualquier cosa por salir, los que están fuera por entrar.

—Y ¿por qué te has acordado de eso ahora? —le pregunté.

—Pues por lo que veo en la plaza. Se me ha ocurrido pensar que muchos de los que están bailando preferirían estar en la taberna, mientras que muchos de la taberna preferirían bailar. ¡Así es la vida! —suspiró luego teatralmente.

—Mi padre también decía algo parecido. Decía que en el cielo hay una tarta enorme para los casados que no se arrepienten. Y que la tarta aún está intacta.

Los dos nos reímos del escepticismo que nuestros mayores demostraban tener. Su visión del amor difería mucho de la de aquel Mister Smith a cuya salud estábamos bebiendo.

Pero nuestro estado de ánimo nos predisponía a la melancolía más que a la broma, y pronto dejamos de lado los comentarios humorísticos. Estaba bien que hubiera fiesta, pero no queríamos que su ambiente nos contagiara; no aquella noche. Mi amigo y yo pertenecíamos a un tercer grupo. Así las cosas, volvimos al tono anterior y nos quedamos callados, pensando; prestando atención, de vez en cuando, a las piezas suaves y lentas que interpretaba la orquestina. Y cuando en el reloj del campanario dieron las dos y media, terminamos nuestras cervezas y nos dirigimos hacia el coche.

—¿A qué hora empieza la sesión de lectura? —me preguntó entonces mi amigo.

—Mi tío no me dijo nada, pero me imagino que hacia las diez.

—¿Tan temprano?

—A las diez, el desayuno. Empezaremos con los cuentos hacia las once.

—¿Tú cuántos piensas leer?

—Unos cuatro. ¿Y tú?

—No lo sé aún. Creo que uno sólo. Yo, más que a leer, voy a escuchar. ¿Y el tío? ¿Leerá algo?

—Tampoco me lo ha dicho. Pero seguro que sí. Me imagino que leerá algún ensayo corto. *De cómo el siglo diecinueve fue el segundo y último Siglo de Oro*, o algo por el estilo.

—Entonces lo pasaremos bien.

—Eso espero. Además, ¡ya sabes lo bien que comemos en esas ocasiones!

—¡Como duques! —exclamó mi amigo con énfasis.

Ya habíamos llegado al coche. La música y el bullicio de la fiesta volvían a quedar lejos de donde estábamos;

y mi amigo y yo —tranquilos, por fin, respirando aliviados y gozando de la paz que allí había— fumamos el cigarro de despedida. Nuestra última reflexión se la dedicamos, cómo no, al señor Smith.

—Es una pena que no haya venido con nosotros. No hubiera resultado mal contertulio en la sesión de mañana —me dijo mi amigo.

—Es culpa mía. Se me pasó por la cabeza, pero luego no me atreví a invitarle —le respondí.

—Cuántas incógnitas esta noche, ¿verdad? Los lagartos de Ismael, los cuentos del señor Smith...

—¡Y que lo digas! ¡Hacía tiempo que no me salía una noche tan especial!

—Ni a mí tampoco. Pero está muy bien. Noches como ésta hacen que la vida sea soportable.

—Bueno, vámonos ya —decidí poniendo en marcha el motor.

Desde aquel pueblo hasta Obaba nos quedaban ciento veintisiete curvas: ochenta cuesta arriba, subiendo suavemente hasta el final de una larga pendiente; y a partir de allí, después de pasar al otro lado de la montaña, otras cuarenta y siete que eran cuesta abajo. Se tardaba algo más de media hora en recorrer el trayecto, siempre entre bosques, en dirección contraria al mar.

A pesar de las curvas, nuestro viaje por la carretera de las mariposas se redujo, aquella noche, a un tranquilo y seguro paseo entre árboles, porque las luces de los pocos coches que venían en sentido contrario nos resultaban visibles desde mucho antes del encuentro.

—¿Cómo sabes que hay ciento veintisiete curvas? —me preguntó mi amigo cuando ya llevábamos unas veinte.

—Ya te he dicho antes que pasé toda mi infancia montando en bicicleta por estos parajes. ¡La de veces que habré pasado por aquí, dándole a los pedales y contándolas a gritos!: *¡cuarenta!, ¡cuarenta y una!, ¡cuarenta y dos!* Me conozco estas curvas de memoria —proseguí—. ¿Ves esa de ahí delante? Pues si cuentas las curvas partiendo de Obaba es la número cien. Contándolas, en cambio, desde el pueblo del que venimos, es la número veintisiete.

—Supongo que para vosotros es un lugar muy especial —dijo mi amigo sonriendo.

—Pero no sólo porque es la número cien. También por la fuente que había arriba. Bueno, que había y que sigue habiendo. Ya has visto el reguero de agua que la cruzaba —le respondí… hablando en pasado, claro, porque la curva número cien había quedado atrás nada más hacer él la pregunta.

Mi amigo permaneció en silencio, y yo me dejé llevar por los recuerdos.

—Esta carretera significaba mucho para nosotros. Y también la bicicleta, claro. Aprender a montar en bicicleta era la máxima preocupación que solíamos tener los niños de Obaba a partir de los siete años. La Aritmética y la Gramática que nos enseñaban en la escuela no importaban, la Historia Sagrada de la que nos hablaban en la sacristía de la iglesia tampoco importaba; lo único que importaba era asistir a las clases de bicicleta que los chicos mayores impartían en la plaza de Obaba, y conseguir un puesto entre el escogido grupo de los que podían ir a cualquier parte sobre dos ruedas. Y si, con nueve o diez años, no eras capaz de ello, quedabas marginado, te convertías en un niño de segunda categoría...

Corté en ese punto el hilo de mis recuerdos y señalé con la mano hacia la izquierda, para que mi amigo se fijase. Acabábamos de entrar en la pequeña recta que seguía, contando siempre desde Obaba, a la curva número ochenta y ocho; un mirador natural que, de día, permitía contemplar primero un ancho valle y luego, al final de todo, las playas y el mar.

—Tampoco de noche está nada mal el panorama —me dijo mi amigo.

—¿Ves las luces del fondo? —le dije.

—¿Qué son? ¿Casas o barcos?

—Barcos.

Y reduciendo la velocidad del coche, atravesamos el tramo mirando hacia aquellas luces; un poco asombrados por lo cerca que, gracias a la limpidez del aire, parecía estar la costa.

—¿Cuánto falta hasta la cima? —me preguntó mi amigo una vez pasado aquel tramo. De nuevo íbamos cuesta arriba.

—Unas cuarenta curvas. Pero no te preocupes; una vez que lleguemos allí tendremos ante nuestra vista todo el valle de Obaba. Unas pocas curvas más y, ¡en casa! Cuesta llegar, ¿verdad? —añadí.

—Ya lo creo. Y dices que solíais venir hasta aquí en bicicleta...

—Un par de veces por semana, además.

—¡Pues erais unos verdaderos ciclistas!

—No tan buenos como Hilario, de todas formas...

—¿Hilario?

—Sí, Hilario. El mejor corredor del mundo. Nacido en Obaba, para más señas.

Naturalmente, mi amigo no sabía a quién me refería, y yo me dispuse a contarle el enésimo recuerdo de
aquella noche... —demasiados recuerdos, quizá, para un
solo viaje; demasiados, incluso, para un solo libro—. Pero mi memoria, en aquel momento, parecía hecha de
yesca, y el calor que irradiaba el paisaje la hacía arder.

—Tenía una bicicleta de carreras de color azul claro, de esas que se levantan con un solo dedo —empecé a
contar, tras haberme disculpado por mi afición a los recuerdos—, y todas las tardes se ponía sus *culottes*, se ponía su camiseta de colorines, y salía a entrenarse por los
alrededores del pueblo. *¡Allí va Hilario!*, gritábamos cada
vez que lo veíamos marchar. Y cuando, yendo por esta
misma carretera, venía por detrás y nos adelantaba, inmediatamente surgían de nuestros labios palabras de ala-
banza para él: *¿Habéis visto cómo nos ha adelantado? ¡Ha
pasado como una flecha! ¡Es un ciclista extraordinario!* En
una palabra, lo admirábamos. Nosotros mismos, los que
descendíamos cuesta abajo completamente doblados hacia delante, teníamos mucha categoría, por lo menos
cinco veces mayor que la de los miedosos que se limita-
ban a dar vueltas por la plaza; pero comparados con Hilario no éramos nada. Él estaba por encima de cualquier
categoría. Y si alguna vez alguien, algún chico de más
edad que nosotros, por ejemplo, nos decía que no era tan
bueno, le contestábamos a bocajarro: *¿Que no es tan bueno? ¿Entonces por qué le permiten llevar una camiseta de colorines?* Y si el otro nos daba alguna razón del tipo de *una
camiseta se la dan a cualquiera*, entonces nos echábamos

a reír: *¿Que se la dan a cualquiera? ¿Y por qué no vas tú a pedir una? ¡Vete, y ya veremos con lo que vuelves…!*, porque, en la infancia, todos los argumentos suelen ser *ad hominem;* y porque suele pensarse que el motor de la mayoría de los actos humanos es la envidia. Una buena manera de razonar, dicho sea de paso.

»Pero, de todos modos, teníamos más pruebas. Allí estaban, por ejemplo, las tres fotografías que colgaban de las paredes del bar más elegante de Obaba: Hilario sonriendo, Hilario levantando los brazos, Hilario entrando vencedor en la meta. Era inútil que los envidiosos del pueblo intentaran convencernos. Nuestra fe en él era inamovible.

»Y un buen día, sin que para entonces hubiéramos tenido tiempo para madurar, sucedió que anunciaron una carrera ciclista. Iba a pasar por Obaba, por esta misma carretera que ahora llevamos. *Hilario también participa*, debió de decir alguien. Y la noticia se convirtió entre nosotros en una cantilena que nunca nos cansábamos de repetir.

»Y llegó el día de la carrera, un domingo, y todos subimos a la cima del puerto, a esa cima que ahora mismo vamos a ver… y subimos andando además, porque nuestros padres, por aquello de que habría muchos coches, no nos dejaron llevar las bicicletas; y nada más llegar fuimos a sentarnos a ese montículo de allí, ¿lo ves?

—Sí, sí, ya lo veo —afirmó mi amigo.

—Vinimos hasta aquí para tener una mayor visión de la carrera, y porque éste era el último tramo que los ciclistas debían hacer cuesta arriba.

—¿Y…?

—Pues, estábamos sentados en el montículo cuando, de repente, hubo un rumor entre la gente, bocinazos, el estallido de un cohete, y que ya venían los corredores. *¡Tres escapados! ¡Tres escapados!*, gritó alguien, y nosotros alargamos los cuellos al máximo y nos preparamos para ver a Hilario. Porque, naturalmente, dábamos por descontado que él se encontraría entre los escapados; no teníamos ninguna duda. Esperamos un poco más, y hete ahí que, en una curva, aparecen los tres corredores, hete ahí que ya emprenden el *sprint* hacia la cima disputándose el premio de la montaña. *¡Ánimo, Hilario!*, gritó uno de nosotros. Pero ¿a qué venía ese *Ánimo, Hilario*? ¿Estaba acaso entre aquellos tres? No, no estaba. Era raro, pero ninguno de los tres escapados tenía nada que ver con Hilario.

»*¿Os habéis fijado cómo iban? ¡No podían ni con sus piernas!*, dijo uno de nosotros rompiendo el silencio que se había hecho en el grupo. *Es verdad, iban completamente deshechos. Enseguida les cogerá el pelotón,* le apoyó otro. *Hilario se estará reservando para el último ataque. Y casi es mejor así. ¡Con el* sprint *que tiene…!*, concluyó un tercero.

—Y pasó el pelotón, y ni rastro de Hilario —adivinó mi amigo. Y sin añadir palabra, señaló hacia las luces que se divisaban abajo, en el valle. Eran las luces de Obaba.

—Nosotros, al menos, no lo vimos. Vimos una caravana de coches de propaganda, vimos motoristas vestidos de cuero negro, vimos ciclistas de todos los tamaños y colores; pero de nuestro Hilario, ni rastro. Y cuando el pelotón pasó siseando y cogió la cuesta abajo, nos quedamos todos desconcertados, sin saber qué pensar. *¡Pero qué es esto!*, exclamó uno de nosotros completamente enfadado.

Porque, más que un fracaso de Hilario, aquello parecía una jugarreta del destino.

»Y así, un tanto cariacontecidos, echamos a andar cuesta abajo, camino de casa. *Para una vez que la carrera pasa por Obaba, va y se cae*, dijo el que estaba algo enfadado. *¿Que se ha caído?*, exclamamos los demás. *¡Pues claro que se ha caído! ¿Por qué iba a retirarse si no?*, argumentó. *Pues, con lo duro que es Hilario, ha tenido que ser una caída muy mala. No se habrá hecho mucho daño, ¿verdad?*, preguntó el más pequeño del grupo.

»Muy pronto, todos nos apenamos por la desgracia que debía de haber sufrido la flor de Obaba, nuestro caballero Hilario. Y entonces, estando nosotros en esa curva abierta por la que hemos pasado hace poco, oímos unos bocinazos. Miramos hacia atrás y... ¿a que no te imaginas lo que vimos? Pues vimos un camión destartalado que llevaba una escoba grande, y delante del camión...

—¡Hilario! —dedujo mi amigo.

—¡Así es! ¡Hilario con sus *culottes* negros! ¡Hilario con su camiseta de colorines!

»Se nos abrió un agujero en las entrañas. *¡Si viene el último!*, exclamamos todos casi a punto de llorar. Y justo en aquel instante, quizá por respeto a nosotros y a nuestro desengaño, el sol se ocultó detrás de una nube.

»No sabría decir cuánto tiempo pasamos en aquel estado, boquiabiertos y con aquel agujero que se nos había abierto por dentro. En lo que a mí se refiere, aquel instante me pareció eterno. Y, por fin, cuando tanto el camión como el corredor llegaron a donde estábamos, un grito quejumbroso salió de la garganta de todos nosotros: *¡Dale, Hilario!*...

»Y con aquel grito acabó la carrera ciclista, y también nuestra infancia.

Mi amigo valoró positivamente el relato, y me aconsejó que lo publicara. Lo que yo le había contado no pertenecía, a su entender, al reino de lo vano, hueco y miserable, y cumplía, por lo tanto, una de las condiciones que ha de exigírsele a la buena literatura. Cualquier lector podría verse a sí mismo en aquel espejo lleno de niños y bicicletas.

Aun agradeciendo su benevolencia, yo no estaba dispuesto a seguir el consejo de mi amigo. Publicar los recuerdos de mi ídolo ciclista no me parecía pertinente; menos todavía cuando, como en mi caso, la búsqueda de la última palabra —de la otra historia, la de los lagartos— me urgía cada vez más. Pero algo especial ocurrió en aquella carretera justo después de nuestra conversación, en la siguiente curva; un suceso que sí estaba obligado a registrar. *Las historias que ha reunido el azar no las disperse el autor*, pensé entonces. Y actué en consecuencia.

Y, después de lo dicho, vayamos con la narración de lo sucedido en la carretera. Y para ello quiero referirme, antes que nada, a una carta que el escritor Théophile Gautier escribió poco después de pasar por un pueblo similar a Obaba; pues lo que en esa carta se dice expresa muy bien lo que mi amigo y yo sentimos en aquel momento del viaje.

Gautier refiere a su estimada amiga Madame Devilier lo siguiente:

> Cuando llegué allí el pueblo estaba en fiestas, y toda la gente se hallaba reunida en la plaza. Yo

también me uní a aquellos hombres y mujeres del campo, y fíjate lo que vieron mis ojos: un fino vaso de cristal colocado en el suelo, y un bailarín de ágiles y poderosas piernas girando y dando vueltas a su alrededor. Se alejaba del vaso, se acercaba a él, volvía a alejarse; en algunos momentos, como cuando saltaba, parecía que iba a caerse encima de la frágil vasija, y que la iba a pisar y romper. Pero justo un instante antes de que sucediera, abría las piernas y seguía bailando, sonriente y alegre, como si aquello no le costara el más mínimo esfuerzo. Y se alejaba, se acercaba, volvía a alejarse. Sin embargo, a la vista de que las vueltas que daba eran cada vez más cerradas, se presentía que acabaría pisándolo irremediablemente; de tal manera que, a la espera de aquel final, todos los que habíamos acudido allí acabamos respirando al ritmo de los cascabeles que el bailarín llevaba en los tobillos: inquietándonos o sosegándonos a la vez que ellos.

De repente, la plaza entera quedó en completo silencio, también los cascabeles, y el bailarín esquivó el vaso llegando casi a rozarlo. Comprendiendo que aquel salto sería el último, cerré los ojos, igual que los cerraría para no ver el hachazo mortal de un verdugo. Entonces oí una explosión de aplausos. Abrí de nuevo los ojos y... allí seguía el vaso intacto, y el bailarín, feliz, lo alzaba del suelo y bebía el vino blanco que contenía.

Aquel baile me emocionó profundamente. Pensé que las mujeres como tú y los hombres como yo somos como aquel vaso de cristal, y que a menudo hemos sentido que hay un bailarín invisible que gira y da vueltas a nuestro alrededor; ese bailarín que da, dirige y arrebata la vida; ese bailarín que, al ser más torpe que el de la plaza, caerá un día sobre nosotros y nos hará añicos.

Gautier no mentía. Aquel baile lo emocionó de verdad, y nunca lo olvidó. Buena prueba de ello es este pasaje que aparece en el capítulo noveno de sus memorias:

> Cierta vez, estando yo en casa de Madame Cassis, me acordé súbitamente de un antiguo amigo. Y, no bien hube pronunciado su nombre, ese amigo, al cual creía yo en Grecia, apareció como por ensalmo en el salón. Un escalofrío me recorrió la piel, porque aquella misma semana ya había tenido otros dos *coups d'hasard*. Tuve la impresión de que fuerzas ocultas me andaban a la zaga, y de que se dedicaban a juguetear conmigo, igual que juega un bailarín alrededor de un vaso de cristal.

Hasta aquí las palabras que he tomado del escritor Théophile Gautier; hasta aquí las dos extensas citas que he querido recoger acerca de una emoción singular. Y volvamos ahora, caminando de atrás hacia delante, a la *siguiente curva*, a lo ocurrido cuando mi amigo y yo estábamos llegando a Obaba y ya alcanzábamos a ver la palmera que, como siempre que esperaba visita, mi tío de Montevideo había dejado iluminada.

Circulábamos por el centro de la carretera, charlando acerca de aquella costumbre de mi tío, cuando, de pronto, después de la curva número doce, vimos un coche aparcado en la orilla de la carretera. Era un Lancia de color rojo.

—¿No es ése el coche de...? —empecé a decir. Pero antes de que yo acabara la frase, la persona que en aquel momento tenía en mente surgió de detrás de un matorral.

—¡Ismael! —exclamó mi amigo.

Para entonces las luces de nuestros faros le daban de lleno, y se podía distinguir con toda claridad la cabecilla achatada y el ojo redondo que asomaban del hueco que formaban sus dos manos unidas.

—¿Has visto lo que lleva? —le dije.

—Es un lagarto, no hay duda —suspiró mi amigo.

Fue entonces cuando sentimos la cercanía del bailarín que da, dirige y arrebata la vida. No sé hasta qué punto influyó en ello el cansancio y la cháchara que habíamos tenido aquella noche. Quizás habíamos hablado y bebido demasiado; pero, de cualquier forma, el hecho es que nos asustamos. Nos pareció que, al igual que Gautier, también nosotros estábamos sometidos al dictado de las oscuras potencias, y que eran esas mismas potencias las que habían tramado y dispuesto algunos de los incidentes que nos habían ocurrido antes de aquella noche: ellas nos habían dado la ocasión de ampliar la fotografía de la escuela; ellas habían dirigido nuestra mirada hacia el lagarto que estaba junto a la oreja de Albino María; ellas nos habían hecho descubrir el artículo que hablaba de los *lizards* y la *mental pathology*.

—Pero ¿qué hace este hombre? —dijo mi amigo cuando le adelantamos.

—Ni lo sé, ni quiero saberlo. Bastante tenemos ya con todo lo que nos ha pasado esta noche —le contesté apretando el acelerador. Mi único deseo era alejarme lo más rápidamente posible de aquel compañero de la escuela primaria. No tenía ánimos ni para saludarle desde el coche—. Ya pensaremos mañana en eso —añadí.

—Me parece muy bien. Lo primero es lo primero.

También mi amigo quería olvidar lo que habíamos visto.

—Sí, tenemos que estar en forma para la sesión de lectura. Ya ves lo iluminada que está la palmera. No podemos defraudar al tío de Montevideo.

—Claro que no. Los juegos hay que tomárselos muy en serio.

Y así fue como quedó postergado el asunto de Ismael; postergado, pero no terminado. *Ad maiorem literaturae gloriam*, espero.

Aparcamos el coche delante de la palmera iluminada, en una esquina del jardín de mi tío.

—A ver qué hay en el buzón —le dije a mi amigo introduciendo mi mano en una caja de madera. Saqué de allí un papel.

—¿El programa? —acertó mi amigo.

—Sí, ya lo conoces, la misma ceremonia de siempre.

Y acercándonos a la luz de la palmera, leímos la nota escrita por mi tío.

—«El desayuno a las diez, zumo de naranja, croissants recién hechos, pancakes y mantequilla, café y té, y no habrá mermelada porque no he encontrado ninguna de mi gusto. De once a una, lectura de cuentos en el mirador de la parte trasera de la casa, porque a esa hora es el lugar más fresco. A la una, el vermut en el jardín, con una aceituna y una rodaja de limón. Prohibido hablar acerca de los cuentos leídos antes, porque en caso contrario podría surgir alguna discusión, lo cual daría lugar a graves trastornos digestivos. En lugar de ello, se hablará de trivialidades. A las dos, la comida, top secret, pero con decir que Antonia, la de casa Garmendia, ya está avisada, está todo dicho. A las cuatro el café y el primer coñac. A las cinco el segundo coñac y el análisis de lo leído por la mañana. Aviso: he cambiado de opinión, ahora no estoy en contra del plagio. Hasta mañana.»

—Seguro que tiene algo preparado —comenté después de leer la última línea.

Subimos en completo silencio a los dormitorios de la parte alta de la casa. Eran ya las tres y cuarto. Cinco minutos después los dos estábamos dormidos.

Por la mañana

Una escalera interior unía los dos pisos de la casa de mi tío, y por ella bajamos mi amigo y yo —bien duchados y mejor afeitados— cuando faltaba un cuarto de hora para las diez. Mi tío, que había ido a por los croissants recién hechos que formaban parte del programa, aún no había vuelto, y la peculiar pereza de los domingos por la mañana impregnaba el ambiente. *El día de hoy será muy caluroso, especialmente en la costa, donde la temperatura alcanzará los treinta o treinta y cinco grados*, decía la radio que estaba encendida en la cocina. Su murmullo invitaba a no despertarse del todo.

Tras hacer un alto en la biblioteca, fuimos a sentarnos al mirador de la parte trasera.

—Es un *Nana* de mil novecientos veintiocho —me dijo mi amigo abriendo el libro que acababa de coger de la *estantería Zola* de mi tío. Pero yo no reparé en su comentario—. ¿Qué estás mirando? —añadió al ver que yo no decía nada.

—Perdona —me excusé—. ¿Ves lo que hay aquí?

—¿Algún escrito de tu tío?

—Me parece que son unas traducciones suyas, y hechas, además, con muy mala idea. Si no me equivoco, ha dado con otro plagio. ¡Realizado, claro está, en este ridículo siglo veinte!

Pasé a mi amigo los dos folios que tenía entre las manos.

—¿Leo lo que dicen, o eso iría en contra del programa?

—Seguramente. Pero, como él no ha llegado todavía, podemos permitirnos ese lujo. Pero ten cuidado. Si oyes que se abre la puerta, dejas inmediatamente de leer y te dedicas a mirar por la ventana.

—Haré más. Señalaré hacia ese manzano y exclamaré: *One apple a day, keeps the doctor away*. A tu tío le parecerá muy natural. No sospechará de nada.

—Perfecto. Ya puedes empezar.

—Pues éste es el título que aparece en el primer folio: *Odin o relato breve de un escritor muy en boga actualmente, en traducción del tío de Montevideo*. Y éstas son las líneas que vienen a continuación:

El rey Olaf Tryggvason había abrazado la nueva fe.

Cierta noche llegó a su corte un anciano, envuelto en una capa oscura y tocado con un sombrero de alas anchas que le ocultaba los ojos. El rey le preguntó qué era lo que sabía hacer: el forastero le respondió que sabía contar cuentos y tocar el violín. Interpretó tonadas antiguas con el violín, y narró la historia de Gudrun y Gunnar; finalmente, abordó el tema del nacimiento del antiguo dios Odín. Dijo que llegaron tres hechiceras, y que las dos primeras le desearon felicidad… mientras que la tercera anunció llena de ira: «El niño no vivirá más tiempo que el que tarde en consumirse la vela que está ardiendo a su lado». Entonces sus padres apagaron la vela para que Odín no muriese. Olaf Tryggvason no quiso creer la historia. El forastero volvió a asegurar que era verdad, y, sacando una vela, la encendió. Mientras todos miraban la llama que ardía en la vela, el anciano dijo que se le había hecho tarde y que se tenía que marchar. Cuando se consumió la vela, salieron a buscarle. No muy lejos del palacio del rey, yacía muerto Odín.

Mi amigo dejó el primer folio encima de la mesa, y se dispuso a leer el segundo. Le insté a que lo hiciera un poco deprisa. La radio de la cocina informaba de que ya eran las diez.

—No tardará en llegar —le dije, acordándome de la puntualidad de mi tío.

—Pues vamos con el título que lleva el segundo folio: *Pasajes extraídos de unos diccionarios que ese escritor muy en boga conocía a la perfección.*

—Está claro que le van los títulos largos.

—Los tres párrafos son acerca del cazador Meleagro... *Corría el rumor* —dice el primero de ellos— *de que Meleagro no era hijo del rey Eneo, sino del dios Ares. Siete días después del nacimiento del niño, las Moiras se presentaron ante su madre Altea y le anunciaron que la suerte de su hijo estaba estrechamente ligada a la del tizón que se consumía en el hogar. Que cuando el tizón se consumiera del todo, convirtiéndose en ceniza, Meleagro moriría. Altea sacó el tizón del hogar y, después de apagarlo, lo guardó en una caja...*

—Adelante con el segundo párrafo —le pedí a mi amigo.

—El segundo… *Y las Moiras, que son madrinas del destino, fueron en su busca, y le auguraron que si el tizón del hogar llegara a consumirse y pulverizarse, su hijo también se consumiría y moriría. Entonces Altea apartó el tizón y, tras apagarlo, lo guardó en una caja. Pero sucedió que Meleagro, estando de caza en Calidón, mató a sus tíos, que eran hermanos de Altea. Altea, al saberlo, montó en cólera, y arrojó al fuego el tizón, que estaba ligado a la vida de su hijo. Meleagro murió al instante…*

—Me parece que ya llega —le dije a mi amigo.

—El tercero es muy corto —me contestó.

—Pues adelante. Empieza ya.

—*En los pueblos celtas, la figura de Odín aparece bajo el nombre de Arthus o Arturo, como lo prueban las «chasses du roi» de Normandía. Según Dontenville, el mito que subyace debajo de todos ellos es el de Meleagro.*

—La sesión de lectura comienza a las diez —oímos en ese momento.

Describiéndolo al estilo de los novelistas del siglo diecinueve que tanto le gustaban, mi tío era un hombre corpulento y metido en carnes, de unos sesenta años, de tez morena y de hermosa cabeza calva, que vestía, por lo general, de azul y amarillo. Una caricatura suya que tenía colocada en la biblioteca lo representaba como mitad *bon vivant*, mitad senador romano, pero no reflejaba, con todo, lo que era su rasgo más significativo: la vivacidad de sus ojos pequeños y negros. Porque mi tío nunca miraba con los ojos resignados o escépticos de quien ha vivido mucho y ya no quiere ver nada, sino que seguía mirando con entusiasmo, con picardía, con el espíritu alegre del que acude por primera vez a una fiesta. De ahí —de ese espíritu que se transparentaba en sus ojos— sus sesiones de lectura, sus ceremonias, su palmera iluminada; de ahí su lucha contra el modo vulgar de vida que le ofrecía el mundo.

—¿Para qué se hacen los programas? —preguntó mi tío acercándose hacia nosotros y sonriendo.

Pero no era una pregunta que necesitara respuesta, y nos abrazó y saludó bromeando.

—Además, os diré una cosa —siguió después—. Esas hojas que acabáis de leer son agua pasada. Ahora no me burlaría de alguien que es capaz de plagiar tan bien.

—Sí, ya nos hemos enterado de tu nueva actitud ante el plagio. Y la verdad es que estamos muy extrañados —le dije.

Pero ¿cómo lo habéis sabido?

—Pues por la nota que dejaste en el buzón, tío.

—¡Ah! ¡Es verdad! Estoy tan contento de mi cambio de opinión que no me puedo contener y aprovecho cualquier oportunidad para darlo a conocer. Pero ya hablaremos luego de eso. Ahora voy a serviros el desayuno.

Y al decir esto, mi tío se rió para sus adentros.

—Algo se trae entre manos —dije a mi amigo cuando él ya se había escabullido hacia la cocina.

—¡El plagio es la gallina de los huevos de oro! ¡Ya lo creo que sí! —escuchamos entonces.

Durante el desayuno charlamos de cosas cotidianas. Y cuando ya no quedaba en las bandejas ni rastro de los croissants, pancakes y demás bollería, cada uno de nosotros cogió en la mano su segunda o tercera taza de café, y dimos comienzo a la sesión de lectura.

Fui yo quien leyó los primeros cuatro trabajos: *Hans Menscher, Para escribir un cuento en cinco minutos, Klaus Hanhn,* y *Margarete y Heinrich, gemelos;* luego fue el turno de mi amigo, que leyó *Yo, Jean Baptiste Hargous.* Por último, mi tío expuso su nueva teoría con un texto titulado *Breve explicación del método para plagiar bien y un ejemplo.*

Una vez más, la última palabra tendrá que esperar. Estaría fuera de lugar continuar esa búsqueda sin antes haber dejado escritos los trabajos arriba mencionados.

Hans Menscher

Existe en Hamburgo, no lejos del lago Binnen, una casa que, por su abandono, contrasta con cualquier otra de aquella zona de la ciudad, y que parecería muerta si no fuera por las rosas que, aún hoy, florecen en su jardín y se esfuerzan en sobresalir de la verja que las separa de la calle Vertrieb, la calle que une el lago con la plaza Eichendorf.

El paseante que por azar se detiene frente a ella, repara en sus muros desconchados, o en el color desvaído de su puerta principal y de sus ventanas, y siente que esa desolación que siempre acompaña a las casas abandonadas habla a su corazón, que quizá sea, también, un lugar abandonado. Pero no advierte allí ninguna estatua, ninguna placa, ninguna señal que excite su curiosidad, y el paseante descansa un rato más, piensa en lo hermosas que debieron de ser las rosaledas, y luego continúa calle adelante, alcanza la orilla del lago, se sienta en el embarcadero y mira hacia los frágiles barcos de vela, cómo se deslizan, cómo brincan cada vez que una embarcación de motor forma anillos en el agua; y no ha hecho sino iniciar su contemplación cuando ya ha olvidado la casa abandonada ante la que se detuvo al pasar por la calle Vertrieb.

Ha perdido así la oportunidad de saber que fue allí donde vivió el pintor Hans Menscher, que fue en aquel jardín donde apareció muerto la mañana del día veintisiete de julio de mil novecientos veintitrés.

Pero si el paseante hubiera tenido una curiosidad mayor; si, acuciado por la necesidad de conocer las razones de aquel abandono, hubiera pedido detalles acerca de la casa, quizás alguien —tal como me sucedió a mí— habría escarbado esa mañana de julio en su memoria, para luego, con gesto de quien quiere recordar y no puede, señalarle el edificio de la biblioteca central de la ciudad.

—Si quiere saber lo que ocurrió con Menscher, busque en los periódicos de la época. Seguro que traen algo.

Así las cosas, el paseante procuraría seguir el consejo de su informador, pues, al igual que cualquier otro paseante, también él ha salido a la calle en pos de algo que alivie la monotonía de su vida, sin saber bien qué pueda ser ese algo, y seguir el rastro del pintor Menscher le parece una buena forma de pasar la tarde. Siguiendo con la hipótesis, el paseante no tardaría en sentarse ante alguno de los muchos periódicos que, al día siguiente de su muerte, hablaron de lo sucedido en la casa de la calle Vertrieb.

«Hans Menscher —leería el paseante que eligiera el mismo periódico que elegí yo, el *Bild Zeitung*—, el pintor que fuera íntimo amigo de Munch, no confirmó las esperanzas que su trabajo había despertado en un principio. No sería arriesgado, creemos, afirmar que Menscher estaba perdido para la pintura desde el día en que enloqueció, convirtiéndose, muy pronto, en el hazmerreír de todos los que le veían pintar en el jardín de su casa».

La primera reacción del paseante, ahora lector, sería la de extrañeza. Recordaría, probablemente, los nombres de los pintores cuyo genio rozó con la locura sin que su obra se resintiera —muy al contrario— por ello, y querría saber los detalles de aquella que, según el cronista, padecía Menscher; locura que, además de hacerle fracasar como pintor, hizo que se convirtiera en el hazmerreír de la gente, en un personaje ridículo.

Naturalmente, no faltarán esos detalles en el artículo. Al contrario, el paseante, que sabe que la vida es miserable pero que no gusta de hurgar en esa miseria, se verá obligado a pasar por alto la mayoría de las anécdotas que el cronista —con esa mala fe con que las personas normales hablan de los que no son como ellos— vierte en su escrito. Y cuando, por fin, el paseante encuentre el hecho concreto en que tomaba cuerpo la idea de que Menscher había enloquecido, ese hecho le parecerá banal, porque, al cabo, aquella locura se reducía a una actitud pictórica que hoy es caso general; la de pintar según los dictados de la imaginación.

«Como muchos hamburgueses que pasaron por su calle saben —escribe el cronista—, el pintor parecía incapaz de ver lo que tenía delante. Tras mirar con atención sus rosales, tomaba el pincel y realizaba unos trazos que luego resultaban ser un paisaje mediterráneo; un campo de almendros, por ejemplo. Y si miraba hacia la calle Vertrieb, ésta no aparecía en el lienzo; aparecía una plaza griega o cualquier otro paisaje exótico. Pero esto no era lo peor...».

Efectivamente, eso no era lo peor, lo peor era que la gente —los ciudadanos aburridos— no paraba de hacerle preguntas desde la acera, y que el desgraciado Hans —pues desgraciado es quien no repara en la malicia de los demás— respondía como si *realmente estuviera en un campo mediterráneo o en una ciudad griega, realmente, de alma y cuerpo, hablando, incluso, en una suerte de italiano o griego...* La cursiva es, naturalmente, del cronista.

Eso era lo peor, que Menscher se fuera convirtiendo en lo que los ingleses llaman un *village character*, y que a causa de ello —cedo la palabra al cronista— «nadie pensara en las consecuencias que podrían sobrevenir de aquel desapego de la realidad». Las consecuencias: su trágica muerte aquella mañana de julio.

El cronista del *Bild Zeitung* narra las circunstancias del suceso con una cierta *joiese:*

«Este último año, tal como pudimos observar muchos de los que nos deteníamos en la calle Vertrieb, Menscher limitó su pintura a un único tema. En sus cuadros aparecía una ciudad árabe, siempre una ciudad árabe... Calles blancas, mezquitas, medersas, hombres vestidos con túnicas, mujeres con los rostros cubiertos... Ésos eran los elementos de sus pinturas. Y junto con esa manía, afloró en él una alegría poco común, una alegría que muchos consideraron patológica. Preguntado acerca de ello, el pintor expuso el motivo de su situación anímica con toda naturalidad. Vino a decir que mantenía relaciones amorosas con Nabilah, una mujer que había conocido en la ciudad que aparecía en sus cuadros, Jaddig. Por si alguien no lo supiera, Jaddig es una ciudad situada en la costa de Arabia.»

Imagino a Menscher hablando desde la verja de su jardín, e imagino las caras de los que le escuchaban. No puedo soportar esa visión, me hace daño. Pensándolo bien, quizá Menscher estuviera realmente loco, porque sólo los locos pueden soportar la sonrisa burlona de sus interlocutores.

«A lo que parece —escribe el cronista, y no es difícil imaginar que también él sonreía burlonamente— las relaciones de Menscher y Nabilah eran muy apasionadas. Un antiguo amigo del pintor, cuyo nombre debo guardar en secreto, me explicó que Menscher le había hablado de esa pasión con todo lujo de detalles, sin excluir los más íntimos; detalles que, por razones obvias, aquí no podemos reproducir».

El cronista vuelve a subrayar lo que ya antes había expresado: «Según me cuenta su amigo de juventud, el pintor hablaba de Nabilah como si *en realidad, en cuerpo y alma*, hubiera yacido con ella en algún camastro de la ciudad de Jaddig. Es posible que Menscher muriera creyéndoselo... Que muriera o que lo mataran, porque ni eso se sabe aún con claridad».

El cronista ha llegado, por fin, al terreno que mejor domina. Sabe que los lectores del artículo agradecerán el tono sentido que conviene a un hecho luctuoso, y se esmera en conseguirlo.

«Hace unos meses —escribe— el pintor comenzó a mostrar una imagen muy diferente a la que hemos descrito antes. Ya no había alegría en su corazón. Por el contrario, se le veía nervioso, asustado. Cuando alguien quiso saber las razones de aquel cambio, Menscher respondió diciendo que había transgredido, y gravemente, las viejas costumbres de Arabia, las cuales prohíben, además del trato carnal previo al matrimonio, toda relación entre una mujer árabe y un extranjero; que él y Nabilah habían sido descubiertos, y que la familia de ella lo buscaba con intención de matarle.

»Naturalmente, nadie creyó su historia. Pero, con todo, mucha gente sintió pena de Menscher, por lo que sufría. Pensaron, además, que aquella mala racha suya pasaría, y que volvería a estar alegre.

»Desgraciadamente, ocurrió lo contrario. El miedo de Menscher se convirtió en terror, y ese terror le hacía gritar y correr enloquecidamente de un lado a otro del jardín. Menscher pedía ayuda a los que, con la impotencia que se puede suponer, le observaban desde la acera, y éstos no sabían si reír o llorar. Ahora, sin embargo, todos sabemos que la situación era más digna de lo segundo, porque Hans Menscher ha muerto. Apareció apuñalado en su jardín en la mañana de ayer, día veintisiete de julio. El puñal que acabó con su vida —y este detalle se ha comentado en todos los cafés— era genuinamente árabe, de hoja larga y empuñadura damasquinada».

El paseante que ha caminado hasta la biblioteca no se siente defraudado. Su curiosidad le ha deparado una tarde entretenida y ya tiene algo que contar a la hora de la cena. Contento, baja las escaleras del edificio y se pierde entre la multitud.

Sin embargo, ese paseante no ha tenido la fortuna que, por pura casualidad, tuve yo; fortuna que me ha permitido llegar hasta el final de la historia de Menscher, y que ahora paso a explicar.

Ocurrió que, habiendo sido invitado a la casa de un juez retirado, y habiéndome comentado él que estaba escribiendo un libro sobre casos judiciales no resueltos, tuve la ocurrencia de preguntarle acerca del pintor loco y la cuestión del puñal árabe que lo mató.

—Efectivamente —dijo—, ese caso no se resolvió.

Al ver que me quedaba a la espera de una respuesta más concreta, el juez me indicó que le siguiera. Cuando llegamos a su estudio, y después de sacar un archivo del armario, puso en mis manos un sobre con membrete. Mis manos temblaron: el membrete estaba escrito con letras árabes.

—Lea lo que dice la carta —me pidió el juez.

La carta estaba redactada en inglés, lengua que no domino muy bien, pero sí lo suficiente como para darme cuenta de que, por medio de ella, la policía de Jaddig requería información acerca del súbdito alemán Hans Menscher, y que razonaba la petición informando que una mujer llamada Nabilah Abauati había presentado una denuncia en sus oficinas. En la denuncia, Nabilah Abauati declaraba que tres miembros de su familia habían asesinado al citado súbdito alemán la noche del veintiséis al veintisiete de julio de aquel año, mil novecientos veintitrés.

—¿Entonces? —pregunté—, ¿qué sucedió en realidad?

—Olvida usted que sólo me ocupo de los casos no resueltos —sonrió el juez. Luego me indicó que ya era hora de que nos reuniéramos con los invitados que habían quedado en el salón.

Para escribir un cuento en cinco minutos

Para escribir un cuento en cinco minutos es necesario que consiga —además de la tradicional pluma y del papel blanco, naturalmente— un diminuto reloj de arena, el cual le dará cumplida información tanto del paso del tiempo como de la vanidad e inutilidad de las cosas de esta vida; del concreto esfuerzo, por ende, que en ese instante está usted realizando. No se le ocurra ponerse delante de una de esas monótonas y monocolores paredes modernas, de ninguna manera; que su mirada se pierda en ese paisaje abierto que se extiende más allá de su ventana, en ese cielo donde las gaviotas y otras aves de mediano peso van dibujando la geometría de su satisfacción voladora. Es también necesario, aunque en un grado menor, que escuche música, cualquier canción de texto incomprensible para usted; una canción, por ejemplo, rusa. Una vez hecho esto, gire hacia dentro, muérdase la cola, mire con su telescopio particular hacia donde sus vísceras trabajan silenciosamente, pregúntele a su cuerpo si tiene frío, si tiene sed, frío-sed o cualquier otro tipo de angustia. En caso de que la respuesta fuera afirmativa, si, por ejemplo, siente un cosquilleo general, evite cualquier forma de preocupación, pues sería muy extraño que pudiera encaminar su trabajo ya en el primer intento. Contemple el reloj de arena, aún casi vacío en su compartimiento inferior, compruebe que todavía no ha pasado ni medio minuto. No se ponga nervioso, vaya tranquilamente hasta la cocina, a pasitos cortos, arrastrando los pies si eso es lo que le apetece. Beba un poco de agua —si viene helada no desaproveche la ocasión de mojarse el cuello— y antes de volver a sentarse ante la mesa eche una meada suave (en el retrete, se entiende, porque mearse en el pasillo no es, en principio, un atributo de lo literario).

Ahí siguen las gaviotas, ahí siguen los gorriones, y ahí sigue también —en la estantería que está a su izquierda— el grueso diccionario. Tómelo con sumo cuidado, como si tuviera electricidad, como si fuera una rubia platino. Escriba entonces —y no deje de escuchar con atención el sonido que produce la plumilla al raspar el papel— esta frase: *Para escribir un cuento en sólo cinco minutos es necesario que consiga.*

Ya tiene el comienzo, que no es poco, y apenas si han transcurrido dos minutos desde que se puso a trabajar. Y no sólo tiene la primera frase; tiene también, en ese grueso diccionario que sostiene con su mano izquierda, todo lo que le hace falta. Dentro de ese libro está todo, absolutamente todo; el poder de esas palabras, créame, es infinito.

Déjese llevar por el instinto, e imagine que usted, precisamente usted, es el Golem, un hombre o mujer hecho de letras, o mejor dicho, construido por signos. Que esas letras que le componen salgan al encuentro —como los cartuchos de dinamita que explotan por simpatía— de sus hermanas, esas hermanas dormilonas que descansan en el diccionario.

Ha pasado ya algún tiempo, pero una ojeada al reloj le demuestra que ni siquiera ha transcurrido aún la mitad del que tiene a su disposición.

Y de pronto, como si fuera una estrella errante, la primera hermana se despierta y viene donde usted, entra dentro de su cabeza y se tumba, humildemente, en su cerebro. Debe transcribir inmediatamente esa palabra, y transcribirla en mayúsculas, pues ha crecido durante el viaje. Es una palabra corta, ágil y veloz; es la palabra RED.

Y es esa palabra la que pone en guardia a todas las demás, y un rumor, como el que se escucharía al abrir las puertas de una clase de dibujo, se apodera de toda la habitación. Al poco rato, otra palabra surge en su mano derecha; ay, amigo, se ha convertido usted en un prestidigitador involuntario. La segunda palabra desciende de la pluma deslizándose a dos manos para luego saltar a la plumilla y hacerse con la tinta un garabato. Este garabato dice: MANOS.

Como si abriera un sobre sorpresa; tira de la punta de ese hilo (perdóneme el tuteo, al fin y al cabo somos compañeros de viaje), tira de la punta de ese hilo, decía, como si abrieras un sobre sorpresa. Saluda a ese nuevo paisaje, a esa nueva frase que viene empaquetada en un paréntesis: *(Sí, me cubrí el rostro con esta tupida red el día en que se me quemaron las manos.)*

Ahora mismo se han cumplido los tres minutos. Pero he aquí que no has hecho sino escribir lo anterior cuando ya te vienen muchas oraciones más, muchísimas más, como mariposas nocturnas atraídas por una lámpara de gas. Tienes que elegir, es doloroso, pero tienes que elegir. Así pues, piénsatelo bien y abre el nuevo paréntesis: *(La gente sentía piedad por mí. Sentía piedad, sobre todo, porque pensaba que también mi cara había resultado quemada; y yo estaba segura de que el secreto me hacía superior a todos ellos, de que así burlaba su morbosidad.)*

Todavía te quedan dos minutos. Ya no necesitas el diccionario, no te entretengas con él. Atiende sólo a tu fisión, a tu contagiosa enfermedad verbal que crece y crece sin parar. Por favor, no te demores en transcribir la tercera oración *(Saben que yo era una mujer hermosa y que doce hombres me enviaban flores cada día.)*

Transcribe también la cuarta, que viene pisando los talones a la anterior, y que dice: *(Uno de esos hombres se quemó la cara pensando que así ambos estaríamos en las mismas condiciones, en idéntica y dolorosa situación. Me escribió una carta diciéndome, ahora somos iguales, toma mi actitud como una prueba de amor.)*

Y el último minuto comienza a vaciarse cuando tú vas ya por la penúltima frase: *(Lloré amargamente durante muchas noches. Lloré por mi orgullo y por la humildad de mi amante; pensé que, en justa correspondencia, yo debía hacer lo mismo que él: quemarme la cara.)*

Tienes que escribir la última nota en menos de cuarenta segundos, el tiempo se acaba: *(Si dejé de hacerlo no fue por el sufrimiento físico ni por ningún otro temor, sino porque comprendí que una relación amorosa que empezara con esa fuerza habría de tener, necesariamente, una continuación mucho más prosaica. Por otro lado, no podía permitir que él conociera mi secreto, hubiera sido demasiado cruel. Por eso he ido esta noche a su casa. También él se cubría con un velo. Le he ofrecido mis pechos y nos hemos amado en silencio; era feliz cuando le clavé este cuchillo en el corazón. Y ahora sólo me queda llorar por mi mala suerte.)*

Y cierra el paréntesis —dando así por terminado el cuento— en el mismo instante en que el último grano de arena cae en el reloj.

Klaus Hanhn

Era el segundo amanecer del mes de septiembre, lunes, y Klaus Hanhn abrió los ojos, muy sorprendido, al darse cuenta de que los tres despertadores alineados sobre la alfombra de su habitación ya habían comenzado a sonar, primero uno y a continuación los otros dos, a sonar y a exigirle que se levantara, que se levantara y fuera a trabajar, como siempre, cuanto antes.

Los relojes le indicaban que eran las cinco y cuarto de la mañana. Y el mensaje era estridente, desagradable.

En cuanto fue plenamente consciente de su situación, Klaus Hanhn suspiró enfadado y cerró de nuevo los ojos. Los relojes no tenían por qué haberle despertado; no aquel lunes, no el dos de septiembre. Porque aquél era, justamente, el día elegido por él para Cambiar de Vida; el día en que, a la vez que cumplía cuarenta y siete años, comenzaba su Nueva y Gran Etapa. No, de ninguna manera; aquellos tres relojes que solía necesitar para que lo sacaran de su sueño, siempre muy pesado, no sonaban por deseo suyo. Sonaban solamente por un despiste de la víspera.

Sacó las manos de entre las sábanas y, sin detenerse a encender la luz, comenzó a buscarlos por toda la alfombra.

Pero casi enseguida, en cuanto hubo apagado el primero, desistió de su empeño y volvió a recostarse en la cama. Al fin y al cabo, le venía bien oír aquellos pitidos. Subrayaban el momento que estaba viviendo, le hacían sentir con mayor fuerza el carácter —el buen carácter, por supuesto— de la Nueva Etapa que acababa de estrenar. Que sonaran, que chillaran anunciando que eran las cinco y cuarto de la mañana y ordenándole que, por mucho sueño que tuviera, no le quedaba otro remedio que ir a trabajar. Ya no le importaba que lo hicieran. No estaba bajo su dominio. Que sonaran. Él no iba a obedecer, ni entonces ni en lo sucesivo.

—¿Quién puede impedir que te quedes en la cama, Klaus? —le preguntó desde dentro su hermano pequeño, Alexander. Alexander estaba muerto, o eso era al menos lo que le decían: que llevaba muerto muchos años, que se había ahogado entre los juncos del río Elba la vez en que ambos habían ido de excursión con el resto de los compañeros de la escuela. Pero él no les creía. Él sabía que Alexander no había hecho más que cambiar de lugar. Desde aquel día vivía en su interior, no fuera, y de vez en cuando le hablaba, sobre todo en los momentos importantes. Y a él le daba una gran alegría oír la voz infantil de su hermano, y casi siempre seguía sus consejos. Porque lo quería mucho, muchísimo.

—Nadie, Alexander. Nadie puede hacerlo —le contestó sonriendo. Luego se dio la vuelta y se puso a dormir.

Transcurridas unas horas, cuando el sol le dio en los ojos y lo sacó de su segundo sueño, se sintió invadido, tan repentinamente como si de unas palpitaciones se tratara, por sentimientos contradictorios. Se sentía excitado y feliz, porque aquella manera de despertar confirmaba la realidad de su cambio de vida; pero, por desgracia, allí estaba también el miedo. Un miedo sordo e impreciso, pero que podía ir creciendo a lo largo de todo el día, poco a poco, como crece un dolor de cabeza hasta que al final resulta insoportable. ¿Qué le traería el porvenir? ¿Querría darle todo lo que él necesitaba? No podía saberlo, y tampoco su hermano Alexander acertaba con la respuesta; pero, de cualquier modo, se inclinaba a pensar que sí, que todo el trabajo que se había tomado los meses anteriores acabaría por dar sus frutos. Lo importante era no dejarse dominar por el miedo. Ya era la mañana del dos de septiembre. Veinticuatro horas más y estaría fuera de peligro.

Klaus Hanhn levantó la persiana y vio que el cielo de su Día Decisivo estaba sin una nube. Era una buena señal. Después del blanco, el color que más le gustaba era el azul.

—¿Klaus Hanhn? —preguntó, saliendo del cuarto y avanzando hasta el centro de la sala.

El gran espejo de la sala lo enmarcaba por entero, de los pies a la cabeza. De forma ovalada, podía inclinarse hacia atrás o hacia delante por medio de un eje de madera. Aquella mañana estaba inclinado hacia delante y Klaus parecía más pequeño de lo que en realidad era.

La imagen asintió sonriendo.

—Pues, en tal caso, muchas felicidades —dijo, haciendo una reverencia.

La figura del espejo se apresuró a responder a su reverencia y luego se le quedó mirando, directamente, serio, con ánimo escrutador. Sí, no cabía duda, tenía cuarenta y siete años. Las arrugas lo decían, las entradas de su frente lo decían, hasta su misma expresión lo decía. Y pensándolo bien, parecía absurdo, resultaba muy difícil colocar todos aquellos años bajo el anagrama de su vida. Porque, ¿dónde estaban los acontecimientos que debían llenar todo ese tiempo? Él no los encontraba, y tampoco Alexander podía ayudarle mucho en aquella empresa, ya que su hermano —un niño, al fin y al cabo— ignoraba todo lo referente al paso del tiempo. Pero, de todos modos, las cuentas no fallaban. Tenía cuarenta y siete años. Quizá fuera tarde para cambiar de vida.

—¿Será tarde, Klaus? —preguntó al espejo.

Pero antes de que nadie respondiera a la pregunta, el espejo se despobló y la conversación quedó interrumpida. El estrépito de cientos de bocinas llegaba desde la calle.

—Un atasco, Klaus —le dijo Alexander.

—Una escena preciosa, ¿verdad? —observó luego, cuando Klaus abrió la ventana y se asomó.

—Desde luego que sí, Alexander —admitió.

Rodeados de coches, los semáforos de la calle Bulachweg cambiaban inútilmente del verde al rojo y del rojo al verde. Frente al portal de su casa, un repartidor de pan maldecía el atasco que encajonaba su furgoneta entre dos autobuses.

Con la mirada puesta en la furgoneta, Klaus Hanhn pensó que, por tercera vez aquella mañana —antes lo había hecho con el cielo azul y con los despertadores—, el destino se empeñaba en enviarle señales que le ayudaran a comprender las ventajas de su nuevo modo de vida. Porque también él había sido, en aquel pasado que acababa de abandonar, un pobre repartidor de pan; desde las seis de la mañana hasta las cinco de la tarde, todos los días, también los sábados. En eso, justamente, había consistido su vida, en repartir pan, pan corriente para las tiendas, pan especial y de encargo para las casas de los Herr de los barrios ricos de la ciudad. Conocía muy bien los atascos de tráfico que retrasaban el reparto y alargaban la jornada laboral. Podía haber estado, aquel mismo lunes, en la misma situación que el repartidor que gritaba y se desesperaba en la furgoneta. Pero el caso era que sus tres relojes marcaban las diez y diez, y no estaba. No, no estaba en la calle, sino en casa. Y además, tenía desconectado el teléfono. Imposible llamarle, imposible que nadie le preguntara por qué no había ido a trabajar.

El destino favorecía a los que demostraban tener valor, y él lo había tenido. Jamás volvería a la furgoneta.

El dos de septiembre debía ser un día diferente de los demás, en todo, hasta en los más insignificantes detalles, y Klaus Hanhn sustituyó la ducha de costumbre por un baño tonificante y con el agua a veintitrés grados. Luego volvió a la sala y desayunó té, tostadas y mantequilla, sentado en el sofá, desnudo, con el sol dándole de lleno. Quería secarse al sol, lentamente. A partir de aquel día viviría siempre así, dulce y lentamente, como un pez dormido que se deja llevar por la corriente.

Cuando acabó de desayunar, recuperó la línea de su teléfono y llamó un taxi. Se vistió, aún con la piel húmeda, y bajó al portal.

Media hora más tarde entraba en uno de los lujosos bazares de la avenida Kieler. Pidió que le mostraran ropa cara, y la empleada, mirándole por encima de las gafas, abandonó el tono de aburrimiento que había mostrado al saludarle y le preguntó a qué clase de ropa cara se refería.

Klaus explicó que deseaba cambiar de pies a cabeza. Necesitaba ropa interior, calcetines, camisa y zapatos de color azul, y luego, eso era lo más importante, un traje ligero, de verano, blanco. Además quería llevárselo todo puesto. Si se lo permitían —él sabía que sí— dejaría allí toda la ropa que llevaba encima.

—¿Está seguro de que quiere un traje blanco? El verano no durará siempre —argumentó la empleada con inesperada complicidad. Su dedo señalaba el pequeño calendario contiguo a la caja registradora. El otoño se avecinaba, y solía ser frío.

—Siempre es verano en la isla de las tortugas —dijo Klaus con la misma sonrisa cómplice que en aquellos momentos le mostraba la empleada.

—¿Cómo has podido decir eso, Klaus? —escuchó entonces. El tono de Alexander era seco, de reproche.

La sonrisa de Klaus desapareció de su rostro. La frase de las tortugas —el eslogan de una agencia de viajes— podía verse, en letras muy grandes y sobre un fondo de palmeras, en casi todas las vallas publicitarias de la ciudad. Por culpa de su ocurrencia, la empleada poseía ahora una información que podía ser peligrosa para su Nueva Etapa.

—No has sido prudente, Klaus. Esta mujer se acordará de la respuesta que le has dado. Esperemos que esa información no llegue a ciertos oídos —le susurró Alexander.

Tenía razón su hermano pequeño. Quería vivir como un pez dormido, tranquilamente, dejándose llevar por la corriente; pero, aun dormidos, los peces aseguraban el buen fin de sus sueños manteniendo una parte de su cerebro alerta. Le convenía seguir su ejemplo. No debía olvidar que existían otros peces, insomnes, vigilantes, más poderosos que él; peces que olían la sangre y sabían seguir su rastro. Debía cuidarse de ellos. Veinticuatro horas más y estaría a salvo. Hasta entonces tenía que actuar con prudencia.

—¿Adónde va? —exclamó Klaus al ver que la empleada se alejaba hacia el teléfono que colgaba en el otro extremo del mostrador. Su expresión era de angustia.

—¡Va a llamar a la policía! ¡Mátala, Klaus!, ¡mátala ahora mismo! —le gritó Alexander. Como seguía siendo un niño, no sabía distinguir lo que estaba bien de lo que estaba mal, y a veces se volvía insensato. Sobre todo cuando se asustaba.

—¡No digas tonterías, Alexander! —le gritó él a su vez. Después, con las manos empapadas en sudor, siguió los pasos de la empleada, hasta el teléfono. Pero ella seguía sonriéndole. No demostraba ningún recelo.

—En la tienda no disponemos de toda clase de ropa. Debemos acudir al almacén del sótano —le dijo—. ¿Tenemos zapatos de color azul? —preguntó luego bajando la vista y acercando sus labios al teléfono.

La empleada colgó el aparato a la vez que hacía un gesto afirmativo. Sí, tenían zapatos de color azul. Saldría de la tienda vestido como él quería. Un par de minutos y volvería con toda la ropa que había pedido.

Klaus aprovechó la ausencia de la empleada para hablar con su hermano pequeño. No debían perder la cabeza y dejar que el miedo los dominara, porque el miedo era el peor de los consejeros: ocultaba los caminos que llevaban a la salvación e iluminaba, en cambio, los que bajaban directamente al abismo. Además, casi nunca actuaba como cuando había dicho lo de la isla de las tortugas.

—Es verdad, Alexander. Generalmente, suelo ser prudente. De no serlo, no habría reservado el billete del avión de esta noche con seis meses de antelación.

Pero la empleada ya le estaba llamando. Klaus interrumpió el diálogo interior y fue a probarse el traje blanco.

Para cuando salió del bazar ya eran más de las doce, y los rayos del sol caían verticalmente sobre la avenida Kieler. La gente que acababa de salir de las oficinas llenaba las aceras y se dirigía hacia los parques del lago Binnen.

Tomando la dirección contraria, Klaus comenzó a caminar hacia el barrio de St. Pauli, en una de cuyas calles —la calle Brauerstrasse— estaba el salón de belleza para caballeros más famoso de la ciudad, el Sebasthian.

No era la primera vez que hacía aquel camino, y sin embargo tuvo la impresión, ya desde el comienzo de su paseo, de que todo era completamente nuevo, diferente: lo que veía, lo que oía, lo que sentía. Pero, felizmente para él, la novedad no estaba en el exterior, sino en él mismo. Porque el Klaus Hanhn de aquel dos de septiembre nada tenía que ver ya con el antiguo repartidor de pan que, aprovechando las últimas horas de la tarde de los sábados, acudía al salón y se conformaba con los servicios más baratos. Además, esa impresión se acentuaba cada vez que dirigía una mirada oblicua a la luna de los escaparates, porque todos los reflejos, en su multiplicidad, hablaban de lo mismo: de un hombre rico que vestía de blanco y disfrutaba de un paseo veraniego.

—¿Klaus Hanhn? —preguntó deteniéndose en la acera.

Alexander le advirtió de que hablar a la luna de una floristería resultaba extravagante, que los paseantes podían empezar a hacer preguntas. Pero a él no le importaban los paseantes. Sólo le importaba aquel hombre nuevo que llevaba un ramo de tulipanes a la altura del pecho.

—¡Conque tú eres Klaus Hanhn! —exclamó, poniendo cara de sorpresa.

La figura de la luna asintió con la cabeza, y comenzó a reír. Pero su risa no era una carcajada, sino un suave temblor que, saliendo de algún lugar remoto de su corazón, iba luego expandiéndose hacia el exterior, hacia la piel. Aquella risa, oculta desde que tenía seis o siete años, revivía por fin.

—¿No te ríes, Alexander? —preguntó cuando de nuevo se puso a caminar.

—¿No ves que ya me estoy riendo? —le respondió su hermano.

Llegó a la puerta del Sebasthian casi sin apercibirse de ello. La alegría acortaba las distancias, no había cansancio para un corazón alegre.

Manicura, cremas francesas, masajes faciales según un método oriental importado —eso decía el cartel, *importado*— en rigurosa exclusiva. Klaus leyó la lista divertido, y empujó la puerta con decisión. Estaba dispuesto a probar todas y cada una de las especialidades de la casa.

Una mujer joven le condujo a una habitación con aspecto de camerino.

—Hágame más alto. Quiero ser como usted —bromeó. La mujer era, efectivamente, muy alta.

—Algunas cosas me resultan imposibles, por el momento. Pero le dejaré más guapo —le respondió ella a la vez que frotaba la piel de su cara con un líquido rojizo. Su acento recordaba la proximidad de los cabarets de St. Pauli.

—Con eso será suficiente —aceptó Klaus. En realidad, no necesitaba ser muy alto. De ser cierto lo que decía el folleto de la agencia, los habitantes de la isla de las tortugas eran de estatura bastante baja.

—Primero le daré un masaje de cuerpo entero. Deje su bonita ropa en esas perchas y tiéndase aquí —le ordenó la masajista con tono ya decididamente profesional.

Indicaba los lugares —*en esas perchas, aquí*— teatralmente, como una azafata de avión en el momento de mostrar las salidas de emergencia.

Klaus Hanhn reconoció los gestos, y su pensamiento derivó hacia su viaje de la noche. Pensó en el aeropuerto, en las maletas que el día anterior había facturado allí; y en los veinte cinturones envueltos en papel de regalo que guardaba en aquellas maletas; y en los diez mil marcos que, doblados y vueltos a doblar, contenía cada uno de los cinturones. Veinte cinturones, doscientos mil marcos: el tesoro que cimentaba la Nueva Etapa de su Vida.

Pensó luego en sus ahorros, que le permitirían prescindir de aquel tesoro durante un tiempo prudencial. Allá lejos, en la isla de las tortugas. Ocho horas más tarde anochecería, y la luz intermitente y roja de un avión se abriría paso en la oscuridad del cielo.

Las manos de la masajista se hundían en su cuerpo, produciéndole pequeños espasmos de dolor que, al cabo, resultaban agradables. Cerró los ojos para, mentalmente, seguir la trayectoria del avión hasta el momento de su aterrizaje en la isla. Pero había tanta alegría en su corazón que le impedía pensar. Le cegaba, como ciega el sol a los que miran su luz de frente.

Los objetivos que se había propuesto para la mañana de su día de cumpleaños terminaron allí, con la visita al salón de belleza Sebasthian. De nuevo en la acera de la Brauerstrasse, Klaus dudó qué dirección tomar. Consultó su reloj. Eran las dos de la tarde.

—¿Cuál es el mejor restaurante de esta triste ciudad, Alexander? —preguntó a la vez que su vista recorría la calle, completamente vacía a esas horas. Pero su hermano pequeño no sabía nada de las banalidades del mundo, y se quedó en silencio—. Iré al París —decidió Klaus después de pensarlo un poco.

Era el restaurante al que solían acudir todos los Herr que vivían en los barrios ricos de la ciudad, aquellos que pedían panes especiales para sus cenas de familia. Tenía que ser muy bueno. Además, estaba en el Stadpark, no muy lejos de la calle Brauerstrasse.

Klaus levantó un brazo y paró a un taxi.

—Al París, por favor —pidió al conductor con fingida desgana. Intentaba disimular su acento habitual.

—No hace falta que hables así, Klaus. Llevas tanto perfume encima que nadie se atrevería a dudar de tu buena posición social —le dijo Alexander con una risita que a él le pareció irónica.

El salón del restaurante estaba compartimentado por columnas doradas, y las mesas —unas veinte, no más— se repartían alrededor de un gran acuario de cristal. Por las ventanas podían verse las hojas ya teñidas de rojo de los árboles del Stadpark. Las servilletas, de tela, eran de color azul, y los manteles, blancos.

Klaus Hanhn se sentó a una mesa próxima al acuario, de espaldas al resto de los comensales. Quería comer con la mirada puesta en los peces tropicales que nadaban en el acuario.

—Conviene que nos vayamos acostumbrando a lo que veremos en la isla de las tortugas, Alexander —argumentó.

—¿Cómo se llama usted? —dijo luego con voz segura. La pregunta iba dirigida al camarero que acababa de acercársele con la carta.

—Marcel, *monsieur* —le respondió el camarero, algo turbado.

—*Très bien*, Marcel. Aconséjeme bien. Hoy es mi cumpleaños.

Klaus miraba con aprensión la carta que tenía entre las manos. A pesar de que los ingredientes de cada plato venían indicados, en letra pequeña y entre paréntesis, de forma comprensible para él, la mayoría de los nombres que figuraban allí le resultaban completamente incomprensibles.

—Nuestro *savarin* es excelente, *monsieur* —le aconsejó el camarero después de musitar unas palabras de felicitación.

—Que sea *savarin*, entonces.

Klaus intentó localizar aquel plato en la carta y ver sus ingredientes. Pero no pudo hacerlo. Se perdía en aquella extraña carta.

—¿No es un nombre un poco raro para una carne? —se arriesgó.

—Perdone, *monsieur*, pero se trata de pescado. De todos modos, tiene usted razón. Es un nombre algo raro —concedió el camarero sonriéndole con amabilidad.

—Por supuesto, por supuesto —admitió él apresuradamente.

—Has hecho el ridículo, Klaus —escuchó entonces. La voz de su hermano sonaba seca, como siempre que deseaba hacerle daño.

Eran hermanos, se querían, pero había veces que Alexander parecía no comprenderlo.

—Ya sabes lo que dirá Marcel en cuanto llegue a la cocina, ¿no? —insistió aquella voz seca—. Dirá que el cliente que está sentado en la mesa de al lado del acuario es un farsante, un hombre vulgar que quiere dárselas de rico. De veras, Klaus, has hecho el ridículo.

Un sudor frío acudió a la frente y a las manos de Klaus. Seguía intentando buscar aquel plato de *savarin*.

—Aquí lo tiene, *monsieur* —le ayudó el camarero, inclinándose sobre la carta.

—¡Ya lo veo! ¡Ya lo veo! —le dijo Klaus bruscamente. El plato (*Savarin scandinave avec brocoli d'aneth*) aparecía en un aparte de la carta, entre los diez que el chef recomendaba ese día.

El precio del plato le hizo abrir los ojos. Costaba lo que diez menús de su anterior, larga y recientísima época.

—Muy bien. Tráigamelo —le ordenó al camarero. Pero estaba aturdido con el precio y tuvo que esforzarse en que no se le notara.

—Piensas como un pobre, Klaus. Eres rico y piensas como un pobre. No cambiarás nunca —le reprochó la voz seca.

—¡Cállate, Alexander! —tantos años juntos y no comprendía aún la forma de ser de su hermano pequeño. A veces se ponía en su contra, y sin razón alguna. Era como si le gustara hacerle sufrir.

—¿Para empezar, *monsieur*?

—*Crêpes de roquefort* —le respondió Klaus. Pero sin saber lo que pedía.

—¿Un vino blanco de la región? ¿Rhin? —el camarero seguía sonriéndole, pero no tan abiertamente como antes. Por un momento, Klaus creyó notar un aire de burla en su mirada.

—¡Perfecto! ¡Eso es lo que me hace falta! ¡Un vino del Rhin! —aplaudió Klaus animadamente. Pero su entusiasmo resultaba falso.

Cuando el camarero desapareció entre las columnas, Klaus intentó fijarse en los árboles del Stadpark, aún llenos de sol, o en los peces tropicales del acuario. Pero era inútil que intentara desviar sus pensamientos. Una y otra vez volvían a aquel *savarin scandinave* que le había dejado en evidencia. Había sido, durante toda la mañana, el pez dormido que deseaba ser, y había creído estar en medio de una dulce corriente. Un sueño, sólo un sueño. Había bastado una ligera perturbación de las aguas para despertar y darse cuenta de que la corriente no existía. No estaba en el mar, no estaba en un río; estaba dentro de una pecera, igual que los peces tropicales del restaurante. Sólo que la pecera en la que él vivía era más pequeña. Le asfixiaba, le hacía sudar.

—Por tu culpa, Klaus —dijo la voz seca.

Los reproches de Alexander aumentaban la angustia que sentía en aquellos momentos, y agradeció oír la voz del camarero a su lado. Le traía la botella de vino del Rhin.

—¿Quiere probarlo, *monsieur*?

El vino era de color ámbar. Klaus asintió con la cabeza.

—¿Tiene papel? —le preguntó después de aprobar la calidad del vino.

—¿Papel, *monsieur*? —el camarero ponía cara de no comprender.

—Para escribir un par de notas breves. No puedo perder el tiempo. Me gustaría, pero no puedo.

—Ahora sí, Klaus. Ahora estás hablando bien —escuchó en su interior, y Klaus sonrió complacido. La voz de Alexander ya no era seca.

—¿Se arreglará con unas postales? —dijo el camarero al tiempo que se acercaba al aparador que había en la base del acuario—. Llevan la fotografía del restaurante —le informó a continuación, volviendo a la mesa y dejándole unas cuantas sobre el mantel.

—Muy bien, Marcel. Muchas gracias, me servirán —le dijo Klaus cogiendo la botella de vino y sirviéndose otro trago.

Dirigió la primera nota al jefe de personal de su empresa. Justificaba su falta al trabajo —así como su presencia en un restaurante de lujo— aludiendo a una repentina decisión de casarse. Pedía comprensión y aseguraba que tenía el propósito de volver a la furgoneta a la mayor brevedad posible.

Sin embargo, el tono de la nota cambiaba en las dos últimas líneas. Decía la posdata:

«No creo que tarde más de treinta años. Y le agradecería mucho que para entonces estuviera usted muerto.»

Klaus sintió las risitas de Alexander en su interior, y se rió él también. Conocía muy bien a su jefe de personal, y podía imaginar sus gritos de histeria al acabar de leer la carta. Por eso le escribía, para amargarle un rato la vida.

—Tenías que haberle matado, Klaus —le susurró Alexander.

—Calla, bobo —le pidió Klaus, pero cariñosamente, como se le piden las cosas a un niño. Aquel vino color ámbar le ponía de buen humor.

Redactó la segunda nota con más cuidado, y no la terminó hasta que las *crêpes de roquefort* estuvieron sobre la mesa.

«Tu pececito se despide, y para siempre. Para cuando recibas esta postal estaré ya muy lejos. Sé que no lo comprenderás, pero es igual. Lo de Alexander tampoco lo entiendes, y eso también es igual. No creo que me eches en falta. Mejor así. Te escribiría algo más pero no sé escribir. Pásatelo bien.»

Firmó, puso las direcciones y se las entregó al camarero.

—¿Podría hacer que las enviaran, Marcel?

—Naturalmente, *monsieur*. Mañana mismo las llevaremos al correo.

—Gracias, Marcel.

—Creo que necesitará más vino, *monsieur* —observó el camarero señalándole la botella que estaba sobre la mesa, casi totalmente vacía.

—Sí, tráigame otra botella, por favor. Para escribir, siempre necesito animarme un poco —sonrió Klaus. El camarero le devolvió la sonrisa, y le sirvió el vino que quedaba en la botella.

Ni el vino ni la comida le sentaron bien. Sentía cada vez más calor, y cuando —mientras intentaba tragar el *savarin*— se desprendió de la chaqueta de su traje, observó con disgusto que el sudor de las axilas oscurecía el color azul de la camisa. Las manchas eran visibles incluso en la imagen deformada que le ofrecía una de las columnas doradas.

—¡La cuenta, por favor! —gritó de pronto, y todos los clientes que aún permanecían en el restaurante se giraron hacia él. Había decidido dejar aquel asqueroso *savarin* y marcharse cuanto antes. Le faltaba el aire, se asfixiaba—. ¡La cuenta, Marcel! —volvió a llamar.

El camarero corrió hacia él a pasitos cortos, disimulando su prisa.

—¿Quiere irse, *monsieur*? ¿No va a tomar nada más? —su mirada denotaba alarma.

—¡Sí, quiero irme! —la mano derecha de Klaus retorcía una de las esquinas del mantel.

—Por favor, no se impaciente. Enseguida le traigo la cuenta. Lo siento mucho, *monsieur*.

—Lo siento, pero tengo que irme a casa —se excusó Klaus bajando la voz. Después de los gritos se sentía vacío y sin fuerzas. Le pesaba la cabeza.

—Vuelvo en un minuto, *monsieur*.

La cabeza no sólo le pesaba, también le daba vueltas, y tuvo dificultades para levantarse de la mesa. Después, cuando ya había tropezado un par de veces con el acuario, decidió apoyarse en una de las columnas y esperar allí a que le trajeran la cuenta.

—Bonitos peces, Marcel, muy bonitos —comentó cuando el camarero ya estuvo de vuelta. Pagó la comida con dos billetes de cien marcos—. Lo que sobre para usted —añadió. Sobraban cuarenta marcos.

—¡Qué generoso te has vuelto, Klaus! Se nota que estás borracho —la voz de Alexander tenía un claro acento de burla.

—Muchas gracias, *monsieur* —le dijo el camarero amagando una reverencia.

—No se olvide de las postales, por favor. Son muy importantes para mí. De verdad, Marcel. Asuntos sentimentales. Ya sabe lo que es eso.

Le costaba pronunciar las palabras, la lengua se le trababa.

—No se preocupe, *monsieur*. No se me olvidará —el camarero le iba empujando hacia la puerta, poco a poco, con suavidad.

—De todas formas —empezó a decir Klaus, deteniéndose y dándose la vuelta— los peces de la isla de las tortugas son muchísimo más bonitos. Se lo digo de verdad. Muchísimo más bonitos. Unos peces increíbles.

—Naturalmente, *monsieur*. ¿Quiere que le pida un taxi? Si quiere le pido un taxi. No me cuesta nada.

—Puede que no haya apreciado debidamente ese *savarin*, Marcel. Perdone. Si usted supiera… —dijo Klaus, poniendo cara de desolación. El que no hubiera podido acabar aquel plato empezaba a parecerle muy significativo. Aquel fracaso simbolizaba todos los demás fracasos de su vida.

—Otro día, *monsieur*. Vuelva usted otro día. Ya verá como entonces sí le gusta. Todos tenemos días raros en la vida —le consoló el camarero a la vez que suspiraba.

—No creo que tenga ocasión de volver, Marcel. Se lo digo en serio. Pero que muy en serio. Dentro de pocas horas...

—Cállate, Klaus. Eres un tonto. Siempre has sido un tonto —oyó decir en su interior.

Klaus estaba prácticamente decidido a contarle sus planes de viaje al camarero, a pesar incluso de Alexander. Pero una mirada al acuario le detuvo. Los peces tropicales se amontonaban en uno de los ángulos de la pecera, y le observaban con gravedad. También a ellos les parecía mal su actitud. ¿Por qué hablaba tanto? ¿No sabía callarse? Su cerebro era indigno de un pez. No sabía escuchar las señales de alerta.

Klaus se llevó el dedo índice a la boca.

—¡Cállate! —se dijo a sí mismo.

—¿Quiere que llame a un taxi, *monsieur*? —insistió el camarero.

—*Merci beaucoup*, Marcel. Es usted muy amable. La verdad es que me siento algo enfermo —el camarero corrió al teléfono.

—Así que enfermo. Me haces reír, Klaus —dijo la voz seca.

—A veces eres cruel, Alexander. Ya sé que he bebido un poco. Al fin y al cabo, es mi cumpleaños —le contestó Klaus en tono quejumbroso.

Los peces tropicales volvían a nadar de un lado a otro de la pecera. Klaus les hizo un guiño de complicidad.

—¡Yo también pienso, amigos! —concluyó.

—El taxi no tardará, *monsieur*. Le esperará en la puerta del parque —le anunció el camarero.

—Muchas gracias, Marcel. De verdad —le dijo Klaus dándole una palmada en la espalda. Luego, a trompicones, salió del restaurante y se encaminó hacia el taxi.

Una hora más tarde abría la puerta de su piso. Había hecho el trayecto con las ventanillas del taxi bajadas, y ya no se sentía tan aturdido. Pero, de todas formas, se alegraba de tenerlo todo dispuesto. La parte fundamental de su equipaje estaba ya en el aeropuerto. El resto —una única bolsa de viaje— aguardaba en un rincón de la sala. Sólo le restaba descansar un poco y despedirse de aquel piso barato. No le gustaba, pero, con todo, había vivido allí durante cuarenta y siete años.

Antes de sentarse en el sofá, llevó a la sala los tres despertadores y sacó el viejo fusil de caza del armario donde lo había guardado la víspera. Klaus besó el arma y se rió.

—Estás borracho, Klaus —dijo la voz seca.

—Muchas gracias —dijo él dirigiéndose al arma. Se la había comprado a un compañero de trabajo dos años antes, y sólo la había utilizado una vez.

«Ayer por la mañana», pensó Klaus sorprendido. Le parecía que había pasado mucho más tiempo desde que la había utilizado para retener a la familia de un director de banco. Pero era una impresión falsa, sólo habían pasado veinticuatro horas. *Le llamo de su casa. Ya sabe que tiene mujer y dos hijas. Y pienso yo que a las hijas al menos las querrá. Necesito doscientos mil marcos. Usted verá si me los trae o no. Y más vale que lo haga sin decir nada a nadie, ya que, se me olvidaba decirlo, tengo en la mano un fusil de seis balas. Traiga el dinero y no pasará nada.* Sin embargo, luego —recordó Klaus con tristeza— tuvo que matarlos a todos, pero no porque él lo quisiera, sino por su hermano pequeño; porque Alexander, como era un niño, no sabía bien lo espantosa que es la muerte. Generalmente, él no le hacía caso, y se negaba a cumplir sus órdenes de matar. Sólo le obedecía cuando se ponía nervioso.

«Y por desgracia ayer estaba muy nervioso», pensó Klaus bostezando.

—Has bebido demasiado vino, Klaus. Estás diciendo tonterías —dijo la voz seca.

—Tengo sueño, Alexander —le respondió. Se le cerraban los ojos.

—¡Levántate enseguida, Klaus! ¡En la isla de las tortugas dormirás todo lo que quieras! —le gritó Alexander—. Estás aquí y todavía no te has mirado en el espejo. Tendrías que preocuparte un poco más por tu nuevo aspecto —añadió luego con voz más dulce.

—Sí, Alexander, sí —obedeció Klaus. A veces le aburría su hermano pequeño. ¿Por qué le hacía levantarse en un momento en que hasta el traje blanco le resultaba pesado? No comprendía cómo podía ser tan caprichoso.

—¿Klaus Hanhn? —preguntó después de colocarse en el centro de la sala.

La figura del espejo asintió, igual que a la mañana, pero sin el entusiasmo que él esperaba. Estaba bien el traje blanco, estaba bien el fusil que sostenía sobre el pecho, pero todo lo demás estaba mal. Estaba mal, sobre todo, su cara. El sudor había estropeado el trabajo de las cremas. Las manchas rojas volvían a aparecer.

—Esa piel grasienta y esas manchas —había dicho el médico— son de índole vegetativa.

Se acordó de que en la recámara del fusil quedaba una bala, y extendió el arma contra su propia imagen, contra las manchas rojizas de su cara. Midió el blanco —seguro, inmóvil—, cerrando y abriendo uno de sus ojos. Desde el otro lado, en irónica simetría, el otro tirador también reflexionaba.

—¡Ganaría yo! —gritó Klaus riéndose a carcajadas y tirando el fusil al suelo. Riéndose igual que él, la figura del espejo también se retiró del duelo. Los dos estaban bastante borrachos.

Iba a recoger el fusil cuando empezó a sonar el teléfono. Sobresaltado por la llamada, Klaus giró sobre sí mismo y se dejó caer en el sofá.

—¡No quiero hablar contigo! —gritó—. ¡Ya te lo explico todo en la postal! —el teléfono no callaba. Le irritaba aquella insistencia—. ¡Ya he celebrado mi cumpleaños! ¡He comido *savarin*! —acordarse de aquel plato le provocó un acceso de risa.

La risa y el sonido del teléfono cesaron a la vez, y Klaus aprovechó la calma para mirar la hora que señalaban los tres despertadores. Faltaban unos minutos para que fueran las cinco de la tarde.

«Cuatro horas para el avión», pensó con gesto de aburrimiento. Se le iban a hacer eternas. Y más aún con el dolor de cabeza que empezaba a tener.

—¡Cuánto tiempo! —suspiró frotándose los ojos. Podía marcharse al aeropuerto, pero no era prudente. Además, no tenía ganas de moverse.

—¡Levántate ahora mismo, Klaus! —le ordenó Alexander al ver que se recostaba en uno de los brazos del sofá—. ¡No te duermas sin poner los despertadores! —le aconsejó a continuación.

La propuesta de Alexander parecía razonable. Lo quisiera o no, acabaría por dormirse, y era mejor tomar precauciones. Sí, dormiría un par de horas y luego se iría al aeropuerto. En su situación, eso parecía lo más inteligente. Los últimos pasos había que darlos con calma.

Sin moverse del sofá, alargó los brazos y comenzó a manipular los mandos de los despertadores. Puso el primero a las siete menos dos minutos. El segundo a menos un minuto. El tercero a las siete en punto. Alguno de los tres lo despertaría, seguro.

Se tumbó a lo largo del sofá y, sabiendo que el sueño no tardaría en llegar, se forzó a pensar en aquella soñada isla de las tortugas. La isla tenía forma de caracol y no era grande. Sin embargo —si la información de la agencia de viajes era correcta—, no le faltaba absolutamente de nada y podía acoger debidamente a visitantes de lujo. Tenía dos hoteles, unos doscientos *Bungalows*, cien *Landhaus*. Y además: garajes y talleres para los automóviles, cafeterías y restaurantes, tres grandes salas de cine, y un pequeño puerto lleno de yates blancos. Toda la isla estaba llena de vida y de color, y tanta era la alegría de vivir de los isleños, que se pasaban todo el día cantando. Y las palmeras, tampoco eran desdeñables. Eran las palmeras más altas del mundo y llegaban hasta la playa.

Y la playa —eso era lo más maravilloso— era tremenda- mente grande y larga, y rodeaba la isla como un anillo. El mar era azul por la mañana y esmeralda por las tardes, y la inmensa mayoría de los peces eran de color rojo.

Klaus miraba con atención hacia aquellos peces ro- jos. Se dejaban llevar por las olas color esmeralda, avan- zando y retrocediendo con ellas. Parecía que el mar esta- ba acunándolos para que se durmieran.

—Tenía usted razón, *monsieur*. Son unos peces muy bonitos. Muchísimo más bonitos que los del restaurante —dijo alguien a su lado. Klaus abrió los ojos y vio que se trataba de Marcel, el camarero del restaurante París. Aunque seguía llevando su corbata de lazo, ahora vestía un bañador blanco y de motas negras.

—En esta isla no se come *savarin*, Marcel —le co- mentó. Pero el camarero ya había desaparecido de la playa.

«Habrá ido a bañarse», pensó mirando al mar co- lor esmeralda. Pero allí sólo nadaban los peces de color rojo.

—Se habrá ahogado —decidió entonces, volviendo a tumbarse en la arena. Sentía el calor del sol en la cara, y sobre todo en los ojos.

—¡Levántate inmediatamente, Klaus! —escuchó un poco después. En el mismo lugar en que antes había es- tado el camarero, estaba ahora un niño. Llevaba un ba- ñador amarillo y le sonreía con un gesto de desprecio.

—¿Qué haces ahí fuera, Alexander? —le preguntó Klaus apartando la mirada de aquella sonrisa.

Justo en aquel instante comenzó a oírse un silbido extraño.

—¿Quién silba? —preguntó. Pero no obtuvo respuesta.

Acababa de hacer la pregunta cuando comenzó a escucharse otro silbido igual de estridente que el anterior. Poco después, llegaba el tercero.

—¡Levántate inmediatamente, Klaus! ¡Levántate, idiota! —le gritó Alexander dándole una patada en un costado.

—¿Por qué me pegas, Alexander? ¡Si me pegas te tiraré al agua y te ahogarás! ¡Igual que el día que fuimos de excursión al río Elba! —gimoteó Klaus.

—¡Te odio, Klaus!

—¡Fue por tu culpa, Alexander! ¡Te empujé porque me estabas dando patadas! —llorando ya abiertamente, Klaus giró la cabeza para el otro lado. No quería oír lo que su hermano pequeño le decía.

Las vio nada más girar la cabeza. Eran tres tortugas muy grandes. Estaban subidas a una roca y silbaban alargando el cuello.

«Así que eran las tortugas. No creía que tuvieran un canto así», pensó Klaus. Pero le fastidiaba saberlo. No pensaba encontrar nada desagradable en aquella isla.

Una de las tortugas se calló.

«Seguro que ahora se calla la grande», pensó. Y así fue, la tortuga grande también dejó de silbar. Solamente seguía chillando la que estaba en lo alto de la roca.

—Ésa debe de ser la más vieja —observó.

—¡Cállate, vieja!

No le obedeció al momento, pero terminó por callarse. Klaus suspiró aliviado y buscó a su hermano pequeño por la playa. Pero la playa estaba vacía.

—Has hecho bien metiéndote dentro, Alexander. Estás mejor dentro. Cada vez que sales fuera nos enfadamos, y eso está muy mal entre hermanos —le dijo.

El sol dominaba el cielo desde lo alto y, después de los silbidos de las tortugas, el sonido de las olas le resultaba muy agradable. Le acunaba, más dulcemente cada vez, más lejos cada vez…

Margarete y Heinrich, gemelos

Supongamos que esto que ahora comienza es un relato o una historia de unas diez o doce páginas, y concretemos dicha hipótesis diciendo que los protagonistas de la historia serán, precisamente, los personajes cuyo nombre figura en el título, es decir, Margarete y Heinrich; dos hermanos gemelos que en la época en que sucedieron los hechos a narrar —otoño de mil novecientos treinta y cuatro— vivían en dos ciudades distintas de Alemania, separados el uno del otro.

Hemos dicho, en tercera persona plural del pretérito imperfecto, *vivían*, refiriendo esta expresión a los dos hermanos y a todo un otoño. Es necesario, sin embargo, que aprovechemos este segundo párrafo para matizar el enunciado anterior, ya que la muerte de uno de ellos —de Margarete, para ser exactos— es una de las premisas básicas de la hipótesis. Digamos, pues, que Margarete murió en una estación de tren nada más comenzar el otoño antes citado; y que desapareció de la noche a la mañana, repentinamente, como una de esas aves marinas que, sintiéndose mortalmente heridas, abandonan el aire y se zambullen para siempre en el mar.

Pero la muerte, incluso una muerte como la que ahora tenemos entre manos, no puede quedar secreta; precisa, para ser completa, de alguien que la certifique y la divulgue. Añadamos, pues, algunos detalles a lo ya expuesto: los relativos a la carta que un juez de Baviera envió a Heinrich, primero; los relativos a las circunstancias que rodearon la lectura de dicha carta, después. Y hagámoslo con las formas verbales que, aun no siendo pertinentes en un estilo hipotético, resultan mucho más cómodas de utilizar.

Decía el juez de Baviera:

«Tengo el deber de comunicarle que su hermana Margarete Wetzel falleció a las 0.15 del día 22 de septiembre. Parece ser que cayó bajo las ruedas de un tren que en aquel preciso instante entraba en la estación. Volveremos a escribirle en cuanto concluyan las investigaciones. No desechamos la posibilidad de que haya sido un asesinato.»

Circunstancias, lo que se hallaba alrededor:

En primer lugar el puerto de Hamburgo, donde Heinrich trabajaba manejando una grúa del muelle número ocho; y más concretamente, la cabina de cristal irrompible de esa grúa, desde la que, sin ningún esfuerzo, dominaba toda la cubierta del barco que estaba cargando. Además, y refiriéndonos ya al tiempo, una tarde de lluvia, la del dos de octubre. Otrosí, y en lo que respecta a lo inefable, un olvido, pues Heinrich —que no había concedido importancia a una carta que parecía oficial— no se acordó de leerla sino hasta varios días después de haberla guardado en uno de los bolsillos de su mono de trabajo.

Una vez llegados a este punto, el lector debe *conceder licencia* —así decían los copleros— para que el escritor olvide por completo la hipótesis de partida. Porque, de lo contrario, resultaría ineludible el uso de fórmulas que —como las empleadas hasta ahora— no servirían sino para entorpecer la fluidez narrativa. Prosigamos, pues, el relato, contándolo como si de verdad hubiera sucedido.

Nada más leer la carta, Heinrich echó la cabeza hacia atrás, hasta tocar la plancha de acero de la parte posterior de la cabina, y sintió que su corazón enloquecía y comenzaba a bombear sangre frenéticamente, como queriendo propagar por todo su cuerpo el golpe que había sentido al leer las líneas del juez. Muy pronto, el dolor estaba en sus rodillas, en sus pulmones, en sus intestinos.

Quedó extenuado y ausente del mundo que le rodeaba; al margen de la lluvia que en aquel instante caía con intensidad; al margen, también, de los gritos que los otros obreros le lanzaban desde el muelle. Luego, cuando por fin salió de su abstracción, escuchó el chillido de una gaviota e, instintivamente, comenzó a seguir su vuelo con la mirada. Y la gaviota descendió de las nubes y fue a posarse en la proa del barco que él estaba cargando. Entonces leyó: *Three Sisters*.

Los ojos de Heinrich perdieron de vista al pájaro y se inmovilizaron, asombrados, en aquellas doce letras que componían el nombre del barco.

—Yo no tenía más que una —se le ocurrió. La punzada que había sentido ante aquella ironía de la vida le despejó del todo. Volvía a estar en el mundo.

Bajó la vista hacia el muelle. Sus compañeros le indicaban que la carga ya estaba sujeta, y gesticulaban enfurecidos. ¿A qué estaba esperando para alzarla? ¿No veía que se estaban mojando? Limpió el cristal de la cabina y realizó lo que le pedían sin prestar ninguna atención, por pura inercia. Acto seguido, descendió por la escalerilla de la grúa y se acercó a ellos.

—Tengo que irme —les comunicó con voz ahogada—. Creo que estoy enfermo —añadió.

Pero los diez hombres que estaban en el muelle ya habían reparado en la carta que asomaba de uno de los bolsillos de su pantalón, y no le creyeron.

—No te preocupes, Heinrich. Todas las mujeres son iguales. Ya encontrarás a otra —observó el capataz del grupo en tono burlón, y todos los demás se rieron.

Porque aquellas palabras, en apariencia de consuelo, no sólo eran fruto de un torpe malentendido, sino también —y sobre todo— una alusión despectiva a la poca masculinidad de Heinrich. A los trabajadores del muelle no les gustaba aquel joven circunspecto y de finos modales que —allá arriba, por encima de ellos— maniobraba con la grúa. No era la persona adecuada para trabajar en un puerto. En el puerto se necesitaban hombres de verdad, de los que luego gastaban todo su sueldo en los prostíbulos de St. Pauli.

Se marchó del muelle sin responder a la provocación, y, después de mudarse, cruzó una pasarela de hierro y salió a la carretera general. No pensaba en nada. Le bastaba con hacer suyos los chillidos de las gaviotas que volaban por encima de él.

Heinrich llevaba tres largos años trabajando en Hamburgo, pero no tenía —ni entre la gente del puerto, ni en su barrio— ningún amigo. No los había necesitado, en realidad, porque la soledad que al llegar allí había aparecido en su vida, lejos de resultarle una carga, le había supuesto un descanso, una liberación, y porque la correspondencia que mantenía con su hermana aliviaba sus peores momentos.

Aquel día, sin embargo, mientras esperaba al autobús, lamentó haber llegado a su situación, y recorrió todos los recovecos de su memoria buscando un nombre, un rostro; dejándose llevar por la imaginación, se vio a sí mismo en la sala de estar de la casa de aquel *amigo*, con una taza de café delante y hablando acerca de Margarete, contándole que no era sólo su única hermana, que era también toda su familia desde hacía años, desde que ambos quedaran huérfanos, y que era una chica de veinticuatro años, de cabello muy rubio, y de un carácter muy distinto al suyo, alegre, era muy alegre, y le gustaban mucho las fiestas, y ¿sabes? tenía verdadera debilidad por las gabardinas, y también por los paraguas, no te puedes hacer idea de lo bien que vestía, y una vez, en la época en que vivíamos con cierto desahogo, fuimos a pasar quince días a un pueblo de la costa francesa, y ella me dijo, sí, Heinrich, es un pueblo bonito, pero un lugar que no conoce la lluvia resulta siempre vulgar, y después de eso tuvimos una discusión acerca de las costumbres de las gaviotas… y Heinrich, por la ventanilla del autobús, observó a las gaviotas, cómo describían círculos sobre los embarcaderos, cómo buscaban alimento entre los maderos podridos y la chatarra. Pero eran otras gaviotas. No existía ningún nombre en su memoria. No existía ningún amigo.

Bajó del autobús y corrió hacia su casa. Necesitaba ocultarse, huir de la gente que aquella tarde, resguardándose de la lluvia, se arremolinaba frente a los escaparates o en la entrada de los cines. Todos, sin excepción, le parecían estúpidos y abominables: estúpidos porque no tenían noticia de la muerte de Margarete; abominables por la indiferencia que adivinaba en sus rostros, porque sabía que ninguno de ellos estaba dispuesto a compartir su desgracia.

Heinrich pasó más de una hora tumbado boca abajo en la cama. Luego, tranquilizándose un poco, revolvió en los cajones y recogió todos los objetos que pudieran decirle algo de su hermana: las fotografías, un estuche con un rizo de su pelo, el cuaderno de fantasía que ella le había regalado en su viaje a la costa francesa. Una vez ordenados sobre la mesa, aquellos objetos formaron un pequeño altar.

—¿Cómo no viste el tren, Margarete? —preguntó sentándose delante de la mesa. Y la ceremonia iniciada con aquella pregunta se alargó hasta el amanecer.

Pero el pequeño altar no le procuraba consuelo. Al contrario, hacía que el vacío que sentía en su interior fuera cada vez más grande. Los objetos se negaban a hablar de los buenos tiempos de los hermanos Wetzel; únicamente hablaban, gritando, de la ausencia de Margarete.

Ya estaba pensando en interrumpir la ceremonia cuando notó que algo faltaba entre los objetos de la mesa. Algo fundamental, quizá: el vestido que Margarete había olvidado allí en su última visita. Lo guardaba en el armario de su habitación.

—Me lo voy a poner —decidió.

¿No eran hermanos gemelos? ¿No habían sido los dos, durante mucho tiempo, casi imposibles de distinguir?

Entonces, ¿por qué recurrir a unos objetos cuando gran parte de Margarete estaba en él?

Mientras avanzaba por el pasillo no pensaba que lo que se disponía a hacer fuera a cambiar su vida por completo. Su intención era, únicamente, la de rescatar a su hermana de la muerte, pero sólo por un momento, hasta que la ceremonia acabase. Después todo volvería a su cauce.

Pero la transformación se produjo en cuanto el vestido tocó su piel, de la misma manera que las hadas madrinas de los cuentos infantiles convierten —con un simple toque de varita, y en el acto— una casa fea en un palacio. Porque, justo en aquel instante, al mirarse en el espejo y al ver allí a una mujer de gran parecido con Margarete, Heinrich por fin comprendió. De pronto, todas las circunstancias de su vida adquirían sentido, así el malestar que le había acompañado en su ciudad natal como la soledad que había sufrido después. Incluso su odio al ambiente del puerto tenía ahora explicación.

Heinrich se sentía orgulloso, como nunca antes se había sentido. Había vivido durante años como el niño que, perdido en el bosque y con el cuerpo cubierto de arañazos, grita sin conseguir que nadie le oiga. Pero ya no habría más arañazos, ya no habría más gritos. Había encontrado el sendero que lo sacaría del bosque, y ya veía su orilla, ya veía el paisaje abierto y amable que le esperaba.

—De ahora en adelante seremos la misma persona, Margarete —murmuró.

Eran, desde luego, palabras que surgían de un fondo de insomnio y de cansancio, pero, con todo, reflejaban bien lo que Heinrich sentía. A partir de aquel día, sería mujer.

—Nunca te olvidaré, querida hermana —añadió. Y su anterior decisión quedó sellada con esta promesa.

Se sentó de nuevo ante la mesa, y redactó dos notas. En la primera, que firmó como Margarete, informaba al director del puerto de la muerte de Heinrich Wetzel; y le rogaba que le enviaran a ella el finiquito que correspondía a su hermano. La segunda nota era una lista de todas las cosas que, empezando por el lápiz de labios, tenía que comprar al día siguiente.

Antes de acostarse se detuvo en la ventana. La ciudad dormía aún, pero ya se advertían indicios de que estaba amaneciendo: rayos que sesgaban las nubes, el reflejo amarillo del sol en los cristales de los edificios más altos. Poco faltaba para que comenzaran a sonar los despertadores en las habitaciones de todas las casas. Después, todos —mujeres y hombres, viejos y jóvenes— se lanzarían a la calle.

Exhaló un suspiro. Por primera vez en su vida, deseaba mezclarse con la gente.

Tanta fue la alegría que aquel cambio trajo a su vida, que ni una sombra de duda cruzó su pensamiento. Confiaba en el porvenir, o mejor, lo imaginaba radiante. Estaba convencido de que el espíritu de Margarete le serviría de guía, y que esa guía —como la de un hada madrina— le llevaría siempre a lugares hermosos, a casas acogedoras, donde amigos afables.

Parecía, además, que aquel porvenir en el que confiaba estaba dispuesto a darle la razón, que deseaba concederle todo lo que él había imaginado: un día, salía de paseo por las calles de la ciudad y acababa en una mansión de salones lujosos, bailando en una fiesta; otro, iba a una cervecería y le invitaban a pasar el fin de semana en una casa de campo; otro más, recibía una carta afectuosa.

Su agenda, antes vacía, crecía día a día, y pronto estuvo llena de nombres y números de teléfono. Cuando todavía no había transcurrido un mes desde el día en que se probara el vestido de su hermana, fue aceptado en el Atropos, uno de los mejores Private Club de la zona de St. Pauli. Algunas veces, subía al estrado y cantaba.

Un día, estando en el Atropos, le presentaron a Walter, un profesor de cuarenta años. Era alto, de cabello y ojos muy negros. Llevaba un pañuelo de seda rojo alrededor del cuello.

—¿Le apetecería tomar un poco de champán conmigo? —le preguntó Walter.

—Lo tomaré encantada, aunque no tengo costumbre de hacerlo —respondió Heinrich.

—Me alegro mucho de conocerla, como hacía mucho que no me alegraba. Le soy absolutamente sincero.

Aquellos ojos negros le sonrieron.

Heinrich pasó dos días sin poder apartar aquella sonrisa de su pensamiento. Al tercero, Walter le llamó por teléfono. Al cuarto, mientras paseaban por un parque, decidieron emprender una relación estable.

Fue, para Heinrich, el período más feliz de toda su vida. Walter era su primer amor, y quizá por ello un amor sin horas, exclusivo, que absorbía la totalidad de su ser. Nada existía fuera de aquellos ojos negros.

—¿Qué tal te va la vida? —le preguntó Walter un día, después de dedicarle el libro que acababa de publicar en la universidad. Estaban cenando en el D'Anglaterre, con champán francés.

—Desde que te conocí, muy bien.

—Sí, muy bien; pero qué más, ¿cómo vives?

—Como en una novela —acertó a decir Heinrich.

—¡Menos mal! ¡Las novelas son mucho más agradables que los ensayos! —se rió Walter señalando su libro.

Pero Heinrich se equivocaba. Su vida distaba mucho de ser una novela de largo aliento, compuesta por quince, veinte o cuarenta capítulos. Era, más bien, un relato breve que se precipitaba hacia su desenlace. Y tal vez por culpa suya, porque para entonces, inmerso por completo en su relación amorosa, ya se había olvidado por completo de aquella única hermana suya, Margarete, mereciendo así —por la férrea ley que los cuentos de hadas aplican al personaje que no cumple una promesa— un castigo ejemplar del destino.

La nube, aquella nube que le envolvía y en la que se fundamentaba su vida, comenzó a disiparse una noche, después de una sesión de teatro a la que había acudido con Walter. Caminando por las calles silenciosas, volvían —también ellos en silencio— a casa; cuando de repente un silbido prolongado atravesó toda la ciudad.

—El tren —comentó Walter. Y siguió andando.

Pero Heinrich quedó clavado en la acera, y un estremecimiento recorrió todo su cuerpo. Aquel silbido penetrante era sólo una señal, un mensaje de significado más bien anodino; pero para él fue un canto, una música oscura y poderosa.

—¿Por qué te has detenido? —le preguntó Walter acercándosele.

—Quiero oírlo por segunda vez —le respondió con voz débil.

Y aquel segundo silbido llegó, e hizo que a Heinrich se le saltaran las lágrimas.

—Pero ¿qué te pasa? ¿Por qué lloras? —se asustó Walter. Le cogió la cabeza con las dos manos.

—No es nada. Sólo que de repente me he acordado de algo triste —y diciendo esto, se refugió en el pecho de su amigo.

Después, una vez que hubo reaccionado, Heinrich asoció lo ocurrido con las circunstancias que habían rodeado la muerte de su hermana.

—Por eso me ha afectado tanto. Porque me ha hecho recordar a mi hermana. Hacía mucho tiempo que no pensaba en ella. No volverá a suceder —añadió.

Pero aquella forma de explicarse los hechos, tan sensata —el mismo Walter estuvo de acuerdo con ella, y le contó varios casos parecidos—, no tuvo confirmación. Porque, muy pronto, Heinrich adoptó la costumbre de pasear por la ciudad durante toda la noche, como un sonámbulo, sin otro objetivo que el de escuchar los sucesivos silbidos de tren. Y cumplía aquel rito cada día, sin importarle qué o a quién tuviera que abandonar para llevarlo a cabo. Ya estuviera asistiendo a una fiesta, ya estuviera en casa de Walter, él siempre acababa por marcharse. No podía resistir la atracción de aquel canto.

En la vida de Heinrich ya no brillaba la alegría de los primeros días del cambio. Se volvió taciturno.

—Es verdad. Estoy pasando una racha muy mala —confesó un día que Walter fue a visitarle. Ya había dejado de aparecer por el Atropos.

—¿Y a mi casa? Ni tan siquiera vienes por allí. ¿Tampoco puedes estar conmigo?

—Iré, pero más adelante, cuando salga de este agujero.

—¿Has conocido a alguien? —dijo Walter bajando la vista.

—No, no es eso. Pero tengo necesidad de estar sola.

Walter lloró, pero en vano. La decisión de Heinrich era firme.

Llegó el invierno, y la ciudad se volvió aún más desolada. Cuando oscurecía, únicamente los borrachos de la estación parecían seguir vivos. Unos, la mayoría, bebían y alborotaban por los andenes; otros procuraban atraerse a la única mujer que solía reunirse allí.

—No te quedes ahí mirando las ruedas de los trenes. Míranos a nosotros —le decían.

Pero Heinrich ni tan siquiera los oía. Esperaba la llegada de los trenes y sus silbidos, escrupulosamente, cada vez desde más cerca. En ello se centraba toda su vida.

Poco antes de las Navidades recibió una carta oficial. El juez de Baviera le comunicaba que la muerte de Margarete no admitía la posibilidad de un homicidio.

«En consecuencia, debemos considerar que se suicidó», afirmaba.

Heinrich rompió la carta y la arrojó a la papelera. No necesitaba de aquella confirmación. Luego, quizá por última vez, se encaminó hacia la estación.

Yo, Jean Baptiste Hargous

Yo, Jean Baptiste Hargous, soldado desde que tenía unos trece años, dejé mi ciudad de Nancy el día quinto del mes de diciembre del año después de la Encarnación de Nuestro Señor de ochocientos sesenta y siete, y partí a luchar contra el ejército de los normandos bajo el estandarte de Lorena, que era azul y blanco. Pues los normandos habían saqueado las ciudades de Blois y Orleáns, que nos eran muy hermanas, y el conde Lotario, dueño del reino y de nuestras vidas, hombre de poca paciencia, decidió no quedarse al resguardo de las murallas. Partimos, pues, como he dicho, el quinto día de diciembre, en número de dos mil hombres y setecientos caballos.

Pero pronto se vio que Nuestro Señor no había querido iluminar al conde, o que el conde no había querido escucharle, pues era el invierno muy frío, y las lluvias enaguazaban los caminos, y las nieves cubrían los tejados de las casas y las copas de los árboles, y los vientos eran helados. Y aunque rogábamos para que saliera de nuevo el sol y fuera el cielo sobre nuestras cabezas más claro y dulce, el invierno no descansaba y era cada vez más hosco con nosotros.

Después de unos diez días, cuando ya estábamos muy lejos de los confines de nuestra querida tierra de Lorena, y llevando perdidos en el camino unos cuarenta hombres y más de veinte caballos por la enfermedad o por la mala fortuna, escuchamos por primera vez noticias de nuestros enemigos los normandos, por boca de peregrinos.

—Son poderosos y crueles —nos decían—. Acabarán con vosotros como acaban los perros con el ciervo, y luego quemarán vuestro estandarte.

Y como estábamos cansados y en tierras extrañas, nuestro ánimo decaía, sobre todo el de los soldados más jóvenes, y todos deseábamos volver sobre nuestros pasos. Pero el conde Lotario desconocía nuestros deseos, o los conocía sin quererlos complacer, y ordenaba que siguiéramos adelante y caminando hasta llegar al campo de batalla, y lo decía riendo, como si ya contara con la victoria y viera la sangre roja de los soldados de Normandía sobre la nieve. Pero lo que él veía no lo veía nadie más, y cuanto más adelantábamos en el camino, mayor era la mella que la fama de nuestros enemigos hacía en nosotros. Allí por donde pasábamos salían las mujeres a la ventana y nos pedían gimiendo que emprendiéramos la retirada, y algunas bajaban de su casa y se acercaban a los capitanes para rogarles que no llevaran a la muerte cierta a tantos soldados jóvenes. Y cuando nos deteníamos a descansar en un monasterio, los monjes nos miraban como a corderos que corren hacia su degolladero, y rezaban en favor de nuestras almas como si ya estuviéramos muertos.

Pero Dios Nuestro Señor no nos deja nunca de su mano, y aun en los mayores infortunios sabe darnos una porción de dicha, y eso fue lo que por su gran bondad también hizo conmigo en medio de aquel invierno. Pues me dio un amigo bueno y leal: Pierre de Broc.

Lo vi por primera vez en la hospedería del monasterio de Saint Denis una noche que no podía conciliar el sueño. Pierre estaba solo en la sala vacía, y tocaba el rabel y cantaba junto al fuego apagado, y tan bien se desenvolvía en esas dos artes que daba pesar que, por el cansancio de los hombres y por el frío, no hubiera allí nadie para escucharle.

—¿Por qué cantas? ¿Por qué no estás durmiendo, como todos los demás soldados? —le pregunté.

—Porque tengo miedo —me respondió.

—Yo también tengo miedo. No puedo dormir —le confesé a mi vez.

—Entonces cantaremos juntos.

—Tenemos miedo porque somos muy jóvenes. No porque seamos cobardes.

—¿Cuántos años tienes?

—Creo que diecisiete.

—Yo también tengo diecisiete.

Nos abrazamos en aquella sala vacía y luego encontramos mucho consuelo en las canciones de nuestra querida tierra de Lorena.

Hay amigos que son para un momento, y amigos que son compañeros de mesa, y amigos que solamente aparecen a nuestro lado en los días de prosperidad y alegría. Pero Pierre de Broc y yo, Jean Baptiste Argous, no lo fuimos de esa manera, sino que fuimos de allí en adelante hermanos y compañeros de camino, y de infortunios, y de fatigas, y siempre nos consolamos y nos confortamos, y nunca quisimos separarnos.

Cuarenta días después de que saliéramos de Nancy, cuando el invierno estaba en su apogeo y los campos llenos de nieve, llegamos a un pueblo que llevaba el nombre de Aumont, y un judío que venía huyendo de Orleáns habló con uno de los capitanes y le hizo saber que el ejército normando estaba a menos de quince leguas, y que a pesar del mal tiempo bastaría una tarde para que un hombre a caballo llegara donde ellos.

El conde Lotario mandó entonces que levantáramos el campamento y envió un adelantado para que vigilara a los normandos. El conde quería saber cuántos hombres tenía su ejército, y cuántos caballos, y si estaban confiados en sus fuerzas. Y el adelantado partió al galope levantando una nube blanca de nieve con los cascos de su caballo, y Pierre y yo nos sentamos en la tienda a tocar el rabel y a cantar.

Pero pasó un día, pasaron dos, pasaron tres y el adelantado no regresaba, y cuando ya hubo pasado una semana todos lo dimos por muerto. Y sucedió entonces que el cocinero mayor no creyó en lo que oía, y dijo que más que muerto estaba huido, y acusó de traidor y de cobarde a aquel adelantado que el conde Lotario había elegido entre los mejores hombres, y ésa fue la razón por la que un capitán que era amigo del que había partido le diera muerte con su espada. Todos los soldados veteranos se quejaron por aquel castigo tan severo, y muy pronto el tiempo vino a darles la razón, pues de aquel día en adelante comimos mucho peor.

El segundo adelantado que envió el conde Lotario regresó a los dos días de su partida. Yo no le vi con mis propios ojos, ni Pierre tampoco, pero los que sí lo vieron dijeron que entró en el campamento con todas las señales de la enfermedad y de la muerte, pálido y con la mirada perdida, y con las moscas revoloteando alrededor de su cabeza, lo cual era un prodigio en un invierno tan frío como aquél. Y al conde Lotario no le sirvió de nada aquel segundo adelantado, pues hablaba sin sentido, igual que lo hacen los que están poseídos por la fiebre. Y entonces nos reunió a todos y pidió tres voluntarios diciendo que les otorgaría muchas ventajas y favores si conseguían saber algo del ejército normando.

El capitán que había matado al jefe de la cocina y otros dos soldados estuvieron dispuestos y partieron enseguida. Pero no por ello se fortaleció nuestro ánimo, y las primeras deserciones tuvieron lugar ese día, nada más marcharse los adelantados, y unos decían que eran veinte hombres los que se habían marchado, y otros decían que muchos más, y que en las cuadras faltaban lo menos cien caballos.

El capitán y sus dos soldados tardaron en regresar, y pasaron unos diez días antes de que los viéramos venir por la orilla del bosque, y todos quedamos muy extrañados al ver que volvían riéndose, y haciéndose chanzas, y jugando entre ellos como hacen los niños.

—Se han vuelto locos, Jean Baptiste —me dijo Pierre al oído.

—Pero ¿qué es lo que ven los adelantados? —le pregunté.

—Ven a los normandos, Jean Baptiste.

—Entonces debe de ser verdad lo que nos dijeron las mujeres de Aumont.

Las mujeres de Aumont nos habían dicho que los normandos tenían animales salvajes metidos en jaulas y domesticados como perros, y que quien los había visto una vez jamás se olvidaba de ellos, porque eran como vacas, pero con patas de caballo y cabeza de lobo, y que si entrábamos en batalla moriríamos devorados por aquellos monstruos.

—Dios se apiade de nosotros, Jean Baptiste —suspiró Pierre.

Y ya nos íbamos a la tienda a por el rabel cuando un veterano cojo que siempre andaba tras de nosotros, y que estaba irritado porque nunca queríamos su compañía, nos tiró un pájaro igual que se tira una piedra, y el pájaro nos rozó a los dos en el pecho, primero a Pierre y luego a mí. El pájaro tenía las alas amarillas y estaba muerto de frío y con los ojos muy cerrados, y el que nos hubiera tocado nos pareció de muy mal augurio.

El conde Lotario se encerró en su tienda a pensar, y todos los soldados pedimos a Dios Nuestro Señor que le hiciera ver que no quedaba otro camino que la retirada, y que ya era hora de que los hijos de Lorena volvieran a su querida tierra. Pero el conde no estaba pensando en la retirada, sino buscando un nuevo adelantado. Y así fue como eligió a Guillaume, un pequeño bastardo del pueblo de Aumont que siempre estaba rondando por el campamento, pues pensó el conde que los normandos no sospecharían de una criatura de unos nueve años. Y Guillaume aceptó la orden con mucha alegría, porque quería ser soldado, y porque el conde le prometió un puñal de plata a cambio de las noticias que ninguno de sus otros adelantados había conseguido traer.

Se fue riendo y sin ningún miedo, después de disfrutar de la fiesta que algunos soldados quisieron dar en su honor. Y Pierre y yo también participamos de la fiesta, porque nos parecía que nuestro destino estaba en sus manos. Y le pedimos a Dios Nuestro Señor que guiara los pasos de aquel niño, y que lo llevara a ver las jaulas donde los normandos guardaban las vacas con cabeza de lobo y patas de caballo. Pues era seguro que ningún soldado querría ir a luchar contra aquellos monstruos, y que el conde tendría entonces que ceder y permitir la retirada.

Mientras tanto el invierno se alargaba. Muchos soldados se caían enfermos. Otros robaban caballos y desertaban.

Guillaume volvió al cabo de unos quince días, y lo hizo con la misma expresión alegre de su partida. Y cuando se dirigió a la tienda de nuestro señor Lotario llevó detrás a todos los soldados del campamento.

—Ahora sí que vamos a tener noticias de los normandos —le dije a Pierre.

Pero cuando Guillaume subió a un carro y comenzó a relatar a gritos lo que había visto en el campamento del enemigo, todos nos miramos muy sorprendidos, porque no entendíamos nada de lo que él decía. No hablaba en nuestra lengua, ni tampoco en latín. Y cuando nuestro señor Lotario empezó a hacerle preguntas, el niño quedó tan sorprendido como nosotros. Tampoco él entendía lo que se le preguntaba.

—¿Sabes en qué lengua está hablando, Jean Baptiste? —me dijo Pierre con tristeza.

—No, no lo sé.

—Está hablando en normando. Ha olvidado su lengua y ha aprendido la de ellos, y en sólo quince días. Son mucho más poderosos de lo que pensábamos, Jean Baptiste. Debe de ser un ejército de veinte mil hombres.

—Pero Pierre, los niños suelen ser muy despiertos. Tienen mucha facilidad para aprender palabras nuevas.

Pero no pudimos seguir hablando, porque en el murmullo que siguió a las palabras de Guillaume surgió primero un grito, y luego otro, y luego otro más, y muy pronto eran mil los soldados de Lorena que gritaban, y también eran mil los que corrían hacia los caballos, empujándose y golpeándose, pues no había caballos para todos.

—Huyamos también nosotros, Pierre —le dije a mi amigo.

—¡El rabel! ¡Me he dejado el rabel en la tienda, Jean Baptiste! —exclamó antes de salir corriendo.

—¡Pierre! —le grité.

Quería decirle que se olvidara del rabel, que no se metiera entre aquella tropa enloquecida. Entonces, ante mis propios ojos, resbaló en el barro y cayó bajo las patas de un caballo. Luego pasaron sobre él otros tres caballos, y algunas decenas de soldados.

—¡Pierre! —volví a gritar. Pero él ya estaba muerto.

Me puse a llorar, y no tuve ganas de moverme de mi sitio, y tampoco tuve ganas de impedir que el soldado cojo que siempre andaba tras de nosotros llegara hasta mí y me tirara al barro. Porque yo, Jean Baptiste Argous, quería morir como mi amigo Pierre de Broc, con la cabeza rota por un caballo.

Método para plagiar

Concededme, amigos, el favor de dar comienzo a esta explicación con el relato de un sueño, y no os inquietéis si, aceptando ese favor, pospongo algo las consideraciones que se refieren más estrictamente al ejercicio del plagio; porque no ha de ser una digresión infructuosa, sino que servirá para encauzar el tema y, al menos eso espero, para el placer de todos. Sabed, además, que dicho sueño ha sido el origen y la base del cambio que se ha producido en mí; que a él se debe que hoy secunde opiniones y tendencias que hasta hace poco despreciaba y reprobaba. Porque antes, como todos sabéis, estaba resueltamente en contra del plagio.

Sucedió que una noche tuve un mal sueño, en el que me vi a mí mismo en medio de una selva agreste, tupida e inhóspita. Como la selva se hallaba sumida en completa oscuridad y fieras de toda especie pululaban por todos lados, pensé que allí terminaban mis días, y me atemoricé sobremanera.

Pero, aun así, sin dejarme vencer por el abatimiento, traté de buscar alguna salida, y llegué, no sin antes haber recorrido un largo trecho entre la intrincada espesura, hasta una pendiente que había donde terminaba el valle cubierto por la selva. Y en verdad que el esfuerzo no fue en vano, porque en la cima a que conducía aquella pendiente divisé las claras señales que anuncian la presencia del astro que nos da luz y calor, y porque de esa manera recobré la serenidad. Mi corazón me decía que si lograba alcanzar aquel paraje luminoso me encontraría a salvo.

Guiado por esa esperanza, inicié la ascensión dejando atrás las tinieblas de la selva. Pero cuando llegué, me quedé lleno de estupor, porque tanto la cumbre como los parajes de alrededor estaban sin vida, y ninguna planta crecía en aquella tierra estéril. Y de nuevo me sentí perdido y desvalido, sin poder elegir una dirección por la que proseguir. Y estaba en esa penosa disposición, sentado sobre una roca y con la cabeza apoyada en mis dos manos, cuando alguien se me acercó.

—Apiádate de mí, quienquiera que seas —le dije.

Él se quedó mirándome, aunque sin decir nada, como si fuera mudo.

—¿Qué eres? ¿Una sombra o un hombre de carne y hueso? —le pregunté.

Y sólo entonces me contestó:

—No soy un hombre, pero lo fui. Mis padres vinieron al mundo en Urdax de Navarra. En cuanto a mi paso por la Tierra, has de saber que tras morar en Salamanca y algunos otros lugares, me establecí en el pueblo de Sara por voluntad de mi querido señor Bertrand de Echaus, y que allí viví los años que Dios Nuestro Señor quiso que viviera, que llegaron a sumar ochenta y ocho.

Me quedé estupefacto, con los ojos completamente abiertos tanto por la alegría como por el asombro.

—¡En ese caso, usted es Pedro Daquerre Azpilicueta, el rector que se hizo célebre con el sobrenombre de *Axular*! ¡El más preclaro maestro, la más alta autoridad, y el primero de todos los autores vascos! No me arrepiento ahora de haberle leído. Usted es mi maestro y mi autor más querido. Ayúdeme, por favor. Mire qué perdido y débil me encuentro en este desierto. ¡Sálveme de este trance desesperado en que me hallo, bondadoso y sabio Maestro!

—Primeramente, he de mostrarte algo —me dijo; y echó a andar por una cuesta mucho más empinada que la anterior, hacia una cima más elevada. Confiando en él, le seguí.

En cuanto llegamos a la segunda cima, vi que estábamos en una isla, perdida en la inmensidad del mar. Era muy pequeña, y no había en ella señales de vida. Una nave negra se acercaba a su costa.

—¡Qué diminuta y limitada es! —le dije con el corazón afligido—. ¡Y qué soledad más grande la suya! —añadí.

El Maestro asintió con la cabeza.

—Todas las demás lenguas y lenguajes comunes que en el mundo son, están entre ellos entreverados y relacionados. Pero el euskara es único, y distinto de cualquier otra lengua. De donde su soledad.

Al escuchar aquellas palabras comprendí que aquella isla no era como la de Sardinia, o como la de Sicilia, sino que estaba hecha de otra materia; y que, por increíble que pareciera, aquel accidente geográfico que contemplaba no era otra cosa que mi propia lengua. Pero me pareció que el Maestro aún quería decirme algo más, y dejé aquellos pensamientos confusos que me rondaban por la cabeza para considerarlos más adelante.

—Hubo un tiempo en que este lugar fue delicioso, mientras que hoy en día, en cambio, es un lugar árido y muerto. Por ello la isla te parece tan diminuta y limitada. Sin embargo, si se hubieran escrito en euskara tantos libros como se han escrito en francés o en cualquier otra lengua, también el euskara sería una lengua rica y perfecta como ellas, y si eso no es así, son los mismos euskaldunes los que tienen la culpa, y no esta isla.

Aquel Doctor Angélico de Euskal Herria parecía haberse puesto melancólico, y yo no dije nada durante un rato para no afligirlo más. Pero veía que la nave negra se acercaba cada vez más a la costa; y podía distinguir, asimismo, los grupos de gente que iban en cubierta. Estando así, no pude contener una pregunta que luchaba por abrirse paso en mi garganta.

—¿Qué barco es ése, Maestro? ¿Y quién es esa gente que va en él? —le dije.

Él, antes de contestarme, suspiró.

—Ese barco es como aquel *Grand Saint Antoine* que arribó al puerto de Marsilia.

—No tengo noticia alguna acerca de ese barco, Maestro —le confesé.

—*Grand Saint Antoine* era el nombre del barco que llevó la peste a Marsilia.

—¿Quién es, entonces, esa gente? —me sobresalté.

—¿Ves a esos que van en la proa? —me dijo después.

—Sí, ya los veo. ¡Y parece que están muy contentos! Enarbolan banderas y lanzan vítores, como queriendo brindarle un saludo jubiloso a la isla.

—Pues no les creas. En verdad te digo que son hipócritas, y que todo lo que hacen se queda en pura apariencia. Usan de la palabra largamente, pero en cuanto a los hechos... no les verás nunca hacer nada. Originan cargas pesadas que resultan insufribles de llevar, y las colocan en los hombros del vecino; mientras que ellos, en cambio, no moverán ni un dedo. Todo lo que hacen es para que la gente los vea. Uno lucirá grabados o Lemmas que llevará prendidos en su atuendo; otro embellecerá el frontis de su casa con una inscripción cogida en la isla; el siguiente, por su parte, querrá que su nombre figure el primero a la hora de signar una proclama. Pero no es más que paja. Sus palabras, como las monedas de aquel Maese Adam, solamente sirven para el engaño.

—¿Y los que forman ese grupo que está detrás de ellos? ¿Quiénes son?

—¿Te refieres a esos que llevan en los brazos el libro de contabilidad acunándolo?

—Sí, Maestro.

—Son los banausianos, hijo mío. Es gente de gran avidez y necedad, que no tiene ninguna aspiración espiritual. Ésos siempre andan haciendo sus cuentas, y conocen mejor que nadie la manera de sacar beneficios de la isla. En verdad te digo que son muy de temer, porque —como a todos los de su ralea— es muy de su conveniencia que la isla permanezca tal como está, reducida y limitada. Si llegara a gozar de una situación mejor, les costaría mucho más hacer cuadrar sus cuentas.

Conforme iba descubriendo el porvenir que le esperaba a la isla, más me costaba tomar aliento. Aun así, no podía permanecer callado. Todavía me faltaba mucho por saber, y eso me impulsaba a seguir preguntando.

—¿Y los que están junto al mástil del barco? —le pregunté.

—¿Esos de tez amarillenta?

—Sí, Maestro; a ésos me refiero.

—Ésos se dirigen a la isla para ver si hay prados. En caso de que los hubiera, y si los encontraran, al instante sembrarían simientes de cizaña o de alguna otra hierba maligna. No pueden vivir sin sembrar simiente mala entre el trigo. Allí donde haya alguna discusión estéril y miserable, allí donde vean que pueden llevar el enfado y la enemistad, allí los verás reunidos en nombre del pueblo o de su periódico.

—¿Y los que están subidos al mástil? ¿Por qué hacen tantas muecas?

—No están subidos al mástil, sino atados a él por un cordel. De no estarlo, se los llevaría el viento, como si fueran globos. Porque has de saber que ésos son de la familia de los inflados, como los sapos. Se creen sublimes, y están constantemente burlándose de la isla o atacándola, con lo que consideran que su sublimidad queda probada. Pero no son sublimes, sino ruines e inmundos. Se creen arrogantes, pero se atreven a atacar a la isla sólo porque la ven escuálida y sin fuerzas. Si no fuera así, buscarían alguna laguna alrededor de la Corte, y se quedarían a vivir allí.

Esta vez fui yo quien suspiré.

—Le voy a hacer una última pregunta, Maestro, pues son muchos los que van en el barco y no quiero fatigarle demasiado. Dígame quiénes son aquellos que están al fondo, en la otra punta del barco, llorando y lamentándose.

—Siendo, como soy, una sombra, no conozco la fatiga. Tú, en cambio, sí. Veo que ya no puedes soportar mucho más y que te fallan las fuerzas, por lo que, después de haberte dado noticia de estos últimos, me callaré. Esos que ves allí son los *tristes*. Al igual que los amantes mezquinos, sólo le ofrecen a la isla sus penas, con lo cual no hacen sino empeorar la situación. Como el padre de Ícaro, a todo el que se está cayendo le susurran al oído: vas por muy mal camino. Al que, por el contrario, le van bien las cosas y va ascendiendo, le miran con semblante desesperanzador, dándole a entender que haga lo que haga será en vano. Si la isla estuviera en sus manos, Getsemaní, comparándolo con ella, sería un lugar alegre.

Ambos permanecimos un rato mirando hacia el barco negro, sin decirnos nada. Después, me cogió de la mano y me condujo pendiente abajo, hasta uno de los raros parajes verdes que quedaban en la isla. La tierra estaba cubierta de hierba alta, y podían verse diseminadas por todas partes higueras cuajadas de frutos.

—Maestro, no se vaya aún —le rogué, viendo que me soltaba la mano.

—¿Qué esperas de mí? ¿Que te dé algún remedio? —leyó en mi pensamiento.

Asentí con la cabeza.

—Ya te lo he dicho antes: si se hubieran escrito en euskara tantos libros…

—¡Pero son muy pocos los escritores, Maestro! Y además, no son de su talla.

El Maestro cogió un higo del árbol, y me lo ofreció. Se quedó pensativo mientras yo me lo comía.

—¿Y plagiarios? ¿No hay plagiarios? —me preguntó a continuación.

—No sé si le comprendo, Maestro —me disculpé.

—Lo que quiero saber es a ver si no hay quien, teniendo en mucha consideración a un escritor bueno, no escriba como él. En mi época era así como se concebían casi todos los libros.

Me pareció que antes de continuar había que aclarar alguna circunstancia.

—No lo creo, señor —comencé—. Además, las cosas han cambiado mucho de su época a la mía. El plagiar está muy mal considerado desde el siglo dieciocho. Tan mal como el robar. Hoy en día, el trabajo de un escritor ha de dar la impresión de haber sido creado de la nada. Dicho de otro modo, el trabajo ha de ser original.

Me miró fijamente, como si tratara de comprender. Después, sacando un plato de algún lugar, se puso a recoger higos.

—No es nada bueno que eso sea así —comenzó más tarde, yendo de un árbol a otro—. A mi entender, el plagio tiene muchas ventajas si lo comparamos con el trabajo de creación. Es más fácil de realizar y menos trabajoso. Se pueden terminar veinte plagios en el tiempo que lleva hacer una sola obra de creación. Y a menudo se logran resultados muy buenos, cosa que no sucede con los textos de creación, porque las cualidades del ejemplo que se toma sirven de guía y de ayuda. De verdad te digo que esa consideración de latrocinio es perjudicial. Porque nos priva del mejor instrumento que poseemos para dar vida a la isla.

Aunque parecía enojado, ponía mucho cuidado al distribuir los higos en el plato. Yo, mientras, permanecía callado. No quería distraerlo del tema que ocupaba sus pensamientos.

—No está bien que lo diga un rector, pero... ¿Y si el latrocinio se hace con destreza? —me preguntó acercándoseme de nuevo. Una sonrisa furtiva le cruzó el rostro.

—¿Hacer los plagios sin revelar que lo son? ¿Quiere decir eso, Maestro? —me sobresalté.

—Ciertamente.

—Pero para hacer eso haría falta un método, y además...

Puso su mano en mi hombro.

—¡Hijo, respóndeme con sinceridad! —me dijo—. ¿Quieres a esta isla?

—Mucho, Maestro —respondí algo intranquilo.

—¿Y estarías dispuesto a correr peligros y a arriesgarte por ella?

Tal como me miraba, me era imposible decirle que no.

—Entonces, ve al mundo y prepara ese método. ¡Que las nuevas generaciones aprendan a llevar a buen término plagios con maestría! ¡Que fructifique la isla con libros nuevos!

Y diciendo esto, me puso en las manos el plato lleno de higos. Tras lo cual, metiéndose en una nube que descendió hasta nosotros, desapareció de mi vista. Abrí los ojos y me desperté.

A pesar de que veía los montes de Obaba, que me eran tan familiares, a través de la ventana, me costó reconocer que me encontraba en mi habitación. Todos los objetos que allí había, tanto los cuadros como mi ropa o los libros, me resultaban extraños, porque la realidad no era lo bastante poderosa como para desbaratar el sueño. Aun con los ojos abiertos, yo seguía con el autor de *Gero;* ya en la cima contemplando la isla, ya en la vega entre higueras.

«¡Le he prometido idear un método para plagiar!», recordé una vez que estuve despierto del todo.

Se me hizo muy cuesta arriba regresar al mundo con aquella promesa, y deseé volver a quedarme dormido. Sin embargo, la inquietud se había apoderado de mi corazón, y me fui despejando cada vez más. Pensaba que no sería capaz de escribir aquel método y que, en tal caso, mi palabra ya no valdría nada. Y, además, no era una palabra dada a cualquiera, sino al mismísimo Axular, el Doctor Angélico de Euskal Herria. Y fue tal el desasosiego que me produjo esta consideración, que, al ir a comer un higo, se me atragantó.

«Un plagiario ha de seleccionar textos de argumento claro —se me ocurrió entonces—. Ésta sería la primera regla del método».

Un tanto asombrado por aquella idea que me había surgido de improviso, aunque también contento, cogí un cuaderno de la mesilla y la dejé allí apuntada. Y además, le añadí un comentario:

«Dicho de otra manera, hay que elegir cuentos o novelas cuyo argumento pueda resumirse en unos cuantos hechos o acciones. Por esa razón, a un plagiario no le convienen modelos como Robbe-Grillet o Faulkner, porque en las obras de dichos autores lo que menos cuenta es la *historia*. Por el contrario, son muy recomendables para él escritores como Saki, Buzzati, o el mismo Hemingway. En términos generales, cuanto más antiguo sea el modelo elegido, tanto mejor para el plagiario: se pueden utilizar mil cuentos de la recopilación de *Las mil y una noches*, pero ni uno solo de una antología de vanguardia.»

Me quedé examinando lo que había escrito. Me pareció que no estaba mal, y que concebir el método no sería, tal vez, tan complicado como había supuesto.

Y para celebrar mi animoso hallazgo, me llevé un higo a la boca y lo tragué con mucho cuidado.

«Para plagiar, es necesario dejar de lado todo tipo de libros raros», se me ocurrió entonces, quedándome más extrañado aún que cuando tuve la primera idea. Sin que supiera por qué, aquella mañana estaba más inspirado que nunca. Pero, por supuesto, por muy asombrado que estuviera, no podía dejar de aprovechar una oportunidad como aquélla. Así que cogí de nuevo el cuaderno, y me puse a comentar la segunda regla:

«Que no se le ocurra al plagiario elegir ningún libro raro que no esté traducido a su lengua. Que no tome en consideración, por ejemplo, aquella novela que le trajeron sus padres de una librería de la plaza Lenin, cuando volvieron de su viaje a Moscú, ni tan siquiera en el caso de que su amigo el políglota le confeccionara una sinopsis atractiva de su argumento. Porque, a fin de cuentas, ¿qué sabe él acerca de la literatura más reciente de Rusia? ¿Y si sus padres, en su inocencia, hubieran topado con alguien que estuviera a punto de convertirse en disidente? ¿Qué sucedería entonces? Pues que al cabo de dos años, ese alguien sería pregonado por todos los *mass media*, y hasta los mismos estudiantes universitarios se sabrían de memoria todos los argumentos resumidos de sus obras literarias. Y si esto sucediera, claro está, el plagio correría un grave peligro.

No, el plagiario no debe usar ardides para lograr mañosamente su intento. No debe dirigir sus pasos, como si de un ladrón de pacotilla se tratara, hacia barrios alejados, o hacia callejones oscuros, sino que ha de pasear a la luz del día en los espacios abiertos del centro de la metrópoli. Tiene que dirigirse al *Boulevard Balzac* o a los *Hardy Gardens* o a la *Hoffmann Strasse* o a la *Piazza Pirandello*... lo que, expresado de otra manera, quiere decir que ha de elegir sus modelos entre los autores que andan en boca de todo el mundo. Y que no se preocupe. No lo descubrirán jamás. Porque los clásicos —igual que sucede con los arcángeles— sólo son conocidos por sus nombres y por las estampas.»

Había establecido dos reglas del método, y, encontrándome ya más tranquilo, estuve un rato mirando los montes de Obaba, observando los movimientos de los campesinos que trabajaban en los campos. Me hubiera levantado, como tenía por costumbre, a tomar un café, pero me daba apuro dejar la cama. Si lo hacía, quizá se me fuera la inspiración. ¿De dónde me venían a mí tantas ideas? ¿No era yo, acaso, un completo ignorante en cuestión de plagios? Allí pasaba algo raro.

«¿De dónde han salido estos higos?», me pregunté entonces atónito. Porque todavía no era la temporada de higos en Obaba.

Cogí el plato blanco en las manos, y, al examinarlo, se me disiparon todas las dudas. Pues saltaba a la vista que los frutos que estaban allí tan primorosamente dispuestos eran los mismos que había recogido Axular en la isla.

Por fin lo vi con claridad y comprendí todo lo que había ocurrido. No, yo no había tenido aquel sueño por casualidad, sino por voluntad expresa del Maestro, porque necesitaba de alguien que difundiera la buena nueva del plagio. Y me di cuenta, en consecuencia, de que aquellos que había en el plato no eran unos higos corrientes, sino que estaban llenos de sabiduría; y de que aquellos higos me darían a conocer —como ya habían comenzado a hacerlo— el método para plagiar.

Estuve meditando un rato acerca de aquel suceso, admirado por los poderes de que parecían disponer los moradores del Parnaso. Pero junto a mí permanecía el cuaderno, y su presencia traía a mi mente la tarea que había prometido realizar. Con ese recuerdo, cogí la pluma y me dispuse a redactar el enunciado de las reglas tercera y cuarta.

«Un ejemplo explicará mejor que cualquier disertación cómo ha de resolverse el problema del tiempo y del espacio. Supongamos que lo que hay que plagiar es una historia que sucede en Arabia o en la Edad Media, y que sus dos protagonistas —que están enzarzados en una discusión a causa de un camello— son Ibu al Farsi y Ali Rayol. Pues bien, el plagiario debe tomar la historia en su conjunto, pero —pongamos por caso— situándola en la Inglaterra de hoy en día. De manera que los protagonistas se conviertan, por ejemplo, en Anthony Northmore y Philip Stevens y la causa de la discusión entablada entre ambos sea, en lugar de un camello, un coche. Esos cambios, como es fácil de suponer, traerán consigo otros mil, con lo que la historia quedará prácticamente irreconocible para cualquiera.»

Habiendo descubierto el origen de mi inspiración, ya nada me impedía levantarme de la cama, y bajé a la cocina a preparar café. Para entonces andaba ya mucha gente por el pueblo, y los saludos y adioses que se entrecruzaban entre ellos llegaban hasta mi casa. El sol ahuyentaba las escasas nubes que había en el cielo. Poco después, la aldaba de la puerta me anunció la llegada del periódico. Sí, la rueda de la vida seguía girando sin detenerse, y yo me sentí feliz como no me había sentido hacía mucho.

Unas horas más tarde, me serví mi segunda taza de café, comí tres higos seguidos, y me dispuse a transcribir las últimas reglas del método.

«Preparar una buena defensa es de suma importancia para el plagiario», comencé. Y a continuación, añadí a dicho enunciado estas líneas:

«Pudiera suceder que un plagiario cumpliera punto por punto las anteriores cuatro reglas, y que, aun así, se descubriera el plagio. Cualquiera puede tener un golpe de mala suerte, y mucho más en las culturas de ámbito reducido, donde, al haber poco espacio, las relaciones —en particular las literarias— suelen estar llenas de intrigas, malicia y odio.

Sin embargo, ese golpe de mala suerte no por fuerza tiene que ser perjudicial para el plagiario; sino que, muy al contrario, éste puede salir fortalecido de las redes de sus enemigos. Pero para eso le es indispensable, en primer lugar, dejar esparcidos a lo largo de su obra *rastros* de la que ha tomado por modelo; después, y en segundo lugar, aprender algo acerca de metaliteratura; a continuación, y tercero, alcanzar cierto prestigio. Porque si cumpliera estos tres requisitos, tendría formada su guardia pretoriana.

Supongamos —para explicar las dos primeras reglas de la defensa— que el plagiario ha utilizado para sus fines un cuento de Kipling; y que lo ha hecho adelantando mucho la historia en el tiempo y situándola en los alrededores del planeta Urano. Entonces, para cumplir la primera regla, le es imprescindible al plagiario llamarle Kim al astronauta.

—Me va a permitir que le haga ahora una pregunta un poco malintencionada —le dirá un periodista unos días después de haberse publicado su obra—. Parece ser que la historia que cuenta en su libro tiene un enorme parecido con un cuento del escritor Piking. Incluso hay quien ha utilizado la palabra plagio. ¿Qué tiene que contestar a esto?

—Perdone, pero no es Piking, sino Kipling —comenzará el plagiario con mucha dignidad. Y a continuación, con una sonrisa de menosprecio asomándose a sus labios, añadirá—: Si esos acusadores fueran lectores como es debido, y, en lugar de andar afilándose las uñas, hubieran leído la obra entera de Kipling, entonces enseguida caerían en la cuenta de que mi obra no es otra cosa que un homenaje dedicado a dicho maestro. Por eso, precisamente, le he llamado Kim al astronauta. Porque una obra escrita por aquel imperialista encantador se titula así. A fin de cuentas, no me parece que sea un guiño tan difícil de captar. Pero, como ya le he dicho, esos acusadores ni tan siquiera tienen una noción clara de lo que es la lectura.

—Creo haberle oído decir, y corríjame si estoy equivocado, *imperialista encantador*, y, perdone, pero me resulta un tanto extraño escuchar esas dos palabras unidas... —reiniciará el periodista su asedio, atacando ahora por otro frente. Sin embargo, el plagiario no le permitirá continuar por ese camino, y, valiéndose de la segunda regla para la defensa, arremeterá de nuevo contra el enemigo.

—Además, tengo que decir que esos que andan buscándole el pelo al huevo para desacreditar a los demás están muy retrasados en lo que a teoría literaria se refiere. A lo mejor ni tan siquiera han oído una palabra acerca de metaliteratura...

—Yo algo he oído, pero no me acuerdo...

—Bueno, pues lo que se quiere expresar con ese nombre es, en definitiva... que no hay nada nuevo bajo el sol, ni tan siquiera en literatura. Aquellas ideas que concibieron los románticos...

—Sí, el amor y todo eso...

—Bueno, no, o sí, también su concepto del amor, pero yo ahora me refería a sus ideas literarias, los románticos consideraban que una obra es el resultado de una personalidad especial y única, y otros disparates por el estilo...

—¿Y la metaliteratura?

—Pues eso, que los escritores no creamos nada nuevo, que todos escribimos las mismas historias. Como se suele decir, todas las historias buenas ya están escritas, y si no están escritas, señal de que son malas. El mundo, ahora, no es sino una enorme Alejandría, y los que vivimos en ella nos dedicamos a hacer comentarios acerca de lo que ya ha sido creado, y nada más. Hace mucho tiempo que se disipó el sueño romántico.

—¿Para qué escribir entonces? Si todas las historias buenas ya están escritas…

—Porque, como dice alguien que no recuerdo, a la gente se le olvidan. Y nosotros, los escritores nuevos, se las recordamos. Y eso es todo.

Parece evidente que, con todo lo dicho hasta ahora, la respetabilidad del plagiario quedaría fuera de toda duda. Pero por si acaso —teniendo en cuenta que nadie cree a un desconocido— le conviene haber cumplido con el requisito que exige la regla número tres de la defensa. Dicho en otras palabras, tiene que haber alcanzado cierta fama. Porque si su nombre es conocido y suena mucho por ahí, las razones antes mencionadas cobrarán una fuerza y un relieve extraordinarios.

Y que nadie se amilane ante esta labor de hacerse un nombre, por muy ardua que pueda parecer al principio. Porque habiendo tantos periódicos, y tanto asuntillo barato —que si tal o cual político ha dicho o ha dejado de decir, que si son o no buenos los horarios del Carnaval, que si se ha solucionado el problema del tráfico o de la tráfica—, el conseguir que su nombre aparezca cada semana ante la opinión pública —contestando a encuestas, firmando manifiestos, etcétera— va a ser para el plagiario como coser y cantar.»

El sol estaba en su punto álgido cuando yo terminé de redactar las últimas líneas del método, y el humo que salía de las chimeneas de Obaba demostraba que era ya la hora de comer. Pero, habiendo comido tantos higos, no tenía hambre, y decidí iniciar en aquel mismo momento un caso práctico. Había que demostrar la eficacia del método con un ejemplo. Así pues, fui a la biblioteca y elegí un cuento de argumento claro de un libro con muchas ediciones a cuestas. Antes de que cayera la noche estaba ya terminado y pasado a limpio el plagio que a continuación paso a exponer: *Una grieta en la nieve helada.*

Cúmplanse los deseos del sabio Axular.

Una grieta en la nieve helada

Una sombra de muerte recorrió el Campamento Uno cuando el sherpa Tamng llegó con la noticia de que Philippe Auguste Bloy había caído en una grieta. El bullicio y las risas habituales de la cena cesaron bruscamente, y las tazas de té, humeantes aún, quedaron olvidadas sobre la nieve. Ninguno de los miembros de la expedición se atrevía a pedir detalles, nadie podía hablar. Temiendo que no le hubieran entendido, el sherpa repitió la noticia. El hielo se había tragado a Philippe Auguste, la grieta parecía profunda.

—¿No lo podías haber sacado tú, Tamng? —preguntó al fin el hombre que dirigía la expedición. Era Mathias Reimz, un ginebrino que figuraba en todas las enciclopedias de alpinismo por su ascensión al Dhaulagiri.

El sherpa negó con la cabeza.

—*Chiiso*, Mister Reimz. Casi noche —dijo.

Era una razón de peso. En cuanto se hacía de noche, el frío —*chiiso*— de los alrededores del Lhotse llegaba a los cuarenta grados bajo cero; una temperatura que ya por sí misma podía ser mortal, pero que, además, volvía inestables a las grandes masas de hielo de la montaña. De noche se abrían grietas nuevas; otras antiguas, en cambio, se cerraban para siempre. El rescate era casi imposible.

—¿Qué señal has dejado, Tamng?

Volviéndose, el sherpa mostró su espalda vacía. La mochila de nailon rojo que faltaba allí era la señal que, bien sujeta con clavijas, había dejado en lo alto de la grieta.

—¿Estaba vivo?

—No saber, Mister Reimz.

Todos pensaban que las preguntas no tenían otra finalidad que la de ir preparando la expedición que habría de salir al día siguiente, con el primer rayo de sol. Para su sorpresa, Mathias Reimz comenzó a colocarse los crampones, y pidió que le trajeran una linterna y cuerdas. El ginebrino tenía la intención de salir inmediatamente.

—*Lemu mindu!* —gritó un viejo sherpa haciendo gestos de sorpresa. No aprobaba aquella decisión, le parecía suicida.

—La luna me ayudará, Gyalzen —respondió Reimz levantando los ojos hacia el cielo. Faltaba muy poco para que estuviera llena. Su luz alumbraba la nieve recién caída, y la volvía aún más pálida.

A continuación, y dirigiéndose a sus compañeros, declaró que no aceptaría la ayuda de nadie. Iría completamente solo. Era él quien debía arriesgarse, era su deber.

Mathias Reimz y Philippe Auguste Bloy trabajaban juntos en las estaciones de esquí de los alrededores de Ginebra, y por ese lado es por donde los europeos de la expedición entendieron la decisión, como resultado de los lazos creados por un largo trato personal. Menos informados, los sherpas lo atribuyeron a su condición de jefe y responsable de grupo.

Cuando la sombra anaranjada del anorak de Reimz se perdió entre la nieve y la noche, un murmullo de admiración surgió en el Campamento Uno. Era una actitud admirable, ponía su vida en peligro para salvar la de otro. Algunos mencionaron la fuerza de la amistad, el corazón. Otros, el espíritu de los alpinistas, la osadía, la solidaridad. El viejo Gyalzen agitó en el aire su tela blanca de oraciones: que tuviera suerte, que el gran Vishnu le protegiera.

Nadie sospechó la verdad. A nadie se le ocurrió que en el fondo de aquella decisión pudiera estar el odio.

A Philippe Auguste Bloy le dolía la pierna rota y el corte profundo que se había hecho en el costado. Pero, aun así, se iba quedando dormido; el sueño que le producía el frío de la grieta era más fuerte que su dolor, más fuerte que él mismo. No podía mantener los ojos abiertos. Ya sentía el calor que siempre precede la muerte dulce de los alpinistas.

Estaba tumbado sobre el hielo, absorto en su lucha particular, preocupado en distinguir la oscuridad de la grieta de la oscuridad del sueño, y no reparó en las cuerdas que, lanzadas desde lo alto, cayeron sobre sus botas. Tampoco vio al hombre que, después de haber bajado por ellas, se había arrodillado junto a él.

Cuando el hombre le enfocó con la linterna, Philippe Auguste se incorporó gritando. La luz le había asustado.

—¡Quítame esa linterna, Tamng! —exclamó luego, sonriendo por la reacción que acababa de tener. Se sentía salvado.

—Soy Mathias —escuchó entonces. La voz sonaba amenazadora.

Philippe Auguste ladeó la cabeza para evitar la luz de la linterna. Pero también la linterna cambió de posición. Volvía a deslumbrarle.

—¿A qué has venido? —preguntó al fin.

La voz profunda de Mathias Reimz resonó en la grieta. Hablaba muy lentamente, como un hombre que está muy cansado.

—Te hablaré como amigo, Phil, de hombre a hombre. Y quizá te parezca ridículo lo que te voy a contar. Pero no te rías, Phil. Piensa que te encuentras ante un hombre que sufre mucho.

Philippe Auguste se puso en guardia. Detrás de aquella declaración percibía el silbido de una serpiente.

—Vera y yo nos conocimos siendo aún muy jóvenes, Phil —continuó Mathias—. Tendríamos unos quince años, ella quince y yo dieciséis. Y entonces no era una chica guapa. Incluso era fea, Phil, de verdad. Demasiado alta para su edad y muy huesuda. Pero a pesar de todo, me enamoré de ella en cuanto la vi. Recuerdo que me entraron ganas de llorar, y que, por un instante, todo me pareció de color violeta. Te parecerá extraño, Phil, pero es verdad, lo veía todo de ese color. El cielo era violeta, las montañas eran violetas, y la lluvia también era violeta. No sé, puede que el enamoramiento cambie la sensibilidad de los ojos. Y ahora es casi lo mismo, Phil, no se han borrado aún aquellos sentimientos de cuando tenía dieciséis años. Ni siquiera se borraron cuando nos casamos, y ya sabes lo que se dice, que el matrimonio acaba con el amor. Pues en mi caso, no. Yo sigo enamorado de ella, siempre la llevo en mi corazón. Y por eso conseguí subir al Dhaulagiri, Phil, porque pensaba en ella, ¡sólo por eso!

El silencio que siguió a sus palabras acentuó la soledad de la grieta.

—¡No nos hemos acostado nunca, Math! —gritó de pronto Philippe Auguste. Sus palabras retumbaron en las cuatro paredes heladas.

Mathias soltó una risita seca.

—Por poco me vuelvo loco cuando me enseñaron vuestras fotos, Phil. Vera y tú en el hotel Ambassador de Munich, cogidos de la mano, el dieciséis y diecisiete de marzo. O en el Tívoli de Zurich, el diez y once de abril. O en los apartamentos Trummer de la misma Ginebra, el doce, trece y catorce de mayo. Y también en el lago Villiers de Lausana, una semana entera, justo cuando yo preparaba esta expedición.

Philippe Auguste tenía la boca seca. Los músculos de su rostro endurecido por el frío se crisparon.

—¡Das importancia a cosas que no la tienen, Math! —exclamó.

Pero nadie le escuchaba. El único ojo de la linterna le miraba sin piedad.

—He tenido muchas dudas, Phil. No soy un asesino. Me sentía muy mal cada vez que pensaba en matarte. Estuve a punto de intentarlo en Katmandú. Y también cuando aterrizamos en Lukla. Pero esos sitios son sagrados para mí, Phil, no quería mancharlos con tu sangre.

Sin embargo, La Montaña te ha juzgado por mí, Phil, y por eso estás ahora aquí, porque te ha condenado. No sé si te quitará la vida, no lo sé. Puede que llegues vivo al amanecer y que el resto del grupo te salve. Pero no creo, Phil, yo tengo la impresión de que te vas a quedar en esta grieta para siempre. Por esa razón he venido, para que no te fueras de este mundo sin saber lo mucho que te odio.

—¡Sácame de aquí, Math! —a Philippe Auguste le temblaba el labio inferior.

—Yo no soy quién, Phil. Como te acabo de decir, será La Montaña quien decida.

Philippe Auguste respiró profundamente. Sólo le quedaba aceptar su suerte.

Su voz se llenó de desprecio.

—Te crees mejor que los demás, Math. Un montañero ejemplar, un marido ejemplar, un amigo ejemplar. Pero sólo eres un payaso miserable. ¡Ninguno de los que te conocen bien te soporta!

Demasiado tarde. Mathias Reimz subía ya por las cuerdas.

—¡Vera llorará por mí! ¡Por ti no lo haría! —gritó Philippe Auguste con toda la fuerza de su voz.

La grieta quedó de nuevo en tinieblas.

La excitación que le había producido la visita despertó el cuerpo de Philippe Auguste. Su corazón latía ahora con fuerza, y la sangre que había estado a punto de helarse llegaba con facilidad a todos sus músculos. De pronto, quizá porque su cerebro también trabajaba mejor, recordó que los alpinistas nunca recogían las cuerdas que utilizaban para descender a las grietas. Eran un peso muerto, un estorbo para el viaje de vuelta al campamento.

«Si Mathias…», pensó. La ilusión se había apoderado de él.

Se incorporó del todo y comenzó a dar manotazos a la oscuridad. Fue un instante, pero tan intenso que le hizo reír de júbilo. Allí estaban las tres cuerdas que, por la fuerza de la costumbre, Mathias Reimz había abandonado.

Las heridas le hacían gemir, pero sabía que un sufrimiento mayor, el más penoso de todos, le esperaba en el fondo de la grieta. Apretando los labios, Philippe Auguste se colgó de las cuerdas y comenzó a subir, lentamente, procurando no golpearse con las paredes heladas. Aprovechaba los estrechamientos para formar un arco con la espalda y su pierna buena, y de esa manera descansar. Una hora más tarde, ya había hecho los primeros diez metros.

Cuando su ascensión iba por los dieciocho metros, una avalancha de nieve lo desequilibró empujándole contra uno de los salientes de la pared. Philippe Auguste sintió el golpe en el mismo costado donde tenía la herida, y el dolor llenó sus ojos de lágrimas. Pensó, por un momento, en la muerte dulce que le esperaba en el fondo de la grieta. Sin embargo, la ilusión aún estaba allí, en su corazón, y le susurraba un «quizá» que no podía desoír. Al cabo, tenía suerte. El destino le había concedido una oportunidad. No tenía derecho a la duda. Además, la nieve caída indicaba que la salida estaba ya muy cerca.

Media hora después, las paredes de la grieta se volvieron primero grises y luego blancas. Philippe Auguste pensó que, al lanzarle contra el saliente, el destino había querido imponerle una prueba; y que en ese momento, por fin, le premiaba.

—¡El cielo! —exclamó. Y era, efectivamente, el cielo rosado del amanecer. Un nuevo día iluminaba Nepal.

El sol resplandecía sobre la nieve. Frente a él, hacia el norte, se elevaba el gigantesco Lhotse. A su derecha, atravesando el valle helado, zigzagueaba el camino hacia el Campamento Uno.

Philippe Auguste sintió que sus pulmones revivían al respirar el aire límpido de la mañana. Abrió sus brazos ante aquella inmensidad y, alzando los ojos hacia el cielo azul, musitó unas palabras de agradecimiento a La Montaña.

Estaba así cuando una extraña sensación le inquietó. Le pareció que los brazos que había extendido se contraían de nuevo y que, sin él quererlo, le abrazaban. Pero ¿quién le abrazaba?

Bajó los ojos para ver lo que sucedía, y una mueca de terror se dibujó en su rostro. Mathias Reimz estaba frente a él. Sonreía burlonamente.

—No está bien hacer trampa, Phil —escuchó poco antes de sentir el empujón. Y por un instante, mientras caía hacia el fondo de la grieta, Philippe Auguste Bloy creyó comprender el sentido de aquellas últimas horas de su vida.

Todo aquello —la visita, el olvido de las cuerdas— sólo había sido una tortura planeada de antemano: Mathias Reimz tampoco había querido perdonarle el sufrimiento de la ilusión.

Un vino del Rhin

—¿Qué os parece si dejamos el vermut del programa para otra ocasión? —nos propuso el tío de Montevideo dejando sus folios y levantándose de su sillón de cuero. La sesión de lectura del mirador había terminado.

—Depende de lo que nos ofrezcas a cambio —bromeamos.

—Os ofrezco un delicioso vino del Rhin que tengo en la bodega. Al oír esa historia de Klaus Hanhn me han entrado ganas de abrirla. ¿Qué? ¿La pongo a refrescar en mi *fontefrida*?

Mi tío llamaba *fontefrida* a un pozo que había dentro de la casa, junto a la cocina.

—Por mí, encantado. La verdad es que no he bebido vino del Rhin en mi vida —le dije.

—¡No lo has probado y aun así lo citas en el cuento! ¡Qué desvergüenza la tuya! —dijo mi tío riéndose y sacudiendo la cabeza.

—¡Ya está otra vez el hombre del siglo diecinueve! Experiencia y originalidad, y, a ser posible, dos o tres adulterios por novela. ¡Pues sí que se puede fiar uno de tu nueva fe! ¡Apostaría a que el cuento que has plagiado también es del siglo diecinueve!

—Ahora que lo dices —intervino mi amigo—. ¿En qué escritor se ha basado para escribir lo de la grieta, tío? Al final no nos lo ha dicho.

Mi tío fue hasta la puerta como un niño que se hace el interesante. Sabía que su lectura nos había impresionado.

—¡Ni una sola palabra! El programa dice que las preguntas y demás comentarios hay que dejarlos para el segundo coñac de la tarde. Así que hasta entonces sólo podémos hacer dos cosas: o permanecer callados, o hablar de nimiedades. Y ahora id a sentaros a la mesa del jardín. El vino estará fresco en cinco minutos.

—Como quiera vuesa merced, señor Comehigos —le dije levantándome.

—La mesa estará a la sombra, ¿verdad? —preguntó mi amigo mirando por la ventana. La temperatura que hacía fuera debía de rondar los treinta y cinco grados que había pronosticado la radio.

—Está debajo del magnolio del rincón. Pero, ahora que lo pienso, quizás haya abusado de vuestra confianza al colocarla allí. No os puedo obligar a que os comportéis como las pálidas damas del siglo diecinueve. Si queréis, salgo en un momento y la saco a la modernidad.

—¡Qué gracioso eres! —le dijimos al tiempo que salíamos fuera.

La *modernidad* de la que hablaba el tío llenaba todo el jardín. Imposible sentir nada que no fuera su calor, imposible ver nada que no fuera su luz. Sólo el monótono canto de los grillos sobresalía del aplanamiento general que la temperatura de aquel domingo había traído a Obaba.

Mi amigo y yo nos apresuramos en busca del magnolio, y luego, ya bien sentados en el centro de su sombra, nos pusimos a charlar de las nimiedades que el programa nos exigía. Nuestra conversación, que empezó con los predecibles comentarios acerca del bochorno y de la sequía, acabó derivando hacia la rareza de aquel árbol que nos cobijaba.

—Los magnolios sólo se encuentran en los jardines de las casas construidas por indianos —observó mi amigo.

—Los traerían de América como recuerdo. Lo mismo que las palmeras.

—¿Como recuerdo? Pues yo no estoy tan seguro de eso. No me imagino a un indiano mirando a su jardín y sintiendo nostalgia de los días pasados en Panamá o Venezuela.

—¿Por qué las traían, si no?

—Pues porque necesitaban un emblema de la riqueza que habían conseguido allí. No podían volver a su pueblo y ponerse a vivir en una casa normal. Necesitaban demostrar a sus paisanos que habían triunfado, que la emigración había merecido la pena.

—No sé qué decirte…

—Pues qué raro. Yo creía que los jóvenes de ahora lo sabíais todo —me interrumpió mi tío. Venía con la bandeja del aperitivo—. Vino del Rhin, copas pequeñas, aceitunas de España, anchoas de Bermeo… —recitó conforme iba depositando una cosa tras otra encima de la mesa—. ¿Qué? ¿Os parece bien?

—Perteneces al siglo diecinueve, tío, pero hay que reconocer que para algunas cosas vales mucho.

—¿Está bueno el vino? —nos preguntó cuando lo hubimos probado.

—Muy bueno y muy fresco —le dijimos.

—Pues me alegro —dijo sentándose frente a nosotros—. ¿Se puede saber de qué estabais hablando? —preguntó después. Nos miraba con aire de sospecha.

—No nos mire así, tío, que nos hemos portado muy bien. En esta mesa no ha habido ningún comentario literario. Palabra de honor.

—¿De qué habéis hablado entonces? Si es que puede saberse, claro.

Mi amigo le respondió que sí, que podía saberse, y le contó nuestra discusión acerca del magnolio.

—No es mal tema —opinó con aire pensativo.

—¿A ti qué te parece, tío?

—La verdad es que yo no sé mucho acerca de esto, porque compré la casa tal como está ahora, con jardín y todo. Pero diría que aquellos indianos de la primera generación, los que salían por primera vez de su aldea y se marchaban directamente a América, se quedaban muy deslumbrados con el paisaje y la gente que encontraban allí. Y que, más tarde, cuando regresaban, procuraban traer consigo una muestra de aquel mundo.

—Entonces piensas como yo. Que traían los magnolios y las palmeras como recuerdo, para tener algo que mirar cuando sintieran nostalgia de América —le dije.

—No, no es eso. Yo no creo que trajeran nada como recuerdo. No hay melancolía a la hora del regreso. Lo que sí hay es afán de enseñar cosas. Para que lo veáis más claro, el hombre que construyó esta casa…

—Se llamaba Tellería, ¿no? —le dije.

—Exactamente, se llamaba José Tellería. Cruzó el charco y en diez años se hizo rico. Creo que se convirtió en dueño de todas las tiendas de tejidos de Montevideo. Y cuando, después de esos diez años, volvió a Obaba, lo hizo con un muestrario de todo lo que había conocido en Uruguay. No trajo únicamente las semillas de estos árboles, también trajo un montón de animales. Papagayos, loritos, monos...

—¿Monos también? Pues eso no lo sabía —dije.

—¿No? Pues se hicieron muy famosos por estos contornos. Porque, claro, en aquella época no había nadie en Obaba que hubiera visto un mono, ni siquiera en fotografía. Tampoco habían visto pájaros de colores tan llamativos, es verdad, pero al fin y al cabo eran pájaros, con alas y pico, y no resultaban tan asombrosos. En cambio los monos, con aquella pinta de niños peludos... Además, uno de esos monos, un chimpancé que el indiano solía vestir con bombachos y camiseta, había trabajado antes en un circo de Montevideo, y sabía hacer volteretas y toda clase de gracias. La gente que venía a verlo se meaba de risa, y no lo digo por decir una grosería, sino porque así era como sucedía. Se ponían alrededor de la tapia del jardín, lo miraban unos minutos y luego se tenían que ir corriendo a aliviarse. Pero, al final, tanto corrió la fama de Alberto y sus compañeros, que el indiano los tuvo que guardar.

—¿Y por qué los tuvo que guardar? —preguntó mi amigo a la vez que me dirigía una mirada de complicidad. Pero yo, menos despierto que él, no había sido capaz de asociar el chimpancé del indiano Tellería a un cierto *monkey* de Montevideo que había oído nombrar en un Restop, y no entendí su mensaje. Iba a necesitar unos minutos más para —como hubiera dicho Gautier— *escuchar los pasos del bailarín.*

—Los tuvo que guardar porque aquello se convirtió en una peregrinación —explicó mi tío—. Debían de venir cientos de personas a ver a los monos y a mearse de risa. El indiano, al principio, estaba feliz, encantado de ver lo mucho que disfrutaba todo el mundo con su muestrario americano. Pero después de unos tres meses se hartó de tanta algarabía, y a partir de entonces ya sólo los exhibía durante las fiestas de Obaba.

—¿Usted llegó a verlos, tío? —le preguntó mi amigo.

—Más o menos. Sí que llegué a ver a los monos, pero cuando era muy pequeño. La verdad es que no os he contado la historia tal como la recuerdo yo, sino tal como la recordaba un amigo mío de Montevideo.

—¿Sí? ¿Y quién era ese amigo? —insistió.

—Pues Samuel Tellería Uribe, el hijo del indiano. Samuel también emigró a América, pero no a hacer fortuna, como su padre, sino en busca de aventura, con la idea de explorar Amazonia. Yo le conocí en la tertulia del Café Real de Montevideo, y allí fue donde me contó esa historia que yo tenía casi olvidada.

Mi amigo me volvió a mirar por segunda vez. *¿Me daba cuenta de lo que estaba ocurriendo?* Sí, por fin me daba cuenta, ya empezaba a sentir los pasos del bailarín. *Montevideo, El Mono, Amazonia...* las tres palabras señalaban hacia la misma persona.

—¿Dónde vive Samuel ahora? ¿En Dublín? —le preguntó mi amigo.

Mi tío le miró abriendo los ojos.

—Pues sí, allí es donde vive. Por eso tengo yo ahora esta casa. Porque Samuel me la vendió cuando fue a casarse con Laura, una irlandesa. Pero, tú, ¿cómo lo sabes?

—¿No esperas visita, tío? —le preguntamos.

—Siempre está diciendo que va a venir, pero hace mucho que no recibo ninguna carta suya. Pero ¿qué pasa? ¿Por qué ponéis esa cara tan rara?

No poníamos ninguna cara rara. Sólo sonreíamos.

—Ahora sí que te vas a quedar de piedra, querido tío. Tu amigo Samuel Tellería Uribe…

Pero no nos dio tiempo de terminar la frase. Antes de que lo hiciéramos, el bailarín dio las últimas vueltas y se subió al vaso. Y por dos veces, además.

Sucedió que oímos el motor de un coche que subía hacia la casa y que, al poco, un Lancia rojo entró hasta el interior del jardín. Del coche bajaron dos hombres.

—¡Ismael y Mister Smith juntos! —dijimos mi amigo y yo asombrados.

—¡Samuel! —exclamó mi tío aún más asombrado. Y, levantándose de la mesa, fue a abrazar a su viejo amigo.

Samuel Tellería Uribe

¿Qué quería hacer en primer lugar? ¿Quería ver la casa? ¿No traía maleta? ¿Se acordaba de Obaba después de tantos años? Entonces, ¿qué? ¿Verían la casa por dentro o beberían antes un poco de vino blanco? ¿Qué había sucedido para que viniera en el coche de aquel joven?... A mi tío se le amontonaban las preguntas, se atascaba. Siendo, como era, hombre habituado a programas y ceremonias, las visitas inesperadas lo trastornaban.

—Noto los saltos que da su corazón desde aquí. Anda por su pecho como los pollitos que meten dentro de una caja de cartón —susurré a mi amigo.

—¿Y qué me dices del señor Smith? ¿Ya te fijas en cómo está?

El abuelo de dos metros se inclinaba hacia mi tío, retorciendo el sombrero con las manos y moviendo sin cesar su cabeza blanca. Casi no le daba tiempo a responder a todas las preguntas de mi tío. Parecía más avergonzado que turbado.

—¿Por qué no les echamos una mano? Como sigan así, se van a ahogar —me propuso mi amigo. Abandonamos la sombra del magnolio y salimos al sol.

Pero Ismael se nos adelantó. Él fue quien interrumpió la excitada conversación que habían entablado los dos hombres.

—Venía en mi coche y lo he visto tumbado boca arriba en un manzanar —empezó a decir con su meloso tono de voz, mirando a mi tío—. La verdad es que he bajado del coche asustado. Creía que le había pasado algo. Pero nada de eso. Estaba tan tranquilo, durmiendo profundamente. Y como me ha dicho que había nacido aquí, pues lo he traído.

—Has hecho muy bien —admitió mi tío.

—Muchas gracias. *Very kind of you* —le agradeció el señor Smith—. No había ningún taxi y tuve que dormir *on the grass*. Pero bien, muy bien.

—¡Tenía que haber venido con nosotros! —le dijimos entonces. Pero, por lo visto, no recordaba nada de la noche anterior, y puso cara de no entender.

—¿No nos reconoce? —le preguntó mi amigo—. Ayer estuvimos hablando con usted.

El señor Smith dirigió la mirada a su sombrero. Y luego, con voz contrita, dijo:

—Ayer mucho *drinking*. ¡Demasiado! Menos mal que Laura Sligo se ha quedado en Dublín.

—¿Cómo es que no ha venido? ¡Hubiera estado encantado de volver a saludarla!

Ahora era mi tío el que preguntaba. Saltaba a la vista que quería desviar la conversación.

—¡*Pottery*!

—¿*Pottery*?

—Laura Sligo siempre está aprendiendo algo. Ahora *pottery*. Y me dijo que a ella no le gustaba faltar a las clases, y que, *well*, prefería quedarse allí. Ella es así, una mujer muy obstinada.

Todos sonreímos, incluso Ismael.

—¿Qué? ¿Quieres ver la casa donde naciste, o no? —le incitó mi tío.

Estaba ya más tranquilo, pero deseaba quedarse a solas con su visita.

—*Go ahead!* —aceptó el señor Smith poniéndose el sombrero. Y los dos echaron a andar por el sendero que llevaba a la puerta de la casa.

Viéndolos alejarse, mi amigo y yo dimos por aclarado el pequeño misterio con que nos habíamos tropezado doce horas antes. Ahora ya sabíamos quién era aquel Mister Smith que habíamos conocido en el Restop de la autopista. Era Samuel Tellería Uribe, hijo de un indiano de Obaba; un hombre decidido que primero se había marchado a Amazonia y luego a Dublín. Era un buen tipo, una persona con clase. Mi amigo y yo nos alegrábamos de haberle conocido.

Pero el bailarín no sólo nos había traído al abuelo blanco, también nos había traído a Ismael, y su presencia en el jardín pronto comenzó a sernos desagradable. Apoyado en la capota de su Lancia rojo, nos miraba de reojo y sonriéndonos, burlándose de nuestra curiosidad por él.

«Queréis saber qué clase de persona soy, ¿verdad?», pretendía insinuar con aquella sonrisa.

«Sí, eso es lo que queremos saber —le contestábamos nosotros con la mirada—. Pero no sólo eso. También querríamos enterarnos de lo que se esconde tras esa afición que tienes por los lagartos. Y no te crezcas tanto, no pienses que nos impresionas. Puede que anoche, en la carretera, nos asustaras un poco, porque estábamos cansados y porque no esperábamos que aparecieras con un lagarto entre las manos. Pero ahora, no. Ahora estamos a la luz del día y el canto de ese grillo nos tranquiliza mucho. Puedes empezar cuando quieras, estamos dispuestos a escuchar tu historia».

Nos sentamos los tres a la sombra del magnolio, y nos servimos vino en las copas pequeñas. Ismael —en un tono más meloso que nunca— nos ofreció tabaco.

—Erais vosotros los de ayer, ¿verdad? Los que a eso de las tres de la madrugada pasasteis por la curva de la cantera, quiero decir. Sí, ¿verdad? —preguntó una vez que los cigarros estuvieron encendidos. No era nada torpe a la hora de leer en los ojos.

—Sí, éramos nosotros —admitimos—. Y si no te importa, nos gustaría saber algo acerca de lo que nos pareció ver allí.

—¿De qué se trata?

Echó el cuerpo hacia atrás, y quedó a la espera. Se le torció un poco la boca. Aspiraba el humo del tabaco torciendo los labios.

—¿Qué hacías con un lagarto en las manos? —le espeté ahorrándome los preámbulos.

—¡Ah! ¡Era eso! Así que me visteis —se rió. Aquella situación parecía divertirle—. Claro. Por supuesto que me visteis —continuó—. Por eso pasasteis a toda velocidad, porque queríais alejaros de allí cuanto antes. Sí, ya sé lo que pensasteis…

Se calló un momento. Volvió a aspirar el humo de su cigarro y a torcer los labios.

—Vosotros creéis que yo estoy enfermo, que me volví loco cuando sucedió lo de Albino María. Pensáis que mi obsesión por los lagartos me viene de entonces, que por eso ando siempre con esos bichos repugnantes…

—Aquí lo que importa es para qué los utilizas —le interrumpí.

—¿Para qué? Pero ¿no lo has adivinado todavía? ¡Pues para hacer a otros muchos lo que le hice a Albino María! Está muy claro, ¿no?

Dejamos que se riera.

—Si me permitís decirlo, sois vosotros los que estáis locos, y no yo —prosiguió poco después inclinándose hacia nosotros—. Porque hay que estar loco de remate para tragarse esa historia de los lagartos. ¿Quién puede creer que entren por una oreja y que luego se coman el cerebro? Sólo los niños y los locos…

Calló un momento para tomar aliento y nos miró con suficiencia. Se veía ya como vencedor.

—También lo creen los médicos, no sólo los niños y los locos —terció entonces mi amigo—. La especie *Lacerta viridis* puede dañar el cerebro, puede producir idiotismo. O, al menos, eso es lo que viene en los libros. Y además te voy a decir otra cosa. Lo que nosotros vimos anoche no es nada normal. No es nada normal encontrarse a una persona con un lagarto a las tres de la madrugada y en una carretera solitaria.

Ismael cambió la expresión de su cara y adoptó una nueva actitud. Pero no la actitud cauta que cabía esperar después de las palabras de reproche de un especialista en la materia, de un médico, sino justo la contraria. Ismael comenzó a expresarse como lo haría cualquiera que, después de escuchar a un ignorante, tiene ganas de presumir.

—Podría hablar largo y tendido acerca de la especie *Lacerta viridis* —empezó a continuación—. Pero el tema es demasiado complejo para tratarlo en pocos minutos. Solamente te diré que las *Lacerta viridis* de nuestro país no se parecen en nada a las de Sudamérica. Únicamente tienen en común el nombre. Pero, bueno, no merece la pena seguir ahora con este tema. Prefiero aclarar el otro punto. Dices que no es nada normal encontrarse a una persona con un lagarto en la mano, y es cierto. Desgraciadamente, no es normal. Lo normal suele ser atropellar al lagarto que vemos indefenso en la carretera; pasar con el coche por encima y aplastarlo. Por eso estamos como estamos.

Me venía a la memoria aquel Ismael medio salvaje de la escuela primaria y no salía de mi asombro. Era cierto lo que decía la vieja foto de la escuela primaria. Sí, la vida está sujeta a muchos cambios. En aquel jardín, Ismael hablaba como un profesor, con autoridad y estilo retórico. Mi amigo y yo no sabíamos cómo hacer frente a su razonamiento.

—Pero ¿por qué sigues atrapando lagartos? No lo has dicho todavía.

—No los atrapo, los recojo. Para salvarlos, naturalmente.

—¿Para salvarlos?

Pero esta vez nuestro asombro no era sincero. No se nos había olvidado aún el comentario *ecologista* que Ismael había hecho ante la marina que estaba colgada en la pared de su pub, y no hacía falta ser muy listo para adivinar lo que significaba exactamente aquello de *salvarlos*. Mi amigo y yo empezábamos a sentirnos ridículos.

—Soy miembro de una sociedad —empezó a explicarnos—. Cuidamos de los animales cuya supervivencia está en peligro. Yo cuido de los lagartos. Su situación es muy mala. Muchos de ellos mueren a causa de los insecticidas que usan los agricultores. El de anoche, por ejemplo, estaba muy grave. Lo llevé a la chabola, pero no sé…, no sé si sobrevivirá.

—¿Tienes una chabola? —le preguntó mi amigo.

—Sí, aquí mismo, junto a la iglesia. Es como un pequeño hospital. ¿Y sabéis quién se ocupa de todo cuando yo estoy trabajando?

Dijimos que no con la cabeza.

—Albino María. Quiere muchísimo a los lagartos. Más que yo aún. Y además le doy algo de dinero por su trabajo.

Dijo la frase sonriendo y con la mirada puesta en mí. Pero yo no me sentía capaz de hacer ningún comentario. Me había quedado sin habla.

Por suerte, mi tío interrumpió en aquel momento la conversación.

—¿Qué? ¿Estáis bien? —nos llamó desde la puerta de la casa.

—¡Muy bien! ¡La sombra de este árbol es excelente! —naturalmente, fue Ismael el que respondió.

—Tendremos que cambiar el programa. Samuel acaba de meterse en el baño. ¿Qué os parece si comemos a las dos y media?

—Como quieras, tío. No tenemos ninguna prisa.

No decía la verdad, porque mi único deseo en aquel momento era cambiar de ambiente, pero… ¿quién puede dejar de mentir cuando explicar la verdad resulta imposible? Mi tío no podía imaginarse la conversación que tenía lugar en aquella mesa.

—Si queréis, podemos ir a ver la chabola —propuso Ismael—. Yendo por los soportales de la iglesia no se tarda ni cinco minutos.

No nos quedaba otro remedio que aceptar.

—Éste es el mismo camino que recorrimos el día que nos hicieron aquella fotografía, ¿te acuerdas? —le pregunté a Ismael cuando ya subíamos por la cuesta. Mi tono era conciliador. En el fondo, quería disculparme por la injusticia que habíamos cometido con él. No era una persona agradable, pero tampoco un enfermo obsesionado con los lagartos.

—Sí, es verdad —me concedió secamente. Para entonces ya se había puesto sus gafas de sol.

Ilobate, Muino, Pepane, Arbe, Legarra, Zumargain, Etxeberi, Ostatu, Motse… dejamos atrás aquellas casas que tantas veces habíamos visto en la niñez, y llegamos a la escalinata de piedra. Seguía igual que en la fotografía: vieja, seria, llena de grietas.

—Yo me coloqué aquí, en este escalón de arriba. Albino María se puso ahí, justo delante de mí —dijo Ismael colocándose en una esquina del tercer escalón y quitándose el sudor de la subida con un pañuelo blanco.

Era una indirecta burlona exclusivamente dirigida a mí: «¿Por qué no dices ahora eso de que Albino María se volvió tonto por mi culpa?», eso era lo que quería dar a entender aquella frase.

—¿Qué hacéis ahí? ¡Se nos va a hacer tarde! —llamó mi amigo desde la sombra del cementerio de la iglesia. Se daba cuenta de lo incómodo que me resultaba estar a solas con Ismael.

—Sí, ya vamos. Pero no te preocupes. Casi hemos llegado.

La chabola estaba detrás de la iglesia, en medio de un prado cercado con alambre de espino. Construida con cemento y pintada de blanco, tendría unos diez metros de largo, y otros tres de ancho y de alto. Las pequeñas ventanas estaban cubiertas con red metálica. La puerta, de hierro, era verde.

—La chabola está dividida en dos partes. En una tengo a los lagartos que ya están casi recuperados. En la otra a los que siguen enfermos —nos dijo Ismael una vez que habíamos cruzado la cancela de la cerca.

—¿Y después? ¿Qué haces con los lagartos que ya están completamente curados? —le preguntó mi amigo.

—Buscar un río limpio y soltarlos por sus alrededores —le contestó Ismael sacando la llave de la chabola del bolsillo.

Sentimos el hedor en cuanto abrió la puerta. Era realmente asqueroso, daba náuseas.

—¡Ah! ¡Es el olor! —dijo Ismael viendo que nos tapábamos nariz y boca—. ¡No es muy agradable, la verdad! Pero yo hace ya tiempo que no lo noto. ¿Qué os parece? ¿No es un bonito cuadro? —añadió quitándose las gafas de sol.

No, no era un bonito cuadro, ni mucho menos. Más bien parecía un almacén para guardar verduras y manzanas podridas, y ni las ramas con hojas que estaban de pie en una esquina suavizaban esa impresión. Además, allí dentro hacía un calor terrible.

—¿Dónde están? —preguntó mi amigo, mirando hacia el suelo igual que yo.

—No miréis al suelo. Mirad a las paredes —nos sugirió Ismael.

Allí estaban, pegados a las paredes de cemento. Vi cinco en la pared izquierda, tres en la derecha y uno más en el techo. Se les inflaba y desinflaba la papada. De vez en cuando abrían su boca, proporcionalmente muy grande, y sacaban de ella una hebra negra, la lengua.

—Ya he visto suficiente, me voy fuera —dije. Mis ganas de vomitar eran cada vez mayores.

—Esperad un momento, vamos a ver las jaulas de la otra parte.

Me negué en redondo. Salí al prado, y mi amigo me siguió.

—Pues a mí no me parecen tan asquerosos —nos dijo Ismael acercándose a nosotros. Volvió a ponerse las gafas de sol—. Para mí la naturaleza es una unidad absoluta, una totalidad, y por eso quiero a todos los animales. Los lagartos, por ejemplo, me recuerdan a los pájaros, porque sé que son casi lo mismo. No hay que olvidar que el primer pájaro nació de un lagarto. Ya sé que vosotros no sentís lo mismo, pero…

—No, no sentimos lo mismo —le interrumpió mi amigo dirigiéndose hacia la cerca. También él tenía el estómago revuelto.

—Esperad un poco a que cierre la puerta y os acompaño. Tengo que coger el coche del jardín.

—Un poco más y se nos pone a hablar de teología —me susurró mi amigo. Estaba bastante enfadado. Traernos a aquel sitio justo antes de la comida había sido una jugarreta.

Afortunadamente, Ismael no insistió en explicarnos su concepción de la naturaleza, e hicimos el camino de vuelta casi en completo silencio. Llegamos a casa de mi tío cuando ya estaban dando las dos y media.

—Pues aquí se acaba la historia del lagarto. A ver si la próxima vez no le echáis tanta imaginación al asunto —nos recomendó Ismael desde la ventanilla del Lancia rojo.

—Lo intentaremos.

Echó marcha atrás y salió del jardín. Unos segundos después, había desaparecido de nuestra vista.

—*At last!* —dijo mi amigo imitando al señor Smith.

No entramos directamente en la casa, porque nos pareció conveniente airearnos antes un poco y tratar de olvidar la repugnancia que nos había producido el hedor de los lagartos.

—En fin, ¡qué le vamos a hacer! —empezó mi amigo pensando en voz alta—. Parece que nos excedimos un poco a la hora de hacer nuestras hipótesis. Pero no importa, conviene hacer el ridículo de vez en cuando. Yo creo que nos dejamos llevar por nuestra pasión por las historias. De todas formas, en el fondo teníamos razón. El tal Ismael es un personaje un tanto siniestro.

—Sí, estoy de acuerdo —admití. Pero estaba bastante deprimido.

—¡Es hora de tomar el vermut! —nos comunicó mi tío desde la ventana de la sala.

—Cada vez siento más simpatía por tu tío. Un par de minutos con él y ya habremos olvidado a los lagartos.

—Lo mismo creo yo. Va a ser una comida muy agradable. Y seguro que el señor Smith también pone algo de su parte —observé.

No nos equivocamos en nuestros pronósticos. La comida con los dos *indianos* discurrió entre bromas y anécdotas, y mi amigo y yo pudimos admirarnos —una vez más— de lo llenas que parecen estar las biografías de nuestros mayores.

Hacia las cinco de la tarde —ciñéndonos de nuevo al programa—, con el café y el coñac delante, nos pusimos a hablar de literatura: en qué consistía la originalidad, dónde estaban los límites del plagio, cuál debía ser la función del arte… y aquél fue el momento que eligió el señor Smith para, como dijo él, darnos una *surprise*.

—*Oh, my friend!* —le dijo a mi tío—. Mis juicios no son tan *strict and severe* como los tuyos. También yo estoy a favor de esa *intertextuality*, estoy de acuerdo con estos jóvenes.

—¿En serio? ¡No te puedo creer!

—Pues es verdad. Y ahora mismo voy a darte *the proof*.

Se nos animaron los ojos. Sobre la mesa estaba el pequeño magnetófono del señor Smith.

—Espere un segundo —le dije—. Si graba ahí otro cuento, se borrará el de Amazonia. Tío, ¿tienes una cinta?

—Sí, la tengo —respondió él un poco extrañado. Porque todavía no sabía nada de nuestras correrías nocturnas.

—*Don't worry!* Un lado de la cinta aún está libre —nos tranquilizó el señor Smith. Y empezó a recitar en inglés, con acento de Dublín, un cuento suyo titulado *Wei Lie Deshang, fantasia on the Marco Polo's Theme*.

Ha llegado, pues, el momento de hacer otro inciso, porque me resulta imposible continuar en busca de la última palabra sin antes transcribir este relato. He procurado traducirlo lo mejor posible. Veamos ahora el resultado.

Wei Lie Deshang

Fantasia on the Marco Polo's Theme

Wei Lie Deshang no era como los otros criados del palacio que el último gobernador de Kiang'Si, Aga Kubalai, se había hecho construir en una pequeña isla de la bahía de la ciudad, y jamás se resignó a su destino. Mientras los demás se lamentaban, él reflexionaba en silencio; mientras los ojos de los demás lloraban, los suyos, llenos de odio, miraban con frialdad.

Después de cinco años de trabajo en el matadero del palacio, y teniendo ya veinte, creyó que sus deseos de venganza le harían enloquecer, porque veía la cabeza de Aga Kubalai en la de todos los animales que descuartizaba, y porque aquellas imágenes poblaban luego sus sueños. Pero su carácter era fuerte, y siguió odiando, siguió buscando el camino que habría de llevarle a cumplir la promesa que, en nombre de sus padres, se había hecho a los quince años, nada más pisar la isla. Aga Kubalai debía morir, y Kiang'Si, la ciudad que le había aceptado como gobernador, debía ser destruida.

Diez años más tarde, cuando ya tenía treinta, oyó hablar de la nueva fe que había predicado un mendigo llamado Mohamed, y vio por fin aquel camino que tanto había buscado. Era un camino que, sobre todo en su primer trecho, resultaba arriesgado y difícil de abrir, porque le exigía escapar a la ciudad casi todas las noches y volver antes de que el cielo se iluminara con la primera estrella del amanecer. Pero prefirió el riesgo de morir a manos de los guardianes antes que, como algunas serpientes, envenenado por su propio odio.

Tardó tres años en cumplir su objetivo. Entonces, seguro ya de que nadie podría detenerle, decidió abandonar la isla y marchar para siempre a las montañas de Annam. Allí estaban los hombres que creerían en él y que luego, más adelante, serían los mensajeros de su venganza. Los días de Kiang'Si estaban contados.

Wei Lie Deshang emprendió su último viaje una noche sin luna, a través de un sendero que, cruzando el bosque de caza del gobernador, unía el matadero con una pequeña playa de la isla. Era su recorrido habitual, el mismo que había hecho en todas y cada una de sus huidas, y llegó sin ningún contratiempo hasta la roca donde guardaba el shampán que tres años antes había comprado en la ciudad. Un instante después, remaba hacia la costa.

Kiang'Si, la ciudad más próspera del mar de Cathay, estaba situada en una amplia bahía, sobre las suaves colinas que dominaban la playa. Hermosa de día, se volvía aún más hermosa cuando, gracias a la luz de las antorchas que la iluminaban de noche, los edificios perdían gravidez y se convertían en una sucesión de tejados rojos y brillantes. Kiang'Si no parecía, de noche, una ciudad; parecía una bandada de pájaros a punto de posarse en el mar.

Pero Wei Lie Deshang se sentía ajeno a toda aquella belleza, y remó sin levantar la vista de las olas. Luego, cuando ya estuvo dentro de la bahía, dirigió el shampán hacia la gran pagoda de la ciudad.

Desembarcó junto a una escalinata repleta de enfermos y de mendigos, y se dirigió enseguida hacia donde, desde hacía dieciocho años, le esperaba su dios Siddarta. No había entrado en el templo desde el día en que había sido llevado a la isla.

La imagen, gigantesca, estaba cubierta de flores anaranjadas. A su lado, Wei Lie Deshang parecía un hombre insignificante.

—¿Qué deseas, criado? —oyó en su interior nada más arrodillarse. Siddarta le hablaba con la voz de un padre severo.

—Ya sé que parezco un criado —respondió Wei Lie Deshang rezando con humildad—. Pero pertenezco a una familia de soldados, y mi sangre sigue siendo la de un soldado.

—¿Y por qué no lo eres? —dijo Siddarta.

—Porque mi familia se rebeló contra Aga Kubalai, el gobernador extranjero. El castigo para ellos fue la muerte. Para mí, que entonces era sólo un niño, la humillación de ser un criado.

Wei Lie Deshang cerró los ojos y se quedó en silencio. Le dolía recordar todo lo que había sucedido en la época de la rebelión. ¿Por qué se había entregado la ciudad de Kiang'Si a un hombre como Aga Kubalai? Nadie había querido seguir la llamada de su familia, nadie había querido luchar contra la nueva situación. Ni los mercaderes, ni los sacerdotes, ni siquiera los capitanes del ejército. Pero aquella traición no quedaría sin castigo.

—Ahora quiero vengarme, Padre —continuó Wei Lie Deshang postrándose ante su dios—. Todo está preparado. Sólo me falta tu bendición.

Pero Siddarta no accedió a su ruego. Su voz se hizo aún más severa.

—Dime primero —oyó en su interior— por qué te convertiste en un ladrón y en un asesino. En tres años has matado a más de treinta mercaderes.

—Necesitaba sus bizancios de oro, Padre.

—¿Y por qué guardas en esa casa de To'she esa larga lista de nombres y de cifras?

—Son los nombres de todos los traidores de esta ciudad, Padre. Y las cifras indican el lugar donde viven esos traidores.

—No debes vengarte, criado. El odio no puede detener al odio; sólo el amor puede detener al odio. Esta ley es antigua.

—Yo quiero matar a quienes quebrantaron la antigua ley y permitieron que un extranjero gobernara en Kiang'Si.

—¡Cállate, criado! —se encolerizó, cambiando de voz, el gigantesco Siddarta—. Aleja de tu corazón esos deseos malignos. Vuelve a la isla y confiesa tus culpas.

—¿Por qué hablas ahora con la voz de Aga Kubalai? —gritó Wei Lie Deshang poniéndose de pie.

—¡No le hables así a tu dios!

—¡Tú también eres un traidor! —exclamó Wei Lie Deshang reculando hacia la salida del templo. Estaba desconcertado—. ¡Quemaré este templo, Siddarta!

Salió corriendo de la pagoda y no se detuvo hasta llegar a la casa que tres años antes había comprado en el barrio de To'she. Acababa de perder la protección de su dios, pero le bastó contemplar los bizancios de oro y los pergaminos repletos de nombres y de cifras para olvidarse de ello. Aquella noche, por primera vez en mucho tiempo, fumó opio y vio, con el detalle y la claridad de una visión, el final de aquel camino que había imaginado el día en que oyó hablar del mendigo Mohamed. Kiang'Si pagaría por su traición: su venganza sería terrible.

A la mañana siguiente, vestido ya de mercader, emprendió viaje hacia la región de las montañas de Annam, mezclado entre verdaderos mercaderes y siguiendo a su bulliciosa caravana de carros y caballos. Pero, muy pronto, en cuanto se alejaron de Kiang'Si, se apartó del grupo y —preguntando en los pueblos por los que pasaba— comenzó a reclutar a la gente que necesitaba para sus planes. En un sitio, viendo que las casas estaban construidas sólidamente, reclutaría carpinteros y canteros; en el siguiente, muchachas y cocineros. Sus bizancios de oro abrían todas las puertas.

Quince días después, una vez finalizado el viaje y estando ya en las montañas de Annam, el antiguo criado Wei Lie Deshang eligió un pequeño valle, el que entre todos le pareció el más recóndito y solitario. Luego, comenzó a dar órdenes.

—Construid cinco palacios —les dijo a los carpinteros y a los canteros—. Convertid todo el valle en un hermoso jardín, sin olvidar los riachuelos y las fuentes —les dijo a los botánicos—. Vigilad a las muchachas y al ganado. Y que no se acerque ningún intruso —les dijo a los mercenarios.

Tras escucharle con atención, todo el grupo —compuesto por más de quinientas personas— se desperdigó por el valle y comenzó a levantar las tiendas.

—Tu pena ha de ser muy grande —le dijo entonces un viejo mercenario, acercándosele—. Jamás vi a nadie que, siendo rico y pudiendo ser feliz entre la gente, eligiera el retiro y la soledad que tú ahora has elegido.

La fraternidad que le demostraba el viejo mercenario conmovió a Wei Lie Deshang.

—Veo que eres un hombre noble, y quiero que de aquí en adelante seas mi lugarteniente. Pero no es lo que tú crees. El paraíso que voy a erigir en este valle no va a ser para mí, sino para los annamitas que habitan esta región.

El mercenario no comprendió el sentido de aquellas palabras, pero permaneció en silencio.

—¿Qué sabes de los annamitas? —le preguntó Wei Lie Deshang mirando hacia las altas y rocosas montañas que rodeaban el valle.

—Solamente que son muy buenos guerreros, y que no tienen rival en la caza del tigre.

—Sí, eso mismo oí decir yo en una cocina de Kiang'Si. Y que son como niños, inocentes y crédulos.

—Siddarta estará contento con ellos. ¡Más que conmigo! —rió el mercenario.

—Los annamitas no creen en Siddarta, sino en un mendigo llamado Mohamed. Por eso quiero transformar este valle, para que tengan el paraíso que su profeta les prometió.

—Pues si ése es tu deseo, lo tendrán.

El viejo mercenario esbozó una sonrisa. Luego, volviendo al grupo, les apremió a que ocuparan sus puestos.

La gente que había seguido a Wei Lie Deshang trabajó durante un año, levantando palacios y torres, plantando rosales y árboles de loto, construyendo fuentes de cuatro caños de las que manaba agua, leche, miel y vino. Después, una vez terminada la tarea, recibieron los bizancios de oro prometidos y volvieron a sus casas. Sólo las muchachas y los mercenarios permanecieron en el valle.

La hora de acercarse a una aldea annamita había llegado.

—Escoge a diez hombres y sígueme —le dijo Wei Lie Deshang al viejo mercenario.

—¿Vamos en busca del primer annamita? —intuyó el mercenario.

Wei Lie Deshang asintió con gravedad.

—No te inquietes, todo irá bien —le animó el mercenario. Pero la gravedad del rostro de Wei Lie Deshang no desapareció. Se encontraba ante la última prueba. Los días venideros decidirían el éxito o el fracaso de su esfuerzo de tantos años.

Caminaron durante tres horas por entre bosques cerrados, vigilando la aparición de algún tigre y comparando aquel paisaje agreste con el delicioso valle que acababan de dejar. Hacia el mediodía encontraron un sendero, y Wei Lie Deshang ordenó a sus hombres que buscaran un lugar donde emboscarse.

—Esperaremos a que pase un annamita —les dijo. Luego impartió las instrucciones que debían seguir cuando aquello ocurriera.

No tuvieron que esperar mucho, pues aquel sendero estaba muy cerca de una aldea de cazadores. Lo vieron acercarse con su arco y sus flechas al hombro.

Cuando llegó a su altura, alzaron las espadas y lo abatieron entre los diez mercenarios.

—¡Muere! —le gritaron. Sin embargo no llegaron a hacerlo. En lugar de ello, le dieron a oler un narcótico y lo dejaron dormido.

Una vez de vuelta en el valle, y siguiendo siempre las órdenes de Wei Lie Deshang, dejaron al annamita dormido junto a una fuente rodeada de rosales. Para entonces, había caído ya la tarde y el cielo parecía formado por diferentes trocitos de cristal azul. El viento del norte jugaba con los pétalos de las flores.

Wei Lie Deshang y el viejo mercenario se apostaron en una ventana del palacio principal a velar el sueño del annamita.

El annamita recobró el conocimiento antes de que hubiera anochecido por completo. Se levantó del suelo y miró uno a uno los cuatro lados del valle, con sus arboledas, fuentes y palacios. Luego, inclinándose sobre la fuente, mojó la mano primero en la leche y luego en la miel. No necesitó saber más: exultante de alegría, alzó los brazos al cielo y se puso a cantar himnos religiosos.

Una sonrisa iluminó el rostro de Wei Lie Deshang. Después de todos sus esfuerzos, el tiempo le daba la razón. El annamita creía estar en el paraíso prometido por el mendigo Mohamed.

—Tráelo a mi presencia —le dijo al mercenario. Los dos estaban vestidos de blanco.

Creyendo estar ante el profeta, el cazador se postró en el suelo nada más entrar en la sala del palacio principal.

—*La ilaha ila Ala* —le dijo Wei Lie Deshang. No olvidaba lo aprendido en las cocinas de Aga Kubalai.

El cazador asintió tembloroso, y le llamó Mohamed. Luego le agradeció la muerte que había querido darle.

—No la merecía, Señor, y tampoco merecía el paraíso, pues he sido un pecador.

—Mohamed no te ve como un pecador, y te da la bienvenida al paraíso. Disfruta ahora del premio que he querido otorgarte.

La ventana del palacio dejaba ver un cielo lleno de estrellas. Pero Wei Lie Deshang miraba únicamente a la que señalaba hacia Kiang'Si.

«Kiang'Si, ha caído ya el primer grano de la arena que mide tu tiempo», pensó.

—¿Qué hemos de hacer de aquí en adelante? —le preguntó el viejo mercenario una vez que se llevaron al annamita a otro palacio lleno de muchachas.

—Quiero doscientos hombres como éste.

—Necesitaré un mes.

—Sé esperar —le respondió Wei Lie Deshang.

Pero el viejo mercenario no necesitó aquel tiempo. Al cabo de quince días, podía verse ya un gran grupo de annamitas en los palacios y jardines, riéndose o cantando; yaciendo, al llegar la noche, con las muchachas.

—Alá, querido dios, te damos gracias de todo corazón —musitaban cada atardecer. Ninguno de ellos sospechaba la verdad.

A veces un ángel llegaba a ellos y les pedía que fueran donde Mohamed, su buen profeta.

—No temáis —les decía Wei Lie Deshang al verles temblar—. No habéis cometido ninguna falta y no pienso arrebataros vuestra dicha.

Luego les hablaba de una ciudad de la Tierra, Kiang'-Si, llena de iniquidad y desprecio por Alá.

—Merecen ser castigados, Padre —decían los annamitas.

Wei Lie Deshang les mostraba entonces el nombre de un pecador de Kiang'Si. Junto al nombre figuraba el dibujo que —por haber sido trazado a partir de las cifras de su pergamino— indicaba el lugar donde vivía el pecador.

—Vosotros seréis los portadores del divino castigo de Alá. Este ángel os guiará cuando estéis fuera del paraíso. Preparad vuestras flechas con el veneno que utilizabais para matar tigres. Cúmplase la voluntad de Alá.

El viejo mercenario, el ángel, asentía con la cabeza. Él los acompañaría hasta la ciudad, él volvería a traerles al paraíso después de que ellos impartieran el castigo. Y los annamitas, tranquilizados porque la falta era ajena, le participaban su deseo de partir cuanto antes.

—Esta noche dormiréis en mi palacio —les decía Wei Lie Deshang— y mañana temprano, al despertar, miraréis a vuestro alrededor y veréis el camino que os llevará a Kiang'Si.

Cúmplase la voluntad de Alá, tal era la máxima que los annamitas se repetían constantemente. Y la divina voluntad se cumplía siempre. La muerte, el más terrible de los castigos, se fue propagando por la ciudad de Kiang'Si. Un juez con toda su familia; cinco capitanes del ejército de Aga Kubalai; tres mercaderes. Y todos ellos a la puerta de sus casas y con flechas envenenadas.

Los annamitas volvían de Kiang'Si riendo, felices de haber podido castigar a los pecadores que despreciaban a Alá.

Seis meses más tarde, cuando la ciudad entera estaba ya aterrorizada, una patrulla capturó a dos annamitas en la tremenda confusión que se había formado tras el incendio de la pagoda de Siddarta. El capitán de la patrulla llevó la noticia a la isla del gobernador.

El gran Aga Kubalai se tranquilizó mucho al oír las palabras del capitán, y le ordenó que trajera a su presencia a aquellos dos hombres, que ardía en deseos de ver las caras de los asesinos. Quería saber de dónde eran, quién los enviaba, por qué le atacaban.

Y aún le dio otra orden:

—Busca a todos los mercaderes y señores de la ciudad, y tráelos a mi presencia. Que también ellos oigan la confesión de los asesinos.

Aga Kubalai estaba inquieto por los rumores que ponían en duda su capacidad como gobernador, y quería mostrarles su primer triunfo.

Se congregaron todos en el sótano del palacio, los mercaderes, los grandes señores, los asesinos annamitas. Y el verdugo comenzó con la tortura.

—¿Quién os envía? —preguntó Aga Kubalai tras los primeros gritos de los annamitas.

—Mahoma, nuestro profeta —respondieron los annamitas.

—¿De dónde venís?

—Del paraíso.

El gobernador hizo una seña al verdugo, y la tortura se hizo más dolorosa, más sangrienta.

—Ahora decidme la verdad. ¿Quién os envía? —les preguntó cuando el verdugo terminó su trabajo.

—¡Mahoma, nuestro profeta! —gritaron los dos prisioneros.

Uno de los mercaderes que observaban la escena se acercó a los annamitas y les limpió la sangre.

—Os daré dinero, mucho dinero. Decidnos quién es vuestro jefe —les dijo hablándoles con suavidad.

—Alá es nuestro único dios —le respondió uno de ellos con la voz quebrada. El otro ya había muerto.

Aga Kubalai gesticulaba como un loco, y amenazaba al verdugo. Pero todo fue inútil, porque al poco tiempo también el segundo de los annamitas se calló para siempre.

La inquietud de quienes se encontraban en el sótano se hizo aún más intensa con la llegada de un guardia de palacio.

—Señor gobernador —dijo el guardia humillando la cabeza—. Vuestro hijo mayor ha muerto. Una flecha envenenada le ha atravesado el corazón.

Las miradas de los que habían presenciado la tortura se cruzaron, Aga Kubalai se llevó las manos al rostro. Luego se dirigieron todos a sus casas, formando grupos, apresuradamente.

X e Y

—Por lo que veo, la historia del lagarto os ha tenido bastante entretenidos —nos dijo mi tío cuando acabamos de contarle todo lo referente al asunto de Ismael. Para entonces eran ya las ocho y media de la tarde, y estábamos sentados en la sala de la biblioteca. El señor Smith, muy cansado después de la noche pasada *on the grass*, se había retirado a descansar tras habernos recitado su *Wei Lie Deshang*.

—Así es, en efecto. Entretenidos y haciendo bastante el ridículo —admitimos.

—No podía ser de otra manera, muchachos —dijo mi tío suspirando exageradamente.

—No te entendemos, tío.

—Lo que quiero decir es que, dada la debilidad de vuestras teorías literarias, no podía ser de otra manera. Porque lo que os ha pasado nada tiene que ver con vuestro pretendido afán de llegar al fondo de los hechos, y tampoco, mucho menos aún, con la gran imaginación que creéis tener. Con lo único que tiene que ver es con vuestra errónea interpretación de la pequeña historia de los lagartos.

Strict and severe, my friend, hubiera dicho el señor Smith de haber estado allí.

—Explícate mejor, tío —insistimos.

—¡Está claro! Vosotros consideráis que la literatura es un juego, y que no tiene ninguna utilidad. Y opinando como opináis, no habéis sido capaces de desentrañar la clave que encerraba esa historia que os contaban vuestros padres. Porque, si nos fijamos bien, ¿cuál es la moraleja que transmite la historia? ¿Qué les dice a los niños? A los niños, a ver si os enteráis…, pues viene a decirles que dormir sobre la hierba puede representar un grave peligro, y que deben tener mucho cuidado con ello. *Si te quedas dormido, vendrá el lagarto y se te meterá por el oído*, le dice la madre a su niño. Pero ¿qué es lo que le preocupa a la madre? ¿Cuál es el verdadero peligro? ¿El lagarto? ¡En absoluto! ¡De ninguna manera!

—¿Cuál puede ser, entonces? ¿La serpiente? —se le ocurrió a mi amigo.

—La serpiente es una posibilidad. Pero no sólo la serpiente. Puede ser la humedad del hierbal, o un perro rabioso, o un maníaco, cualquier cosa. Los peligros pueden ser muchos; tantos que la labor de enumerárselos uno a uno al niño resultaría absurda. Ésa es, precisamente, la razón de ser de la fábula del lagarto, pues resume, a modo de metáfora, todos los peligros posibles. Tened en cuenta, además, que el lagarto viene a ser un dragón pequeño, y que son precisamente los dragones los animales que en los cuentos tradicionales simbolizan el mal. Luego todo cuadra en la fábula, tiene mucha lógica.

—Lo que no tiene tanta lógica, tío, es lo que has dicho antes, eso de que para nosotros la literatura es un juego. Pero será mejor que dejemos esa discusión para otro momento. Y volviendo al tema, tío, dime… ¿por qué el lagarto y no la serpiente? A mí me parece que la serpiente sería un protagonista más adecuado.

—¿Qué queréis? ¿Que os dé una lección de literatura? —nos preguntó mi tío con la más maliciosa de sus sonrisas.

—Ya estamos acostumbrados, tío. No te preocupes por nosotros —le respondí. Era habitual que las sesiones literarias de aquella casa acabaran con una vehemente alocución suya.

—Estaréis acostumbrados, pero no me hacéis ningún caso. Y tú menos que nadie, sobrino. Como para ti sólo soy una antigualla del siglo diecinueve...

—Menos cuento, tío. Ya nos hemos fijado en lo contento que te has puesto con lo de nuestra *errónea* interpretación de la historia. Pero haz el favor de continuar, que se nos va a hacer tarde.

—¿Tarde? Pero ¿qué pasa?, ¿es que pensáis marcharos hoy?

—Me temo que sí. No te olvides de que él es médico. Mañana tiene que ir a trabajar.

—A mí no me queda otro remedio que volver, pero tú puedes quedarte. Ya cogeré un tren —dijo mi amigo.

—Si es que lo hay, claro.

—Sí, sí que lo hay. Pasa uno que yo suelo coger a veces y que sale dentro de poco. Ahora mismo os digo la hora exacta —dijo el tío abriendo un cajón y sacando de él un horario—. A las nueve y cuarto —nos comunicó.

—Pues si no te importa ir en tren, te llevo a la estación y lo coges. Con salir de casa a las nueve será suficiente.

—Muy bien.

—Lo cierto es que me viene bien que tú te quedes —me miró mi tío—. Ya sabes que no tengo coche, y estando Samuel aquí...

—Puedes estar tranquilo, tío. Haré de taxista y os llevaré a todos los sitios que queráis. Para algo te tiene que servir un sobrino moderno como yo.

—Todo arreglado, entonces. Continuemos con la lección de literatura —sugirió mi amigo.

—¿Dónde nos habíamos quedado?

—Estábamos en por qué el lagarto y no la serpiente.

—Ah, sí. Pues yo pienso que las madres de aquel tiempo eran muy sensatas, y que se andaban con mucho cuidado a la hora de asustar a los niños. Convenía asustarlos, sí, pero sólo un poco, no fuera que, angustiados por la historia, se volvieran apáticos y cobardes ante la vida. Y desde ese punto de vista, el lagarto resultaba mucho más adecuado. Porque el niño, cualquiera sabe gracias a qué instinto, comprende que el peligro no es serio. Seguirá, eso sí, el consejo de su madre, pero lo hará por si acaso, sin darle mayor importancia al asunto.

—Está claro que nosotros no gozamos del favor de ese instinto —comenté.

—Quizá no sea cuestión de instinto —intervino mi amigo—. Puede que el niño lea en la expresión de la cara de su madre, o en su voz, o en sus gestos, y que sea así como se percate de la ligereza de lo que se le cuenta. Si la madre mencionara a la serpiente, su lectura probablemente sería otra.

—Es una observación interesante. No se puede contar una historia de serpientes sin sentir repulsión o angustia. Puede que tengas razón.

—Pero también existen lagartos peligrosos. Los de la clase *Lacerta viridis*, por ejemplo —dije.

—No lo creo, sobrino. Como bien os informó Ismael, los lagartos de este país son inofensivos. Y, dicho sea de paso, también los de Inglaterra. Acuérdate, si no, del pobre lagarto Bill que conoció Alicia. No hay en el libro de Carroll un personaje que sea más desgraciado que Bill.

—No lo recuerdo —confesé.

—Yo tampoco —dijo mi amigo.

—Esperad. Ahora os lo enseño.

El tío se dirigió a la biblioteca y, tras inspeccionar algún que otro estante, volvió con el libro de Carroll en sus manos.

—Mirad, fijaos.

La ilustración mostraba cómo unos animales, el conejo y la rata entre ellos, agarraban a un pequeño lagarto muy compungido y le obligaban a beber brandy.

—Lo quieren emborrachar contra su voluntad. Un verdadero infeliz, este Bill.

—Y que lo digas, tío.

Las ilustraciones eran una delicia, y nos hubiera gustado mirarlas todas. Pero el tío de Montevideo era un maestro muy impaciente. Había que proseguir con la lección.

—De todos modos, y volviendo al tema de la errónea interpretación de la historia, habéis andado muy a ciegas. Mucho más a ciegas de lo que cabía esperar de unos buenos aficionados a la literatura —dijo retomando su tono *strict and severe*—. Porque, considerándolo bien, también se puede interpretar la historia del lagarto desde vuestro punto de vista. Quiero decir que también es posible entenderla a partir de esa *intertextuality* que tanto os gusta.

—Continúe vuesa merced, señor tío, que está hablando como el mismísimo Salomón.

—Puedes reírte cuanto quieras, sobrino. Pero a ver qué me dices de esta canción de cuna: *Pequeño niño mío, no te duermas en el bosque; un cazador podría llevarte, confundiéndote con una liebre.*

—No hay duda de que se trata del mismo tema. Lo cual viene a demostrar que la preocupación de las madres por perder a sus niños debía de estar muy difundida —dijo mi amigo.

—Y aún hay más. ¿Qué me decís, por ejemplo, del personaje del Sacamantecas? ¿O ya no os acordáis de lo que nos decían a todos de pequeños? *No andes nunca solo cuando oscurezca, porque aparecerá el Sacamantecas y te llevará con él.*

—Ya lo creo que me acuerdo. Aparecía en todas mis pesadillas —asintió mi amigo.

Mi tío tenía los ojos brillantes.

—¡Pues ahora sí que os voy a dar una sorpresa! ¡Todas estas historias, a ver qué me decís ahora, fueron ideadas en el siglo diecinueve!

—Por ahí no paso, tío —le respondí—. Estoy de acuerdo en lo de la universalidad del tema, y acepto también que la historia del lagarto no sea sino una variación de ese tema; pero lo de que todo surgió en el siglo diecinueve, eso no me lo creo. Con todos mis respetos, me parece una exageración.

—De acuerdo, está bien, seguramente he ido demasiado lejos. Es muy posible que no hayan surgido en el diecinueve, porque, claro está, madres ha habido siempre. Pero lo que yo quería decir es que fue en el siglo diecinueve, en el diecinueve precisamente, cuando esas historias tuvieron gran auge, que fue entonces cuando se desarrollaron y se hicieron populares. Y eso, querido sobrino, es verdad.

—¿Y cuál fue la razón? ¿Qué sucedió para que las madres se asustaran más de lo que se suelen asustar habitualmente? ¡Cuéntelo rápidamente, tío, que si no voy a perder el tren!

—¡El tren! ¡Tú mismo lo has dicho!

Mi tío estaba muy exaltado.

—¿Qué pasa con el tren?

—¿Me concedéis tres minutos para que os lo cuente?

—Son las nueve menos cuarto. Tienes tiempo hasta las nueve, tío.

—Pues, fijaos. El ferrocarril llegó aquí a mediados del siglo diecinueve y supuso un cambio enorme, un cambio que ahora no podemos ni imaginar. Daos cuenta de que lo único que se conocía entonces era el caballo, todos los viajes y todos los transportes se hacían a caballo. Pues bien, están todos con su cuadrúpedo en casa cuando, de pronto, va y hace su aparición un artefacto que alcanza los cien kilómetros por hora. A la gente le daba miedo, y había muchísimos que no se atrevían a montar y a viajar en él. Y los que lo hacían, es decir, los que poseían el suficiente coraje y eran tan temerarios como para montarse en el tren, se lo pasaban muy mal. En primer lugar, se mareaban todos. En segundo lugar, miraban por la ventanilla y no veían el paisaje, o lo veían completamente borroso, como en las fotografías que salen movidas.

—¿En serio? ¡No es posible! —exclamé.

—Sí, sí; claro que es posible —confirmó mi amigo—. Tenemos que tener en cuenta que nuestros ojos comienzan a acostumbrarse a la velocidad desde el mismo instante en que se abren. Pero en aquella época no sucedería lo mismo. No al menos en lo que se refiere a la primera generación que conoció el tren. Sus ojos no debían de estar adaptados.

—Esta historia del tren dice exactamente lo mismo —nos dijo mi tío, que se había vuelto a levantar, mostrándonos un grueso librote.

—Sólo nos quedan diez minutos, tío. No tenemos tiempo para leer el libro —le dije.

—Entonces, voy a seguir. Pues, como os iba diciendo, el tren fue un verdadero shock para aquella gente. Y así las cosas, no pasó mucho tiempo sin que empezaran a surgir rumores; que si aquel artefacto anunciaba la inminente llegada del fin del mundo, que si provocaba no sé qué enfermedad… en fin, cosas por el estilo. Éste era el ambiente que reinaba cuando alguien tuvo la feliz ocurrencia de plantearse esta pregunta: *Pero ¿por qué anda tan rápido? Respuesta: Porque engrasan sus ruedas con un aceite especial. ¿Sí? ¿Y cómo consiguen ese aceite tan especial? ¿Cómo? Pues muy sencillo, derritiendo niños pequeños. Atrapan a los niños que andan sueltos por aquí y se los llevan a Inglaterra. Allí los derriten en unas calderas enormes, y…*

—¿Eso era lo que se decía?

—Sí, se decía eso. Era la época de las primeras industrias, y el número de niños que desaparecían mientras sus padres estaban trabajando en la fábrica debía de ser muy grande. La gente no hizo más que relacionar ambos hechos. Y hasta tal punto se creyeron esa historia, que la emprendieron con las estaciones y empezaron a incendiarlas. Mirad esta fotografía...

Mi tío abrió el librote de la historia del tren y nos mostró la fotografía de una estación completamente quemada. Al pie de la fotografía se leía: *Estado en que quedó la estación de Martorell tras ser incendiada por las amas de casa del pueblo*.

—Las amas de casa, no los hombres.

—Exactamente. Fueron las madres.

—Pero, tío, ¿cómo relacionas lo del tren con la historia del lagarto? ¿Se puede saber?

—*Intertextuality*, sobrino, *intertextuality*.

—Concrete, haga el favor.

—Pues por el camino más recto, sobrino. ¿Qué hemos dicho antes? Hemos llegado a la conclusión de que la historia del lagarto y la del Sacamantecas son la misma, ¿no?; que son dos historias que lo único que pretenden es proteger a los niños. Y dime ahora: ¿qué significa la palabra *Sacamantecas*?

—El que saca la manteca o el aceite —se me adelantó mi amigo.

—Podríamos alargar algo más la frase y quedaría así: *el que saca la manteca o el aceite que necesitan las ruedas del tren*.

—¿Estás seguro?

—Por supuesto que lo estoy. Porque el Sacamantecas fue un asesino famoso de la época en que llegó el tren. Por lo que he sabido, no se dedicaba a matar niños, sino que sus víctimas eran personas de mucha edad, personas ancianas. Pero, claro, ése era un dato en el que las madres no reparaban. Lo único que ellas sabían era que sus niños podían desaparecer. Ése era su gran miedo. Y de ese gran miedo salió el personaje.

—No un asesino de ancianos, sino un ladrón de niños.

—Exactamente. Una historia típica del siglo diecinueve, como os he dicho.

—Ha sido una lección preciosa, tío.

—Muchas gracias, sobrino. Y a ver si la próxima vez demostráis tener mayor lucidez. Os sobra imaginación, pero reflexionáis poco.

—Eso mismo nos dijo Ismael.

—Y no es de extrañar. ¿A quién se le ocurre hacerle la acusación que vosotros le hicisteis? Y todo por una historia infantil que ni los niños se creen del todo.

—De todos modos, para algo ha servido. Después de haber escuchado esta lección, voy a subir al tren con otro talante —dijo mi amigo levantándose.

—¿Qué hora es?

—Casi las nueve, tío. Tenemos que marcharnos.

—Vamos, entonces. Os acompañaré hasta el coche.

El jardín ya no era el del mediodía. El monótono canto de los grillos se había extinguido, y una luna blanca, muy frágil, campeaba ahora en el cielo. El momento más silencioso del día había llegado.

La despedida entre mi tío y mi amigo se alargó más de la cuenta, y cuando nos pusimos en camino hacia la estación ya pasaban unos minutos de las nueve.

—¿Cuántas curvas tenemos ahora hasta la estación? —me preguntó mi amigo.

—Muy pocas; es una carretera muy recta y llana. Yo creo que llegaremos. Pero prepárate, que voy a ir muy rápido.

—Como quieras. A tu habilidad encomiendo mi espíritu.

—No ha estado mal el fin de semana, ¿verdad?

—Desde luego. Además, al final se han aclarado todas las incógnitas.

—La X y la Y.

—La X del señor Smith y la Y de Ismael.

—De todas maneras, ¡qué raro que dos incógnitas tan distintas hayan coincidido en una misma ecuación!

—¡Cosas de la vida! —exclamó mi amigo con la teatralidad con que siempre pronunciaba ese tipo de frases.

Pero la velocidad que me veía obligado a llevar no ayudaba a la conversación, y recorrimos el resto del camino en silencio, escuchando la música de la radio. Llegamos a la estación cuando faltaban dos minutos para que saliera el tren.

—Se terminó lo que se daba. Mañana a trabajar —suspiró mi amigo cuando nos sentamos en el andén.

—¿Verdad que no había ninguna placa en la chabola de Ismael? —le pregunté entonces. La imagen de aquel repugnante hospital de lagartos acababa de cruzar por mi mente.

—¿Y a qué viene eso ahora? —dijo él mirándome a los ojos.

—No, nada, que me he acordado de lo que nos dijo Ismael. Lo de que pertenece a una sociedad y todo eso.

Mi amigo ponía cara de no entender.

—¿No te acuerdas? Nos dijo que era miembro de una sociedad protectora de animales. Pero lo que me intriga ahora es que en la puerta de la chabola no hubiera ningún distintivo de la sociedad en cuestión. No sé. Lo lógico sería que hubiera algo, ¿verdad?

—¿Qué me quieres decir con eso? ¿Que la segunda incógnita está aún por despejar? Pero ¿es que no has escuchado lo que ha dicho tu tío? ¡Si el mismísimo Ismael nos lo ha explicado todo con pelos y señales!

Los altavoces de la estación anunciaban la llegada del tren. No me quedaba tiempo para entrar en matizaciones.

—De acuerdo, de acuerdo. Pero, de todos modos, me gustaría enterarme de lo de la placa.

—¿Y qué importancia puede tener? Incluso suponiendo que Ismael nos haya mentido, ¿qué? —exclamó mi amigo abriendo los brazos—. Has de prometerme una cosa. ¡Que no irás a mirar si la maldita chabola tiene o no placa! Te conozco muy bien, y estoy seguro de que es eso lo que te propones hacer.

—Ahí llega el tren —le dije.

He de confesar que la mayor parte de mi vida ha ido acompañada de obsesiones, y que nunca, ni siquiera en mi infancia, he sabido reunir la fortaleza de ánimo suficiente como para poder expulsar de mi cabeza a los *inquilinos* que me hacían daño o me resultaban desagradables. Cualquier idea, por muy peregrina que ésta sea, puede afincarse en mi mente y tener allí vida propia; y por todo el tiempo que se le antoje, además.

Mi amigo me había pedido que no fuera a la chabola, y lo mismo me pedía también una parte de mi mente:

que abandonara de una vez aquella historia y que me fuera a dormir. Pero era inútil. Aquella idea estaba ya dentro de mi cabeza, y no quería salir. No me quedaba otro remedio que ir a la chabola a comprobar lo de la placa.

Regresé a Obaba a la misma velocidad que un cuarto de hora antes había llevado hacia la estación, y, dejando a un lado la casa de mi tío, aparqué el coche junto a la escalinata de piedra de la iglesia.

Antes de continuar adelante tuve un momento de vacilación. ¿Estaba seguro de que quería ir a la chabola? ¿Por qué seguía sospechando de Ismael? ¿Acaso le odiaba? Al fin y al cabo, y tal como había dicho mi amigo, ¿qué importancia podía tener una simple placa?...

Todas eran consideraciones muy a tener en cuenta, pero ninguna de ellas era capaz de hacerme retroceder. Aquel mal inquilino se había hecho dueño de la casa. Él era quien dirigía mis acciones y las justificaba.

«Ya sé lo que me ha traído hasta aquí —pensé mientras cruzaba los soportales de la iglesia—. Ha sido el paralelismo que existe entre la historia del lagarto y la del Sacamantecas. Eso es lo que me ha puesto sobre la pista. Y mi sexto sentido me advierte de que debo ir con cuidado, que no debo olvidar que el segundo fue un asesino».

Mi primera intención era llegar hasta la cerca de alambre de espino y atisbar desde allí. Pero nada más aproximarme, me di cuenta de que aquello resultaba imposible. La luna iluminaba poco, y la oscuridad de la noche rodeaba la chabola. Si quería comprobar lo de la placa tenía que acercarme más.

«No me queda otro remedio que saltar por encima de la cerca», pensé. Un instante después estaba junto a la chabola.

«Aquí no hay ninguna placa», deduje tras haber palpado la puerta. Entonces oí un ruido. Provenía del interior de la chabola.

—¿Quién anda ahí?

No me dio tiempo a huir. La puerta se abrió de golpe, y un hombre delgado apareció en el umbral. Era Ismael.

Durante unos instantes, ninguno de los dos se movió.

—¿Se puede saber qué estás haciendo aquí? —gritó Ismael cuando ya estuvo recuperado de su sorpresa.

Intenté decir algo, pero no podía articular palabra. Me había quedado mudo.

—Pero ¿qué te pasa conmigo? ¿Te has vuelto loco?

Me agarró con fuerza de la camisa, y me zarandeó.

—¡Ojo con pegarme! —le avisé.

No me pegó, pero me dio un empujón y me arrojó dentro de la chabola. Sentí que mis manos tocaban la verdura podrida que había en el suelo.

—¡Ya que tanto interés tienes por conocer lo que pasa en esta chabola, vas a disponer de toda la noche para descubrirlo!

Soltó una maldición y cerró la puerta. Oí girar la llave en la cerradura.

—¡Abre la puerta! —le llamé poniéndome en pie y yendo hasta uno de los ventanucos. Pero me esforzaba en vano. Ismael había cruzado la cancela y se alejaba a grandes pasos.

La persona que está furiosa sólo siente su furia: no ve nada, no oye nada, no huele nada. El fuego que le quema por dentro acapara todos sus sentidos, y le impide establecer cualquier relación con el entorno. Pero pasa ese momento, se apaga el fuego, y el entorno antes ignorado comienza a hacerse sentir con una intensidad desconocida. La persona que ha estado furiosa cree entonces que su entorno se ha hecho más grande, más fuerte, más doloroso. Jamás había visto tanto; jamás había oído tanto; jamás había olido tanto. Si aún tuviera fuerzas, volvería a ponerse furioso, volvería a gritar. Pero no las tiene, y debe resignarse a sufrir.

Ése fue el proceso que me tocó padecer a mí en aquella chabola. Al principio anduve muy alborotado, maldiciendo a Ismael y gritando sin parar; o insultándome a mí mismo por haber actuado como lo hice. Pero lo realmente duro vino después, cuando empecé a darme cuenta de mi situación.

El hedor que desprendían los lagartos me daba náuseas, y mi angustia aumentaba cada vez que sentía el sordo *ruidito* que hacían al masticar la verdura podrida.

«¡No puedo quedarme aquí!», me decía cada vez que mis ojos percibían la silueta de los lagartos pegados a la pared. Pero de nada servía quejarse como un niño. Tenía que quedarme allí.

De pie junto a uno de los ventanucos, traté una y otra vez de olvidarme de aquella cárcel inmunda. Me sumía en la contemplación de la luna que brillaba en el cielo, y me preguntaba la razón de su luz amarilla. ¿Por qué cambiaba la luna de color? ¿Por medio de qué proceso recibía yo su luz? ¿Por qué influía tanto en los vegetales?...

Y cuando agotaba el tema, buscaba otro por todos los rincones de mi memoria. Y cuando también éste se agotaba, revivía los viajes que había realizado por el mundo, o me entretenía con fantasías sexuales.

Pero tratar de olvidarse de la presencia de los lagartos era una empresa imposible.

Llevaría dos o tres horas librando aquella batalla, cuando ya no pude resistir por más tiempo el dolor que me agarrotaba las rodillas, y decidí sentarme.

—¡Pero no me dormiré! —exclamé para darme ánimo.

Sin embargo sabía que no lo lograría. No, no podría permanecer despierto, me dormiría; y después de dormirme vendría un lagarto a meterse por mi oído, y entonces… pero ¿cómo podía pensar semejantes tonterías? ¿O es que no me fiaba de lo que había dicho mi tío? ¿No era Bill —*the poor lizard*— el animal más bueno y desdichado de todos los que aparecían en los libros de Carroll? ¿O es que estaba en Sudamérica? No, estaba en Obaba. Y los lagartos de Obaba nada tenían que ver con ningún tipo de *mental pathology* irreversible.

La desazón que me producían estas reflexiones me mantuvo despierto durante otras dos horas. Después, me quedé dormido.

—¿No tenías un sitio mejor donde dormir? ¡Pues haber venido a mi casa! En casa tenemos un montón de camas, lo menos diez —escuché.

Albino María estaba inclinado sobre mí. Me sonreía cariñosamente, babeando por su boca abierta.

—¡Te lo agradezco mucho, pero ahora ya da igual! —le dije levantándome a toda prisa. Pero su sordera le impidió enterarse de nada, y soltó una risa gangosa.

—¿A que son bonitos? —me dijo luego, a la vez que cogía un lagarto y se lo colocaba en la mano—. Tan verdes… —añadió. Yo ya me encontraba en la puerta de la chabola.

—Sí, muy bonitos. Pero ahora me tengo que marchar, Albino María. Discúlpame por no quedarme contigo —y sin añadir nada más, salí corriendo hacia la cerca.

—¡Vuelve cuando quieras! —me gritó Albino María desde la puerta de la chabola.

La antorcha

Quería encontrar una palabra y terminar el libro con ella. Quiero decir que quería encontrar una sola palabra, pero no cualquier palabra, sino una palabra que fuera decisiva y esencial. Dicho de otra manera, quiero decir que quería ser un Joubert, y que perseguía lo mismo que él: *«S'il est un homme tourmenté par la maudite ambition de mettre tout un livre dans une page, toute une page dans une phrase, cette phrase dans un mot, c'est moi».* Sí, ese hombre era Joubert, y yo, como acabo de decir un poco antes, quería ser otro Joubert.

Me sentía cansado y desilusionado, envejecido antes de tiempo, y me ponía delante de un papel en blanco y lloraba. Quiero decir que el inventar y unir frases me resultaba cada vez más duro y venenoso, y que sufría mucho, y que por eso soñaba con Joubert, como he dicho antes.

Pero no encontraba la última palabra. Miraba por la ventana, veía las olas del mar crecer y romperse, les preguntaba a aquellas olas, y nada. Luego les preguntaba a las estrellas del cielo, y lo mismo. Le preguntaba a la gente, y aún peor. Quiero decir que no disponía de ninguna ayuda, que siempre me dejaban solo delante del papel blanco. Y entonces me hacía a mí mismo esta pregunta: ¿Por qué no cuentas el viaje que hiciste a Obaba? Puede que contando los sucesos de aquel fin de semana encuentres la dichosa palabra, la maldita. Quiero decir que fui valiente, y que, en vista de que la palabra no tenía intención de venir a mí, partí yo en busca de la palabra. Eso es lo que quiero decir, o algo parecido.

Pero el trabajo que me propuse hacer resultó ser más largo de lo que pensaba. Quiero decir que el contar lo del viaje no fue un quehacer tan breve y agradable como yo había supuesto al principio, sino todo lo contrario. Pasaban los días y no adelantaba nada. La última palabra no aparecía por ninguna parte. Y me decía a mí mismo: hoy no ha aparecido, pero puede que aparezca mañana. No te preocupes por eso. En lugar de preocuparte, ¿por qué no redactas el cuento de Bagdad? Y eso hacía. Quiero decir que gastaba todo mi tiempo en narrar todas las cosas que sucedieron en aquel viaje, y que así se me fueron los meses y los años. Y lo que yo realmente quería se iba quedando cada vez más arrinconado, cada vez más atrás, cada vez más lejos. Algunas noches se me aparecía Joubert en la habitación, y me pedía cuentas. ¿Por qué desdeñas tu verdadero trabajo como el perro que está enfermo desdeña el hueso? No es que lo desprecie, maestro, lo que sucede es que antes tengo que escribir otro cuento, el que un anciano me contó en unas fiestas; se llama Laura Sligo, el personaje, quiero decir, no el anciano. ¡No, no y no!, me decía entonces Joubert, no te engañes a ti mismo, lo que pasa es que no eres capaz, lo que pasa es que eres como muchos escritores de tu época, igual que ellos, idéntico, o parecido, o semejante, o comparable, o similar. Y, dicho esto, Joubert se iba y yo me quedaba triste. Quiero decir que a nadie le gusta oír la verdad.

Pero la cuestión es que siempre dejaba mi verdadero trabajo para el día siguiente, una y otra vez, y que eso ha sido mi perdición. Porque ahora es ya demasiado tarde, porque ya nunca encontraré la última palabra, la definitiva y la esencial. Y por eso podría decir que yo soy como los peregrinos que partían con la esperanza de ver el mar y morían sin haber pisado la playa. Pues, según mi tío al menos, yo también estoy muerto. Sin haber encontrado la última palabra, y muerto. Por eso decía lo de la playa y la peregrinación. No sé si ha quedado claro.

Pero quizás ahora voy demasiado rápido, lo que no deja de ser sumamente ridículo. Quiero decir que me río al pensar que por ir antes despacio es por lo que tengo que ir ahora deprisa. Dicho de otro modo, tengo muy poco tiempo y voy deprisa. O eso me dicen, al menos, mi amigo y mi tío. Y yo no sé por qué lo dicen, pero seguro que tienen razón. No hay que olvidar que mi amigo es médico, eso quiere decir mucho. Pero, bueno, a lo que iba, que voy demasiado deprisa y que me embrollo. Pero ahora me voy a explicar. Explicaré las razones de mi impotencia, de por qué nunca encontraré la última palabra, y esas cosas.

Pues sucedió que, unos meses después de lo de Obaba, los de mi casa me dijeron: Tú tienes sordera, ¿verdad? ¿Yo, sordera? No creo, les dije continuando con mi trabajo. Porque, como he dicho antes, en aquella época trabajaba en la redacción de las cosas que ocurrieron en el viaje a Obaba. Pero los de casa no estuvieron de acuerdo: Sí, sí, claro que tienes sordera, si se te habla por el lado derecho no oyes nada. Tendrías que ir al médico. Y fui. Tienes el tímpano roto, me dijo mi amigo, el médico. Quiero decir que el médico es amigo mío, y que fue él quien me dijo eso.

Mi amigo —el médico, ¿no?— me miró fijamente y me dijo: ¿No notas nada en la cabeza? ¿No tienes dolor de cabeza? ¿Duermes bien? Claro que duermo bien. ¿Por qué me preguntas eso?, le pregunté. Y mi amigo bajó la vista avergonzado.

Aquel día me quedé un poco preocupado, pero no demasiado. Continué con mi trabajo. Quiero decir que estaba traduciendo el cuento titulado *Wei Lie Deshang*, y que no tenía tiempo para preocuparme. Además, y si he de decir la verdad, no comprendí muy bien la pregunta de mi amigo. Porque al fin y al cabo, ¿qué importancia tiene una leve sordera?

La preocupación, la verdadera preocupación, me vino más tarde, un mes más tarde. Quiero decir que mis amigos empezaron a odiarme, aunque no mucho, sólo un poco. Sucedía que, cuando estábamos todos comiendo o bebiendo en una taberna, ellos, de repente, se echaban a reír. ¿Por qué os reís?, les preguntaba. Y ellos me contestaban: Pero ¿qué te pasa, *Quierodecirqué*? ¿No te ha gustado el chiste? ¿Qué chiste?, me enfadaba yo. Y además, ¿por qué me llamáis *Quierodecirqué*? ¿Acaso no sabéis mi nombre? Naturalmente, ésa no era forma de hablar a los amigos, y me empezaron a odiar un poco, sólo un poco, no mucho, ya lo he dicho antes también.

Entonces, como a mis amigos no les gustaba que fuera con ellos, pues decidí marcharme a Obaba, a casa de mi tío. Y allí pasaba horas y horas leyendo y leyendo. ¿Por qué lees tantos libros infantiles?, me preguntó una vez mi tío. ¿Piensas hacer algún ensayo sobre literatura infantil? No, no es por eso, le respondí, los leo porque me gustan. En serio, tío, los libros para niños son fantásticos. ¿De verdad?, se extrañó él. Sí, de verdad, le dije yo. Por ejemplo este que estoy leyendo ahora es de un ratón. Pues, por lo visto, el ratón, que se llama Timmy Willie, vivía en la huerta de un pueblecito, y ¿qué le pasó? Pues que un día se mete en un cesto a comer guisantes y se queda dormido dentro. Quiero decir que se quedó roque. Y llega el dueño de la huerta, se echa el cesto al hombro, y se va a la ciudad a vender los guisantes. Y Timmy Willie allí dentro sin darse cuenta de nada, y luego, pues, pero perdona, tío, no puedo aguantarme la risa. Y me eché a reír. Pero me callé enseguida. Y eso porque veía lágrimas en los ojos de mi tío. Quiero decir que está feo reírse delante de una persona que está triste, muy feo.

Aun y todo, aun estando triste, mi tío me cuidaba bien, muy bien, no tengo ninguna queja. Todas las mañanas me traía a la cama zumo de naranja, y hasta un periódico. Por desgracia, no me atraía nada. Quiero decir que el zumo me lo bebía enseguida, pero que el periódico ni lo tocaba. Me parecía mucho mejor seguir con las aventuras de Timmy Willie. Pero, sobrino, deja ahora ese libro, y lee los artículos del periódico, me pedía él. Y como yo quiero mucho a mi tío, me esforzaba por complacerle. Pero era en balde. Me costaba muchísimo entender lo que decía el periódico, sobre todo la sección de deportes, ésa era la más difícil, ni comparación con las secciones de política.

Y por eso empecé a salir fuera de casa. Quiero decir que mi tío no se daba por vencido, que siempre andaba con su periódico a vueltas, y como eso me parecía odioso y de mal gusto pues me iba a la calle y me juntaba con Albino María y, después de pasar todo el día con él, iba a su casa a dormir, porque en casa de Albino María tienen muchas camas, por lo menos tienen diez camas.

Y una vez mi tío se enfadó, y llamó a mi amigo, quiero decir al médico, y sujetándome entre los dos me metieron en un coche. Y anduvimos, y anduvimos, y al final llegamos a una casa grande, y allí no había más que gente vestida de blanco. Aquello era todo muy blanco, daba hasta miedo. Y entonces me llevaron a una sala toda llena de corcho, y me dijo mi tío: Perdona, sobrino, pero es por tu bien. Dicho de modo que lo puedas entender, lo que ha pasado es que se te ha metido un lagarto en la cabeza. Y tenemos que sacar a ese lagarto, porque te está haciendo mucho mal.

¿Que los lagartos me hacen mal?, le respondí yo. Eso no es posible, tío. Los lagartos son muy bonitos, tío, son muy verdes. Pero nada más responderle, me arrepentí. Quiero decir que vi lágrimas en los ojos de mi tío.

Yo soy más culpable que usted, tío, dijo entonces mi amigo. No me di cuenta de que me hablaba en serio, creía que lo de Ismael era otro de sus juegos literarios, algo así como jugar a detectives. Y yo, como un tonto, le seguí el juego.

No tienes nada de tonto, querido amigo, le dije yo. Además, por mí al menos, podéis dejar al lagarto dentro. No me molesta nada.

Y así estuvimos charlando, y luego me cortaron el pelo y me hicieron daño, muchísimo daño. Quiero decir que me pusieron unos hierros en la cabeza, y que grité como un descosido.

Eso fue hace cinco días, creo que sí, que fue hace cinco días, y los tres estuvimos muy a gusto. Quiero decir que se me fue el dolor, y que a todos nos dio mucha alegría, sobre todo a mi tío. Has vuelto a ser tú, me gritaba. Y luego, más fuerte todavía: *¡La antorcha vive mientras conserva su llama!* La verdad es que parecía un loco.

Pero estamos de nuevo como antes. Mi tío ya no está alegre. Ayer mismo vino a mí, y me dijo: Sobrino, escribe lo que me contaste acerca de Joubert, escribe tu último texto. Y, además, lo antes posible. Te estás muriendo, sobrino.

—¿Yo muriéndome? —le respondí—. Pero ¿qué dices? En eso estás completamente equivocado, tío.

—Quiero decir que tu cabeza era antes como una antorcha —explicó mi tío— pero que esa antorcha se está apagando por momentos.

No le dije nada, pero creo que mi tío se está volviendo loco. Mi cabeza siempre ha sido redonda, nunca ha sido como una antorcha. Y además no recuerdo nada de ese tal Joubert, y no sé qué escribir. Me aburro sentado aquí en la biblioteca. Menos mal que hay moscas. Quiero decir que luego iré con Albino María a pescar, y que entonces nos vendrán de perlas las moscas que ahora estoy cazando aquí.

A modo de autobiografía

He oído decir que, al igual que los cuentos tradicionales, el Juego de la Oca representa una determinada concepción de la vida; que es una descripción de los trabajos y los días que nos toca pasar en este mundo, una descripción y una metáfora.

Cuál sea esta concepción lo puede ver cualquiera que recuerde el tablero y las reglas del juego, pues tanto el tablero como las reglas muestran que la vida es, fundamentalmente, un viaje lleno de dificultades donde, a partes iguales, intervienen el Azar y nuestra Voluntad; un viaje en el que, no obstante esas dificultades, y siempre que los dados —los hados— nos sean un poco favorables, es posible avanzar y llegar con bien hasta ese estanque final donde nos espera la Gran Oca Madre.

No hay nada mejor, para el jugador que va de viaje, que el dar con su ficha en una de las viñetas que llevan oca, ya que ese jugador puede entonces saltar de oca a oca y tirar porque le toca; y seguir así avanzando.

Nada es peor, en cambio, que el caer en viñetas como la cuarenta y dos —la del laberinto— o en la cincuenta y dos —la de la cárcel— o en la cincuenta y ocho, que es la que lleva la calavera. Caer en cualquiera de estas viñetas supone un retraso en el camino, o incluso su suspensión o su abandono.

Diré, de paso, que no es trivial que el juego-metáfora del que estoy hablando recurra justamente a la oca, y no a cualquier otro animal. Y es que la oca sabe andar por la tierra, sabe andar por el agua, sabe andar por el aire, siendo por ello el animal que la tradición ha elegido para simbolizar la sabiduría, lo bien hecho, la perfección.

El mensaje del juego es, por lo tanto, tan simple como difícil de seguir. Se trataría de hacer bien las cosas, día a día, oca a oca; solamente esa continuidad garantizaría la sabiduría y la perfección finales.

Pero volvamos al principio, y recordemos que el Juego de la Oca puede ser la descripción de una vida cualquiera. De la vida de un escritor vasco que nació en 1951, por ejemplo.

Y, desde luego, uno advierte coincidencias nada más mirar al tablero. Porque un escritor vasco actual, es decir, un escritor que comenzó a escribir en euskara allá por los años setenta, se parece mucho a ese adolescente que figura en la primera viñeta de las sesenta y tres que tiene el tablero y que, por todo equipaje, sólo lleva un hatillo.

Nosotros, los que ahora empezamos a ser traducidos a otras lenguas, partimos con muy poco equipaje. Mirábamos nuestro hatillo y allí no encontrábamos más que cinco o diez libros escritos en la lengua en que pretendíamos escribir. Yo leí a Gabriel Aresti a los veinte años; tres años más tarde, a los veintitrés, ya había acabado de leer toda la literatura vasca que el dictador no había conseguido quemar.

No quiere decir esto —como tantas veces se ha repetido— que no tuviéramos tradición, a no ser que se utilice la palabra tradición en un sentido antiguo y ya obsoleto. Pues ya se sabe que hoy en día, en pleno siglo veinte —y ésta sería una de las características de la modernidad—, todo el pasado literario, ya el de Arabia, ya el de China, ya el de Europa, está a nuestra disposición; en las tiendas, en las bibliotecas, en todas partes. Cualquier escritor puede así crearse su propia tradición. Puede leer *Las mil y una noches* un día, y al siguiente puede leer *Moby Dick* o *La metamorfosis* de Kafka... y esas obras, el espíritu que ellas transmiten, pasarán inmediatamente a su vida y a su trabajo como escritor.

No hay, hoy en día, nada que sea estrictamente particular. El mundo está en todas partes, y Euskal Herria ya no es solamente Euskal Herria, sino —como habría dicho Celso Emilio Ferreiro— *el lugar donde el mundo toma el nombre de Euskal Herria.*

Así pues, yo nunca diría que nosotros, los escritores vascos actuales, carecíamos de tradición; diría que lo que nos faltaba era *el antecedente*, que nos faltaban libros donde aprender a escribir en nuestra propia lengua. Pulgarcito no había pasado por nuestro camino; imposible buscar las migas de pan que habrían de llevarnos a casa.

Es una cuestión que tiene su importancia, y que atañe, como muchos habrán adivinado, al lenguaje literario. Porque, naturalmente, escribir es lo artificial, y ese artificio que es el lenguaje literario es algo que va formándose con el tiempo y con el trabajo de muchas personas, adaptándose así a las necesidades expresivas de cada época.

Una de las consecuencias de ese trabajo es, por poner un ejemplo, la invisibilidad de ciertas palabras. Cuando un lector lee, en castellano, una novela con mucho diálogo, es muy probable que no vea los continuos *dijo*, *respondió* y *replicó* del texto. Las palabras están ahí, pero le ocurre con ellas lo que con los árboles de su paseo favorito: que las ha leído tantas veces que ya no repara en ellas.

Escribiendo en euskara, yo no tengo problemas con *dijo* (esan), o con *respondió* (erantzun); pero empiezo a tenerlos con *replicó* (arrapostu), debido a que esta palabra no le es familiar al lector, porque se trata de un árbol que conoce pero que, sin embargo, nunca ha visto en ese paseo. Así las cosas, el escritor vasco sabe que su lector se detendrá en esa palabra, que supondrá una interferencia.

Yo diría que la primera obligación de un lenguaje literario es la de no molestar. Y ahí es donde, por falta de antecedentes, por falta de un número de libros suficiente como para crear costumbre, nos duele. Y nos dolía mucho más allá por los años sesenta.

Con todo, el joven escritor vasco tenía, como todo artista adolescente, la suficiente energía como para cubrir las primeras viñetas del viaje casi sin enterarse de lo que estaba haciendo, sin darse cuenta de dónde se había metido. Creía tener, además, muchas cosas que decir. Su mundo no había acabado con Baroja.

El adolescente que emprendía el viaje con su hatillo llegaba así, por ese impulso primero, hasta por lo menos la viñeta número nueve, hasta la segunda oca: publicaba algún cuento (yo lo hice en la antología *Euskal Literatura*,

1972), alguna novela corta (*Ziutateaz*, 1976) e incluso algún libro de poemas (*Etiopia*, 1978).

Pero esa poca experiencia le bastaba para darse cuenta de la pobreza de su equipaje. Inmediatamente se sentía como en la viñeta diez del tablero, que muestra a un niño navegando en una barquichuela de papel. La hora de la inseguridad había llegado.

De todas maneras, fuimos bastantes los que superamos la prueba de la barquichuela y logramos pasar de la viñeta diez, intentando llegar, primero, a la número veinticuatro, la de la liebre que lee un libro, y luego a la viñeta cuarenta y tres, donde un venerable anciano hace lo mismo que la liebre: leer un libro y tomar el fresco.

Estas viñetas están ahora a nuestro alcance. Por decirlo de otro modo, ahora tenemos un mercado literario que, entre otras cosas, permite que escritores como yo puedan vivir de los derechos de obras como *Bi anai* (1984) y *Obabakoak* (1988).

El salto —de la viñeta diez a la cuarenta y tres— ha sido posible gracias a varias ocas que nos ayudaron por el camino. Gabriel Aresti, a quien ya antes he citado, fue una de ellas. Luis Mitxelena, otra. Ambos trabajaron para que nosotros, los más jóvenes, tuviéramos un lenguaje literario común, el llamado *euskara batua*, para que cambiáramos nuestro hatillo por una buena maleta.

El viaje sigue, y creo que la mayoría de nosotros piensa que las cosas pueden ir bien.

De todos modos, tampoco faltan las aprensiones. Yo miro al tablero, veo la viñeta cincuenta y dos —la de la cárcel—, veo la viñeta cincuenta y ocho —la de la calavera—, veo, justo en la viñeta sesenta y dos, la anterior al estanque de la Gran Oca Madre, a un hombre siniestro vestido de verde y con sombrero de copa… y no las tengo todas conmigo.

Pero seguiremos intentándolo, seguiremos escribiendo. El tablero está ahí para que juguemos.

BERNARDO ATXAGA

Un lugar llamado Obaba

Nota de los editores:

Los tres textos que se añaden aquí, todos obra de Bernardo Atxaga, proceden del material realizado por Alfaguara en 2013 para conmemorar el 25 aniversario de la publicación de *Obabakoak*.

A través de ellos, Atxaga indaga en el origen de Obaba, en la creación de esta geografía literaria ya mítica; en la convivencia de lenguas, de cómo estas ocupan un territorio amplio de nuestro espíritu; y por último, en las características de la superficie en la que deben moverse los libros escritos en lengua vasca.

Un lugar llamado Obaba

Hay muchos lugares dentro de este planeta que gira en el espacio, y yo nací allí donde se asientan los pueblos de Alkiza, Albiztur, Asteasu y Zizurkil, y donde la montaña principal, la que se levanta por encima de otras diez o quince, recibe un nombre que parece italiano: Ernio. En los años sesenta, los cronistas que lo atravesaban camino de la costa o que, más frecuentemente, acudían al lugar para cubrir algún acontecimiento deportivo, se referían a él llamándolo «la Guipúzcoa olvidada»; años más tarde, cuando me convencí de que se trataba de un mundo, y no sólo de un territorio, yo lo bauticé de otra manera: «Obaba».

Suele decirse: «El amor transfigura la realidad». Pero podría ampliarse la idea y afirmar que todo lo que es humano conduce a esa transfiguración. No se vive en vano, no se recorren los días y los años sin recibir las marcas del tiempo; no hay espíritu que no esté *tocado* y no mire de forma particular. Al paisaje, por ejemplo. A las cuevas, a las casas, a las piedras. A las piedras de los caminos y, en mi caso, a las que utilizaban los *harri jasotzaileak*, los «levantadores de piedra». Donde los cronistas veían una competición deportiva marginal, un tanto pintoresca, yo percibía casi siempre un drama: la lucha entre dos jóvenes que un día habían sido amigos y que, tras una discusión sobre cuál de los dos tenía más fuerza, eran empujados a una competición en la que se apostaban millones y en la que no solían faltar episodios oscuros: trampas, traiciones, el suicidio de algún jugador que, ¡ay!, había confiado demasiado. Y lo que me pasaba con las piedras y las apuestas me pasaba con todas las cosas, todas las vidas.

Cuatro historias y un paisaje no hacen, sin embargo, un mundo. Se requiere para ello que las cuatro historias, o las cuatro mil, tengan una misma cualidad y estén en consonancia, que respondan a una única forma de sentir y de pensar. Ésa era, ciertamente, mi impresión: que los habitantes de Alkiza, Albiztur, Asteasu o Zizurkil bailaban todos al mismo compás y con la misma melodía.

Rural, ésa fue la palabra que en un primer momento me pareció clave; la que mejor definía el lugar donde me había tocado nacer. Parecía bastante buena: bastaba con pronunciarla para que en la mente del interlocutor se formara la imagen de un paisaje en el que se sucedían los manzanales y las praderas verdes, los bueyes y los carros, los hombres con boina y las mujeres con el pañuelo atado en la cabeza. Pero había un problema. Lo supe nada más llegar al colegio, al ver el trato que los chicos de la ciudad nos daban a los de los pueblos. Quien no era «borono» era «aldeano», «palurdo» o *«cashero»*. Estaba además lo del olor: «Hueles a mierda de vaca», me espetó un compañero de clase el día que ambos chocamos en el campo de balonmano. Por su idea sobre los que habíamos nacido en la Guipúzcoa olvidada y porque, a la sazón, no debía de conocer el significado de *boñiga*. Quien sí lo conocía era un periodista de extrema derecha que, unos años después, escribió un cuento supuestamente situado en aquel pueblo mío, Asteasu. Él lo llamaba «Boñiga de Arriba».

Un pintor alemán escribió: «No voy hacia la luz, es la oscuridad lo que me empuja». La necesidad de nombrar y definir bien mi lugar natal tuvo quizás ese primer impulso, el de zafarme de aquel «rural» que tantas connotaciones negativas arrastraba. A nadie le gusta estar expuesto al insulto fácil, a la agresividad de quienes «por nacer en París —que diría Colette— se sienten marqueses»; no es agradable andar por la vida con un estereotipo clavado en la espalda, a merced de los tontos.

Afortunadamente, no me topaba sólo con lo negativo; también me alcanzaba la luz de aquel mundo. Una vez, cuando subía con mis amigos de la universidad a la fiesta que todos los domingos de septiembre se celebra en el monte Ernio, vimos aparecer frente a nosotros a unos muchachos que bajaban por la pendiente engalanados con cintas de colores. Pasaron a nuestro lado como una exhalación, saltando de una piedra a otra, riéndose entre ellos, haciendo volar sus cintas. Parecían bailarines.

Diciéndolo con una palabra que entonces me gustaba utilizar, el encuentro fue inefable. Me produjo la misma rara alegría que la lectura, meses antes, del poema «Fern Hill» de Dylan Thomas: «Cuando era joven y libre bajo las ramas del manzano, cerca de la casa cantarina...». Aquel mismo día, al llegar también nosotros al Ernio y comprar nuestras cintas, vimos que dos mujeres ya mayores se acurrucaban junto a una de las cruces de la cima y encendían una vela. Luego se pusieron a rezar. *«Guk lehengo ohiturei eusten diegu»* —«Nosotras seguimos con las viejas costumbres»—, nos dijo la más anciana con timidez. Uno de mis amigos, que estudiaba para arquitecto y acudía a las conferencias de Jorge Oteiza, se inclinó hacia mí y me dijo al oído: «¿Te das cuenta? Están celebrando un rito funerario. Por eso hay aquí tantas cruces. Porque se trata de un cementerio». También aquello era extraño, inefable. Un cementerio en la cima de un monte, a más de mil metros de altura. Volví a mirar a las mujeres. Estaban atando sus cintas —rosas, azules, blancas— en un brazo de la cruz.

Experiencias como aquélla me bastaron para comprender lo poco que de la realidad recogía la palabra *rural*. No daba una idea de lo que era aquel mundo, aquella Guipúzcoa olvidada. Era como afirmar que se trataba de «un sitio montañoso» o «verde». Pero yo no sabía con qué sustituirla, y seguí haciéndome preguntas. Descubrí entonces lo dramático, o, si se quiere, lo siniestro.

Ocurrió en el barrio alto de Asteasu, donde están la iglesia y la casa en la que, sucesivamente, vivieron el general carlista Lizarraga y el sacerdote y escritor en lengua vasca Juan Bautista Aguirre. Un hombre que arreglaba la puerta de una cabaña me detuvo al pasar y me dijo: «¿Ves este agujero?». Había, en efecto, un agujero en la base de la puerta de la cabaña. «¿Sabes para qué lo hicieron?», añadió. «¿Para que pasara el gato?», respondí, por decir algo. El hombre sonrió. Sabía que yo era aficionado a escribir. «Encerraron aquí a un niño que se llamaba Manueltxo, porque le mordió un perro rabioso y él también se volvió perro. Cuando sentía que alguien se acercaba por el camino, se ponía a ladrar y a aullar. Así, hasta que murió.» «Entonces, ¿el agujero?» «Era para la comida. Venía su madre dos veces al día y le metía la comida por ahí. Con cuidado de que no le mordiera.» Nunca pude olvidar la historia, y cuando escribí el cuento titulado «Camilo Lizardi», en el que un niño parece haberse transformado en jabalí, pensaba sobre todo en aquel Manueltxo que se había vuelto perro.

Un día cayó en mis manos el libro donde Mikela Elizegi contaba la vida de su padre, el *bertsolari* —improvisador de estrofas— Pello Errota, fallecido en 1919. En uno de los capítulos hablaba precisamente de los perros rabiosos —*zakur amorratuak*— y de los curanderos a quienes denominaban *salutatore:* «Es una cosa bien extraña, y sin embargo cierta —contaba—. Si en una casa nacen siete hijos seguidos, el séptimo será *salutatore* y tendrá poder contra los perros rabiosos. Suelen tener una cruz en la lengua. Unos la tienen encima y otros debajo».

En otra parte del libro, Mikela Elizegi daba testimonio de la muerte de su abuela, y decía: «Le silbaba la respiración, y empezó a sospechar si no se le habría metido dentro una serpiente, porque acostumbraba a descansar tumbada en la hierba bajo un manzano. Antes de morir, hizo que los médicos le dieran su palabra: no la enterrarían sin antes haberle sacado aquella serpiente que silbaba dentro de su cuerpo». En una nota a pie de página, el responsable del libro —el sacerdote jesuita Antonio Zavala— transcribía el dictamen del médico, donde se hablaba, no de serpientes, sino de una enfermedad pulmonar grave.

Aquella lectura dio un nuevo impulso a mi deseo de encontrar la palabra que mejor definiera mi lugar natal y su mundo. Pensé entonces, acordándome de lo que estudié en la Facultad de Filosofía de Barcelona, que quizás la más adecuada fuera *mito*, y que la siguiente vez que me preguntaran sobre ello, respondería: «Es una sociedad en la que las narraciones míticas, las llamadas "supersticiones", siguen explicando los hechos, lo que le sucede a la gente». Poco después, durante una visita al Museo Arqueológico de Nápoles, la idea tomó forma, y la palabra —palabra clave para desencadenar la escritura— apareció en mi mente.

Todo lo que se expone en el Museo Arqueológico de Nápoles es extraordinario, pero lo que verdaderamente llamó mi atención fue un mosaico de Pompeya que, según el rótulo, representaba a Ifigenia y a sus hijas. La cuestión era que las niñas estaban jugando a las tabas. Pensé: «Podrían ser de Asteasu». Porque, efectivamente, así era como pasaban muchas tardes las niñas de nuestra escuela primaria, lanzando una y otra vez la taba al aire al tiempo que recitaban *«batazaka-biazaka-iruazaka...»*. Recordé en ese momento, por asociación, algo que había escuchado en clase a un profesor de Barcelona, especialista en literatura latina: «El juego infantil que en Cataluña se conoce con el nombre de *cavall fort*, en el que los niños de un equipo saltan sobre la espalda de otros que hacen de caballo, aparece en *El Satiricón* de Petronio». Recordé también que, durante mi infancia, no hubo en la iglesia de Asteasu lengua más importante que la de Virgilio, el latín.

Creí encontrar, por fin, durante aquella visita a Nápoles, la palabra que, como el hilo que sirve para ensartar las cuentas de un collar, lo unía todo: los *batazaka-biazaka-iruazaka* de las niñas que jugaban a las tabas y los curanderos que tenían una cruz en la lengua; los muchachos de las cintas y los niños que se convertían en perro. La palabra tenía que ver con el tiempo, con lo que existió antes que nosotros, y era —lo digo por fin— *antigüedad*. Antiguo era, ciertamente, el lugar que conocí en mi niñez; antiguos eran, en general, todos los lugares que, como Extremadura, Castilla o Galicia, estaban habitados por campesinos.

A partir de aquella primera idea, las consecuencias literarias. Para empezar, la desaparición de la Historia. Las fechas concretas, los grandes sucesos —la guerra civil de 1936, la aparición de ETA, la llegada de la televisión— no podían figurar en los textos, porque Obaba quedaba, no al otro lado del espejo, sino al otro lado del calendario, en una bolsa de tiempo, fuera de la Modernidad. Tampoco cabía la psicología, porque todo lo que ahora denominamos «psíquico» se materializaba entonces, en los lugares antiguos, en fantasmas o historias *fauves*, sin que nadie utilizara nunca términos como *paranoia* o *neurosis*, ahora tan populares. En cuanto a la ideología, todo se reducía a la doctrina que se aprendía en la iglesia a partir de un libro también mítico y antiguo, la Biblia.

Han pasado veinticinco años desde que escribí el libro que, al final, se llamó *Obabakoak*, título que literalmente debería traducirse como «Los de Obaba» o «Las de Obaba», pero que queda abierto para adoptar significados como «Las historias de Obaba», «Los habitantes de Obaba», «Los asuntos de Obaba» y otros más. Veo ahora, al repasarlo, que las páginas dedicadas al mundo antiguo que vislumbré en el Museo Arqueológico de Nápoles no llegan a la mitad, estando las demás dedicadas a asuntos estrictamente literarios o a lugares como Hamburgo o China. Pero, citando de nuevo a Dylan Thomas, «la savia que por el verde tallo dio impulso a la flor» fue Obaba.

Mi primera lengua

Durante un breve periodo de mi niñez el *euskara* o vascuence fue para mí una lengua completamente normal. Carecía de opiniones sobre ella, y su futuro no me preocupaba. Llamaba a mi padre y a mi madre *atta* y *ama*, igual que llamaba *ebi* a la lluvia y *eguzki* al sol, y a eso se reducía todo, a nombrar personas y cosas con las palabras de siempre. En ese sentido, en nada me distinguía de los niños que en el pasado habían nacido en mi casa, Irazune: también ellos, lo mismo en el siglo XX, que en el XIX o en el XVIII, habían dicho *atta*, *ama*, *ebi* y *eguzki* cuando querían referirse al padre, a la madre, a la lluvia o al sol. Los demás niños de mi pueblo, Asteasu, y muchos más a lo largo y ancho del País Vasco, se encontraban asimismo en ese caso: todos éramos *euskaldunak*, es decir, «gente que posee el *euskara*».

No era, sin embargo, la única lengua que yo sentía a mi alrededor. Algunos de mis compañeros de juego, las hijas y los hijos de los primeros emigrantes andaluces, hablaban en castellano —papá, mamá, lluvia, sol—, y lo mismo hacían el médico del pueblo y los maestros y las maestras; de forma obligatoria, estos últimos, porque uno de los objetivos oficiales de la educación de entonces era, precisamente, el de enseñarnos la segunda lengua. El castellano era, asimismo, lo que sonaba a todo volumen en los enormes aparatos de radio que presidían la taberna principal del pueblo o el taller de las modistas. Al marchar por la calle, llegaban a nuestros oídos suspiros o gritos que decían «¡Te amo, Gustavo!» o «¡Gol de Puskas!», y con aquellas expresiones íbamos haciendo oído.

Por otro lado, acudíamos con frecuencia a la iglesia, donde parte de los rezos seguían siendo en latín: «*Pater noster...*». A pesar de que lo utilizáramos poco, el latín era importante para nosotros, porque, al ser la lengua de una religión que hablaba de lugares lejanos como Galilea y Babilonia, o de las dulces praderas del cielo, nos resultaba misteriosa; más aún cuando la escuchábamos entre sonidos de órgano o con el perfume del incienso. El latín reforzaba por contraste la normalidad de las otras lenguas, sobre todo de la que más empleábamos, el euskera. De haberme preguntado alguien si mi primera lengua me parecía importante, no habría entendido la pregunta. Habría respondido que sí lo era, en la medida en que hablar y decir cosas es importante.

Antes de que terminara mi niñez ya era bilingüe, como bilingües eran, igualmente, todos mis compañeros de juego. El castellano avanzaba rápido entre nosotros, gracias a la escuela y, en mayor medida, a la recién estrenada televisión: una cosa era oír los goles de Puskas y otra, mucho más atractiva, verlos —los niños acudíamos en tropel a la taberna cada vez que había partido—; tampoco era lo mismo, ni muchísimo menos, escuchar los suspiros de Gustavo y de su novia que ser testigos de los flirteos que el galán Roger Moore, *The Saint*, solía tener con Vanessa o con Samantha, o con las dos.

Además del castellano, la televisión promocionaba otras lenguas. A pesar de que las películas estuviesen dobladas —«Eres adorable, Vanessa»—, la pantalla mostraba carteles y documentos donde se podían leer, y aprender, palabras en inglés como *open*, *wanted* o *I love you*. Por último, uno de aquellos años aparecieron en Asteasu los turistas franceses: llegaban los domingos por la mañana y se dirigían a nosotros con un *s'il vous plaît* —«*S'il vous plaît*, restaurante, dónde»—, agradeciendo luego nuestra ayuda con un *merci beaucoup*.

Así pues, cinco eran las lenguas que, hacia 1960, en un pequeño pueblo del País Vasco, nos resultaban más o menos familiares: el *euskara*, el castellano, el latín, el francés y el inglés.

Ignoro en qué medida influyó el hecho en nuestra vida, en la mía y en la de muchos vascos. En todo caso, resulta evidente que nos dio una conciencia lingüística especial; que todos tenemos, bien de forma *amateur* o naíf, algo de lingüistas.

No es una situación muy frecuente. Recuerdo, en este sentido, lo que me sucedió una vez en Escocia. Había acudido a una cena organizada por mi vecino, y seguía a duras penas la conversación de mis compañeros de mesa, centrada en una película sobre Mozart que se acababa de estrenar. Me pidieron mi opinión y yo respondí como pude, sustituyendo los términos ingleses que desconocía por otros que me parecían universales. En un momento dado, no sé por qué razón, dije «*hypocrisy*». Mis compañeros de mesa me miraron con admiración: «*Oh!... Hypocrisy!*», exclamó el anfitrión. «*Your English is getting on!*», añadieron los demás en el mismo tono. Creían que la palabra era genuinamente inglesa.

Comparé su caso con el de mi familia. En cierta ocasión, mi padre —que era carpintero y que nunca había oído hablar de Mozart— supo por alguien que un barco japonés atracado en el puerto de Bilbao se llamaba *Mitxirrika*, y volvió a casa hablando de la coincidencia entre aquel nombre y el que nosotros utilizábamos —*mitxirrika* significa «mariposa» en *euskara*—, y de la posible relación entre nuestra lengua y la de los japoneses...

Salí de la infancia con aquella lección aprendida. Había muchas lenguas en el mundo, además de la que habíamos conocido en casa. Sin embargo, me esperaban otras lecciones, más amargas que aquella primera. La idea de que el *euskara* era una lengua normal iba a verse pronto desmentida.

Un día, acababa de salir de la escuela junto con tres o cuatro compañeros, cuando se nos acercó un joven preguntándonos si teníamos idea de dónde vivíamos. Pensamos que estaba de broma, pero no. Él no estaba hablando de geografía, sino de política. Citó la guerra civil, el bombardeo de Guernica, el fascismo, el nazismo. «Ahora ya sabéis dónde vivimos —concluyó—. En un estado fascista, bajo la bota de un dictador que quiere destruir la cultura de los vascos. ¿No os habéis dado cuenta? No hay escuelas en euskera, y tampoco televisión. Todo nos está prohibido». No nos sonaba mucho lo que nos contaba aquel joven, porque nuestros padres nunca hablaban de política delante de los niños, y nos alejamos de él sin hacerle caso. Despechado por nuestra falta de interés, el joven se dirigió a mí directamente. «¡Pues a ti te hace mucha falta saber estas cosas! —gritó—. ¡No olvides que también tu madre anduvo de maestra enseñando el castellano! ¡Colaboró con el fascismo!».

La acusación apenas me impresionó, porque no tenía buena opinión de aquel joven y no daba crédito a lo que pudiera decir; pero, pocos días después, en una discusión con mi madre, repetí, no recuerdo por qué, lo que aquél había dicho. «¡Así que no debía enseñar castellano en la escuela! —exclamó mi madre enfadada—. ¡Hay que ver con qué ligereza habla ese señorito! ¡Él asiste a clases de francés, pero para los campesinos no quiere otra lengua que el *euskara*! Dile de mi parte que todos los campesinos quieren aprender el castellano, y que las maestras que no lo enseñan suelen tener fama de malas profesoras».

Poco tiempo después marché a estudiar a un colegio de la ciudad, y comprobé que ambos, tanto el joven como mi madre, tenían razón. Uno de mis profesores siempre daba el calificativo de «traidoras» a las provincias vascas, por no haber colaborado con la cruzada del general Franco; por otro lado, los estudiantes de buena familia consideraban que algunos de sus compañeros, originarios de la provincia, eran «demasiado vascos», endilgándoles todos los insultos que se han inventado contra los campesinos.

Había empezado para mí el aprendizaje de la segunda lección. El euskera no era como las otras lenguas que conocía. Había una lucha en torno a ella, y esa lucha era violenta. Los que habían estado a favor del bombardeo de Guernica increpaban con un «hable usted en cristiano» a los vascos que utilizaban su lengua en público; los periódicos, por su parte, se referían a ella tratándola de «lengua rústica», negada para la cultura; para la cultura moderna, al menos.

Entonces no lo sabía, pero tampoco en el futuro faltaría la lucha violenta en el País Vasco. No hay que olvidar que la organización ETA —que ahora, después de más de mil muertos, parece dispuesta a dejar las armas— tenía como uno de sus objetivos la defensa de la lengua y de la cultura vascas.

En alguno de los años que siguieron a la niñez, mi padre organizó un concurso en casa. Se trataba de confeccionar un cartel como los que solían verse en las fiestas del pueblo y de anunciar allí, no ya una carrera ciclista o una orquesta de baile, sino una demanda: «*Egizu euskaraz, arren*» —«Habla en vascuence, por favor»—. Preguntamos a nuestro padre para dónde lo quería, y él nos respondió señalando una de las paredes del pasillo de nuestra casa. Se daba cuenta de que cada vez hablábamos más en castellano, lo mismo que otros niños del pueblo; una actitud que llevaría el vascuence a su muerte.

Me hallaba a las puertas de la tercera lección: además de la pluralidad de lenguas y de la lucha política y social que se libraba en torno a ellas, estaba aquel asunto, el de la muerte. Las lenguas podían desaparecer, quedando sus palabras para los museos, como las monedas antiguas que carecen de curso legal. Por desgracia, el vascuence corría ese riesgo. Nuestro padre colgó la obra ganadora —un disco de madera con letras pintadas con purpurina— en el pasillo de la casa, y allí quedó colgada largo tiempo.

El cartel apareció de nuevo hace unos meses. Mis hermanos y yo nos topamos con él cuando husmeábamos en el desván de nuestra antigua casa. La base de madera estaba resquebrajada, pero las letras de purpurina —*Egizu euskaraz, arren*— se conservaban bien; incluso brillaron un poco cuando les quitamos el polvo. «¿Lo colgamos de nuevo?», les dije a mis hermanos. Pero era una broma. La situación ha cambiado mucho desde 1980, y no sólo por la autonomía política que el País Vasco logró tras la instauración de la democracia.

Naturalmente, el futuro de los *euskaldunak* no es cosa segura; como tampoco lo es el de muchas otras minorías que andan por el mundo. Pero ya no se puede poner en duda el apoyo de la gente a la lengua. La gente —un millón aproximado de personas, la tercera parte de los que viven en el País Vasco— sostiene el periódico *Berria*, y lo mismo hace con la televisión, las radios o los libros —unos mil títulos al año— que se publican en *euskara*. Por otro lado, los niños y los jóvenes que ahora, tras la generalización del euskera batúa —lengua literaria común—, dicen *aita* o *euri* en lugar de *atta* o *ebi* estudian en escuelas o universidades bilingües.

Escribe Chateaubriand —repitiendo lo que, al parecer, ya había dicho Alexander von Humboldt— que en las orillas de los ríos amazónicos podían escucharse palabras de lenguas ya desaparecidas, porque las repetían los papagayos —pájaros que, como se sabe, pueden vivir un siglo—. No es nuestro caso. Quizás no dure nuestra lengua lo que la terca purpurina sobre la madera; pero sobrevivirá a todos los papagayos que ahora andan por el mundo.

Quienes tienen por única lengua el inglés o el español, y también a veces los que proceden de países con una historia marcadamente dramática —tengo en mente algunos países del este de Europa—, suelen extrañarse del apego a la lengua de los vascos, encontrándolo incluso un tanto absurdo. «¿Por qué es importante que la lengua vasca sobreviva? —me preguntó hace poco una periodista de Estados Unidos—. Dejando aparte su belleza y su originalidad, me refiero», añadió a continuación por no parecer tan *rough*.

Le respondí con un aforismo antiguo —«Todo lo que vive desea perdurar»—; pero la periodista no se dejó impresionar y puso cara de no estar convencida. «Es verdad, queremos conservar nuestra lengua —dije entonces—. Pero no porque sea bonita o antigua, sino por una razón más simple. Piense que se trata de una lengua que conocemos bien y que nos resulta útil en nuestra vida cotidiana». Quise añadir: «Lo mismo que el inglés para usted». Pero no me atreví.

«Hay quien afirma que los vascos podrían comunicarse perfectamente en castellano», continuó ella. Lo que quería decirme era: «¿Por qué empeñarse en seguir hablando una lengua minoritaria cuando pueden emplear otra que cuenta con trescientos millones de hablantes?». Le dije que éramos bilingües, y que, como escritor, también publicaba en las dos lenguas; que por ese lado, de no ser el dos menor que el uno, sólo veía ventajas. «Pero, ventajas aparte —me defendí—, la que manda es la realidad. Con unas personas hablo en *euskara* y con otras en castellano. Claro está que yo puedo llamar a mi mujer y comunicarme con ella en castellano, pero a ella le parecería muy raro. Llevamos más de veinte años hablando en *euskara*». En esta ocasión no hubo réplica, sin embargo, me quedó la impresión de haberme comportado como un «listillo». Por mucha experiencia vital que tenga, el miembro de una minoría difícilmente saldrá incólume del interrogatorio de un mayoritario.

Con entrevistas o sin ellas, el *euskaldun* aprende una cuarta lección. Deberá avanzar del mismo modo que el pájaro del ejemplo de Kant, gracias a la resistencia del aire; sólo que, en su caso, el aire estará lleno de tópicos, siendo, en rigor, una «estereotiposfera».

Si el *euskaldun* es, como en mi caso, escritor, la estereotiposfera será, si cabe, más densa. Un día le dirán que escribe en una lengua «sin tradición», como si nunca se hubiera publicado nada en vascuence —el primer libro data de 1545—, o como si la tradición fuera una cualidad esotérica sólo compartida por cuatro o cinco lenguas, y no un determinado conocimiento universal que cualquier escritor puede aplicar en cualquier lengua —saber, por ejemplo, que las novelas suelen tener capítulos, o que la rosa está simbólicamente emparentada con el tiempo—; otro día le hablarán —tópico que no es sino una variante del anterior— de la relación de su obra con la oralidad, con especial mención de la abuela. «Usted habrá escuchado muchos cuentos en el regazo de su abuela», le dirán, en un tono tal que dará la impresión de que el resto de los escritores de este mundo carece de abuelas con regazo. Naturalmente, se trata del viejo clasismo: los señoritos de ciudad piensan cosas parecidas de los campesinos.

En ciertos momentos históricos, la estereotiposfera puede resultar peligrosa. Una palabra de más y el *euskaldun* se convierte en un nacionalista furibundo e incluso en una colaborador de los terroristas de ETA.

Creo que las lenguas son importantes; todas ellas, también aquellas que hablamos precariamente. Las palabras siempre van asociadas a trozos de vida, y sirven de gran ayuda a la hora de preguntarnos por las personas y por el mundo. Así me ocurre a mí con *atta, ama, ebi, eguzki, Pater noster, te amo Gustavo, eres adorable Vanessa, hypocrisy, hable usted en cristiano* y con miles de palabras más.

Con todo, hay lenguas que nos marcan más que otras y ocupan un territorio amplio de nuestro espíritu. Es mi caso con el *euskara:* no porque fuera la lengua de mi niñez, ni por llevar consigo —como dicen algunos escritores— una particular visión del mundo —me parece difícil—, sino por razón de su especial historia; una historia dura en la que mi familia, mis amigos, los miembros de mi generación, una tercera parte o más de los vascos, y yo mismo, nos hemos visto implicados.

Superficies de la literatura vasca

Los lugares que jamás han estado desiertos y que, dentro de su primera materia, la tierra, lo mismo guardan una piedra de sílex que un tapón de plástico; lo mismo una máscara antigás de la guerra del 14 que una espada de hierro; igual un diente de ratón que el trozo de un cántaro..., esos lugares, antiguos, habitados por mil generaciones, suelen tener muchos nombres. Así ocurre con el que en algunos mapas se representa como una dama elegantemente vestida, es decir, con Europa. Ocurre también con el país que, en la vestimenta de la dama, corresponde al cinturón, y que se llama..., ¿cómo se llama? Las palabras escritas sobre el cinturón hacen referencia al «Reino de Navarra», y, desde luego, ésa fue una de las denominaciones del territorio hasta la época de la reina Catalina de Foix, que murió en 1517; pero antes había sido «Vasconia», «Bizkaia» «Euskal Herria» y más cosas.

Guillermo de Humboldt, que fue fundador de la Universidad de Berlín y, al igual que su hermano el geógrafo Alejandro de Humboldt, uno de los intelectuales más importantes de su tiempo, escribió un libro titulado *Los vascos: Apuntaciones sobre un viaje por el País Vasco en primavera del año 1801* en cuya introducción, en las primeras líneas, dice:

Oculto entre montañas habita las dos laderas de
los Pirineos occidentales un pueblo que ha conservado
por una serie larga de siglos su primitiva lengua y, en
gran parte también, su antiguo régimen y costumbres
(...) el pueblo de los vascos o biscaynos.

Llegado a ese punto, Humboldt se siente obligado a
escribir una nota a pie de página y dar cuenta de la primera dificultad con que se encuentra al afrontar el tema:

Cuando se quiere nombrar a todo el conjunto de la
nación vasca cae uno en perplejidad y se busca en vano el
término aceptable a la vez por españoles, franceses y ale-
manes. Los franceses no conocen ninguna denominación
general. Dicen: biscayens, *cuando hablan de los de la*
Península; basques, *cuando hablan de los vasco-france-*
ses, y en caso necesario recurren al nombre antiguo, can-
tabres. *Los españoles limitan el nombre Vizcaya sólo al*
señorío, *y dicen por los demás del país: las* provincias
bascongadas, *y del idioma, el* bascuence. *Los habitan-*
tes mismos se nombran según las provincias: vizcaínos,
guipuzcoanos, alaveses. *Así ha perdido este desdicha-*
do pueblo hasta la unidad de su nombre.

La traducción de las *Apuntaciones* se publicó en la
RIEV, Revista Internacional de los Estudios Vascos, en 1923,
y fue realizada por Telesforo de Aranzadi, científico que
a principios del siglo XX detentó diversas cátedras, entre
ellas la de Botánica Descriptiva y la de Antropología;
ambas en la Universidad de Barcelona. Era primo her-

mano de Miguel de Unamuno, a quien, presumiblemente, encargó la traducción de otro texto de Humboldt, anterior y más breve que las *Apuntaciones*, titulado *Bocetos de un viaje a través del País Vasco*. En el prólogo de su traducción, Unamuno también habla de los nombres:

> *Humboldt dice «viaje por Bizcaya», pero es que él, siguiendo un descuido frecuente, llama Bizcaya a todo el país basco y bizcainos a los bascos, hasta tal punto que en el viaje ni siquiera pisó tierra propiamente bizcaina. En la traducción hago siempre la sustitución.*

En los tiempos posteriores a Humboldt, el baile de los términos «aceptables a la vez por españoles, franceses y alemanes» que, además, debían «nombrar a todo el conjunto de la nación vasca» fue aún mayor. Pensemos por ejemplo en «Vasconia». Era el nombre que los romanos daban al territorio de los vascones, y adquirió cierta popularidad gracias a Navarro Villoslada y a su novela *Amaya o los vascos en el siglo VIII*; gracias, también, ya en los años sesenta y setenta del siglo pasado, a un libro de inspiración revolucionaria que promovía la lucha armada y reivindicaba un territorio vasco cinco veces mayor que el de los mapas, el *Vasconia* o *Nueva Vasconia* de Fernando Sarrailh de Ihartza —seudónimo del escritor y político Federico Krutwig—. Después de unos años, la fama de ambos libros decayó, y «Vasconia» pasó al olvido definitivo.

Otro nombre histórico era «Vascongadas». Durante la dictadura, los políticos y periodistas afectos al régimen se referían al lugar de esa manera, y ahora es igual de tabú que «Vasconia». También lo son, o casi, los de «País vasco-navarro» o «País vasco-francés». En su lugar, florecen los más neutrales de «País Vasco» o «Pays Basque».

Cuando se puso en marcha la reivindicación independentista, a finales del siglo XIX, apareció un nuevo nombre, inventado por Sabino Arana: «Euzkadi». Pero no duró. Unos setenta años más tarde, tras el nacimiento de ETA, «Euzkadi», con zeta, se convirtió en «Euskadi», con ese, y es ahora, paradójicamente, una denominación oficial, refrendada por ley. No obstante, el nombre más popular cuando, hablando en lengua vasca, se quiere hacer referencia al «conjunto» es el de «Euskal Herria». Era hasta hace poco un término cultural y estable; pero últimamente va adquiriendo connotaciones políticas muy intensas, ligadas al independentismo, y es muy probable que se convierta en otro, otro más, de los nombres polémicos.

Se podría escribir una historia de los países describiendo las vicisitudes de los nombres, y no hay duda de que su elevado número y su inestabilidad son señal de un discurrir turbulento, lleno de tensiones sociales y de conflictos; señal de vida, asimismo, porque los únicos territorios onomásticamente invariables son los que no tienen en sus entrañas ni hachas de sílex ni tapones de plástico ni trozos de cántaro, es decir, los desiertos; la parte más desierta de los desiertos.

La lista de nombres serviría también para una descripción de lo que sobresale y está encima de todo lo enterrado. Si un mismo lugar puede legítimamente llamarse «Euskal Herria», «País Vasco» o «Pays Basque», ello significa que en él se hablan, o se han hablado, tres lenguas. Si ese lugar tiene, además, nombres que han sido inventados como «Euzkadi» o «Euskadi», podemos colegir de ello que surgieron con una intencionalidad política concreta y fueron nombres sometidos a tensión, a la acción de fuerzas ideológicas contrarias. Si añadimos a ello que un autor como Guillermo de Humboldt aplica al pueblo vasco el calificativo de «oculto» —lo que, intenciones poéticas aparte, viene a significar «pequeño»—, ya tenemos una primera idea de la clase de superficie con que se han encontrado los libros escritos en lengua vasca: superficie reducida, heterogénea, rodeada de superficies muy grandes —la del francés y la del español—, e impregnada de ideología.

Una precisión, ahora, sobre la impregnación ideológica, sobre su grado, a partir de lo que afirma el historiador y medievalista Roger Collins en el prólogo de la obra titulada *The Basques* (Oxford: Blackwell, 2.ª edición, 1994), luego traducida al español y publicada por Alianza Editorial en 1989. Escribe Roger Collins:

> *Para pocos pueblos del mundo, y desde luego para ninguno en Europa, tiene el estudio de sus orígenes y de los albores de su historia tanta importancia directa y contemporánea, ligada casi de forma inmediata al debate político e incluso al terrorismo, como para los vascos.*

Y añade, unas líneas más abajo:

> *(...) el estado actual del pensamiento nacionalista vasco y los ataques de sus oponentes centralistas es tal,*

que pocas afirmaciones sobre el pueblo, su historia y su
lengua pueden considerarse políticamente neutrales.

Si así ocurre con todo, si hasta las hachas de sílex del Neolítico o las espadas de hierro de la Edad Media pueden cobrar sentido político; si el hecho de que la lengua vasca fuera o no la primitiva lengua de toda la península Ibérica admite asimismo una lectura política y permite afirmar al mismo Unamuno que «somos los vascos, por ser vascos, dos veces españoles»... ¿qué no ocurrirá entonces con fenómenos más sustancialmente unidos a la política como la literatura? Pensemos que la literatura interviene en lo que en la España de la dictadura se llamó «formación del espíritu nacional»; pensemos en nuestros libros de francés, en los que, para nuestra fortuna, se estimulaba el aprendizaje con muestras de la *gloire* literaria; pensemos, al fin, que la, así llamada, literatura nacional forma parte de los planes de estudio de todos los países.

De modo que —lo repito— «superficie pequeña, heterogénea, rodeada de las grandes superficies del francés y del español, y extremadamente ideologizada». He ahí el primo espacio de la literatura vasca. La pregunta es: ¿cómo afecta ese espacio a la superficie fundamental, intrínsecamente unida a lo literario, la base de toda relación entre escritor y lector? Me refiero a la superficie textual, a las palabras, a todo lo que —por ejemplo en el *Gero* de Axular— va desde la primera línea («*Egun batez, konpaiñia on batean, euskaldunik baizen etzen lekhuan nengoela*», «Un cierto día, estando en buena compañía, en un lugar donde todos hablaban la lengua vasca») hasta la última («*Eta halatan, mundu hunetako itsaso hunen tormenta guztiak iraganik, azken-finean salbamenduko portura salborik helduko zarela*», «Y que de ese modo, habiendo pasado por todas las tormentas del mar de este mundo, llegarás al fin ileso al puerto de salvación»).

La primera consecuencia que un autor en lengua vasca debe afrontar a causa de las características de su primo espacio es la duda ajena, del «otro», duda que deviene en pregunta: ¿por qué escribe usted en una lengua que muy pocos pueden entender, en lugar de hacerlo en cualquiera de las que ocupan un lugar central en el sistema de las lenguas? ¿Por qué elige una superficie que no es más grande que la de un asteroide, y no la del español o la del francés, planetas que, en el sistema de las lenguas, equivaldrían a Júpiter o a Neptuno?

Muchas veces, la pregunta viene acompañada de la sospecha sobre la propia lengua. Ya se ha cumplido un siglo desde la famosa conferencia de Miguel de Unamuno sobre la inviabilidad literaria y científica del vascuence y desde que profiriera aquella opinión luego tantas veces repetida: «La lengua muere por ley de vida y no debe apesadumbrarnos que desaparezca su cuerpo, pues es para que mejor sobreviva su alma. El vestido se ha quedado anticuado». Pero, con ser la más citada, la opinión era ya entonces, a principios del siglo XX, muy vieja; requetevieja. Lo demuestra el hecho de que nuestro primer autor, Bernart Etxepare, del siglo XVI, asumiera la cuestión en su popular «Kontrapas»: «*Bertze jendek uste zuten ezin eskriba zaiteien, orai dute forogatu enganatu zirela*» («Creía mucha gente que no podía escribirse, ahora comprueban que es-

469

taban engañados»). Lo demuestra asimismo la famosa argumentación del anteriormente citado Axular en el prólogo a su libro *Gero*, publicado en el año 1643: «*Baldin egin balitz euskaraz...*», «Si se hubiesen escrito en euskera tantos libros como se han hecho en latín, en francés y en otras lenguas, sería tan rica y cumplida como aquéllas...». Por poner un tercer ejemplo, pensemos en las traducciones publicadas por Juan Antonio Moguel en 1802, en un libro titulado *Versiones bascongadas de varias arengas, y oraciones selectas de los mejores autores latinos* en cuyo prólogo afirma:

> *El Sabio Prusiano* [se refiere a Humboldt, con quien tuvo trato] *quiere demonstrar que el idioma Bascongado es eloqüente, puro y fecundo. Por su suplica e influxo, he hecho las versiones de varias arengas, y oraciones selectas de Q. Curcio, Tito Libio, Tacito, Salustio, y tambien las de los dos exôrdios de las dos oraciones de Ciceron contra Catilina: todas piezas de la mayor elegancia. Para el estilo de sencilla elegancia he vertido dos Anecdotas latinas: la una de Ciceron sobre el pasage de Dionisio de Siracusa con su aulico y adulador Democles, y la otra de Tito Libio sobre la traicion del maestro de Falisco.*

Con el tiempo, la cuestión se ha convertido en lugar común. ¿Habrá algún autor en lengua vasca que no la haya abordado? ¿Habrá algún año en que los denostadores de las lenguas minoritarias hayan descansado y —en lo que a España se refiere— no hayan citado la conferencia de Unamuno? Probablemente, no. La inquisición puede ser sutil, pero raras veces desaparece.

En cualquier caso, la pregunta «¿Por qué escribe usted en una lengua que muy pocos pueden entender, en lugar de hacerlo en cualquiera de las que ocupan un lugar central en el sistema de las lenguas?» carece de sentido, y si es verdad que la palabra *absurdo* proviene de *sordo*, es sencillamente absurda, pregunta de quien no oye o no quiere oír. Son muchos los tapones de plástico que han ido a tierra desde los tiempos de Etxepare, Axular, Moguel y Unamuno; muchos también los libros publicados en lengua vasca, libros que se siguen publicando a un ritmo de unos mil por año, con ediciones que, en general, superan los mil ejemplares de venta; libros que, cabe suponer, no acaban siempre cubiertos de polvo o en la tierra, junto a los tapones de plástico; pero, con todo, independientemente de lo circunstancial, la pregunta sigue siendo absurda, porque nada importa que la lengua que un escritor elija en un primer momento sea minoritaria, un asteroide situado a cien años luz de los astros centrales, ya que existe un artefacto, un cohete espacial, capaz de atravesar el espacio sideral en unos cuantos meses. El nombre del artefacto: unas veces, *Translatio;* otras, *Traductio;* en su forma más dulce, *Tradutrice.*

La posibilidad de la traducción es tanto más real por cuanto la inmensa mayoría de los escritores en lenguas-asteroide conoce como mínimo una lengua-planeta, y puede iniciar la tarea él mismo. En ese sentido es falso ver en nosotros a sujetos de una sola lengua. Somos sujetos de dos lenguas. Que las utilicemos o no a la hora de hacer literatura depende de circunstancias. Pero la posibilidad es real. Estamos en dos sistemas lingüísticos y literarios al mismo tiempo, y el cohete —*Translatio, Traductio, Tradutrice*— está siempre cerca; a veces, dentro de la propia casa. Quizás no sea del todo ocioso recordar, en este mismo sentido, que dos de las obras seleccionadas para el Independent Foreign Fiction Prize del año 2012 provenían de superficies lingüísticas de muy reducido tamaño.

Un proverbio mallorquín afirma que *«moltes mosques maten un ase»*, «muchas moscas matan un asno». Es quizás el único peligro que tiene para el escritor vasco la inquisición relacionada con el tamaño y demás características de nuestro primo espacio, aunque, en general, las moscas no suelen ser muchas y el acoso se reduce a una molestia. En cualquier caso, no afecta mucho a la superficie estrictamente literaria, la del texto, la de las palabras.

Vuelvo ahora a la nota que escribía Guillermo de Humboldt al comienzo de su libro *Apuntaciones sobre un viaje por el País Vasco en primavera del año 1801*:

> *Cuando se quiere nombrar a todo el conjunto de la nación vasca cae uno en perplejidad y se busca en vano el término aceptable a la vez por españoles, franceses y alemanes.*

La nota de Humboldt va acompañada de una segunda del traductor, Telesforo de Aranzadi, en la que explica que no ha seguido literalmente al autor prusiano en la cuestión de los susodichos términos, por considerar que ya son anticuados, y su empleo resultaría confuso e incómodo para el lector. Y añade Aranzadi:

No se crea por lo aquí dicho que la traducción se haya tomado otras libertades. Así, por ejemplo, la palabra nación la emplea Humboldt tal como suena, sin que el traductor se haya atrevido a más que a cambiar la t en c.

Idéntica precisión puede hallarse en Miguel de Unamuno, quien, en el prólogo de la traducción de *Bocetos de un viaje a través del País Vasco*, afirma: «[Humboldt] llama a los bascos *nation*, dictado que conservo».

Las traducciones de los libros de Humboldt se publicaron en 1923, cuando ya habían pasado veinte años desde la muerte de Sabino Arana Goiri, y casi treinta desde la fundación del Partido Nacionalista Vasco. Tras «Vasconia», «País Vasco», «Pays Basque» y demás, el territorio de la «nación vasca», se llamaba, era llamada por muchos, «Euzkadi». Corrían otros vientos sobre la tierra que guarda hachas de sílex pero no, todavía, tapones de plástico; no sé si los catorce que se citan en un cuento tradicional catalán, añadiendo que *«set eran bons i set eran dolents»*, pero en cualquier caso, muchos vientos, y todos en liza, muchos de ellos contrarios, con diferentes posiciones sobre la lengua y la cultura vascas. Vientos que nunca han dejado de soplar y que siguen siendo actuales.

La pregunta es ahora: ¿cómo afecta esa nueva característica de la superficie básica a la otra superficie, a la de las palabras, a la estrictamente literaria?

Volveré a este punto y a la pregunta que acabo de hacer, pero antes debo dar un rodeo, porque la respuesta tiene que ver con algo que no puede encontrarse en la tierra que guarda las hachas de sílex, las espadas, las máscaras antigás, los dientes de ratón o los trozos de cántaro, pues se trata de algo inasible, metafísico, espiritual; algo que tiene que ver con eso que llamamos «alma humana» y que influye en todo, en las artes y las letras, en la política, en la vida. Podía estar refiriéndome al Miedo, sustancia en efecto inasible y de gran influencia; pero no, lo que tengo en mente es el Valor, la cualidad a la que se refería Antonio Machado, cuando decía que «es necio el que confunde valor y precio».

Pensemos —para visualizar la cuestión— en los mapas antiguos; pensemos, concretamente, en el «Mapamundi» que figura entre las ilustraciones del *Comentario al Apocalipsis* de Beato de Liébana, obra del siglo VIII. Está considerada como una de las principales obras cartográficas de la Alta Edad Media y, según se lee en la Wikipedia, su función no es la de representar el mundo sino «la de servir de ilustración a la diáspora primigenia de los apóstoles». Pero, independientemente de cuál fuera el propósito de su hacedor, lo que nos llama hoy la atención es la transposición de los lugares, países y continentes. No asombra que América carezca de representación, o que Asia aparezca, diminuta, en un ángulo del mapa; pero sí la contundencia con que los lugares bíblicos ocupan su centro. Jerusalén es el centro de los centros; Belén queda muy cerca.

El asombro desaparece cuando caemos en la cuenta de que el mapa es, ante todo, una representación acorde con el prestigio y valor de los lugares, y que lo que determina su posición es el relato bíblico difundido por los creyentes de una religión que empezó como una secta, pero que en el siglo VIII ya era triunfante. Como es lógico, los lugares preeminentes son aquellos que fueron testigos del nacimiento y la vida de Jesús.

Diciéndolo de otra manera: es el relato el que, en un primer momento, saca a un lugar de la serie, de la sucesión de lugares homogéneamente existentes, anónimos, y lo coloca en la zona superior, en el centro del mapa; en un segundo momento, interviene una organización, un poder que difunde el relato y, por decirlo así, mantiene las posiciones y les da una duración temporal.

Hoy en día no se hacen mapamundis que reflejen tan claramente la medida del valor, pero si se hicieran, estoy convencido de que algunas ciudades y naciones como Nueva York o los Estados Unidos alcanzarían un espacio enorme, mucho mayor de lo que toman en los mapas físicos al uso; por su parte, Letonia tendría menos tamaño que el que le correspondería por sus características físicas. Quiérese decir que, en esto del valor, no se cumple lo que decía Bernard Shaw sobre los elefantes y las pulgas, que los elefantes suelen ser más pequeños en los dibujos que en la realidad, y que con las pulgas sucede lo contrario. De ninguna manera: en el momento de dar valor, se agranda lo grande y se empequeñece lo pequeño.

¿Y Euskal Herria? ¿El País Vasco? ¿Aparecería en algún mapa de esa clase? No en el de Liébana, ni en los que se hicieron durante los siglos siguientes. En ninguno anterior al siglo XIX, en realidad. Hasta esa época Euskal Herria no tuvo un relato que lo valorara. Su idioma y sus tradiciones eran invisibles para todos los que la rodeaban. De nada servían los intentos autóctonos que, en la senda de Etxepare, Axular o Larramendi —autor de la primera gramática de la lengua vasca, *El imposible vencido*, publicada en 1729—, pretendían poner en el mapa la lengua y la nacionalidad vascas. El relato que ellos componían no era como el que había colocado a Jerusalén en el centro del mundo; no era un relato poderoso, sino obra de particulares, carente de las instituciones políticas que pudieran dar una existencia social, oficial, a aquellas materias, llevando por ejemplo la lengua, el euskera, a las escuelas.

El relato que, en cambio, sí era poderoso en el siglo XVIII desdeñaba lo que para aquellos intelectuales autóctonos era primordial. Unos sesenta años después de que Larramendi publicara su gramática, concretamente en 1792, un intelectual ilustrado, el marqués de Condorcet, presentó un informe sobre la educación o instrucción pública ante la Asamblea Nacional de Francia explicando qué y cómo debían estudiar los niños y jóvenes franceses. No hay una sola mención a la lengua vasca. Condorcet quiere una escuela para todos, y afirma que la educación debe ser universal; pero, claro está, no puede meter en el programa aquello que para él, por su idea de progreso, carece de valor y le resulta invisible —el idioma, la cultura y el modo de vida de los vascos.

Las razones de los intelectuales y políticos ilustrados eran, como cabe esperar, razones de peso, guiadas por la buena intención. Se ve claramente en el llamado «Rapport Barère», el Informe del Comité de Salvación Pública sobre los idiomas publicado en 1794, dos años después del que sobre la educación redactó Condorcet, y que, entre otras cosas, dice: «*Le fédéralisme et la superstition parlent bas-breton; l'emigration et la haine de la République parlent allemand; la contre-révolution parle l'italien, et le fanatisme parle le basque. Cassons ces instruments de dommage et d'erreur*» («El federalismo y la superstición hablan bretón; la emigración y el odio a la República hablan alemán; la contrarrevolución habla italiano, y el fanatismo habla vasco. Destruyamos estos instrumentos del perjuicio y del error»). Se trata, en el caso de los vascos —lo dice el mismo Bertrand Barère—, de que están dominados por *prêtres*, por los curas contrarrevolucionarios, quienes se sirven de la lengua para fanatizarlos y alejarlos de la Razón y de los valores de la República. Afirma Barère:

> *Dejar a los ciudadanos en la ignorancia de la lengua nacional* [francés] *es traicionar a la patria; es dejar que el torrente de las luces se envenene y se obstruya; es dejar de lado las ventajas de la imprenta, porque cada impresor es un instructor público de la lengua y de la legislación.*

No había en la actitud de los ilustrados nada personal —no al menos en el caso de Bertrand Barère, que elogiaba la lengua como tal lengua, y decía admirar la actitud patriótica de los vascos—; tampoco era descabellado su punto de vista, porque el sometimiento de la sociedad vascoparlante, *euskaldun*, a los *prêtres* ha sido evidente para propios y extraños; pero, en cualquier caso, suponía una humillación; suponía aceptar la superiori-

477

dad como lengua del francés y, por ende, la de aquellos que hablaban dicha lengua. Les ocurría a los vascos, y les ocurría a los bretones, a los italianos, a los alemanes; individuos que, desde el punto de vista de los intelectuales como Bertrand Barère, parecían gentes de ínfima clase, naciones que la Razón no acababa de iluminar.

Con aquel relato no cabía salida. Ni las monedas ni las lenguas pueden sobrevivir al margen de la ley, fuera del curso legal. Quedan, a lo máximo, para los museos. Sin embargo, todo cambió con la llegada de un nuevo relato, de una visión del mundo, tan poderosa como la de la Ilustración francesa. Surgió en Alemania y se llamó Romanticismo.

Afirma Isaiah Berlin en su libro *El fuste torcido de la humanidad* que Alemania se sentía en un rincón de Europa, como si no hubiera hecho nada grande: sin Siglo de Oro, sin genios como Shakespeare o Cervantes, sin artistas equiparables a los italianos Leonardo, Miguel Ángel y muchos otros... y que su sentimiento de inferioridad se incrementó ante aquella Gran Francia de los siglos XVII y XVIII, donde —entre otros cientos de intelectuales y de artistas— aparecieron gigantes como Rousseau, Diderot, D'Alembert, Voltaire y Napoleón.

> *Esta sensación de atraso relativo* [escribe Berlin], *de ser objeto o burla por parte de los franceses, con su sentido aplastante de superioridad nacional y cultural, creó una sensación de humillación colectiva, que se convertiría luego en indignación y hostilidad. Este talante alcanzó un tono febril durante la resistencia nacional contra Napoleón, reaccionando —para decirlo*

con palabras del poeta Schiller— como la rama doblada *y convirtiéndose en modelo de muchas sociedades que, irritadas por la visible inferioridad de su condición, reaccionaron recurriendo a glorias y triunfos
reales o imaginarios de su pasado, o a atributos envi-
diables de su propio carácter nacional o cultural.*

Éste sería el origen del Romanticismo, la eclosión
de algo que estaba enterrado, no en la tierra sino en los
espíritus; aunque cabría añadir que la resistencia «febril»
contra Napoleón no necesitaba de muchas más moti-
vaciones que las que el mismo Napoleón y la misma
Francia crearon con su expansión militar, asociada, sí, a
los ideales de la Ilustración, pero que en lugar de luz trajo cadáveres, millones de ellos. En cualquier caso, surgió
el nuevo relato, surgieron nuevos mapas de valor. Lenguas como la vasca, las pequeñas naciones «ocultas» de
Europa, iban a tener pronto un reconocimiento.

«¿Por qué será tan avanzada y brillante la civilización
europea?», se pregunta Johann Herder, en su *Ensayo sobre
el origen del lenguaje*. Y se responde: «Sobre todo por la
abundancia de pueblos e ideales, por su clima cálido y por
las relaciones que tiene con los demás pueblos».

Para valorar las naciones o pueblos, Johann Herder toma en cuenta su lengua y lo que a través de ella,
por tradición oral muchas veces, en forma de cuentos
o canciones, nos ha llegado. La lengua es indicadora
de la vida humana, y el espíritu de los distintos pueblos y razas, ese particular espíritu —conocido como
Volkgeist— se reconoce en la sintaxis y en la fonética
también particular, sui géneris, de las lenguas.

La Ilustración pretendía la igualdad cultural merced a la conversión de los diferentes individuos y países en sujetos «ideales», iluminados por la Razón, poseedores de los valores republicanos. Herder, sin embargo, descreía de esta visión y de todas las visiones homogeneizadoras; también de la del Cristianismo, cuyo afán era el de evangelizar, es decir, el de someter al mismo patrón, al mismo mapa, a todos los pueblos del mundo. No era sólo lo que escribía o declaraba. Su comportamiento seguía los mismos derroteros. Herder fue —como luego otros románticos— un viajero curioso de conocer las distintas sociedades, culturas e idiomas de Europa y del mundo.

Naturalmente, los vascos algo instruidos aceptaron de pleno el relato romántico. Por una parte, la particularidad del *euskara* —una lengua preindoeuropea, «rara», caso excepcional en el sistema de las lenguas— encajaba bien con la nueva sensibilidad (Engracio de Aranzadi llegaría a decir, dentro de este relato: «La civilización vasca, que en días prehistóricos debió de ser admirable, según advierte a los espíritus superiores la estructura portentosa del verbo de nuestra lengua...»); por otra, cargaban con la humillación de no figurar en ningún mapa, con una lengua que sí, era excepcional, pero que recibía, por parte de sus detractores, la acusación de ser «primitiva», «zafia», «sin cultura», o la de ser la lengua del fanatismo, opuesta a la de la Razón.

Después de que Guillermo de Humboldt viajara al País Vasco y escribiera sus *Apuntaciones*, la adscripción de muchos intelectuales vascos a aquel relato pasaría a ser entusiasta. No era sólo lo que aquellos románticos decían en general —«Los idiomas que parecen pequeños y rudos ofrecen una materia prima importante a las culturas refinadas y complejas»—; era también lo que Guillermo de Humboldt decía en concreto, con respecto a la lengua vasca: «Es una de las lenguas de más perfecta formación, sorprendente por su vigor, la estructura de sus palabras, la brevedad y la osadía de la expresión». Valoración, esta de Humboldt, que coincidía con la de su interlocutor en el País Vasco, Pablo Pedro Astarloa, autor de la *Apología de la lengua bascongada*, publicada en 1803.

Estamos a principios del siglo xx. Han pasado cien años desde la publicación de las *Apuntaciones* de Humboldt, otros tantos desde la de la *Apología* de Pablo Pedro Astarloa. Influido por ellos, Sabino Arana, que acaba de fundar el Partido Nacionalista Vasco, considera el euskera, la lengua, un elemento identitario de la patria, rasgo diferencial; lengua diferente de todas las demás y que debe ser, aquí está el quid del asunto, aún más diferente: una lengua que no debe decir *eliza* («iglesia»), que proviene del latino *eclesia*, sino *txadona*; que no puede decir *tren* ni *teléfono*, sino *bultzia* y *urrutizkina*, respectivamente. Sabino Arana crea y promueve, si no una neolengua, al menos un «neoléxico» y también una «neoonomástica». «Pedro» será «Kepa»; «Enrique», «Endika»; «María», «Miren», y así sucesivamente. Además, como ya he afirmado, el país se llamará «Euzkadi». En otras palabras: Sabino Arana es purista con respecto a la lengua. Es, en sentido estricto, idealista. La lengua debe ser como tiene que ser —según su forma de pensar—, no como realmente es por historia o por tradición.

Recuerdo ahora el comienzo y el final del *Gero* de Axular, que ya he citado. La primera línea decía: «*Egun batez, konpaiñia on batean, euskaldunik baizen etzen lekhuan nengoela*». Decía la última: «*Eta halatan, mundu hunetako itsaso hunen tormenta guztiak iraganik, azken-finean salbamenduko portura salborik helduko zarela*». Hay en cada una de ellas una palabra que Sabino Arana y los puristas de principios de siglo xx no podían aceptar. En la primera, *konpaiñia* (que en el neoléxico se dice *lagundia*); en la segunda, *tormenta* (al que se le ha buscado un buen equivalente, también popular: *ekaitza*). Tampoco aceptarían —de hecho, sus seguidores no lo hicieron— las estructuras sintácticas tomadas del latín, profusamente utilizadas por Axular; estructuras en extremo prácticas para el escritor.

De modo que la primera consecuencia de la superficie ideológica para los escritores en lengua vasca, y para los textos que ellos debían escribir, fue —tras Humboldt, Astarloa, Arana y demás—, por un lado, positiva, por situarlos en el mapa y por darles una existencia social; por otro, a causa del purismo, negativa, ya que supuso una ruptura con la tradición, con los textos que ahora llamamos «clásicos vascos».

Suele decirse que el purismo no crea mayor problema en lenguas como el alemán, con muchos millones de hablantes, porque el neologismo acaba convirtiéndose en palabra normal. Podía haber ocurrido también en el País Vasco, como demuestra la generalización de los inventos onomásticos —desde Euzkadi o Euskadi hasta Kepa, Miren y demás—; pero no pudo ser. No del todo. Como se sabe, el año 1939 terminó la guerra civil española con el triunfo del fascismo, y a partir de ese momento, durante cerca de cuarenta años, hasta casi el final de la dictadura del general Franco, el mapa anterior fue destruido. La lengua y la literatura vascas se vieron violentamente reprimidas. La superficie por la que debían moverse los escritores se volvió peligrosa.

Es una historia de sobra conocida, y sólo aportaré una muestra significativa leyéndoles la anotación que en su diario hizo José de Arteche, un escritor —un buen escritor— que había hecho la guerra con el general Franco pero que no encontró sosiego ni acomodo en la nueva situación. Figura en su libro *Un vasco en la postguerra*, publicado en 1977, y corresponde a la entrada del día 14 de junio de 1952. Han pasado trece años desde que terminó la guerra.

> *Me comunican la resolución definitiva de la censura con respecto a mi artículo «Poetas vascos de la Eucaristía» que escribí para el Congreso Eucarístico de Barcelona. Denegatoria. No se autoriza el artículo por los dos versitos en vascuence (con su correspondiente traducción) con que ilustraba mi artículo. He aquí por dónde el vascuence, en dosis mínima —media docena de estrofas— convirtió en subversivo un artículo eucarístico.*

Citaba, al comienzo de esta exposición, las características de la superficie en la que deben moverse los libros escritos en lengua vasca, afirmando que es reducida (750.000 hablantes), heterogénea (convive en su propio territorio con el español y el francés), rodeada de superficies muy grandes (precisamente las del francés y el español), e impregnada de ideología. Podría añadir ahora que, además, fue superficie muy querida por unos (los vascos en general y los vascoparlantes en especial) y muy odiada por otros (los fascistas, particularmente); superficie que, al cabo, a partir de los años sesenta —con la superación de las concepciones románticas y la creación del euskera batúa, vasco literario común— empezó a tener una cierta consistencia y permitió la existencia de escritores y de libros.

Acaban de publicarse —lo leo en el artículo de Kike Amonarriz publicado en el número 2.355 de la revista *Argia*— los datos del llamado barómetro Calvet, cuyo objeto es medir la fuerza y la importancia de las diferentes lenguas del mundo a partir de una decena larga de factores, entre ellos «el número de libros traducidos a una lengua determinada» o «el número de libros traducidos de esa lengua a otras». En el año 2012, el inglés es primero en la lista; el español, segundo; el francés, tercero; el chino mandarín, el décimo; el euskera o lengua vasca... el quincuagésimo primero, es decir, el 51. Este dato, que a muchos sorprenderá, muestra bien cómo ha sido el desarrollo último de la cultura vasca. Esa superficie es cada vez más sólida. La calidad de nuestros libros sólo depende ahora de la inspiración que tengamos y de la exigencia de nuestros lectores.

Índice